对话·思维·体道
——悠悠的阅读心程

DUI HUA SI WEI TI DAO

张兆勇 ◎ 著

中国社会科学出版社

图书在版编目(CIP)数据

对话·思维·体道:悠悠的阅读心程/张兆勇著. —北京:中国社会科学出版社,2015.5

(相山学术丛书)

ISBN 978-7-5161-5773-2

Ⅰ.①对… Ⅱ.①张… Ⅲ.①中国文学—古典文学—文学评论 Ⅳ.①I206.2

中国版本图书馆 CIP 数据核字(2015)第 060740 号

出 版 人	赵剑英
责任编辑	郭晓鸿
特约编辑	李 英
责任校对	王佳玉
责任印制	戴 宽

出　　版	中国社会科学出版社
社　　址	北京鼓楼西大街甲 158 号
邮　　编	100720
网　　址	http://www.csspw.cn
发 行 部	010-84083685
门 市 部	010-84029450
经　　销	新华书店及其他书店
印　　刷	北京君升印刷有限公司
装　　订	廊坊市广阳区广增装订厂
版　　次	2015 年 5 月第 1 版
印　　次	2015 年 5 月第 1 次印刷
开　　本	710×1000　1/16
印　　张	23
插　　页	2
字　　数	353 千字
定　　价	76.00 元

凡购买中国社会科学出版社图书,如有质量问题请与本社联系调换
电话:010-84083683
版权所有　侵权必究

目 录

浪迹心灵之涯
　　——僧肇《肇论》与苏轼蜀学间的传承与呼应（代序） ……………（1）

第一辑　诗教与潜行

关于"中华宗教诗学"概念的提出及思考 ……………………………（3）
试评王船山天道自然观对横渠之说的传承
　　——兼论其自然观对乾嘉学派学风形成的意义 ………………（12）
重读《姜斋诗话》
　　——从哲学视角对王船山几个文艺观的再审视 ………………（23）
论叶燮《原诗》美学思想 ………………………………………………（30）
沈德潜格调说的再反思
　　——兼论《说诗晬语》的立论与挑战 …………………………（41）

第二辑　吉羽与圣证

"第一要义"与"以禅喻诗"坦途
　　——《沧浪诗话》提纲 ……………………………………………（55）
《艺概·诗概》理路、使命及得失谈 ……………………………………（62）
船山选韦应物五古评释 …………………………………………………（73）
历代韦、柳诗评综论 ……………………………………………………（81）

目录

近藤元粹视野中的韦柳诗
　　——兼述近藤的中国诗观 …………………………………………（94）

第三辑　佛光与禅趣

试论南泉普愿在南禅展开史上的意义
　　——兼论近古皖江文化氛围形成与南泉的关系 ………………（109）
五祖法演评述 ………………………………………………………（121）
韦应物一生思想演变及刺滁时与佛道交流简论 …………………（134）
欧阳修与佛禅关系简述
　　——读《中国禅学思想史》札记 ………………………………（144）
山谷一生思想演变过程及评估
　　——兼论他与禅门的往来及思想在禅门中的穿梭 ……………（154）
王士禛"神韵说"意蕴的再考察 …………………………………（166）

第四辑　诗情与画意

试论张戒的杜甫情结 ………………………………………………（179）
范成大《梅》、《菊》二谱的审美成就与南宋文化背景 …………（192）
是理论盲区还是别出亮点
　　——怎样定位范成大诗思的历史个案 …………………………（203）
试论小山乐府的"破空"与"破有" ……………………………（214）
山水以形媚道而仁者乐
　　——从晋宋文化大背景上看《画山水序》的价值 ……………（226）
晚明文化视角下的《画禅室随笔》 ………………………………（237）

第五辑 聚焦与反思

公案戏杂谈
　　——以关汉卿的《蝴蝶梦》为例 …………………………（251）
从张协状元到蔡中郎
　　——高明与《琵琶记》略述 ……………………………（260）
从"临川四梦"看汤显祖晚年的心灵历程 ………………（267）
试论《儒林外史》中人物分类及理路
　　——兼论吴敬梓对儒学重建的思考 ……………………（284）
《红楼梦》主题思路述略
　　——兼论曹雪芹关于林、薛、史三小姐的创作意图与审美价值……（316）
李渔风情剧简评 …………………………………………（328）
词论的聚焦与突破
　　——关于明清以来以"豪放"、"婉约"论词问题的回顾与反思 …（334）

参考文献 …………………………………………………（345）
后记 ………………………………………………………（350）

浪迹心灵之涯

——僧肇《肇论》与苏轼蜀学间的传承与呼应(代序)

僧肇与苏轼二人应定位为中国思想史上的大家。他们的可比之处首先在于二人分别生活在中国文化的两个繁荣期,均能创造性地吸收文化资源,建构一代学术。其次在于他们先后传承、呼应,实现了对中华人格理想的建构,因此,他们是中国文化转型跨越的两个中坚力量。笔者之所以下此断语,还得回头从历史上看:

在中国思想史、文化史上,南北朝时期后秦的僧肇和北宋时期的苏轼无疑是两个极特殊的人物,他们的特殊性至少表现在以下几方面:

第一,他们均是自己时代思想领域里的顶尖人物,也均以其各自的努力在中华的思想史、心灵历程史上树立了不朽之丰碑;

第二,他们均身处于中华思想文化的变革时代,他们成就的取得也均与他们能够深入变革,立足于时代而展开他们所独具的灵灵睿智有关;

第三,他们的哲学思想均有着诗一样的美,他们的哲学思想与其说是逻辑展衍不如说是心灵展示。他们哲学的理路均在有意无意之间触摸到了中华士子的心灵之涯,触摸到了中华文化的深深命脉,流溢着浓浓深沉的终极关怀意识。

把他们两个放到平行的位置上来思考、研究,笔者还没有见诸前人。笔者在此这样做,目的是理清他们所共同关怀的问题域,从而将他们定位到相互映照的位置上,并且努力通过此种映照,将他们的心灵世界看得更清楚。

在本书开头,笔者想从略述他们二人的哲学生平开始。

僧肇，京兆人。汤用彤先生引宋僧晓月《注肇论序》云其俗姓张。①《高僧传》在卷六其本传谓其"家贫以佣书（相当于现在的文字秘书工作）为业"。可能也正因此职业的便利，他有着"历观经史，备尽坟籍"的机会，换言之，"佣书"职业为其成为中华第一流哲人提供了便利条件。据《高僧传》②其本传，我们在下面试将其业道的过程分成三个阶段看：

1. 早些时候"每以《庄》、《老》为心要"，这正好说明肇公最初所依托者乃是玄学，不过此时玄学自身已经出现严重困惑，即玄学家们开始对自己所营造的政治理想发生动摇，并且学术志趣亦从政治哲学转入人生哲学，着眼于探讨"大人先生"或"至人"的人格理想，致力于对生死问题的克谐与关切，从嵇康、阮籍到《列子》张湛注、《庄子》郭象注均如是。

2. 值得注意的是，对玄学的此种困惑及新动向，僧肇均有所觉察，于是才能够叹其所读《庄》、《老》"美则美哉，然期栖神冥累之方，犹未尽善"。僧肇这里一方面领会到了学界对人生解脱问题思考的良苦用心，另一方面又不无惋惜地指出玄学家依托《庄》、《老》开出的"栖神冥累"之方未能尽善。我们认为，这是肇公之转入佛教的根本原因，本传也载其见旧版《维摩经》（鸠摩罗什以前该经有六种译本）欢喜顶受，披寻玩味，乃言"始知所归矣"。

3. 僧肇初皈依时，虽云"学善方等，兼通三藏"，但毕竟当时佛教自身还处在深度困惑之中，这一方面是由于佛学还因为"格义"等依傍于玄学，而玄学因自身出现困惑已经开始了自我反思，佛教却没有找到新的定位，也即是说，没有找准自己议论所及的中心。另一方面，大乘般若学虽已经传入，但士人们对之并没有准确的理解，于是才有所谓"六家七宗解般若"的盛况。从佛教史上看，此时整个北方中国对鸠摩罗什的到来都特别看重，其原因就是上面说的这些。

僧传载"罗什至姑藏，肇自远从之"，其原因可能也在这里。不过正

---

① 汤用彤：《汉魏两晋南北朝佛学史》第十章，北京大学出版社1997年版。
② 汤用彤校注：《高僧传》卷六，中华书局1992年版。本文所引《肇论》资料主要依据金陵刻经处本《肇论新疏》。

是由于他这一去，使他自己、导致整个中国思想史均发生了重大的变化。他从鸠摩罗什那里真正领会般若的真谛，佛教也因此才找到了在中华学术思潮中的使命。什公后来来到北方中国的文化重镇长安，僧肇也随入，是所谓八大弟子之一，在关中，他们师徒一起深研"四论"，探讨《维摩》。可以说，此时的僧肇已经是一个非常成熟的般若学学者了。

僧肇思想成熟的标志毫无疑问是他在公元403—405年间所著述的论文《般若无知论》，在这篇论著中，肇公建立了自己的新观念，即让般若学者认识到自己的使命是把玄学看成问题而不是接着玄学思考的问题。在此前后肇公还有了一系列的著述，兹参汤用彤先生《汉魏晋南北朝佛教史》简述如下：

《般若无知论》、《答刘遗民书》、《不真空论》、《物不迁论》、《涅槃无名论》（附《上秦王表》）《丈六即真论》、《维摩经注》、《维摩经序》、《长阿含经序》、《百论序》、《鸠摩罗什法师诔》。汤先生在书中还举出《宝藏论》、《宗本义》[①]、《老子注》等认为是伪作，笔者姑采纳之。日本学者忽滑谷快天《中国禅学思想史》有"僧肇"一节阐肇公思想主要是举《宝藏论》和《涅槃无名论》，这确实是一个很有意思的话题。在本书中，我们采纳汤先生观点视《宝藏论》为伪作，但不取汤先生视《涅槃无名论》为伪的看法[②]，并想以此为议论僧肇成就的背景，尽可能地为肇公思想之发展及思想体系的组成勾勒出一个丰富的历史轮廓来，这个轮廓大体上可概要如下：

1. 读《庄》、《老》而发不满，表现他对玄学困惑的严重关切。

2. 通过旧版《维摩经》，僧肇接触了大乘般若学，通过新译《维摩经》，他又成熟了自己的般若思想。

3. 《般若无知论》的问世标志着运用般若思想促成一种新思维观念的建立。

[①] ［日］忽滑谷快天：《中国禅学思想史》，上海古籍出版社1994年版。
[②] 汤用彤观点主要见于《汉魏两晋南北朝佛学史》，北京大学出版社1997年版，第233页。笔者另撰文《〈涅槃无名论〉研究的一些问题之我见》论证此文不伪，发表于《淮北职业技术学院学报》2011年第2期。

4.《物不迁论》、《不真空论》是利用般若新观念思考玄学所困惑着的一些中心议题，其价值在于适时打开玄学所导致的沉闷局面。

5. 关于《涅槃无名论》，僧传及《上秦王表》均将其写作的动机及时间交代得很清楚。笔者认为本篇是肇公思想的不可或缺的组成部分：一方面该文是他思想的逻辑必然，另一方面又表现出他对新兴的涅槃学的关切。从这个意义上说，本篇是他学术思想的厚重句号。

以上是笔者用极简短的语言对肇公思想所进行的勾勒。这样的思路具体展开在他对《肇论》的撰述中。

我们将《肇论》展开及意义放置在玄学困惑的背景上，就是为了揭示肇公在中华思想史上的分量，尤其是想指出其所以有分量的深层意蕴在于他借助于般若思想使中华学术发生了一次空前的转移，即把关乎人生困惑的学术看成是主体的事、心灵的事、境界上的事，看成是内在于自己的事。如果说处理好名教与自然的关系以期摆脱人生困惑是魏晋时代士人明确自觉践履的使命，那么，肇公此举的意义在于让遭遇玄言困惑的士人能摒弃玄学的障碍，通过转而调整自我再次直接面对自然，让自然重新以既清丽绚丽又泊然圆融的状态在心灵境界上呈现永恒，并且成为心灵的静照，从而标志着士人攀缘到了神圣的清寂。

那么，肇公将这一点做得完美吗？这也是本文所要讨论的问题。

笔者认为肇公没有做到，后来深受他影响的禅宗也没做到，因为不管怎样说，肇公仅仅是把人生哲学移至主体，又挪到过于清寂的逍遥园里去做了①。笔者认为它虽然打开了通向自己的缺口，扭转了玄学困惑，但毕竟使人有"以其境过清，不可久留"（《小石潭记》）之感，柳宗元这句寓言式的谶语，算是对从僧肇到中唐，般若之学、禅宗沿革的历史终结。

诚然，"回到自然"、"天人合一"是中华士人天字一号的不变观念，肇公虽对之有所谓导引，但还没有切实认识到中华传统之自然主要包括我们自身的平常日用。不把此考虑在内，所谓解脱者就不彻底。

宋代道学的价值在于取道这条途径再一次深切于自然，可以说从此角

---

① 此处可参阅笔者所撰《走向神圣的清寂》一文探讨肇公对般若学的理解，该文发表在《长江学术》2013年第3期。

度方是迈向圆满的康庄大道。

从这个意义上，我们说宋学的使命及意义在于它是接着肇公说的，它完成的是肇公未竟的事业，即如何去进一步协调好人生境界、传统自然观念、平常日用等。而在宋学学者中，本书认为苏轼的过人之处在于他对此三者关系的处理达到了艺术化、审美化，并使之升华为封建时代后期士人的文化心理结构，这是他最宝贵的价值。

苏轼（1037—1101），字子瞻，号东坡居士，北宋眉州眉山人。说到苏氏父子，世人多仅许之以文才，其实深入研读他们的论著后会发现他们本人主观以及对后人的实际影响力主要均不在他们的文学，而是他们那种经世济民的政治抱负及思索与践履此抱负时的人格魅力上。

他们的文学之所以有价值也在文学中透出了上述两点，而苏轼无疑又是父子三人中最优秀的一个。在本书中，我们所要关切的他们父子建立所谓的蜀学体系及其内涵与价值也在上述这两点上。

众所周知，三苏之中，老苏苏洵二十七岁才发愤读书，此后又历经挫折，直到嘉祐二年四十九岁的苏洵才与他的二子同时进入仕途。苏洵进入仕途之后不久即遭丧妻之恨，此时他的心态及年龄均已经垂垂老矣，从《嘉祐集》中我们不难推测，他是带着自己的坎坷人生感悟来反思先圣制礼作乐之根本的，可能是受到时代感召，也可能是苏洵意识到自己将不久于人世，他明确嘱咐他的二子和他一起奔赴学术正途。即，苏洵自己研读《三礼》、《周易》，长子苏轼钻研《论语》，次子苏辙研读《老子》。现在看起来，老苏之论虽没有多少学术和哲学意义上的深刻，却为蜀学奠定了慷慨诚挚、多切人事、锋芒毕露的基调。

从北宋社会思潮史上我们不难看出，就在老苏谢世之后，尤其是苏轼兄弟二人丁忧返回京城之时，京都的世情学风发生了太多的变化。在此动荡的大背景中，我们能够明显感觉到苏轼本人在此后的风翔之任、倅杭等的仕途中，其思想的渐进变化并趋于成熟。尤其要提的就是，在宋神宗元丰二年因为"乌台诗案"苏轼被贬黄州，这对苏轼的仕途来说是大挫折，可对他的学术来说却是大幸事。到黄州之后，苏轼开始整理自己的情绪与思想，我们可以清楚地找到苏轼此时检讨自己思想的一些印证，如其云：

浪迹心灵之涯

"元丰二年十二月，余自吴兴守得罪，上不忍诛，以为黄州团练副使，使思过而自新焉。其明年二月，至黄。舍馆粗定，衣食稍给，闭门却扫，收召魂魄，退伏思念，求所以自新之方。反观从来举意动作，皆不中道，非独今之所以得罪者也。欲新其一，恐失其二。触类而求之，有不可胜悔者，于是，喟然叹曰：'道不足以御气，性不足以胜习。不锄其本而耕其末，今虽改之，后必复作，何归诚佛僧，求一洗之？'得城南精舍安国寺有茂林修竹，陂池亭榭，间一二日辄往，焚香默坐、深自省察，则物我相忘，身心皆空，求罪垢所从生而不可得，一念清静，表里翛然，无所附丽，私窃乐之，旦往而暮还者，五年于此矣。"（《黄州安国寺记》）① 从上面文字我们可以看出，苏轼在这里绝不是带气负性而是真有所变，而其变化的最直接的成果就是完成父亲未完成的对《易传》的解读，和父亲要求自己完成的对《论语》的解读，我们认为，随着这二部经典的展开，苏轼的哲学思想也走向成熟。②

苏辙在《亡兄子瞻端明墓志铭》一文中述其兄之学术思想云："公之于文，得之于天。少与辙皆师先君，初好贾谊、陆贽书，论古今治乱、不为空言。既而读《庄子》喟然叹息曰：'吾昔有见于中，口未能言，今见《庄子》得心矣。'乃出《中庸论》，其言微妙，皆人所未喻，尝谓辙曰：'吾视今世学者，独子可与我上下耳。'既而谪居于黄，杜门深居，驰骋翰墨，其文一变，如川之方至……后读释氏书，深悟实相，参之孔、老。博辩无碍，浩然不见其涯也。先君晚岁读易，玩其爻象，得其刚柔、远近、喜怒、逆顺之情……做《易传》未完……命公述其志，公泣受命，卒以成书，然后千载之微言，焕然可知也。复作《〈论语〉说》，时发孔氏之秘。最后居南海，作《书传》，推明上古之绝学，多先儒所未达。"③

依照苏辙上述之说，我们在下面姑且将苏轼之思想历程分成四个阶段：

---

① 苏轼：《苏轼文集》卷十二，中华书局1986年版，第391页。
② 苏轼思想变迁的这一印迹当代学者余敦康与卢国龙均有阐发。笔者《东坡易传及蜀学研究》对之也作过探讨。
③ 《栾城后集》卷二十二，中华书局1990年版，第1117页。

1. 少师先君，学汉代文章，论古今治乱

从史料上看，苏轼父子可能在未出川之前即将汉唐文章视为自己文章的圭臬了，汉唐古文也确实培育了他们刚健有为、议论深思的风格，可以说，正是带着此种风格，他们父子刚入京师，即受到当时的文坛领袖欧阳修的认可。

我们现在已经搞不清楚苏轼父子写作这一系列评品先代古籍和历史人物文章的先后排序，但可以肯定地说，欧阳修之所以肯定他们父子就在于他们父子的文章正好顺应了欧阳修当时所倡导呼吁的那场声势浩大的恢复古文道统运动。而今天评价这些文章的得失，笔者认为最主要也要看它们对当时呼吁古文"道统"思潮的顺应。

2. 既而读《庄子》喟然叹息曰……

这里，我们把它看成是思想变化的第二个阶段。本阶段，苏轼刚入仕途，却面临着熙宁变法带来的社会剧烈变革。苏轼之读《庄子》以及所产生的共鸣，其透出的深沉信息不仅说明他对变革的怀疑，也同时意味着对前阶段自己所持纵横恣肆议论态度的怀疑。其实，苏轼在此阶段的此种情绪在他的一些诗里也有所表达，比如那首最有名的《渑池怀古》就有"人生到处知何似，应是飞鸿践雪泥"的人生感慨。值得注意的是他的这点感慨在他倅杭之后迅速释然了。在杭州，他开始广泛吸纳传统文化中的各种养料。当然，也必须指出，当苏轼的思想发生变化的同时，整个社会思潮均在发生变化，具体地说当时的学界是：王安石以新学，张载以关学，邵雍、程氏兄弟以洛学等。尤其是在相互启迪和碰撞中，这些学派均告别了古文家的使命，呈现出自己的特色。可以说，上述诸流派共同造就了宋学的繁荣。我们推断，苏辙在墓志铭上说其兄读庄子有所悟"时出《中庸论》"也大约在此时，从《中庸论》议论的议题及苏轼的结论中可以看出以苏轼为代表的蜀学也正是在此时渐于成熟。

3. "既而谪居于黄，其文一变"

这是苏轼思想发展的一个重要阶段。联系小苏的陈述，笔者认为，这里所谓的"一变"至少包括以下内涵：

(1) 读释氏书，深悟实相，参之孔老，致力于从更深层次的意义上促成三家交流、对话。苏轼于此时真正体会到儒释"二法者，相反而相为用"，体证到"世间即出世间，等无有二"的真谛，可以说此体证的结论奠基了他之后中华士人的文化心理底蕴。

（2）在黄州能坐下来以一个整时间来完成父命的对《易传》著述，我们现在虽没有足够的资料证明《东坡易传》即完成于此时，但说《东坡易传》的逻辑展开于此时还是站得住脚的。

（3）从某种意义上说，《东坡易传》思路的展开①标志着他的哲学活动由被动的求索转为主动的营造，所谓苏轼的蜀学也从此走向成熟。甚或可以更大胆地说，苏轼在黄州三年，又使中华传统文化完成了一次新的转折。

学人可以把苏轼的思想发展分成若干个时期，但无论怎样划分，黄州时期（三年）都是特别关键的段落，我们姑且把它称为"终结"，此深沉意蕴在于此阶段代表着一个深刻的思想转型。

如果说黄州以前他的思想往往是"缘诗人之义，托事以讽"，激扬赶浪，不自觉地顺应着时代思潮的话，那么黄州以后，他由于有了成熟稳固的应物之则，因而对时代思潮能够做到从容辨析，展示着他成熟的哲学魅力与人格魅力。

笔者此书之序名叫《僧肇〈肇论〉与苏轼蜀学间的传承与呼应》，前文我们也说过其目的就是要把僧肇与苏轼放到同一个问题域内，通过他们的相互映照，一方面去发掘他们各自的价值，另一方面去找寻从僧肇到苏轼中国哲学究竟走了多久、多远，展开到怎样的程度。这里我们再把话题说远一点，虽然从正始玄学到僧肇再到苏轼，中国先哲在思辨领域里走过了太漫长的历程，但围绕的中心问题只有两个：（1）兢兢于修证远古以来即形成的人与自然的关系所结成的"天人合一"境界。（2）努力以此为背景探讨何谓"圣人"，或换言之，什么是人生的"终极关怀"。笔者认为，中国哲学的活力就在于能够紧紧围绕这样两个支点，找

---

① 苏轼的这一营造如果说从黄州开始，应当说是贯穿他后半生的。对此苏轼自己也很在意，其有诗云："问汝平生功业，黄州惠州儋州。"当代学者余敦康、王水照、朱刚、卢国龙均有探讨。观点见于张兆勇《蜀学与东坡易传研究》，中国文史出版社2003年版。

到在自己时代所出现的问题，对照人与自然关系的理想找到在自己时代里人自身出现困惑的原因，尤其是深入自然找准士人应如何对人生使命进行适时调整等。

笔者所做的努力也就是要将这样的思路提出来并贯穿于本书之中，并以此为问题域揭示僧肇与苏轼在思想史、学术史上的价值。

通过艰苦的爬梳，笔者试着得出如下结论：[①]

如果说僧肇最先使中华学术转到挖掘主体心灵上来，也是他最先使心灵走向了神圣的清寂，那么苏轼的价值在于能够在僧肇之后踏着太多前人的坎坷，承应着太多前人的探讨途径，从而将心灵探究进一步扩充为主体人格研究，这是他价值的最高所在。诚然，宋代道学均是致力于人格的研究，但苏轼的独到之处在于吸纳儒学以外比如老庄及僧肇以来的佛学，尤其是吸纳时表现出了前所未有的率真、大胆、深入，将所把握的人格又进一步充实、推进到审美层面上。故而能够独树一帜。

从僧肇到苏轼，可以说华夏士人在一刻不停地、艰难地跋涉着心灵之旅，终于他们走向了心灵之涯，发现内在自信的世界里，依旧是海阔天空。苏轼写在黄州的《定风波》无论从时间上还是从结论上均有概括意义，其词云："莫听穿林打叶声，何妨吟啸且徐行，竹杖芒鞋轻胜马，谁怕，一蓑烟雨任平生。料峭春风吹酒醒，微冷。山头斜照却相迎，回首向来萧瑟处，归去，也无风雨也无晴。"

的确，从他的哲学生命历程中，笔者一方面看到的是"一蓑烟雨任平生"的深沉执着，另一方面又能体会到迈向生命圆满后所见生命真相的萧疏与淡泊。"亭下不逢人，夕阳淡秋影"[②]，这是先代美学老人宗白华所激赏的元四大家之一倪云林的诗，写在此，想用以作为对苏轼所奠定的北宋中华士人文化心理特征的定格。

[①] 此处亦可参考柳田圣山：《禅与中国》，生活·读书·新知三联书店1988年版，第58页。一个日本学者的意见，他说："其实经历了漫长时间，中华士人才发现般若问题是心灵问题。"

[②] 语见董其昌《画禅室随笔》卷二，南京江苏教育出版社2005年版，第196页。

第一辑

诗教与潜行

关于"中华宗教诗学"概念的提出及思考

引 子

"中华宗教诗学"指几千年来以诗承传的中华根本性民族精神：忧患、知耻、奋进、安慰。作为宗教，它的根本性在于既不同于佛教，亦不同于道教，作为伦理与儒家道统亦有区别。宗教诗学指士人把诗与评诗作为它特殊的传导方式和批评平台，它应从先秦孔子"删诗之旨"即很成熟，此后各代均有自己变现，宋代士人又对之进行了内涵与方式的再完善。由此可以定义，所谓"中华宗教诗学"是指几千年来以诗承传的中华根本性民族精神及对之的研究。从宗教角度说，它既不同道教，亦不同于佛教，从道统角度说，它与儒家道统既有联系，亦有区别。它有别样潜行与生命力。

其实，对当代学人来说，这并不是新鲜概念或命题。因为与之相关的几个概念几乎也是20世纪西方文化反思的主旋律，例如：文化本质、人的本质、人的家园、人行为的动因、人生价值标尺等。西方既重新审视了这些与宗教的关系、重审了宗教的意义，也就此重审了诗的意义、诗之于宗教的关系等。

于是，越来越多的西方学人在他们的思路中往往将文化、宗教、诗联系在一起，从文化角度或更精细地从宗教角度，依着宗教心理状态，依着宗教的途径来定位诗的价值、诗之于人生本质的意义。总之，依这样方式研究诗是20世纪西方学人普遍的兴趣点。

假如我们将此称为"宗教诗学"问题域，那么这个思路框架、架构取

第一辑 诗教与潜行

向能否挪移至中华,从而对中华诗坛展开考察,对中华诗的宗教意义展开探寻?这实在是一个卓有探寻意义的问题。

前些年拜读过张志刚先生的《宗教文化学导论》,[①] 他断言宗教与文化联系研究已经到了展开研究的时候了。在笔者看来"展开研究"除了要借鉴20世纪西方学人的思路,还应考察在我国五千年历史里宗教与诗的关系,以及我们前人对此不懈的倾诉暨对此丰厚的实践成就。关于此,至少可以就以下问题展开:

什么是中华本根的宗教精神?诗在展衍本根宗教时其角色定位、其特色何为?

中国大量诗论对此是怎样表述的?对传承宗教来说,它们有什么样的展衍、启示、遮蔽?思想史上先后所起的道、释与之对照起来又应归属为什么功用?中国诗论所体现的宗教性在释、道这里担负什么意义?有哪些展衍与分工?三教与中华根本宗教承传方式有哪些不同?在笔者看来,所有这些均应是"展开研究"关乎中华"宗教诗学"的问题域。

(一)

不必讳言,以"宗教诗学"命名引发当前中国传统诗学研究易产生许多领会上的歧义。就当前的学术界看,在不同的领会歧途上均已有学人投入且有丰硕之果。

首先,文献整理,指关于宗教人(包括佛教、道教信仰者)所创作诗的文献整理,宗教人的身世研究。这些在学界一直是热门话题。

其次,关乎宗教的诗歌艺术价值评估,包括对不同身份的诗人所创作的涉及宗教(包括对佛、道或其他教派)诗进行整理、评估。这些都是学人热点。

最后,在理论层面,指针对以宗教思维、宗教方式、宗教价值趋向来指认、定性、升华诗,其特征、规律、审美评估等理论的研究。尤其是,假如我们把诗的定义泛化一些,这一理论研究范围实际上还涵盖画论、乐

---

① 张志刚:《宗教文化学导论》,东方出版社1996年版。

论、书论、词曲论等的遗产。学人在此均有成就。

在此，笔者想要说的是，宗教在中国当然包括道教、佛教，但诚如许多学人所概括的那样：一个民族的文化精神传衍虽有众多因素，但不能离开有一根本性的宗教意识支撑。[①] 20世纪以来西方不同层面上的学人均分别承认了文化与宗教的依存性，[②] 宗教对科学的原动力，[③] 我想对一个民族来说可能更是指这种宗教。

而对中华来说，这一根本性宗教显然不能就是道教或佛教。这一根本性宗教是什么？它的方式，思维方法，价值趋向，怎样引领着诗学、凝聚诗性精神，怎样渗透于诗学？显然所谓"宗教诗学"其更本质、更值得探寻的问题应在于此。如此说来，所提出"宗教诗学"者，若把它作为理论命题，那么其所涉猎至少两个层面上的问题，首先即与关于道教的、关于佛教的、关于道统的厘清。除此还有更深更重要的层面，即民族宗教精神开掘。对于"中华宗教诗学"来说，只有两方面综合才能是它的合理架构尤其是第一个层面儒、释与道统三方面研究结合在其相比中见出各自的特点，才能凸显出另一层面的民族真精神，从而把握宗教诗学的真命脉。

（二）

从中国学术史上，我们知道从宋代起中华士人在谈论自己绵绵一息的中华民族精神内质时喜欢就三个命题展衍他们时而单线、时而交错的思维轨迹。它们是：

①所谓十六字的心传，曰："人心惟危，道心惟微，惟精惟一，允执厥中。"（《大禹·谟》）

②所谓天人合一观念：即所谓"万物负阴而抱阳，充气以为和也"。（《老子·四十二章》）所谓"万物皆备于我矣。反身而诚，乐莫大焉"。

[①] 诺贝尔物理学奖得主海森伯说："宗教是伦理学的基础，而伦理学则是生活的先决条件。"爱因斯坦也认为科学只能断言"是什么"，而不能断言"应当是什么"。

[②] 美籍德国神学家蒂利希认为"宗教是文化的本体，文化是宗教的形式"。

[③] 德国物理学家普朗克云："人需要自然科学是为了认识世界，人需要宗教则是为了行动。"爱因斯坦说："在我们这个唯物论的时代，只有严肃的科学工作者才是深信宗教的人。"

(《孟子·尽心上》)

③孔子的感慨:"天何言哉?四时行焉,百物生焉,天何言哉?"(《论语·阳货》)

针对于此,我们发现有这样一些特点能概括宋代以来士人对三个命题的深沉关切:

①宋代士人越来越滋生维护其的自觉立场。所谓从宋代开始,并非说以前没有,而是指宋代的士人越来越以自觉而呈其特征,越来越以自觉去养护。其表现出的敬仰、诚信、从容等心理状况,尤其见出对此的大宗教至诚。对于此,如果将张载的"四为"姑称为儒者宗教"四句偈",[①] 那么大程《识仁篇》[②] 又经典阐发了什么样才能是真正的仁者,尤有宗教意味。

②宋代士人进一步凸显其"道心"并加以充实其内涵,进一步努力将三个命题加以熔炼,以支撑其框架。经过熔炼宋人发现把天地精神作为"道心"主要取其劲健、宽容、自强与厚载及我人的态度:忧患、崇仰、安稳,宋代士人发现华夏诗人的魅力在于经常以其独特唯一表现对其感受。此也应说是诗之魅力,或云诗之宗教性。

③宋代士人普遍是用浓郁的还原思维将天、地、人沟通,并以此作为"道心"的背景。从而在这个意义上进一步总结陈述"道心"的人文审美特征,比如无言、质朴、萧散、外枯中膏等人文特质,从而使其主体化。

我们不难感受到宋代学人在展开这些思路时所由衷流溢的是其敬畏、崇仰、优游、自信的心态。而这正好是大宗教的情怀。如果说,宋代士人将这种心态深深地扎到先秦儒道先哲,实现着所谓儒道互补;扎到了禅门,使后人能反观他们透亮灵澈的心愫,这种心愫最终又实现在生活中、在艺术创造中的软着陆。这即是宋代士人的创造性。在此完全可结论为:宗教文化化、文化世俗化、世俗诗化。终于在宋代道学这里宇宙之间仅存唯一一种怀着感激的人生态度,此即宗教心态。所谓"存,吾顺事;没,吾宁也"。张载《西铭》(即《正蒙·乾称篇》首段)以精湛命题,千古一

---

① 即著名的张载"四为"。见《张载集·张子语录》卷中。
② 即"学者须先识仁"。见《二程遗书》卷上。

息，往上通达着《论语》上太多的箴言，所谓"君子和而不同"（《子路》）所谓"道之将行也与，命也"。（《宪问》）"天生德于予，桓魋其如予何？"（《述而》）

在本书里，笔者想要表达的是，对"人心惟危"的根本性忧患应看成是中华这些心态最本然的宗教意念及背景。只有把宗教诗学定位到此，定位为关于此的诗性精神承传上，才能理顺、侦得它的魅力，体悟到它"无待"的生命特质。

从诗史上看，事实亦是如此。从孔子的删诗之旨，到汉乐府的不绝如缕，再到《古诗十九首》的惊心动魄，此后各代一直在倡言道统，追问道心，各代的那种深悲极乐，所谓"流水淡，路茫茫，凭高目断，鸿雁来时，无限思量"。（晏殊《诉衷情》）那种义无反顾，那种悲壮，所谓"满目山河空念远，落花风雨更伤春"。（晏殊《浣溪沙》）总之，宋代人想要感动人的和能够感动人的差不多均在于此。而把握中华宗教理应到此查询与守候，比如说从北宋末开始，广大士人虽愤懑着江西诗派的过于文字、议论、典故，但南宋朝满士人始终没摆脱敬佩山谷及追随者所承传的刻意性。尤其敬佩这种承传的刻意以至于诗的"活泼泼"，其原因即在山谷能将生活悟道为诗，以至于高绝。

在笔者看来，山谷诗的魅力恰在于是真正以此贯彻了华夏真宗教和凭其尖新、忌俗触及着中华宗教诗学所应涉及范围，应是体验与关涉宗教与诗学、心灵与物化的完美实例，这应是受到景仰的原因。

值得慰藉的是对这一宗教的关切，对此宗教诗性的挖掘以及诗学意识构建，历史上从来没断线过，而是"金线暗随鸳鸯浴"，尤如"鸳鸯绣出从君看，莫把金针度与人"。（五祖法演语）像历史上的钟嵘，陈子昂，李、杜、韩、柳，张戒，一直到王船山等，他们均是维护着诗性精神的典范，正是有这些学人的卓越成就，才使中华诗学始终有浓郁的宗教性。例如在这一点上，船山是后起者，也是一个卓越的终结者。从他的《姜斋诗话》到三本诗评选均在贯彻着对诗性精神的找寻与维护，[①] 从中能感到他

[①] 即王船山《古诗评选》、《唐诗评选》、《明诗评选》。在三书中的不同之处，他对《古诗十九首》、曹植、杜甫、韦应物等的诗性承传做了艰苦搜寻。

找寻的艰辛，获得的深刻孤独。

综上看来，宗教诗学实际是非常广义的概念。它理应横跨中国的道教、佛教，但它更是包含着儒教的中华根本性宗教。就这一点来说，结合历代学人的心灵感悟，本书或可以做如下总结以作为本纲要的总结。

1. 中华学人曾成功地利用道教概括过诗的风格、诗人的风度，比如：司空图、白玉蟾、朱权等。

2. 中国学人也曾成功地利用佛教概括过对诗的妙悟，如中晚唐以皎然为代表的系列僧人，宋代以后太多诗人以禅喻诗、以禅喻画，编织了太复杂的诗道与佛禅的关系。

3. 相比之下，中国学人更是在华夏民族根本性宗教的意义上体现着宗教的心态，并以此心态创造、建立起与诗的千丝万缕的联系，从而表现出中华士人的最根本志趣。

而所谓建立"中华宗教诗学"同时兼顾着三个层面：即是洞彻关于宗教的定义，关于诗的宗教定位，关于历史上儒释道三家与诗所分担的不同角色特征。要营造中华宗教诗学，显然三个层面要同时兼顾。而它的价值与意义在于，只有如此才能将关于"中华宗教诗学"命题以立体思维落实到它的主题、它的背景上，才显得不空洞，才能在立体思维的相映之中建立起关于中华的宗教诗学理论来。

（三）

以下笔者想按照这个思路试着将中国汉代以来诗人风采诗学名著作粗略的排序如下：

首先，具道教倾向的：

(1)《列子》

(2)《高士传》（晋）皇甫谧

(3)《抱朴子》（晋）葛洪

(4)《二十四诗品》（唐）司空图

(5) 白玉蟾（南宋）

(6)《太和正音谱》（明）朱权

其次，具佛教倾向的：

（1）宗炳《画山水序》（与六家七宗的支道林、净土宗（神佛轮）慧远均具有影响力的篇什相呼应。）

（2）王维（皎然、齐己、贯休、遍照金刚诸篇，均可与王维媲美，并全面铺开了佛学诗观。）

（3）一花五叶诸僧"看话"与公案。

（4）契嵩与五祖法演

（5）从赵孟𫖯到董其昌

（6）王渔洋

再次，倾向于玄学的：

（1）竹林七贤诸篇

（2）陆机《文赋》

（3）钟嵘《诗品》

（4）刘义庆《世说新语》、刘邵《人物志》二书及注

（5）谢灵运《与诸生辩道书》

（6）昭明太子《文选序》

最后，倾向于儒家的：

（1）《诗大序》（《琴操》与之相近）

（2）陈子昂《修竹篇序》

（3）李、杜风雅论诸篇

（4）韩、柳、刘道统诸篇

（5）柳（开）、石（介）、胡（瑷）道统呼吁与欧阳修的再倡导

（6）苏、黄道学

（7）从陈师道到吕本中、南宋四大家的江西诗派之论（刘克庄、蔡正孙、方回的江西再论）

（8）严羽"第一义谛"与张炎"骚雅"论

（9）朱子"道心"，范成大《梅》、《菊》二谱品质探

（10）明人"正统"争议

（11）王阳明为诗心路

第一辑　诗教与潜行

（12）清儒在诗上、词上对本真前赴后继的求解

（13）龚自珍《夜坐》："春夜伤心坐画屏，不如放眼入青冥"

龚自珍《己亥杂诗》例如"陶潜酷似卧龙豪，万古浔阳松菊高。莫信诗人竟平淡，二分《梁甫》一分骚"。

上面列举应是对中国《诗大序》以后关乎宗教诗学名著的大概罗列。在笔者看来，第一类倾向于道家者，主要是指这些人事或著作从不同侧面反复描摹了道家羽化的风度与风范。他们的描摹经常被用来作为诗人心期的境界与感觉，有引导诗人的诗学意义。虽然关于此可以追踪至《老》、《庄》，但像上述这些所起的是更具明确的道教中介推进意义，并且各有其特点，自然不能忽视。

第二类倾向于佛学的，如果不整理一下，还觉得佛禅与中华宗教诗学的发育很密切，但真的整理就不难看出，佛禅对中国文论影响其实很小、很少。它差不多又可分三个系列：

一者，即宗炳等对佛影、传神论的引鉴。

二者，贯休、齐己、遍照金刚等的所谓登堂入室思维。

三者，即以王维为开山或被推为开山，以禅悦、禅照、禅境来隐喻诗作、诗境、诗韵。从董其昌到王渔洋，他们又创造性地将上述几方面结合一起，尤其是引入司空图、严羽理论的加入充实及引入中唐即有的登堂入室禅学思维成为一个有影响的诗论支派，这一派的影响还表现在对绘画的批评上，促成诗画批评联璧。

和道家、释家相比，儒家显然泱泱大观。但要摸清儒教的真面目，须将其放到以下几个层面上：

首先，从《诗大序》以来，风雅、道统与诗歌政治性的胶着倡论往往是泥沙俱下。在此虽表现着儒家的浩然豪气，却忽略了在细部舒展的内在性及审美情操，因此往往不能最终导致心与心的相沟通。

其次，从玄学层面。它的建设性在于"人的自觉"后士人对《诗大序》的形而上的再扩展，要么从建设，要么从梳理，要么从整理维护。一句话，玄言诗人前仆后继走完了一条曲折的以"玄对山水"、"目击道存"的体道之路，从中虽体现着儒者精神，但内涵亦随时代而一再充实

与迁变。

　　再次，自北宋道学以来，道学学人几经努力，已经找准主体切入抒情角度，找准了敬畏的灵性储备，找准了历史上此敬畏之心传播的绵绵一息。他们既按照这个思路对中华诗人进行精确分析，也有意识地在这个意义上做大、做强以体现自己的时代精神。

　　最后，笔者想要说的是，若要建立"中华宗教诗学"，首先要在它们本自不同层面上还原中华文论诸篇的本来意义，还原它所处的历史环节。其次本着中华宗教精神找到它们在诗论上的变化与所藏。特别是能领会孔子的以"兴、观、群、怨"为标的所展开的删诗之为，并以此涵泳使命意识。

　　其实，关于"宗教诗学"的确立，历代学人在理论上已筚路蓝缕，是他们发现同时他们自己亦在传承中华诗教的正脉。比如，阮籍《乐论》，钟嵘《诗品序》，李、杜的风骚论。比如苏、黄"韵味"，张戒的杜甫情结，以朱子"道心"最终到王船山"圣证"说，以上即是一些试例举略其印迹。

　　而从诗的创作层面说，《古诗十九首》、曹子建、陶渊明、老杜、韦应物均是被学人反复推碑的精华。笔者最后想说，在学人眼里并不是其他诗人不好，而是说上述诗人更是圣证。他们更具纯真的忧患意识，他们更显活泼自在的生命情结和生命境界。这个境界从心的层面叫"道心"，从人格层面叫"外枯中膏"，从与自然交融角度叫"萧散"①。显然，中华宗教诗学研究最终应定位于此、聚焦于此。学人体悟到此即体悟到关于宗教诗学的"圣证"。

---

①　"道心"与"萧散"均为中唐诗人韦应物所刻意呈示的人生目标，而"外枯中膏"则是苏轼总结韦应物、柳宗元等的审美旨趣。

试评王船山天道自然观对横渠之说的传承

——兼论其自然观对乾嘉学派学风形成的意义

研究船山之学,当代学人几乎都有思维的定位与定性。具体点说,即将船山定位成反儒启蒙的勇士;将他的学说定性为最彻底的唯物主义,而又因为这两点进一步将他的学说描绘成传统哲学的最高峰。因此,从"扬弃"角度研究船山,一般都是抬高船山而批判宋儒。本文立论认为,船山之传承在于没能把握宋儒天道精华,因而就没能把握中华自然观的精华。王船山之学没能很好影响乾嘉学派,而这正是造成乾嘉学派"为学问而学问"的原因之一。

在本文里,我们把论题聚焦于《张子正蒙注》想借以考察一下船山的自然观,其目的则是想越过学人这些定位与定性,以最大限度地靠近船山的哲学真实与历史真实。分以下几个问题:

一 从自然观来考察船山的价值与意义

为什么要从考察自然观入手,本文的思路是这样的:

泛览中国思想史,我们会不难发现,中国哲学虽与时俱进,生生不息,但讨论的基本问题始终是天人关系,即所谓"究天人之际,通古今之变"。[1] 或云:"天人性命之学。"[2] 天人之学说白了就是探讨人与自然之间的关系,它至少有三方面论题:天道自然的内涵;对人与自然之间关系理顺途径的探讨;人依托自然所建立的人格理想等。以此为思路,我们或可进一步将先秦看成是自然观念的建立;秦汉以还看成是对自然观念

---

[1] 司马迁:《史记·太史公自传》。
[2] 参见《孟子·尽心》、《中庸》及北宋五子对天人的论述。

的实践。

根据这一理论我们就不难解释西汉今文经学融会阴阳、道家等建立天人感受学说其本质所在,东汉古文经学对今文经学打击其目的何为?进入"人的自觉"的魏晋时代,从这个思路更易看出:首先魏晋玄学在不同层面上讨论的一系列问题均是围绕名教与自然的关系而展开的。[①]此后以孔颖达为代表的早期唐代经学家采取"注不驳经、疏不驳注"的原则,基本上承袭着魏晋玄学对自然的关注。中唐以来,韩、柳、刘环顾中唐现实危机四伏,其种种议论虽多有超出孔颖达的范围,但其结论还是围绕天人的关系而展开。到了宋代天人关系的思路可说是空前明确,最先是以胡瑗等定出"圣人之学"为探讨的目标,周敦颐则以《太极图说》与《通书》明确了"推天道以平人事"的探讨思路,此后无论是关学还是洛学、蜀学,甚至南宋朱子均是围绕此展开其创造思路。[②]

综上我们再看船山,他既然是公认的清代学术拓荒者,并且以反思王学自命,其思维的确触动着宋明理学的哲学基础,而今天我们若要考察他的价值,无疑最切实的方式就是要考察他的思路入不入这一"天人性命"的思路总围。可以说也只有这样才能盘出船山之学的价值老根。再者,船山即以希横渠之学为使命,我们认为也只能从这个意义上才能测出他深入关学的量度。

反思王船山的自然观,笔者以为剖开研究《张子正蒙注》是一条切实的路径,个中的原因首先应当从梳理船山的学术使命谈起。

关于船山的使命,他在其生命的晚年,回顾、总结、表露得比较多,其在《噩梦·序》[③]中有云:"吾老矣,惟此心在天壤之间,谁为授此者。"船山这里的"此心"笔者以为即是儒家的正学,这里所要注意的是船山是将张载看成是孔子儒学的真正传递者,而自己在此家国沦丧、学术混乱的背景下是要通过张载完成这一使命的。众所周知,船山一直到墓志铭上还有"希张载之正学而力不能企"云云即是此意。

---

① 汤用彤:《魏晋玄学论稿》。
② 可参阅余敦康《汉宋易学解读》,华夏出版社 2006 年版。
③ 引自《船山遗书·噩梦》,中华书局 2009 年版,第 141 页。

又其《姜斋公行述》有云:"明人道以为实学,欲尽废于今虚妙之说而返其实。"这是船山在表白他介入张载的角度。又其《噩梦·序》云:"教有本,治有宗,立国有纲"① 无疑又是谈介入张载的使命与意义。

综上,可以说,船山是抱着明确目的来弘扬张载的,准确地说,此目的即是为了在易代之际价值混乱状况下,原定经典文本,确诂圣人本意,从而打通天人关系。而这正是我们从剖《正蒙注》整理船山自然观的主要原因。

从研究《正蒙》入手还有一个重要原因在于:《张子正蒙注》出自他的晚年,可以说是他经历抗清、隐居到全面反思王学研读经典后的终结,因此也是他哲学成熟结论。从年谱上看,②《正蒙注》初稿写于康熙二十四年,二十九年重订。从生平经历上说,此时他的学术有两个特点:(1)他从早年读易入手,中间经历了六经开生面的明确自觉,到此时学术已经走向成熟到了全面总结时期,《张子正蒙注》可以说是他全面总结思路的载体。(2)此时他的著作甚丰,并且学术品位极高,粗略列一下:历史类有《读通鉴论》、《宋论》;易类有《周易内传》、《周易内传发例》;另外还有打通经史的随感类《思问录》等。可以说,这些与《张子正蒙注》相互呼应,共同将他的哲学带到了成熟。

二 王船山读《正蒙》的思路解读

王船山在《正蒙注》的《序论》中有云③:"宋自周子出,而始发明圣道之所由,一出于太极阴阳人道生化之终始,二程子引而伸之,而实之以静一诚敬之功,然游、谢之徒,且歧出以趋于浮屠之蹊径。故朱子以格物穷理为始教,而檠括学者于显道之中,乃其一再传而后流为双峰、勿轩诸儒,逐迹蹑影沉溺于训诂。故白沙起而厌弃之,然而遂启姚江王氏阳儒阴释,诬圣之邪说,其究也为刑戮之民,为腌贼之党皆争附焉,而以充其无善无恶,圆融理事之狂妄,流害以相击而相成,则中道不立、矫枉过正有

---

① 引自《船山遗书·噩梦》,中华书局2009年版,第141页。
② 参王孝鱼《船山年谱》。
③ 本文所引《张子正蒙注》,中华书局1975年版。

以启之也。"在船山看来："（张子之学）上述无穷而下学有实，张子之学所以别于异端而为学者之所宜守，盖与孟子相发明矣。"其云："张子之言无非易，立天、立地、立人反经研几，精义存神，以纲维三才，贞生而安死，则往圣之传，非张子其孰与归。"

以上均是船山《正蒙注》的《序论》，也可以看成是他切入《正蒙》研究的思路，推究起来有三点值得注意。

首先，他认定自周子以来北宋之学人找到这条太极阴阳人道生化之终始的探讨线索。其次，他认为从宋到明漫出了一个阳儒阴释的邪说，究其根本在于违背了此条线索。最后，他认为张载是此线索的忠实实践者，而这恰是反对邪说的重要依托。

本着这样的思路，无疑我们认为他切入《正蒙》的线索是相当明晰的，即（1）他寄期望于在《正蒙》中找回张载"推天道以平人事"的思路。

其在《天道篇》篇前有云："此篇因天道以推圣德而见圣人之学惟求合于所自来之天而无所损益，其言虽若高远而原生之所自，则非此抑无以为人。"

又《至当篇》云："张子推天道人性变化之极而归之于正经，则穷神知化要以反求大正之中道，此由博反约之实学、《西铭》一此意广言之也。"

（2）他寄期望于找回张载对佛老攻讦的方式、方法，通过研读《正蒙》他发现此方法第一在立本，其云："周子曰：'贤希圣，圣希天。'希圣者亦希其希天者也，大本不立而欲以学圣非异端则曲学而已，学者不可以为若登天而别求企及之道也。"（《张子正蒙注》卷二首）第二，所立之本在于明白"天言教者天之曲成万物。各正性命，非以自成其德也。圣言德者，圣人动无非善，非为立教而设，只以自成其德，然而学者之所学在此也，非圣人之有秘密，求之于言语道断间也"。[《张子正蒙注》卷（二）]

（3）他寄期望于借张载的清虚一大的元气论来演绎他的天人宇宙实学论，以突出以下几点：

第一，强调万千宇宙乃是天人合一的大实在，其云："凡虚空皆气也，聚则显，显则人谓之有，散则隐，隐则人谓之无。"（《太和篇》注）其

第一辑　诗教与潜行

《船山思问录·内篇》亦有云："太虚一实者也，故曰：诚者天之道也，用者皆其体也，故曰诚之者人之道也。"

第二，感悟张载所强调宇宙生命乃是阴阳氤氲的有序生命的过程。其云："至诚体太虚至和之实理。与氤氲未分之道通一不二，是得天之所以为天也，其所存之神，不行而至，与太虚妙应以生，人物之良能一矣，如此则生而不失吾常，死而适得吾体，迹有屈伸，而神无损益矣。"（《正蒙注·太和篇》）

第三，认识到张载强调圣人乃是执一超越的，圣人的风采乃是"自成其德"。其云："天言教者，天之曲成万物，各正性命非以自成其德也，圣言德者，圣人动无非善，非为立教而设，只以自成其德……圣者极乎善之谓。"（《正蒙注·天道篇》）又其释《至当篇》圣人同乎人而无我云："圣人达于太和氤氲之化，不执已之是以临人之非……所以天下其化于和。"

王船山在对张载作上述的把握并按照上述思路通过注《正蒙》理顺圣贤天人宇宙关系后，最终在自然观上与张载发生了分歧。我们认为也正是这个分歧使他对道统的探讨最终抽象起来，传递也最终空洞起来，而此种空洞又让他的哲学对乾嘉学派终究没有产生什么影响，或云让我们理清了清初启蒙与乾嘉学派所以断裂之因。

为了说明这个问题，我们首先来看一下张载的自然宇宙观：

我们都知道，张载论自然宇宙及人性本质主要有以下概念：湛一、攻取、天命、气质、性情、心等，这些概念在《正蒙》中内涵均非常明确，它们共同勾勒了张载的自然观念，特别是能使其所探讨的人性与自然紧密结合一体。

张载云："湛一，气之本；攻取，气之欲，"[①] 湛一是太虚之气，它构成着自然宇宙的本质以及人的天命之性，"攻取"是指气的随时而起化者，它是以"健顺、动止，浩湛之象"为得言与阴阳翕辟生杀之候相应以起用。（《正蒙注·神化篇》）也就是说，攻取构成着宇宙烂漫的色彩，以及人的气质之性，所谓"口腹于饮食，鼻舌于臭味皆攻取之性也"。（《正蒙

---

① 参见《正蒙·诚明篇》。

注·太和篇》）

关于"天命之性"与"气质之性"的关系，张载云："形而后有气质之性，善反之则天地之性存焉。"（《正蒙注·诚明篇》）即在他看来，天命之性或"天地之性"是指太虚湛一之性，气积聚为形质又具气质之性，这就构成了天地精神的两个层面，也同时勾勒了人格两个层面。

从张载的论述看，我们发现他从根本上找到了天地一大实体的原因，特别是他是将自然与人放在同一目标上寻找的。

至于人与自然的区别，张载仅推出"心"这一概念：

他认为性的两个层面，天地万物与人均有，人与万物的区别在于有"心"，何谓"心"，张载云"合性与知觉有心之名"，《正蒙注·太和篇》此即是他的著名命题"心统性情"。细玩张载心统性情的命题至少有以下三个含义：

（1）心是性情的统合。即以心将人的本质、天地之本质与感性世界几个层面结合在一起。

（2）心能尽性呈德性之知。即心能最终使人透出现象感性而洞彻本质。

（3）心御见闻，人的本性通过心包容见闻之知。可以说，张载是从这三点将人与自然做了区分。由此，我们可以看出张载关于自然人性的探讨有如下特点：

（1）是以"推天道以平人事"[①]的总方法论合理有效地展开。

（2）将天地自然与人和谐有效地包容在一个大的框架之中来探究其本质，从而透彻地展示其"民胞物与"的思想。

（3）并没有从本质内涵上去将自然与人做划分，而将自然本身作更进一步细分。

王船山在对张载的上述思想做发挥时除了倾力传承此种特征外，更主要表现自己的特色，其中有一个最突出特点即是更加精纯人之正气，并以此来表达自己与张载的不同。其云："太虚之气无同无异，妙合而为一，人之所受即此气也。故其体，湛定而合一，湛则物无可挠，一则无不可

---

① 可参王船山《正蒙注》、《至当篇》、《天道》题解。

受。"(《正蒙注·诚明篇》)又云:"未生则此理在太虚为天之体性,已生则此理聚于形中为人之性,死则此理仍返于太虚形有凝释,气不损益理亦不杂。"(《正蒙注·诚明篇》)又:"理明义正而道不缺,气正神清而全归于天,故君子之生,明道焉尔,行道焉尔,为天效动,死则宁焉,丧者丧其耳目口体而神无损也。"(《正蒙注·诚明篇》)其次,船山探讨天地之气何以运作时强调精神。其云:"太和之中,有气有神,神者非他,二气清通之理也。不可象者,即在象中,阴与阳和,气与神和,是谓太和。"(《正蒙注·太和篇》)在解释"不如野马絪蕴,不足谓之太和"时云:"此言体道者不于物感未交,喜怒哀乐未倚之中,合气于神,合神于性,以健顺五常之理,融会于清通,生其变化,而有滞有息,则不足以肖太和之本体。"(《正蒙注·太和篇》)

前面讲过,张载在强调人与万物的区别时提出了"心统性情"命题,即仅用心这个概念将人与自然做了划分。船山通过论述性与神、气关系而强调神的确将张载之"心"贯彻得很好,但同时不难发现船山又刻意通过强调人禀气时与禽兽的不同,而表现出与张载的不同。

船山认为(人)"静而万理皆备,心无不正,动而本体不失,意无不诚,尽性者也。性尽则生死屈伸一贞乎道,而不挠太虚之本体、动静语默一贞乎仁,而不丧健顺之良能,不以客形之来去易其心,不以客感之贞淫易其志,所谓'夭寿不贰、修身以俟之,不显亦临,无射亦保'也。盖其生也异于禽兽之生,则其死也异于禽兽之死,全健顺太和之理以还造化,存顺而没亦宁"。(《正蒙注·太和篇》)

这个例证足以说明将人与禽兽区分开来以探讨人性是船山的一种有意识的思路和主观刻意。

诚然,船山认为"道者天地万物之道理,即所谓太极也"。但不难发现他在探讨天地自然的本质时是极清楚地将人、禽兽、草木作三部分来加以区别与探讨的。其在《诚明》注序中云:"道者,人物之辨,所谓人之所以异于禽兽。"又:"禽兽,无道者也,草木无性者也。"只是"唯命,则天无心无择之良能,因材而笃,物得与人共者也"。(《正蒙注·诚明篇》)

船山还强调:"凡物皆太和氤氲之气所成,有质则有性,有性则有德,草木鸟兽非无性无德,而质与人殊,则性亦殊,德亦殊尔。"(《正蒙注·至当篇》)这就是说,船山与张载的区别在于王船山又在张载基础上更进一步从性的涵容,从性本善的角度来区别人与天下万物。其在释"性于人无不善"云:"乾道变化,各正性命,理气一源而各有所合于天,无非善也,而就一物言之则不善者多矣。为人则全具健顺五常之理,善者人之独也。"(《正蒙注·诚明篇》)

综上看来,诚然王船山有云:"人所见为太虚者气也,非虚也。""阴阳二气充满太虚,此外更无他物。"也即是船山的确是以一气视天地自然、万物。但他又同时从"无性"、"无德"等性内涵意义上将人与自然万物剥离,而这实际上就抽空了万物的内涵,从而使"万物有灵"、"采自于湛一元气"的观念贯彻得不彻底,最终是自然的内涵及人与自然的关系变得抽象空洞起来。

基于此,我们认为船山所论及的人与自然,其关系并没有真正理顺、展开。

三 从清中前期学术思潮大背景看船山自然观之弊

前文所论,王船山为了批评王学及释道的空洞,刻意从《正蒙》中找回宋哲关于天道元气的论述,并以此来强调大自然是一个实在的过程,但是由于他将天地圆融的大自然作了我们上面所分析的等差异类的剥离,也就是没有复活自然以应有的形象与涵容,于是就构成了他自然观的如下特点:

第一,不能平等全身心投入以感受自然,或言之,不能感受自然以彻底。

我们做如此结论,主要是由于他以道性等概念将自然这一本属浑然之体做了剥离,这样实际上还是将人格建构和体证与自然考察分离开来,也即将人格的建构悬空起来,这就出现了一些有趣的现象,即当他作形而上理论思维时,他也能切中中华自然观的传统,而从《唐诗评选》与《古诗评选》的评注中我们不难发现,[1] 当他在阅读晋唐以来士人感受自然的诗

---

[1] 请参阅本书《重读〈姜斋诗话〉》一文和拙文《古诗评选中船山诗观评述》,载《古籍研究》2002年第4期。

第一辑 诗教与潜行

作时,特别是他评价宋人诗作时又陷入明人那种形式主义思路。从这个意义上我们说王船山并不能真正把握住传统文化中关于人与自然关系的命脉,或言之,把握住关于自然美的真精神。特别是把感受自然这样一个历史命题脱离时代悬空本质变得抽象起来。

第二,我们拿他和魏晋玄学比起来不难发现船山的自然观中还有一个问题,即他往往颠倒自我与自然的关系。

从魏晋人的著述,特别是《世说新语》的繁多记述中我们知道,魏晋玄学探讨人性的基本思路是从自然到道,玄学家们往往是以极其崇敬的心情来清理,来全面理顺名教与自然的关系,即所谓"望秋云,神飞扬;临春风,思浩荡"①。这样的理路后来又为宋代道学家所广泛传承。

王船山在论述中所透出的往往是以圣人的姿态临于自然。如其云:"庸人处变而不知自裁以礼,其贤者则改节降志以自贬损而免患……圣人达于屈伸之感而贞其大常,静正而物自感,心无私累,则物我之气俱顺,人心之和平,公心之和平化之也。"(《正蒙注·乐器篇》)又云:"大人不离物以自高,不绝物以自洁,广爱以全仁,而不违道以干誉,皆顺天理以行也。"(《正蒙注·至当篇》)又云:"(大人)知极于高明,礼不遗于卑下,如天地奠位而变化合一,以成乎乾、坤之德业,圣学所以极高明而道中庸也。"(《正蒙注·至当篇》)

诚然,王船山在《张子正蒙注》之中对圣人人格的弘扬随处即是。在这一点上,也不必否认它是回应着宋代道学的致力于人格完善和对完善人格的描述思路。但遗憾的是,宋代学人从周敦颐到朱子均是很踏实从容地执行着从自然到人事,推天道以平人事的思路,船山则掏空了周边自然中所蕴含的天道内涵,特别是将宇宙中的自然与人性分开,而从抽象到抽象。这与其说是他的创见,不如说是他思路的致命弊端。

我们现在没有多少证据从正面来证明王船山对他之后的乾嘉时代学风产生过什么影响,但我们却可以从反面清晰地看到王船山由于没有真正捡起中华士人前赴后继所建立起来的自然观念的精粹,因此作为清代学术的

---

① 语见王微《叙画》,《中国古代画论类编》,俞剑华编著,人民美术出版社 2007 年版,第 585 页。

拓荒者，在这方面也就不可能提供给乾嘉学人什么正面影响。换句话说，王船山思想缺乏那种厚度和对历史的穿透力，也可以看成是乾嘉学派产生以及乾嘉学派所以有如此学术特点的原因之一。

众所周知，从清初三大家到乾嘉学人渐入兴盛，清代学术经历了一个由返宋明入汉的过程，这其中又可分几个发展环节：[①]

（1）反思陆、王，清理重振儒学的障碍。

（2）突破宋学体系、突破宋学方法，形成自主的研究方法，即"我注六经"。

（3）由宋返汉而又有吴皖分离。

这其中反思陆、王可以说是船山在《张子正蒙注》之中旗帜鲜明的目标，其言论我们可以从多处查询：如"但见来无所从，去无所归，遂谓性本真空，天地皆缘幻立，事物伦理一从意见横生，一从不睹不闻之中别无理气，近世王氏之说本此，唯其见之小也"。（《正蒙注·太和篇》）又如"陷于佛者，如李翱、张九成之流……若陆子静及近世王伯安则屈圣人之言以附会之，说愈淫矣"。（《正蒙注·太和篇》）又如"孟子言良知良能，张子重言良能……近世王氏之学，舍能而孤言知，宜其疾入于异端也"。（《正蒙注·诚明篇》）又如"近世窃释氏之沉，以无善无恶为良知者，其妄亦不待辨而自辟"。（《正蒙注·诚明篇》）

泛览一下船山对明中后期王学的反思状况，我们认为他至少有以下短视：

（1）未把陆王与传统文化的根即"天人合一"来作认真比较，或未从传统文化根上来考察陆王之真精神及明中叶王学兴起之因。特别是深度思考他自己时代陆王生命力之所在。

（2）把陆、王与佛老未分。

（3）把佛、老未分。

王船山所以如此即在于他实际上没有弄清中国文化之根"天人合一"与"与时俱进"原则的本质，并且没有认识到此根在先秦结成之后，从汉

[①] 此处主要参见梁启超《清代学术概论》。但笔者并不视之为所谓"复兴"。

代开始所有的展开仅仅是围绕自己时代困惑而对之进行的玩味、把握、创造性诠释与转化而已。

可以说，也正因为如此，他就不能真正建立起适应自己时代的自然观框架，并且将此观念框架传递给乾嘉学人，此就反思陆王的清初大背景来说，他通过反思张载而回到儒学之实的确不错，但由于他未能真正把握天人合一之精髓，因而就不能成就其间的重要原因之一。

今天看来，作为一代学术思潮的巅峰，乾嘉学人的思维僵局至少有两点：(1) 自身发生了追求目标的分化即有吴皖之别。(2) 完成了返宋入汉后在价值追求上又陷入了笼统。即汉学本身是分化的，有今古文之分，[①]而乾嘉学人则执之笼统，越来越显得价值目标的缺失。这两点均不能不说与此时学人虽热闹一时，但没能切住中华文化的命脉有关，而所以没切住又不能不说与清初三大家未能提供卓有成效的导引有关。

---

① 近现代以来学者从梁启超《清代学术概论》到章太炎《国学概论》均能细致地指出清儒与宋儒之分。但在其区分原因及结果方面则不能发人深思。

重读《姜斋诗话》

——从哲学视角对王船山几个文艺观的再审视

《姜斋诗话》位列于《清诗话》的第一种。[①] 据郭绍虞先生《清诗话》前言云,"船山遗书"中并无"姜斋诗话"之目,丁福保是将王夫之的《诗绎》一卷与《夕堂永日绪论》的内篇合为一种而易称为《姜斋诗话》的。

进入 20 世纪,随着船山之学渐为学界重视,《姜斋诗话》也渐作为王氏的文艺观被人认识。学人们对之的研究至少表现出两个明显特点:一者,与他所谓唯物主义思想相比附,并因此抬高它的理论价值;二者,是将它的部分条目单独抽出来,用现代的理论进行释义,从而寻觅其意义。上述这样做诚然取得一些成就,但有一个共同弱点,即将王夫之文艺观搞得越来越抽象。

本文从三个方面切入反思长期以来人们所关注的王船山该诗话中的主要文艺观。以为学界对船山的文艺观的观点是值得商榷的。王船山在本诗话中的文艺观上所暴露出的问题主要是由于他此时哲学观上的问题。

在本文里,笔者拟就以下几个问题来对王船山《姜斋诗话》中的文艺观进行再审视。

一 关于"以意为主"命题

"以意为主"命题是被大家长期以来所关注的《姜斋诗话》中的重要命题,王船山对之的讨论相当细致,其意见大致是:

(1)强调意的重要性,云"意犹帅也,无帅之兵,谓之乌合"(卷下

---

① 参见《清诗话》,上海古籍出版社 1999 年版,本文中所引《姜斋诗话》均随文注出条目。

第一辑　诗教与潜行

二)。意的重要在于可以使文"立主脑"。

(2) 在构思一首诗作时"意在言先,亦在言后",所谓在言先可以使文捡起材料,所谓"在言后"则可以使文"从容涵咏,自然生其气象"(卷上三)。

(3) 关于意在篇中的位置,王船山认为诗宜"意藏篇中"而不是"篇终结锁"或是"迎头便喝"(卷上九)。

从上面总结看,王船山确实是对"以意为主"的命题有过精心研究的。

但当我们在赏誉王船山的这一观点时,想必不会忘记此一命题在中唐时代就为刘禹锡所明确提出。《唐音癸籖》引《吟谱》载刘禹锡主张诗应"以意为主"。甚至在刘禹锡之前王昌龄就主张过"意是格"、"意高则格高"(《文镜秘府论·论文意》)。在这里笔者不想去讨论关于"意"提出的历史,只想说自刘禹锡提出后经过中唐群星璀璨诗坛的酝酿直到晚唐杜牧等,这一命题所营造的是一种风靡的社会思潮。这种社会思潮所带出唐诗审美创造的一个新的特点就是诗歌构思逐渐改变了那种纯一的触景生情、情景交融模式,表现出使气命意、以意为主的特色来,而所达到的目的多是刻意表现自己对情与理不和谐现实下的感伤情绪。

更值得注意的是,此一中唐时期所兴起的命题到了北宋时代又得到了更进一步的发挥。可以说,在北宋前期,文坛领袖欧阳修即是秉承"以意为主"命题来挑起革新大旗的。欧阳修在诗话中有引论梅尧臣之语云:"诗家虽率意而造语亦难,若意新、语工,得前人所未道者,斯为善也。必能状难写之景如在目前,含不尽之意见于言外,然后为至矣。"[①] 此处即有"以意为主"一层含义。

后来的叶梦得追述云:"欧阳文忠公诗,始矫昆体专以气格为主,故其言多平易疏畅。"[②] 这里所谓"以气格为主"笔者认为也有"以意为主"一层含义。

可以这样说,在他的影响下"以意为主"在北宋中期即成风气,比如刘攽《中山诗话》就有云:"诗以意为主,文词次之,或意深义高,虽文

---

① 参见《六一诗话》。
② 参见《石林诗话》。

词平易自是奇作。"而后来在元祐时期成熟的宋诗所形成的以文为诗、以议论为诗的特征应是以意为主命题的变相的刻意落实。

宋人对"以意为主"命题的重视，不仅表现为对提法的强调，更主要是随着道学的展开与成熟，学人们逐渐将道学的旨意与趣味融进意的内涵。因此可以这么说，随着道学对意内涵的充斥，"以意为主"命题逐步成了宋诗区别于唐诗的最鲜明特征，其特征的内涵至少包括：

（1）宋人逐步在诗里表现出以对人格理想的玩味为主，也即注重于在诗中表现对人生的感悟与理趣的把玩和开启；

（2）"以意为主"逐渐成了宋人为诗的明确自觉的构思方式，其特征即是以意融景炼情，从而彻底告别了唐诗的那种"触景生情"的方式。

应该说经过内涵充实后的以意为主命题是宋代诗歌所以能独立于唐诗之外的一个重要原因。从这个意义上我们说唐宋诗之别既是一个朝代概念，更是一个美学上的概念，而宋诗的美学内涵则是以意为主的新意及所带出来的新气象。

从上面追述我们可以看出，"以意为主"本就是一个充满着历史感的，内涵很丰富甚至很凝重的话题。而在《姜斋诗话》中我们却看不出王夫之对此命题历史蕴含的重视，因此给笔者的感觉是，他虽几处强调但仍显得质感不够，完全没有那种历史的凝重感。特别是王船山带着对宋学的偏见，既理不顺以意为主命题的历史沿革，又沉不下心来考察宋人之意的内涵及应摆出怎样的新内涵等，而恰恰是内涵的新意及历史的容量才能指示着诗坛迁变，提供给他那时代诗歌的发展方向。

二 关于对明诗形式主义批评

读《姜斋诗话》有一个强烈的感受，即王船山借诗话历数了明代诗坛的弊端。可以说历数明代诗坛之弊是他精心打造的留待提出自己诗观的背景。换句话来说，《姜斋诗话》所以提出一系列问题是针对这一背景的。

那么明代诗坛究竟有什么弊端呢？这一点诗话里说得清楚，学人们总结得也很清楚，约略说起来有两条：

一者是建立门庭。王船山认为"建立门庭，自建安始，曹子建铺排整

第一辑 诗教与潜行

饰,立阶级以赚人升堂,用此致诸趋赴之客,容易成名,伸纸挥毫雷同一律"(卷下三十)。而建立门庭以明代尤盛。在船山看来"立门庭者必饾饤,非饾饤不可以立门庭"。(卷下三十四)因此"建立门庭已绝望风雅"(卷下四十一)。

二者是门庭既立,举世称为"才子"、"名家",心境浮躁起来,这些人或躲在李(梦阳)、何(景明)、王(世贞)、李(攀龙)门下以厮养,以立门庭而自桎梏,或改变了为诗的方式,但买得《韵府群玉》、《诗学大成》、《万姓统宗》、《广舆记》四书置案头遇题查凑,以至于举世悠悠,才不敏、学不充、思不精、情不属,十姓百家而皆是。(卷下三十一)

平心而论,王船山所感慨者确实是明代诗坛的现状,但毋庸讳言的是,王船山所言毕竟带有对朱明一代士人的义愤,缺乏更进一步的冷静考察。

其实稍微留心下,我们就不难知道,明代诗坛以茶陵派开始,中间经过"前后七子"、"公安派"、"竟陵派"、"唐宋派",直至晚明陈子龙等,他们并不是在一个理论层面上而设立门庭的,而是不断要求且还是不断取得革新进步的,尽管派别林立,总体上从不同角度跨越正统说。

王船山所持批评最大的一个误区就是将上述层次递进、不断革新的流派视为门庭而放在一个层面上。王船山何以闯入此理解的误区,笔者以为,一是没能历史地、纵向地理顺明代各流派的沿革;二是没能历史地肯定他们本身所包含的对前面流派的超越,并且拘泥于此种短视来判定他们的历史价值。

除上述两条外,笔者以为还有一个特别重要的原因,即王船山在思想上先入为主地全面否定了王学,因而看不到王学对明中叶以来诗坛变革的根本性意义。

笔者认为,明代二百多年间诗坛总是处于一个变动不居的过程中,一个深刻的原因,在于明代诗人始终处在寻找价值依托的状态中,所以每一新的派别出现即首先标出一个新的价值尺度,而王阳明则综合明代整个思潮的沉闷局面提出了一个足以彻底促成人价值重建的新价值。[1] 因此,我

---

[1] 参见本书《从"临川四梦"看汤显祖晚年心灵历程》一文。

们不仅一方面要看出明代诗坛始终在变，另一方面还必须看出明代诗坛有一次最大最深刻的变革即王阳明思想的问世。可以说，王阳明出诗坛一个样，没出另一个样。

关于王阳明的意义，笔者认为王船山不是没有吸取。对诗论来说，比如他认为"盖心灵人所自有而不相贷，无从开方便法门，任陋人友借也"。（卷下三十四）再比如他认为，诗应"以神理相取，在远近之间，才著手便煞"。诸如此类均有王阳明的影子，只惜王船山没有冷静思考王阳明思想对诗坛的意义。同时也因为他极力反对佛禅，没能冷静对待司空图、严羽等[①]以充实自己的理论，所有这些综合起来，就使他关于明人理论显得苍白。

三　关于情景关系研究的得失

读《姜斋诗话》，可能最引人注目的地方是王船山对情景关系的论述。是不是可以这样讲，《姜斋诗话》是在历代诗话中论情与景关系最为系统的一篇。

关于这方面的论点，我们试着来概括一下：

（1）王船山认为："元韵之机，兆在人心，流连泆宕，一出一人，均此情之哀乐，必永于言者也。"（卷上一）因此诗是陶冶性情的，它别有风旨，"不可以典册简牍、训诂之学与焉也"。

（2）王船山认为在一个作品之中"情、景名为二，而实不可离"（卷下十四）。或情以景生或景以情合。好的作品应该是"即景会心，因景因情，自然灵妙"（卷下五）。

（3）王船山认为在一个成功的作品里情景所呈现出的特征千变万化，或有情中景，景中情，或有大景、有小景。

（4）王船山认为"不能作景语，又何能作情语耶"（卷下二十四）。好的作品应是"含情而能达，会景而生心，体物而得神，则有灵通之句，参化工之妙"（卷下二十七）。

（5）王船山特别强调了人的主观之意与景之间有着相互影响的作用。

[①]　在《姜斋诗话》和《唐诗评选》中均很难找到司空图、严羽理论的影子。

第一辑 诗教与潜行

比如他认为"以乐景写哀,以哀景写乐,一倍增其哀乐"。(卷上四)又比如认为"天情物理,可哀而可乐者,用之无穷、流而不滞"。(卷上十六)再比如他认为"烟云泉石、花鸟苔石、金铺锦帐、寓意则灵"。(卷下二)凡此种种。

(6)笔者认为王船山关于情与景关系论述的最革命性的成就是从更宏观的角度,阐述了一个山水诗的创作过程:即在下卷的第三十七条中云为诗"要以俯仰物理而咏叹之,用见理随物显,唯人所感皆可类通"。这正好与《古诗评选》中船山评谢庄《北宅秘园》的"自然之华,因流动生变而成其绮丽"相互诠释,构成了他关于情景关系论述的最光亮的内容。特别是与他毕生追求张子之学而感受宇宙元气遥相呼应,因而展示出他传统儒者的生命风采。

从上面概括看王夫之关于情与景之关系的论述确实是相当细致,且有着相当独到的见识。但必须指出的是,就像前面两个问题一样,王夫之在此问题上见解突出,所暴露出的问题亦严重。

诚如第一个问题那样,笔者认为情景问题其实也是一个老问题,说穿了它是中国哲学史上所讨论的人与自然的关系的变体。

在我们看来,关于人与自然之间的关系,最早系统地体现在《周易》里,此后老子、孔子各自因解读《周易》表现出的不同特色才建立了最具影响力的两大思想体系,也因此展开了关于人与自然讨论的广泛思维空间背景。可以这样说,孔、老之后,无论是两汉经学、魏晋玄学、隋唐佛学、宋明理学,它们要解决问题只一个,即适时思考人与自然之间的关系,尽管各家各代有太多种关于自然观的发挥,但其共同特点至少有以下几个:

(1)他们均把自然看成是有无穷滋养的存在。

(2)他们均适时不断展开过与宇宙比照以建立人文传统的理路。

(3)他们均以与自然和谐为旨归。

(4)他们思维最活跃的时机,一般是社会动荡的时候。

在简述上述最基本特征后,我们再来回过头看王夫之,无疑王夫之之学也是以解释周易建立的,《周易内传》、《外传》、《张子正蒙注》等可以说均是他易学研究的力作。我们认为王夫之所讨论的问题无论从反思宋学还是从反思陆王的角度均是致力于反思宋明理学建立起的人与自然关系的模式，王夫之所以是哲人大概即因为这些。

但再进一步聚焦《姜斋诗话》，我们虽可以看到其在哲学领域命题的影子，但哲学的意味无疑太淡了一点。具体地说，王船山把情从怀抱着使命意识的主体中抽象出来，把景从鲜活的宇宙自然中抽出来，从而把情景关系仅变成一种诗歌作法的讨论，让我们因此看不到诗人身上所肩负的使命意识，包括自己以及呼吁社会所要建立起来的自觉意识，笔者认为这是王船山在一部诗话中将诗人从曹子建到杜甫，再到苏轼、黄山谷一路批评下去的最根本的原因。

总的说来，由于无此种使命意识，从此诗话中不难见出，王船山第一把诗坛看成一片荒芜，第二尚指不出未来诗坛所依持之路，这对一个哲人来说，王船山此时显然不够成熟，推测起来此诗话后伴随哲学的深入他的诗话自然也还要向前推进。

论叶燮《原诗》美学思想

从美学角度说，叶燮是公认的大家，历来论述亦多。本文一方面主要是想结合着清初背景从三个方面来对他的美学思想进行评述，另一方面则是试图从中华的文化大背景来指出他的思想之所以不能影响乾嘉学人的原因。

从批评史上我们可以知道，到了乾嘉时代，汉族士人的那种遗民情绪和挫折意识表面上看已经逐渐淡化，广大士人的主要致力目标若评估起来，应是从更深隐处集中到尊唐或宗宋以重建价值观念讨论的热潮中了。[①] 诚如许多学者发现的那样，此时，最早以清醒的自我意识既不主唐又不宗宋，相反，致力于联系时代来反思拟古弊端以探讨当代诗歌审美价值趋向的学术大师是叶燮。我们认为，叶燮这样做最直接的原因当然首先在于他的生平阅历，叶燮（1627—1703），字星期，号己畦，浙江嘉兴人，晚年定居吴江横山讲学，世称横山先生。作为一个汉族士人，他的特殊性在于一生重新以一个士人的身份深情纵游泰岱、嵩高、黄岳、匡庐、罗浮、天台雁荡诸山，淮内名胜略遍。[②] 这若从深层意蕴上说，是重新找回了从中华传统文化背景上寻觅美之源泉的途径，以此为心理基质，叶燮创制了《原诗》，最终表现出在尊唐、宗宋交相左右文坛背景下的自己的立场。[③]

---

① 比如以吴伟业为代表尊唐，以钱谦益为代表宗宋等，可参阅刘大杰、郭绍虞、敏泽等有关文学批评史论述。

② 《明史·文苑传》转引自敏泽《中国文学理论批评史》，人民文学出版社1982年版。

③ 叶燮对此的思路是明确的。其云："于汉魏初唐依然，以为后人必不能及。……推崇宋元者菲薄唐人。节取中晚唐者遗置汉魏。则执其源而遗其流者固已非矣，得其流而弃其源者，又非之非者乎？"（《原诗·内编上》）

另外，从美学史上，我们知道，叶燮一生教授了沈德潜、薛雪等著名弟子。[①] 他们均致力于探本溯源，毕生寻觅诗之正者，可以说，叶燮正是和他们一道共同形成了清中前期诗坛的一股影响极大的美学思潮。在本文里，笔者即想联系这些背景对叶燮在《原诗》中的美学思想做一些评述，分以下三个问题：

一 "理、事、情"——叶燮论美的核心

众所周知，叶燮的主要理论见于《原诗》之中，"原"为推究之意，以此为思维模式并不新鲜，唐代韩愈即是[②]，而从《原诗》中，叶燮对韩愈的推崇即可以见出叶燮在新的背景下开创的正本清源大业也正是在有意识地继承韩愈的使命意识，而推原之所及，叶燮首先触及的是万化理、事、情。

换言之，"理、事、情"是他理论展开的核心，关于此，他的逻辑思路是这样的。首先，他认为"凡物之美者，盈天地间皆是也"。（见叶燮《己畦文集·集唐诗序》），"凡物之生而美者，美本于天者也，本乎天自有之美也"。（见叶燮《己畦文集·滋园记》）接着，他又推论到万物之所以有美就在于有理、事、情。其云："古今之变，万汇之颐，日星河岳，赋物象形，兵刑礼乐，饮食男女，于以发为文章，形为诗赋，其道万千，余得以三语蔽之，曰理、事、情，不出乎此而已。"[③]

其次，他定义文章云："文章者所以表天地万物之情状也。"亦即在他看来，文章根本使命在于还原自然，定格万化应是从大千万物中寻找美。（《清诗话》第576页）而所谓从大千万物中寻找美其实就是寻其所蕴含的理、事、情，感受"总而持之，气而贯之"的气。

按照这个推理，叶燮发现：

（1）一个好的诗作就在于对大千万物理、事、情有准确捕捉，其云：

---

① 沈德潜《说诗晬语》、薛雪《一瓢诗话》有探本溯源的自觉意识。
② 叶燮的同时人纳兰性德也著《原诗》可见为诗从原的角度正本清源已是时代之潮。
③ 《原诗·内篇上》，本文所引《原诗》材料均据《清诗话》，上海古籍出版社1996年版，不一一注明。

"诗文一道岂有定法哉？先揆乎其理，揆之于理而不谬，则理得；次征诸事，征之于事而不悖，则事得；终絜诸情，絜之于情而可通，则情得，三者得而不可易，则自然之法立，故法者，当乎理，确乎事，酌乎情，为三者之平准，而无所自为法也。"（《内篇》上）

叶燮发现艺术作品中有时性情所以表现得飘忽是因为在大千外物本自存在着"不可名言之理，不可施见之事，不可径达之情"。而诗文所以有所谓"三昧"、有所谓"羚羊挂角"等，其根本原因在于大千万物本身的变幻莫测。其云："天地之大文，风云雨雷是也，风云雨雷变化不测，不可端倪，天地之至神也，即至文也。"（《内篇》上）诗人的天职即是对这些事进行有效捕捉："要幽眇以为理，想象以为事，惝恍以为情。"（《内篇》下）从《原诗》中我们发现叶燮在论述这一问题时其思路是清楚的，即一方面认为现实中的可征之事，人人能述之，又安用诗人述之；另一方面又指出，诗捕捉的对象虽不可言、不可述，但理、情、事却是不差的，诗人的价值即在于遇之于默会意象之表，而使此"理与事灿然于前也"。

（2）叶燮还发现万千世界在对待之过程中其美变化无端，而一个好的诗作则在于集其之美。如其云"对待之义，自太极生两仪以后无事物不然……大约对待之两端，各有美有恶，非美恶有所偏一者也"。（《原诗·外篇》上）又云："然孤芳美不如集众芳以为美，待乎集事在乎人者也。……使天地之芳无遗美，而其美始大。"（《滋园记》）

在他看来，诗词的创新不是人为标榜，刻意雕琢，而是诗人首先感受到"一草一木无不得天地之阳春以发生，草木以亿万计，其发生之情状，而未尝有相同一定之形，无不盎然皆具阳春之意"。（《内篇》上）鉴于此，他认为诗人所禀赋的温柔敦厚之旨并不是标榜出来的，而是对自然变化的神而明之。

我们从以上阐述中发现，叶燮《原诗》的这一思维理路不仅针砭了当代诗坛脱离大千外物的所谓定法求美于诗之弊病所在，而且更有着正面的理论建树。特别是在此正面建树中又因为其认识的独特而表现为对一系列问题看法结论的独特。

一般的人也强调变化，但很少有"知变化本质的"。在这方面，叶燮无疑有独到见解。他认为自己所以要强调诗的源流正变,是因为自有天地以来,古今世运气数递变迁以相禅。诗之道既不能胶固而不变,又要知变化的此种本质。他的上述观点毋宁是在说对于创作来说不是我要变而是变乃万化本质;同样不是我创新而是创新才能把握万化的真实。

二 关于"活法"——对叶燮所论审美方式的评估

从上面的分析中,我们不难发现,在关于美的探讨上,叶燮《原诗》是以对有明一代及清初继之再起的拟古思潮进行深刻反思为突破口的,也就是说,他是把对美的探讨与反思拟古思潮捆在一起加以展开的。

叶燮的这一思路同样展开在对审美问题的探讨上。不难看出,在审美问题上,叶燮在展开对清初诗坛关于法的问题考察后,随即将思路定格在对"活法"的探讨上。如果说清初诗人是将合于"法"作为自己的审美方式,那么叶燮推出的审美方式即是"活法"。

从文学批评史上,我们知道,其实"活法"早在宋代江西诗派那里即作为审美范畴而加以探讨与运用了。叶燮在《原诗》中正面刻意借用笔者认为有两层含义:一者是试图对宋以来关于诗法的问题做一个总结;二者即在表明《原诗》的使命是对清初以"法"作为审美方式做全面超越。

为了更准确地评估叶燮的这一超越力度,我们首先来看一下"活法"在江西诗人那里的意义。

众所周知,"活法"一语首见于江西派诗人吕本中的著作。其《夏均父集序》中云[①]:"学诗当识活法,所谓活法者,规矩备而能出于规矩之外,变化不测亦不悖于规矩者,是道也,盖有定法而无定法,无定法而有定法。"作为江西诗派的一个后起之秀及理论的总结者,吕本中这里表达得非常清楚,即所谓活法是以超越、灵活的方式来贯彻自黄山谷以来逐步形成的关于诗坛的格局,或云以灵活自在来完成对江西诗法的实现。

从宋代文学史上看,江西诗风形成后的南宋一代士人普遍都有一个出入于江西诗派而为诗的经历,也即都有一个出于江西诗派而最后定格到以

---

① 引见刘克庄《后村先生大全集》卷九五。

第一辑　诗教与潜行

"活法"为诗的经历，如果说他们的经历均可视为实践"活法"的过程，比如杨万里、陈与义、范成大、陆游等，那么这其中以杨万里的经历最典型。其云："余少作诗有千余篇，至绍兴壬午七月皆焚之，大概江西体也。"（《诚斋集》卷八十）又云："予之诗，始学江西诸君子，既又学后山五字律，既又学半山老人七字绝句，晚乃学绝句于唐人，学之愈力，作之愈寡，戊戌……作诗，忽若有悟，于是辞谢唐人及王陈、江西诸君子皆不敢学而后欣如也。"（《诚斋集》卷八十）

其实，杨万里这样做并不能说明他不推崇江西诗派，这一点放到当代老一辈批评史家郭绍虞、敏泽均指出过，[①] 敏泽先生在收集材料后指出杨万里一生并未完全脱出江西诗人"无一字无来处"的窠臼，而且在六十岁以后还补充阐发了吕本中的《宗派图》："江西宗派诗者，诗江西也，人非皆江西也。人非江西而诗曰江西者，何系之也？系之者何？以味不以形也。"（《江西宗派诗序》，《诚斋集》卷七十九）并且把江西诗派比作曹溪禅，认为是诗的最高境界，并且举证其诗云："要知诗客参江西，政如禅客参曹溪。不到南华与修水，于何传法更传衣。"（《诚斋集》卷三十八）

敏泽的结论诚然，不过就此下杨万里对江西诗派是欲摆脱而"不彻底"的断语值得再探讨。笔者认为杨万里根本就没有想抛掉江西诗人的境界，他只是在表明自己有意于抛掉达于此种境界的方法。在杨万里看来，其实达于此种境界的途径很多，不一定非要去"点铁成金"，"穿穴异闻"，此即所谓"闭门觅句非诗法，只是征行自有诗"。特别是他认为真正的诗情在自然之中，假如你"步后园，登古城，采撷杞菊，攀翻花竹，就会万象毕来，献予诗材，盖麾之不去，前者未雠，而后者已迫，焕然未觉作诗之难也"。（《诚斋集》卷八十）杨万里这里实质上谈的一个体会是呼吁江西诗人宜放眼于宇宙自然中去寻找诗情，应明白江西诗人所追逐的活泼性情，是与天地万物通达的情绪，更在自然之中。杨万里称这种方法为"无法"，其云："问侬佳句如何法，无法无盂也没衣。"《酹阁皂山碧崖道士甘叔怀》以此法审美所创的一种崭新诗体曾被学人们称为"诚斋体"。笔者

[①] 参阅郭绍虞《中国文学批评史》，上海古籍出版社1979年版；敏泽《中国文学理论批评史》，人民文学出版社1982年版，第559页。

认为，此种方法即是活法，而推究其实质是以无法而达于对法的掌握。

对照一下，我们不难发现，叶燮在《原诗》中以正面立论"活法"与杨万里有许多可比之处，把叶燮与杨万里放到同一个平台上找清他们的相同与不同之处，也许更能把握到叶燮在《原诗》中的创意。

表面看起来，他们所呼吁获得美的途径是相同的，即均主张为诗者应放弃向前人、前代的诗中去觅诗情，放弃以一固定的方式方法作诗，而应在更广泛的宇宙自然中觅诗情，认为这才是正确方法。比如，叶燮亦云："夫诗之盛也，敦实学以崇虚名；其衰也，媒虚名以纲实学。"又云："自我作诗，而非述诗也，故凡有诗，谓之新诗，若有法，如教条政论而遵之，必如李攀龙之拟古乐府然后可，诗末技耳。必言前所未言，发前人所未发，而后为我之诗。"（《内篇》上）并且叶燮也有自己的特别之处：

首先，叶燮比较赞同苏轼之诗和王右军的《兰亭序》，就是在他看来，他们均是以宽阔的胸襟向自然觅诗情的。其云："苏轼之诗，其境界皆开辟古今之所未有，天地万物，嬉笑怒骂，无不鼓舞于笔端，而适如其意之所欲出，此韩愈后之一大变也。"又云："羲之此序，寥寥数语，托意于仰观俯察宇宙万汇，系之感慨，而极于生死之痛，则羲之之胸襟又何如也。"因此，他感慨云："吾尝观古之才人，合诗与文而论之，天地万物皆递开辟于其笔端，无有不可举，无有不能胜，前不必有所承，后不必有所继，而各有其愉快。"（《内篇》下）鉴于此，叶燮将那些不从自然界境界中觅诗、不从自然的背景来感受诗的称为俗儒。① 他举例说，《玄元皇帝庙》诗的"碧瓦初寒外"、"使必以理而实诸事以解之，虽稷下谈天之辨，恐至此亦穷矣。然设身而处当时之境会，觉此五字之情景恍如天造地设"。（《内篇》下）

其次，若仔细推究起来，由于他们讨论所涉及的实乃是不同的问题，故展示出的内涵也是不同的。此不同简言之如下：

（1）杨万里是在宋学特别是蜀学成熟的背景下谈自家对所宗蜀学②，具体点说，对江西诗人意趣把捉与感受的，也就是说他与江西诗人所宗的

---

① 叶燮在《原诗》中举许多例证说明俗儒即不从自然背景来感受诗情。
② 笔者的思路是这样的，杨万里虽标举自己走出江西，但实际上仍纠结于江西，而江西的宗将山谷、后山究其实是在呈示蜀学精神。

第一辑 诗教与潜行

境界、意趣是一致的,从某种意义上说,杨万里的革新是江西诗派自家内部之事。

叶燮的关切就不是自家问题了,他所针对的当是整个明代及清初的复古模拟之风。可以说,他所担当的使命要沉重得多,因为杨万里只是关注自己怎样对江西诗人的意趣进行更有效的继承,叶燮则不是,他是在自觉不自觉地担当为一个时代探讨达于诗教的方式,追寻感受诗教的新角度,特别是探讨在新的时代诗教的新涵容。

(2) 特别值得注意的是杨万里所追逐的江西诗人之意趣应是先期成熟、自觉的。这即是说,作为江西诗人,杨万里无论是埋头于古人,还是放眼于自然,其目的都只有一个,即寻找符合自己表达的包蕴丰富的意象和独特的抒情方式,从而扩充自己的抒情空间,最终以优游、劲健、自在的抒情来观照自己饱满性情中已默认默许道学的文化涵容。对照江西诗派就会发现,叶燮与杨万里虽在活法方式的把握上有很多一致性,但在活法要感受的内涵上则有很大区别,虽然在《原诗》中叶燮也提出儒家的诗教,[①] 他的理、事、情与境界也让我们想到宋明理学,甚至联想到了佛教天台宗理事关系的讨论上。但也毋庸讳言,其文化氛围、精神内涵均淡化、泛化了。所谓淡化是指叶燮没有刻意明确的实质,所谓泛化诗教的内涵在他这里过于笼统。也正因如此,"活法"在叶燮这里就显得空洞。

平心而论,活法作为一种颇具魅力的审美方式,叶燮也确实寻到了它的三昧,但终于影响不大,推究其原因就在叶燮此所谓活法的内涵上。我们以为叶燮应当意识到在找准以事、理、情为审美追逐的目标后,只有再进一步探讨事理的文化底蕴,才能带动活法,才能使放眼自然以求活法变成自觉的行动。而在《原诗》中,我们看不到这种深入下去的迹象,无疑这是叶燮《原诗》的短处。也可以说这是清儒越来越浓重的毛病。

当然,值得肯定的是,叶燮也找到了一些关于"活法"的审美特征,略言之,如下:

(1) 叶燮认为,"活法"的"活"所强调的是无法,即无先验的法。

---

① 参见《原诗·内篇》上《清诗话》,第568页。

而所谓"法"者,仅仅是当乎理、确乎事、酌乎情,是为三者平准无所自为法也。这也即是说,在他看来,"活法"不是创造了一种新法,而是指诗人审美心理顺应了万千世界的变化,与万千世界达于不二关系而已,它是开放的。

(2)"活法"也承认世间万物有所谓定法,比如,眉在眼上、鼻口居中,但同时又认为这是死法,不应是诗效法和审美表现的对象。诗要表现绝世独立之美,这种美不在定法中,对此种表现的审美,就不能用死法。活法的意义即在于能变化神明,于巧力之外尽情捕捉此万化世界的妍媸万态。

(3)叶燮还强调这种法也没有那么玄虚,他在指出以活法超越拟古死法的条框后,接着又强调要处理好虚名与定位的关系。其云:"法有死法、有活法……死法为定位,活法为虚名。"他指出:"虚名不可以为有,定位不可以为无,不可为无者初学能言之,不可为有者,作者之匠心变化不可言也。"认为只有处理好虚名与定位的关系才能做到"言语道断,思维路绝,然其中之理,至虚而实,至渺而近,灼然心目之间,殆如鸢飞鱼跃之昭著也"。(《内篇》下)

(4)他还认为"活法"的意义在于创新

这里面有两层意思,一者,创新不是刻意为之,而仅仅是指以新颖的方式捕捉到了大自然的精神而已。所谓"克肖其自然者,为至文以立极"。他考察说:"诗之土簋,击壤,穴居,俪皮耳,一增华于三百篇,再增华于汉,又增于魏,自后尽态极妍,争新竞异,千状万态,差别井然。"仅仅是因为这些诗于情、于事、于景、于理,随在有得而不戾乎风人永言之旨。(《内篇》上)

二者,只有创新才算落实了活法。其云:"岂先有法以驭是气者哉!不然,天地之生万物,舍其自然流行之气,一切以法绳之,夭矫飞走,纷纷于形体之万殊,不敢过于法,不敢不及于法,将不胜其劳,乾坤亦几乎息矣。"《内篇上》因此,叶燮认为:"乾坤一日不息,则人之智慧心思,必尽与穷之日。""余之诟法,非废法也,正所以存法也。"

从上面叙述可见,叶燮于反思拟古思想的同时既探讨了诗人所应表现的美的本质,又再诠释了江西诗派的活法重建了审美的方式,可以说所有这些构成了他美学理论的主体部分。而若将叶燮与杨万里相比，不难发现，叶燮所倡导的"活法"重在探讨"活法"的缘起以及活法对超越当代以拟古为审美方式的作用，若说叶燮的新就新在这里，而他的短则在内涵的空泛。

三　叶燮论实现审美的途径得失谈

阅读《原诗》不难发现，叶燮美学还有一个致力处，即对实现审美的途径亦即如何实现审美做了详细的阐述。我们认为，这和他的论美、论审美是不可分割的整体，也正是这三方面共同使其美学理论达于系统化。

兹略述如下：

关于实现审美的途径，叶燮认为主要在于一个人应有才胆识力，而对这个问题的讨论，叶燮主要是从三个方面入手的，它们分别是：

（一）关于志与才胆识力的关系。（二）才胆识力在达于把握"活法"过程中的分工。（三）才胆识力与襟怀的关系。

叶燮《原诗》中的这几个方面的论述，当代许多学人均有所关注，比如侯敏泽[①]、卜松山等，联系他们的阐述，我们看叶燮的观点约为：

1. 叶燮认为诗第一关键是有志，因为"志高则言洁，志大则其辞弘，志远则其旨永"。（《原诗·外篇》上）但必须注意的是，在叶燮看来，有是志还要以我之才胆识力充之才可以有好诗。可能在他看来，若无才胆识力，志仅是空言，而以此四者充之此志才能"遇物触景之会勃然而兴，旁见侧出，才气心思溢于笔墨之外"。

2. 在才、胆、识、力四者中，在他看来，识是第一关键，因为有识才能洞彻审美对象的理、事、情，真正把握到隐于理、事、情中的活法，所以，叶燮认为"四者具足而才独外见……不知有识以居乎才之先，识为体而才为用"。

3. 关于才胆识力的关系是：无识有胆为妄，无识有才虽议论纵横，思致挥霍，但也是非淆乱。无识有力，则坚僻妄诞之辞足以误人而憾世。从这个意义上，叶燮的结论以为唯识能知所从，知所奋，知所决，从而使

---

① 参阅敏泽《中国文学理论批评史》，人民文学出版社 1982 年版。

"才与胆力,皆确然有以自信",最终达于"横说竖说,左宜而右有,直造化在手,无有一之不肖乎物者也"的境界。

4. 至于胸襟,叶燮认为是诗之基。其云:"诗之基,其人之胸襟是也,有胸襟然后能载其性情、智慧、聪明、才辨以出,随遇发生,随生即盛……有是胸襟以为基而后可以为诗文。不然,虽口诵万言吟千首,浮响肤辞,不从中出,如剪采花之根蒂,既无生意自绝,何异乎凭虚而作室也。"(《原诗·内篇》上)

推究叶氏含义,我以为胸襟在他这里有双重含义:一者,从主体上说,它是主体性情志识的基础。再者,从客观来说,它是诗人之志识才力在诗中的发达之所。

综上这几点看,叶燮在《原诗》中关于审美实现途径的思路是非常清楚的,但遗憾的是读之并没有引人振奋的激情。若将其放回到它的历史中,我们也不得不提出这样的疑问,即他的两大弟子沈德潜、薛雪虽也以探诗之源为己任,却也并没有继续他的思路。这是什么原因?本文想把文末的思路放到这里。

泛览清初的学术平台不难发现,比较深情关注自然的学者有三位,他们分别是王船山、叶燮与王士禛,若把他们放在一起加以比较研究也很有意思,并且,笔者认为也只有把他们放在一起才能真正看清三者的倡导自然的意义,特别是看清叶燮美学思想的价值与不足。

在这三位中,对自然形而上进行探讨无疑以作为思想家的王夫之力度最大。从某种意义上说,他以毕生之力所展开的关于《周易》与《正蒙》的探讨,其价值就在于极成功地继承了宋儒"推天道以平人事"这一感受自然的有效思路,无疑获得了卓越成就。但我们也不无遗憾地说他的成果只能局限在道学的框架内,也即是说并没有搭建起从形而上向诗领域过渡的成功桥梁,因此一说到诗,他就把活泼泼的自然意识弱化成关于情景的诗法了。[①]

与船山比较,我们看叶燮,也许是他一生漫游的结果,在《原诗》之

---

① 参见本书《重读〈姜斋诗话〉》一文。

第一辑　诗教与潜行

中，我们确实感受到他是把自然加以整一化而感悟的，特别是又用理、事、情对之进行了升华，但他的致命短处是没有在所强调的理中充实儒学的内涵①，就此我们应当下的结论是：他关于诗要从自然中寻觅、表现美的思路、框架相对于复古思潮无疑是劲健的，只可惜其内涵是苍白的。而他所以苍白在于他虽倡理却没有对理进行内涵的充实与展开。

关于叶燮与王士祯的关系，诚如德国学者卜松山所说，② 叶燮的学术背景是清初依然存在明代复古思潮，王士祯亦是他反思的对象之一。此观点很有见地，即是说，把叶燮与王士祯捆绑在一起加以思考也很有意义。表面看来，王士祯以"神韵说"崇仰自然，讲究韵外之韵、空尘无迹，和叶燮有很多相似之处，可是在叶燮看来，王渔洋以"妙语"、"三昧"等范畴来接近自然，实质上正是让摹写自然回到了先验预设，因此，照样挣不脱法的羁绊。叶燮显然是从理、事、情的敦实处抓到了渔洋短处的，只是他缺少了用王船山的成果作为敦实内涵拓展的基础，因而起不到抗击王士祯以神韵审美的空疏之弊。

综上所述，笔者认为他们几位均不是第一流的学者，故影响均不大，清初的社会思潮主流马上让位给乾嘉学人是有其自身原因的。

---

① 在叶燮心目中只有先儒与俗儒之别，再没深入下去。比如其云："先儒云：'天下之物，莫不有理'明显覆盖宋儒层面。"

② 关于叶横山《原诗》的研究成果，可参阅［德］卜松山《论叶燮的〈原诗〉及其诗歌理论》，《与中国作跨文化对话》，中华书局 2000 年版。

沈德潜格调说的再反思

——兼论《说诗晬语》的立论与挑战

沈德潜盟主的乾隆时代，诗坛是这样的：翁方纲、袁枚等一批学人，一方面互相关注着；另一方面共同受熏于渐浓的乾嘉学风，可能是为了盟主文坛，这些诗人、诗派大都能以磅礴与厚重的气势提出自己的主张。沈德潜虽被后世推为第一，但更应感悟他所面临挑战的尖锐复杂，所历道路的艰难。面对此背景，沈氏以所立气象的恢宏，格调内涵的充实，挑战的义无反顾，展示出鸿儒风度，其成就尽在《说诗晬语》。[①]

沈德潜（1673—1769），字确士，号归愚，叶燮弟子。近代以来，学人一般对其定位是他是继王士禛之后的文坛领袖。沈德潜的主要理论见于《说诗晬语》，并且按照这一理论他编选了《古诗源》、《唐诗别裁集》，影响亦很大，另有《明清诗别裁》等与之相表里。沈氏虽然以"晬语"命名诗话，但看得出来该著作有非常明确的目的和清晰的思路。

（一）

沈德潜论诗立足于自己时代的诗坛背景，也是受他老师的启发，一部诗话从正本诗道开始，即首先认为应正本诗道，他把此问题放到诗话第一条以表其重视。其云："诗之为道，可以理性情、善伦物、感鬼神、设教邦国、应对诸侯，用如此其重也。秦汉以来，乐府代兴；六代继之，流衍靡曼。至有唐而声律日工，托兴渐失，徒视为嘲风雪、弄花草、游历燕衍之具，而'诗教'远矣。学者但知尊唐而不上穷其源，犹望海者指鱼背为

[①] 晬，原指婴儿周岁，沈德潜取以为诗话名，显然有自谦之语。但笔者认为"晬"应还有另一层意思，即标举真挚、精纯。

海岸，而不自悟其见之小也。今虽不能竟越三唐之格，然必优柔渐渍，仰溯《风》、《雅》，诗道始尊。"（卷上·一）① 不难看出在这一条中主要谈了三个问题。即什么是诗道？其云："诗之为道，可以理性情、善伦物、感鬼神、设教邦国、应对诸侯"；诗道在哪里？沈德潜虽没正面回答，但指出"六代继之，流衍靡曼，至有唐而声律日工，托兴渐失"。无疑他认为诗道在先哲的托兴中，而在嘲风雪、弄花草、游历燕衎之中诗教渐远；至于到哪里去恢复诗道？沈氏观点很斩钉截铁，即主张"仰溯《风》、《雅》，诗道始尊"。

按照这样的思路我们亦不难知道，如果说沈氏的这些主张他的老师叶燮在其《原诗》里就已经在明确呼吁，那么沈德潜的意义在于他在诗话中更明确提出以下几个亮点。首先，沈氏认为作为一首好诗应当是贵托意。其次，沈氏更刻意对为什么要托意问题做进一步的阐释，其云："事难显陈，理难言罄，每托物连类以形之，郁情欲舒，天机随触；每借物引怀以抒之，比兴互陈，反覆唱叹，而中藏之欢愉惨戚，其言浅，其情深也。"比如他就认为《楚辞》所以感人就在于它的"托陈引喻，点燃幽芳于烦乱瞀忧之中，令人得其悃款悱恻之旨"。（卷上·三七）从沈氏的论述不难看出，关于托意问题，他是站在天人关系的高度来陈述的，在他理论的框架中，天人关系之间主要有以下几个特点：一者是事理复杂；二者生机处处；特别是三者沈氏指出天人经常有不能对话的时机，比如屈原。这些均需托意，从此可以看出他要推出比兴问题并不是很干瘪乏味，而是建立在丰厚的传统文化基础之上的，甚至他认为一部好的作品性情没有必要直接呈出，托意是最有效的方式。不仅如此，他还以以下两种所贵使其托意更清晰地从一般比兴中独立出来。

第一，贵气象。从《说诗晬语》上看沈德潜所标举的第一义谛应是贵气象。不难发现沈氏轩轾许多诗均是从气象入手的，试举几条看：

"大小雅皆为丰镐时诗也。何以分大小，曰：音体有大小，非政事有大小也。杂乎《风》之体者为小，纯乎《雅》之体者为大。试咏《鹿鸣》

---

① 本文所引《说诗晬语》均出自上海古籍出版社1999年版《清诗话》，本文按《清诗话》随文标明其排序。

《四牡》诸诗与《文王》《大明》诸诗，气象迥然各别。"（卷上·二十五）

"谢玄晖'大江流日夜，客心悲未央'，极苍苍莽莽之致。"（卷上·五十五）

"苏子瞻胸有洪炉，金银铅锡，皆归熔铸。其笔之超旷，等于天马脱羁……韩文公后又开辟一境界也。"（卷下·三）

"《剑南集》原本老杜，殊有独造境也。但古体近粗，今体近滑，逊于杜之沉雄腾踔耳。"（卷下·四）

"元裕之七言古诗，气王神行，平芜一望时，常得峰峦高插涛澜动地之概。"（卷下·十四）

从上面的举例看他所谓的气象不被政事大小所隔，不被朝代所拘隔，尤其是不被当时极流行的唐宋之争所左右。论诗只以气象的高下为轩轾；论气象只是要有意识以与宇宙自然相投为旨趣。从上面举例即看出他所描述的自然所带有的苍茫宇宙之气。

第二，贵灵心妙悟。学人往往以为沈氏重诗教、好古，却忽略了他所强调的灵心妙悟。其实他也是非常重灵性的，有无灵性也是他评品诗人的一个重要切入点。特别是由于他所贵往往在于性灵中的理趣，又经常使他选择具有灵趣的好诗时跨越着时代。

其云："齐人寥寥，谢玄晖独有一代以灵心妙悟，觉笔墨之中笔墨之外，别有一段深情名理。"（卷上·六六）

"渊明'采菊东篱下，悠然见南山'，'平畴交远风，良苗亦怀新'，中有元化自在流出，乌可以道里计。"（卷上·六八）"北朝词人，时流清响。庾子山才华富有，悲感之篇，常见风骨。"（卷上·七〇）"孟东野诗亦从风骚中出，特意象孤峻，元气不无所削耳。"（卷上·八〇）

我们单从他高度赞叹陶渊明和谢玄晖来看，他是从灵心妙悟的角度找到他们的相同之处的。我们甚至于可以得这样的结论，如果说沈氏论诗的第一义谛是所谓气象，那么他更真实的意图是要用灵心妙悟搭建此第一义谛。如果说沈氏倡导温柔敦厚的儒家之旨，那么他是努力将其旨提升到以灵心妙悟穿透其理趣才加以推出。关于这个结论，我们也可从他亦饶有兴致地标举宋代各家中得到验证。其云："苏子瞻胸有洪炉，金银铅锡,皆归镕铸。其笔之超旷,等于天马脱羁,飞仙游戏,穷极变幻,而适如意中所欲出……破坏唐体之意,然正不必以唐人律之。"(卷下·三)"'西江派'黄鲁直太生,陈无己太直,皆学杜而未哜其胾者。然神理未浃,风骨独存。"(卷下·八)"朱子五言,不必斩绝凌厉,而意趣风骨自见,知为德人之音。"(卷下·七)

（二）

从逻辑上说,沈氏完成上述问题其目的是为了提出以下两个问题:怎样才是一个好的诗人?怎样才能写出一首好诗?笔者以为此应是前面所谓"正本诗道"问题的逻辑展衍,在《说诗晬语》中此两个问题又是紧紧穿插呼应前面问题而提出的,而理论效用则是为了使第一个问题更彻底。

怎样才是一个好的诗人?沈氏的《诗话》中有几句近似名言的断语非常动人,即,

"有第一等襟抱,第一等学识,斯有第一等真诗。如太空之中不着一点,如星宿之海,万泉涌出,如土膏既厚,春雷一动,万物发生。古来可语此者,屈大夫一下数人而已。"(卷上·五)

沈氏在《说诗晬语》中虽并没有继续展开探寻此种人于正面,但他在《诗话》中却充分描述这些人在诗中或在为诗过程中的体现,罗列起来如下:沈氏认为这些诗人性情应是浓厚悱恻的,其云:"古今流传名句,如'思君如流水',如'池塘生春草',如'澄江静如练'……情景俱佳,足资吟咏。然不如'南登霸陵岸,回首望长安',忠厚悱恻,得'迟迟我行'之意。"(卷上·七三)

又,这些诗人胸次是浩然的。其云:"陶诗胸次浩然,其中有一段渊深朴茂不可到处。唐人祖述者,王右丞有其清腴,孟山人有其闲远,储太祝有其朴实,韦左司有其冲和,柳仪曹有其峻洁,皆学焉得其性之所近。"(卷上·七八)

他们的姿态是旷世独立,而诗则骨高气高,色泽情韵俱高。沈氏从这个意义上来反复评价了陶渊明,其云:"陶公以名臣之后,际易代之时,欲言难言,时时寄托,不独《咏荆轲》一章也,六朝第一流人物,其诗自

能旷世独立。"（卷上·六〇）

特别地他以此对李白杜甫作了诗意的描述，如其云："李杜风雨纷飞，鱼龙百变，读者又爽然自失。"（卷上·八八）

又其云："太白想落天外，局自变生，大江无风，涛浪自涌，白云卷舒，从风变灭，此殆天授，非人力也。"（卷上·八九）

又与李白相比对于杜甫他特别地指出："少陵以有所谓'倒插法'、'反接法'、'透过一层法'、'突接法'与太白各不相似，一而各造其极，后贤未易追逐。"（卷上·九一）

他分析少陵突接法云："如《醉歌行》突接'春光潋泊秦东池'，《简薛华醉歌》突接'气酣日落西风来'，上写情欲尽未尽，忽入写景，激壮苍凉，神色俱工，皆此老独开生面处。"（卷上·九一）

甚至于沈氏认为在这些诗人的诗中意象可以特孤峻，只要是情之正。其云：

"苏李《十九首》后，五言最胜，大率优柔善入，婉而多风，少陵才力标举，纵横挥霍，诗品又一变换。要其感时伤乱，忧黎元，希稷契，生平抱负，悉流露于楮墨间，诗之变，情之正也。"（卷上·七五）

"孟东野诗亦从风骚中出，特意象孤峻，元气不无所削耳。以郊岛并称，铢两未敌。"（卷上·八〇）沈氏认为孟以意象孤峻大大超过浪仙，他还认为元遗山以"东野穷愁死不休，高天厚地一诗囚。江山万古潮阳笔，合在元龙百尺楼"扬韩抑孟，毋乃太过。（卷上·八〇）

以上几条综合起来应当说就是沈氏所谓的一个好诗人，而对一个诗人来说"怎样才是一首好诗"无疑又是他的第一演义现场，沈氏在此思维亦非常刻意。沈氏除了仍把气象当成第一要务外，对一个好的诗人创作一首好诗，笔者以为沈氏还至少关注以下几条：（1）必须意识到惨淡经营乃诗道所贵。其云："写竹者必有成竹在胸，谓意在笔先，然后着墨也。惨淡经营，诗道所贵，倘意旨间架，茫茫无措，临文敷衍，枝枝节节而成之，岂所语于得心应手之技乎？"（卷下·三二）（2）必须要站得高看得远，从而能回绝随波逐浪之弊。其云："贾生《惜誓篇》云：'黄鹄一举兮见山川之纡曲，再举兮睹天地之方圆。'作文作诗必置身高处，放开眼界，源流

第一辑　诗教与潜行

升降之故，瞭然于中，自无随波逐浪之弊。"（卷上·九）（3）必须要是有所感触而发。其云："古人意中有不得不言之隐，借有韵语以传之。如屈原'江潭'、伯牙'海上'、李陵'河梁'、明妃'远嫁'，或慷慨吐意，或沉结含凄，长言短歌，俱成绝调。若胸无感触，漫尔抒词，纵辨风华，枵然无有。"（卷上·四）

从列举中可见，上述几条无疑与沈氏所谓的一个好的诗人是相辅相成的。而沈氏这里所以又如此强调其最真实的意图在于以其刻意表明他诗话乃是有感而发。换言之，假如说如何是一个好诗人是沈氏所谓的普遍性，那么他所强调所关注的如何能写一首好诗这几条更明确的意图在于它的针对性。

（三）

阅读《说诗晬语》笔者发现沈氏还有一个观点，即在他看来作为一个好的诗人，除了能写一首好的诗外，还在于他需要且能够有效地处理好当代一系列困惑诗人的问题。换言之，一个诗人必须是双重身份，即诗人与批评家。这应当说亦是具有针对性的。略举几条来看：

（1）应当有效地处理好、摆正意与法的关系问题

其云："诗贵性情，亦须论法，乱杂而无章，非诗也。然所谓法者，行所不得不行，止所不得不止，而起伏照应，承接转换，自神明变化于其中。若泥定此处应如何，彼处应如何，不以意运法，转以意从法，则死法矣。试看天地间水流云在，月到风来，何处著得死法。"（卷上·七）不难看出，沈氏所提出应以意转法问题同样适用于诗人与批评家两方面，本来以意转法问题且从天地、行云、风月来妙悟不是什么新鲜问题，沈氏在此提出的意义在于将讨论跨越了门户。不因为性情为有人提出就故意避开，甚或有意贬低。亦不把性情看得多么神秘，完全不要法度。在他眼里，性情、意法只是同一问题的几面，而这些均是他强调诗人要掌握的。

（2）应当有效地摆正议论与抒情的关系

其云："人谓诗主性情，不主议论，似也，而亦不尽然。试思二雅中何处无议论，杜老古诗中《奉先咏怀》、《北征》、《八哀》诸作，近体中

《蜀相》、《咏怀》、《诸葛》诸作纯乎议论,但议论中须带情韵以行,勿近伧父面目耳。"(卷下·六三)

(3)应当摆正才性问题

其在曹氏父子中独推陈思王云:"苏李以后,陈思继起,父兄多才,渠尤独步。"沈氏所以如此,其原因就在于他认为陈思能"使才而不矜才,用博而不逞博"。(卷上·五四)沈氏还就此评论了陆士衡及由于逞才带出的恶习云:"士衡旧推大家,然通赡自足,而绚彩无力,遂开出排偶一家。降自齐梁,专工对仗,边幅复狭,令阅者白日欲卧,未必非陆氏之滥觞也。"(卷上·五八)

(4)应当更宏观地、更真切地认识到诗中的理趣及其对一个诗人的意义

他曾这样理解了六朝的许多诗人,前面举过他认为陶诗的价值在于他"胸次浩然,其中有一段渊深朴茂不可到处"。他认为:"前人评康乐诗谓'东海扬帆,风日流利',此不堪冗。"在他看来"大约匠心独造,少规往则,钩深极微而渐进自然,浏览闲适之中时时浃洽理趣。"(卷上·六三)

他还认为:"齐人寥寥,谢玄晖独有一代,以灵心妙悟,觉笔墨之中,笔墨之外,别有一段深情妙理。"(卷上·六六)

(5)应当明白琢句的弊处与弊因。

他指出:"梁陈隋间专尚琢句,如庾肩吾'雁与云俱阵,沙将蓬共惊'、'残虹收宿雨,缺岸上新流'。阴铿'莺随入户树,花逐山下风'。江总'露洗山扉月,云开石路烟'。皆成名句。然比之小谢'天际识归舟,云中辨江树'。痕迹宛然矣。若渊明'采菊东篱下'中有元化自在流出,乌可以道里计。"(卷上·六八)

(四)

大凡明清著名的诗话、词话著作均是由两个层面构成:正面立论层面和以所正面立论来挑战当代困惑的层面。此种逻辑理路和特征在沈德潜的老师叶横山那里表现得就已经比较充分。

按照这个逻辑理路我们来套一下沈氏《说诗晬语》,不难发现该书这

两方面印迹均很重、很明显,但属于沈氏自己的特点也很显著。其特点是树正面立论以挑战,又从挑战角度来维护正面立论。如果说我们上述所梳理出的他所渲的"如何是一首好诗,如何是一个好的诗人"是他正面立论的部分,那么他从正面立论以挑战的问题亦非常明显。具体地说,笔者以为是以意法问题回答王渔阳的对意法的缺失,以灵性问题表现出对翁方纲过于强调议论的指责,以惨淡经营的强调表现出对袁枚过于重才的纠正。可以说沈氏所有上述正面所立的内容也正是从这些既目标明确又温文尔雅的挑战氛围中推出的。

学人论沈氏多定义他致力于传温柔敦厚之旨,的确在他看来,对一个诗人,对一首诗,最根本标准就是应以其有格调来传温柔敦厚之旨。其实《说诗晬语》中的这一结论是儒家学人所公认的,至少是被张戒以来许多人所反复提起的。[①]而沈德潜在此问题上的意义在于指出什么样的人才具备传儒者之旨的资质,什么样的诗才叫有格调。这才是他要立论的,才是他的逻辑核心,而这一点恰没有被学人所重视。沈氏在此第一所推出的正好是气象,即有气象的诗人才能传温柔敦厚的格调,所谓格调者在于有气象。关于此前面我们已经罗其内涵,只是我想指出的是沈氏在建立这方面理论还有两个特点:

(1) 特别注意弘扬其大气魄、大气象,以大气象将古今贯通从而达于对格调丰富内涵的传递。他这样做的好处非常明显,就是在有意继承其师,旨在继续打破从前后七子以来各家各派所自铸自缚的壁垒。

(2) 没有轩轾唐宋,从而为性情为个性均充实有更实在的更本质的内涵。试看一下他亦参与的关于"以意为主"的讨论,本来"以意为主"是中唐人提出,被宋代人加以完善的命题,它经常被认为是宋诗的标志,对此沈德潜也比较在乎,其云:"写竹者必有成竹在胸,谓意在笔先然后著墨也。"(卷下·三二)"古人不废炼字法,然以意胜而不以字胜,故能平

[①] 笔者认为从南宋张戒《岁寒堂诗话》、严羽《沧浪诗话》起弘扬气象、从气象角度讨论诗教一直是诗论的主旋律,《说诗晬语》亦是如此。只是该诗话的魅力在于将清诗话中已有的气象、性情、意象、神韵高度融会来推出气象,旨在破除唐宋之争,试图从更高远的层面贴近儒家诗教原旨。又他的老师既传"温柔敦厚"又传"风流儒雅",诗教的阐发目的并不专一。

字见奇,常字见险,陈字见新。"(卷下·三三)"用意过深,便气过厉,抒藻过浓,亦诗家一病,故曰穆如清风。"(卷下·三五)"意主浑融,惟恐其露,意主蹈厉,惟恐其藏。"(卷下·三六)

不难看出,沈氏在这里一方面强调了意的地位,另一方面又特别强调了什么样的意境才是意要达到的境界。前者倾向于赞同宋人的忌俗,后者则努力树立唐人的浑融,作为清儒在此对唐宋诗人的追求浑然一体。据此我们来总结一下沈德潜格调说的内涵:"格调"一语并不是《说诗晬语》中反复出现的,准确地说应是近代以来学人对沈德潜的概述。我们以为在从此角度来接近沈氏理论时,至少应持有以下几点基本看法:(1)格调说是在明前后七子就倡导的命题。(2)沈氏对之的贡献不在于提倡而在于内涵的充实,他是以气象和比兴的同时倡导来远绍南宋严羽与张戒的。(3)更准确点说,温柔敦厚之旨的大力倡导是他的有意所为。他以气象和比兴寄托相呼应、相交融,最终所推出的"格调"不仅有对王士禛神韵的突破,更包含对袁枚的挑战。反过来说,如果我们在乎了他所立的"浑融"这个词,我们就会感到他对袁枚的批评不仅在于他指责袁枚的过于轻浮,指责袁枚紧盯才气,陷才气于神秘,而且明白他的所立其直接结果即是为了回应袁枚对之挑衅。试举几点袁枚对之的批评反观一下:

(1)沈氏(归愚)摒王次回诗,以为艳体不足垂教。随园争之,以为《关雎》即为艳诗。袁枚云:"'易曰一阴一阳之谓道',又曰'有夫妇然后有父子',阴阳夫妇,艳诗之祖也。"[①]

按照沈氏的观点,诚然如袁枚所说一阴一阳之谓道,此艳诗之祖,但王次回不能与之相提并论,其原因在于王诗缺乏浑融。沈氏认为《诗·关雎》者则在于浑融,平台于艳,超拔于艳,所谓温柔敦厚。而袁枚在此所犯的毛病正在于他一以贯之的架空个性、性情,因而陷入品位之低俗、平浅。

(2)袁枚在《瓯北集序》议论沈德潜所倡导的格调云:

"或惜云松诗虽工,不合唐格,余尤谓不然。夫诗宁有定格哉?国风之格,不同乎雅颂;皋禹之歌,不同乎三百篇;汉魏六朝之诗不同乎三

---

① 语见朱东润先生《中国文学批评史大纲》,上海古籍出版社1983年版,第311页。又可参见袁枚与沈德潜论选王次回诗。

唐，谈格者将奚从？善乎杨诚斋之言曰：'格调是空间架，拙人最易借口。'周栎园之言曰：'吾非不能为何李格调以悦世也，但多一分格调者，必损一分性情，故不为也。'玩此二公之言，益信。"

从这一段议论来看，袁枚真的不懂格调，真的不懂沈归愚倡格调的苦心。

首先，沈氏并没排除性情，他所谓的格调无非是性情的品位。其云："诗之为道，可以理性情，善伦物，感鬼神。"他认为六朝以来流衍靡曼，有唐而声律日工，但托兴渐失，诗教渐远，而沈氏的理论又是对此的展开。他无意于否定形式的嬗变，而是指出袁枚在理解这一类问题时把性情与格调分开。沈氏只是在通过标举格调来强调有品位的性情。比如他非常痛心诗至六朝时的声色大开，但同时又肯定了此时的康乐与明远。其云："诗至于宋，性情渐隐，声色大开，诗运一转关也。康乐神工默运，明远廉隽无前，允称二妙，延年雕凿太过，不无沉闷，要其厚重处，古意犹存。"（卷上·六二）在声色大开时代的这几个诗人被沈氏抬高，即在于他们虽不离声色但有品位也。其次，在沈氏看来就算是诗无定法，那亦必须统一在性情之下。亦即形式与内容是相互内在的，而相融的效果就是格调。其云："诗贵性情，亦须论法，乱杂而无章非诗也。然所谓法者，行所不得不行，止所不得不止，而起伏照应，承接转换，自神明变化于其中。"（卷上·七）由此看来，沈氏所强调的法其实就是性情自身，是性情自身舒展的样态，法者性情的形式。

与沈氏相比，袁枚麻烦就麻烦在他将性情架空，因此看似真实，实质空洞，看似支持各代所谓个性，实质随波助澜。而沈氏更多是从气象、从境界、从品位上规范了性情，具体了性情，然后在各代寻找其当然的地位。寻找各持守性情得在哪里，失在哪里。然后一以贯之，这样看似忽略了各代个性，而实质上是向各代进行义无反顾地追问。他批评齐梁，批评大历时代，应该说就是这种追问的印迹。笔者想要特别说明的是，沈归愚一方面深刻地指责齐梁，一方面又非常大气地肯定小谢；一方面大力称许黄山谷，一方面又愤然批评江西的追随者方回所出的《瀛奎律髓》。一部诗话可以说言语从容，坦然忠厚，而这正是源于他思路清晰，是其必然结果。

（3）又，袁枚的那一篇《答沈大宗伯论诗书》气势磅礴，经常被学人们引用。在此篇文中，他指责沈归愚对宋元变唐问题看法不够宽容，乃是不懂诗变之律。

其云："唐人学汉魏变汉魏，宋人学唐变唐。其变也，非有心于变也，乃不得不变也。使不变，则不足以为唐，不足以为宋也……先生许唐人之变汉魏，而独不许宋人变唐，惑也……何也？当变而变，其想传者心也。当变不变，其拘守者迹也。"

表面看起来，袁枚也有些道理，只是他不愿意冷静下来承认沈归愚其实也并没有否定变化，并且承认此从沈德潜师父叶横山即如此。

沈氏云："诗不学古，谓之野体，然泥古而不能通变，犹学书者但讲临摹，分寸不失，而己之神理不存也。作者积久用力，不求助长，充养既久，变化自生，可以换却凡骨矣。"（卷上·十）

从《说诗晬语》这一条可见，沈归愚的注意力不在变化，而在为评估累次变化找寻标准，或者说在这个问题上继续推究所谓格调在变化中的意义。换言之，他更注意了哪些是有格调的变化，哪些是没有格调的变化，这样做的结果就不像袁枚一股脑儿去肯定、去否定。试举例看：

其云："王维、李颀、崔曙、张渭、高适、岑参诸人品格既高，复饶远韵，故为正声。老杜以宏才卓识，盛气大力胜之。读《秋兴》八首、《咏怀古迹》五首、《诸将》五首，不废议论，不弃藻缋，笼盖宇宙，铿戛韶钧而纵横出没中，复含蕴藉微远之致，目为大成，非虚语也。"（卷上·一一四）

从这里不难看出，沈氏称许老杜，不仅表现出他追踪于大历背景而表现出对盛唐变化的关注，更在于关注其怎样变，如何变，什么样才是变出的意义等。如果我们从这一点上再能够找到他与老师间明显的传承印迹，那么他比老师创新、高过的地方亦清晰了，即在于他将此问题说得更温和、更有的放矢、更深入人心了。

第二辑

吉羽与圣证

"第一要义"与"以禅喻诗"坦途

——《沧浪诗话》提纲

《沧浪诗话》可谓是宋代诗话的巅峰，本文以提纲的形式旨在理出以下几个问题：(1) 该诗话虽仍是在反思江西派，但其理论氛围已超出了门户纷争，以"气象"和气象的获取呈现了宋末道学对之的渗透。(2) 该诗话的所谓以禅喻诗虽使全诗话充满着禅味但从本质上说却是儒家情怀，弘儒才是严羽的目的与真相。(3) 该诗话并不是如许多论家所谓的反理趣，反学问。严羽旨在找一种更和谐的天人对话方式，更崇高的学问，更清明的理趣。

羽字仪卿，一字丹邱，邵武人，自号沧浪逋客。

明刻本《沧浪诗集》四卷，附诗话一卷，有黄公绍序，该序著于咸淳四年（1268），由此知是书之始刻在度宗咸淳年间。历代为之所作注主要有四种，胡鉴《沧浪诗话注》，王玮庆《沧浪诗话补注》，胡才甫《沧浪诗话笺注》，郭绍虞《沧浪·校释》，而攻之者则是清人冯班《严氏纠谬》。从内容上说，该书包括诗辨、诗体、诗法、诗评、考证，凡五门。郭本又附录《答出继叔临安吴景仙书》，内容与诗话相呼应，亦很重要。

这本书在历史上影响很大，笔者以为原因在于：一者严羽在宋末背景下立足当下现实于该书中提出了一系列醒目的观点，并且严羽明确以这些观点的系统和气派将其思想直呈于江西派；二者他的观点自成系统；三者严羽于该书中第一次从总体上系统地将唐诗提升到文化层面去体悟。针对这三点本文想从以下四方面略述之。

一 严羽关于唐诗的思维系统展开逻辑

笔者这里所谓系统主要是指严羽论唐诗有着内涵丰富严谨的思维逻

辑.不难发现严羽实质上是想通过对唐诗的讨论最终建构一种理论。① 理论系统逻辑可略之如下:

（1）严羽极其推仰盛唐诗，推盛唐诗的"第一义谛"。在《沧浪诗话》中这也是他的逻辑的起点。

（2）认为盛唐诗的所谓"第一义谛"是"气象"。从江西诗派推崇杜甫的"无一字无来处"到法度再到"气象"，标志一种新的审美观的倡导。

（3）在严羽看来有气象则有兴趣，对一个时代，一个诗人，一首诗来说气象才是真兴趣，不难知道这是严羽最想倾诉的结论。如果说，"兴趣"是他逻辑范畴的核心，那么推有兴趣的盛唐气象才是严羽的目的。

（4）与盛唐相比，严羽以为大历以后的诗气象逐渐黯弱，宋以后的诗又与之不同，这一点除气象涵容特别外，更主要是气象的缺失，这也正是他所以反对中唐以后特别是他的本朝宋代诗的原因。只是他把中晚唐与宋代等义，没去细分它们，没有找出它们所以没有气象的不同原因，因此就失之笼统。可以说这里严羽之失虽原因可能有多种，但更直接原因是严羽对江西诗派过于义愤所导致。

（5）严羽认为彻悟此"第一义谛"须金刚眼，具体点说亦须以金刚眼妙悟，所谓金刚眼就是依托别裁别趣认识到诗之特性，严羽把金刚眼所获得的对第一妙悟称为"正法眼藏"。

二 关于有兴趣诗的特征

严羽以为有兴趣的诗"别裁"、"别趣"，在他看来所谓"别裁"、"别趣"主要在于非关理，非关书，这个理论在今日当代学者这里均以为有普遍的意义，但笔者认为把握它最主要还是要将其放回到滋生它的原点，即理解严羽的这一点主要应要把它放到宋末背景上从反江湖派粗豪角度看才清楚，才能准确触及它的真实意义。

首先，严羽主张，"别裁"、"别趣"诗味的获得还必须从学入手，只是宜从学汉魏盛唐入手，在那里同样可追求理，从这个意义上说所谓非关

---

① 《沧浪诗话》亦有其他问题的讨论，但其目的均是为了读好唐诗。

理非关书是针对江西学派的,以为其与前面非关理非关书比具有不同含义,严羽认为汉魏盛唐时代的书最有价值之处在于是以整一呈其气象,而这正是要悟入的。只是可惜到此为止严羽又流入诗之作法思路属于江西末流了,从而淡化了对诗人使命的强调,就是说严羽到此开始跑调了。

其次,学汉魏唐人而能得别裁,关键在方法上要别样,即要通过"悟入"、"体证"、言语道断,而非在字句上的琢磨,其效果则是要做到"羚羊挂角,无迹可求"。

由此看来,严羽并不是主张不读书,只是主张于江西诗派的兴趣外另读其他书,寻其他源,特别主张如何读、怎样才是读的效果;不是不主张兴趣而是倡导江西之外的另一种兴趣。特别是严羽这里也不是要导人神秘,而是呼吁抓住本体气象而已。严羽的思路概括起来是以妙悟而得气象,以气象而有兴趣,最后以此兴趣而见出关乎诗的别裁、别趣。

三 关于"理"

从《沧浪诗话》第二"诗之法"表面上来看,严羽是在有意识地要彻底拒绝理,但细读《诗话》第五就知严羽其实未必如此,宋人强调了一百多年的理趣他也并不想抛却。严羽云:"然非多读书多穷理,则不能极其至。"严羽强调者在于什么是理,怎样达到理。

严羽首先指出一首诗在形式上的不涉理路,为诗在于能深入于理又将理升华为兴趣。由此我们以为严羽于此的理论要点应是如下:

(1) 多读书穷理。所要注意的是严羽在此把书的范围限定于盛唐时代虽是窄了些,但目标则明确了。

(2) 超越表层书理而体验其整一气象、兴趣。所要注意的是超越不是越过,更不是绕过和忽略。这种方法也是宋学氛围中被普遍接受的方法。

其次,严羽以为所谓兴趣在言有尽而意无穷从而透彻玲珑。至于什么叫透彻玲珑,笔者理解严羽以为在天人间的贯通[①],他认为也正是在这个

---

① 严羽的这个思路与诉求对后人有持续影响。比如叶燮有云:"所谓言语道断,思维路绝,然其中之理,至虚而实,至渺而近,灼然中心目之间,殆如鸢飞鱼跃之昭著也。"王渔洋有"神韵"议论云云。

意义上盛唐诗的价值在于以天人贯通,是所谓真正有理。而在此严羽所以要把宋人排除在外,在于在他看来宋人恰缺少此种贯通的气象。今天看来在宋末内忧外患的背景之下,严羽倡导气象毫无疑问倍显一团正气,只是严羽完全没有注意宋学的背景及其所带来的新审美风范,因而他的倡导就多少显得空洞。另外,严羽在此时,志在反对永嘉四灵和江湖派,从他面临的当代困惑来说,这种理论倡导无疑表现出了极端准确性,但把这些扩大到以排除江西诗派为代价则失之偏颇,或者说就不切合真情了。

总的来说,我们认为严羽正是在这个理之探讨上,把"别趣"、"吟咏性情"、"正法眼"、"盛唐诗"等概念范畴贯彻到一起,从而表现出他的儒者情怀,毫无疑问这是值得我们梳理并加以肯定的,只可惜他不能理解"东坡、山谷始出己意"(《沧浪诗话》语)中所包容的理,及此种理在当代状况下的价值,则让人遗憾,今天的读者读起来也不过瘾。

四 关于唐人尚意

严羽说:"诗有词理意兴,南朝人尚词而病于理,本朝人尚理而病于意兴,唐人尚意而理在其中。"很明显这也应是严羽推崇盛唐的理由。至于怎样才叫尚意而理在其中,严羽云:"意贵透彻,不可隔靴搔痒,语贵脱洒不可拖泥带水。"在这里显然并没有怀疑和动摇在北宋以来所建立起的以"意"为主的理念,当代学人习惯于用形象思维来找寻其原因,吾以为失之浮泛,严羽这里实质上是在重新搭建起一种天人关系之桥,寻找一种不同于江西诗派的方法,严羽这样做无疑从客观上,从时代思潮背景上呼应了《岁寒堂诗话》。只是与《岁寒堂诗话》相比,如果说张戒重在内容,那么严羽则重在思考内容实现的途径,这才是他"意"的真实目的。在他看来唐人实现了。其云:"诗者吟咏性情也,盛唐诸人,惟在兴趣,羚羊挂角,无迹可求,故其妙处透彻玲珑,不可凑泊,如空中之音,相中之色,水中之月,镜中之相,言有尽而意无穷",这也是他推唐诗的原因。

换言之,严羽为什么要创造此诗话,笔者以为也是在于一片江湖浮泛的情况下,严羽通过诗话做了两件事:一是倡导兴象、气象,个中充溢的从本质上说是儒家正气,二者是找寻并认定一种达于以儒家正气而与天地交流的方式，我们认为这两点联起来才是他关于诗话的意义与创造深挖并定位的地方。只是特别要指出的是在宋学的范畴、氛围内，或云在理学的框架下，他的这一理论从本质上说仍是理与气关系的讨论，严羽所持则符合于理在气中一说。这种结论其意义也表明只有把严羽放到理学的背景下才有历史感，也即在理学的框架内思考他的理论才更接近他理论的真实。

五　关于以禅喻诗

郭绍虞先生指出一般意义以禅论诗和严羽在诗话中的以禅喻诗是两回事，[①] 我们认为诚然，以禅喻诗最多是以禅论诗的一种，在以禅喻诗这里，禅是禅，诗是诗，所强调者在禅象与诗味的相互激活，比拟相互而出，这里禅交叉诗，诗比附着禅，其特点是附和。总之以禅喻诗是用南宋时代业已成熟的禅宗其特征，其禅悟方式，其体证禅的历史来比喻诗的特征、历史等，而其目的则是更准确也更便捷地把握关于诗之特征及发展进程等。《沧浪诗话》中的"以禅喻诗"虽主要出现在《诗辩》第四中，但禅喻方式却是散布全书的。罗列起来有三种表现：

（1）以禅家所喻真谛之语来指喻诗的真际，亦即以禅家的"第一义谛"语义来喻诗的气象。

（2）以禅家所及真谛途径来指喻诗的所及真际途径，即以禅家的"以正法眼藏"来喻诗对的"别裁"、"别趣"的获取，喻达于诗的真正目标。

（3）以禅家所述获得真谛的体会来喻诗的最高境界的获得及体悟，即以"妙悟"来指证诗所达到的最高境界，另外以禅家自身在唐五代的变迁来指证诗风的转化。这里包括两方面：一者，以五祖后南北宗的分化来喻诗中南北宗，严羽虽并没有明确的南北宗问题，到了王渔洋这个问题才显著，但后来的学人谈论此问题无不追述至严羽。[②] 二者，以六祖之后五叶的

[①] 可参阅郭绍虞《宋诗话考》、《沧浪诗话校释》中有关论述。在严羽之前韩驹、吕本中借禅倡妙悟可对比以禅喻诗和以禅论诗。如韩驹《赠赵伯鱼》云："学诗当如初学禅，未悟且偏参诸方。一朝悟罢正眼法，信手拈来皆文章。"即以禅论诗。

[②] 王渔洋明确表示过他受严羽的启发，比如其云"余与古人论诗最喜钟嵘《诗品》、严羽《诗话》、徐贞卿《谈艺录》"。又云："若论诗达到严沧浪，颇亦是参微言。"（语见《带经堂诗话》）

第二辑　吉羽与圣证

分化（法眼，云门，临济，曹洞，沩仰）来喻唐诗的分化，乃至在艺术领域更扩大点的比如山水画史的不同。

清代学人冯班著《严氏纠谬》[①]一文指责严羽对禅的漫漶颠倒，其实，冯班自己在此恰陷入了思维之误。评价严羽以禅喻诗，我们认为首先要搞清楚什么是禅，其次要搞清严羽之所欲。

在笔者看来，成熟在中唐时代的禅，一方面是指隋唐以来佛家各门户对种种智障的解脱，逐渐在智识层面上中国化。同时亦是指中唐时代以来士人对盛唐时期的一代士人过于依赖帝国理性之感伤心理的超越，他所强调的是大肯定、大自在、大圆满境界。它的特点是没有意念、没有挂碍、没有限定。

假如把禅所透彻的第一义谛视为中唐禅门各家所一再标举的空灵、寂静、玲珑剔透，那么显然严羽是无意于此的，他是把汉魏以来直至盛唐的刚健向上的儒气视为目标，把气象视为它的最闪光之处，把悟入气象视为对之的最有效的把捉。如从上面所说，严羽是以此来确立其所呼吁"正眼法藏"含义的。这正好与中唐人对禅意的捕捉有本质的不同。

按照这个思路我们来看严羽的以禅喻诗的核心，我们认为，严羽讲的第一义谛应是盛唐诗中刚健向上的儒气。严羽讲的正眼法在实质上是对此第一义谛的把捉，严羽讲的妙悟实质上是对此气象把捉过程中对所谓正法眼的勘定。

从这个意义上我们看严羽至多在方法上是禅的，而所达目的其实质则是儒的。只有理解这一点才能真正把握到严羽，把握他的良苦用心。才能理解在南宋、在理学的背景下，在残山剩水的氛围中，张戒《岁寒堂诗话》与《沧浪诗话》两部著作先后是在什么意义上相互呼应，在什么意义上沾有自己时代的信息。

清人冯班指出《沧浪诗话》中有关禅门史料的错误，诚然，但必须明白的是严羽真正态度是无意于此，也即是说严羽并不在意所引入禅门史料是否有错，他的目的是想说明自己所推崇的气象。笔者认为"得鱼忘筌"

[①]　原文见郭绍虞《沧浪诗话校释》附录。

本是玄学的方法，严羽这里亦能如之。

　　大凡理解一种理论，最准确的方法是在它自己的背景下搞清它的实质、它的目的。具体到严羽，历史上有两种思路值得反思，一是冯班一类在没弄清其实质前指责他并以错误视之的思路。二是当代一些学人完全抛开了严羽自在的系统性，以今日之理论套裁严羽的思路。

　　然不难发现，上述这两种对严羽的理解在学术界均影响至深，而其结果或是把严羽推向尴尬。事实上，严羽所期望的以及真正影响后人的还是他的气象理论，比如，从明代的前后七子标举的"诗必盛唐"，清人王渔洋、清末刘熙载标举气象均源于严羽，或者说也许他们是从气象的角度来把握严羽。由此我们说完全抛开所谓禅的含义而从儒家的气来把握严羽的宗旨才是真正经得起推敲的。只不过严羽倡导气象中的儒气由于以禅喻诗而太隐讳了，明代前后七子自身目光又短浅，没有登得了严羽的前堂，也因此就没有能深入严羽所倡的弘儒圣殿，以致使我们谈论一系列事情，比如为什么前后七子气不恢宏，为什么明人学唐一定要越过宋人等。所有这些问题均让我们研究明人和对严羽《沧浪诗话》的研究联系不起来，既看不出《沧浪诗话》在明代诗话中起的作用，也看不出明代人自己利用不起来严羽这块跳板而走向"诗必盛唐"的坦途其弊在哪里。

《艺概·诗概》理路、使命及得失谈

本文试图从清诗及清代社会思潮的大背景来考察《艺概·诗概》的使命，从中国文化的深厚背景来找寻刘熙载诗评的理路，从清儒与宋儒的关系来考察刘熙载之所失，以此来达到捕捉《艺概·诗概》的目的。在笔者看来，只有如此，才能侦得刘熙载思路的真相。

刘熙载（1813—1881），字融斋，江苏兴化人，官至广东提学史，晚年在上海龙门书院讲学，毕生以治经为主，《艺概》一书系历年论述的记钞，内容包括《文概》、《诗概》、《赋概》、《词曲概》、《书概》、《经义概》。

从表面上看过去，这似乎是晚清的一部谈文论艺、带有总结性的书。[①]笔者认为这是一部记录作者毕生与古人对话，感悟古人性情的书，是一部有明确目的的刻意之作。泛览《艺概》全书，不难感到它至少有以下几个特点：

第一，全书虽是六大部分，但所用的思维方式及取舍的标准高度一致，即以性情为第一范要，以对性情的传递为判断艺术作品成功与否的标准。纵观全书刘熙载不厌其烦地表明这样一个观点，就是对性情的传达而言，在同一时期不同艺术载体有高度的一致性。若考察艺术风格差异的原因，时代的变迁胜过艺术载体的异样。

第二，刘熙载一方面注意到对各种不同艺术种类一致性的挖掘，同时

[①] 可能是该书涉及面宽，深刻隐晦，不主一门户，曾被 20 世纪文学批评家朱东润、郭绍虞、罗根泽所忽视。在他们的著作中，对此均无涉及。可参阅朱东润《中国文学批评史大纲》，上海古籍出版社 1983 年版；郭绍虞：《中国文学批评史》，上海古籍出版社 1979 年版；罗根泽：《中国文学批评史》，1984 年版。另外［日］青木正儿《中国文学思想史》有"清代自成一家"章节并没涉及刘氏，见孟庆义译本。

又注意对各种不同艺术于它们发展延革的各个不同时期所呈现的独立性的挖掘。因此，在刘熙载看来概与概之间各种不同艺术既存在思维上高度的一致性，又存在严谨的独立性，特别是存在它们在每一阶段的独立性。

第三，《艺概》自序有云："（本书）举此以概乎彼，举少以概乎多。"①就此我理解刘熙载于本书的创作思路非常鲜明，即要以一个具体的此在为讨论平台，然后提升到对此种艺术样式普遍意义的捕捉，而最终目的则是要回到对儒家最高境界的把玩体证。刘氏的过人之处就在于依托对此的明确自觉而使思维能特立独行。

至于排列顺序，作为一个经学家，他没有把经义放在最前面，而把文排在最前，诗紧随其后，我以为刘熙载这里并没有轻经义之嫌，而是因为在他看来"艺者，道之形也，学者兼通六艺尚矣，次则文章名类各举一端莫不为艺，即莫不当根极于道"，即是说经义已贯于其他各种之中了。

的确，如果说刘熙载能在有清一代各家各派之后，晚出此书而超在众著之上，那么笔者以为这不仅在于他感悟的透彻，尤其在于他于感悟之中多有儒家情怀，多触儒家的精神。②

在本文里，笔者想就《诗概》来对隐于行文中的此种真精神做一些说明。

一

众所周知，有清一代诗家一直徘徊在尊唐与宗宋的争执之中，尊唐者贬宋，宗宋者无视唐人及唐宋间的联系。

对此争执旋涡刘熙载不仅没有回避而且正是将思路展开于此的，但是刘熙载的过人之处在于他首先将思路越出了唐宋视域，从更宏观的、更形而上的高度入手，他认为诗者从客观角度"乃天地之心"，从主观的角度乃民之性情。正变这看起来是一个从明代就有的观点，刘熙载却从这里树立起来他铺陈系列问题的出发点，③他所树立的出发点即正变观，并且很

---

① 刘熙载：《艺概》，上海古籍出版社1978年版。
② 刘熙载《艺概》宜与梁启超《清代学术概论》同出一个时代，但在梁启超的书中已经看不到精纯的儒家意识，尽管两书均有关于反思的厚重感。
③ 刘熙载与明代的公安派，与清代的袁枚的性灵说的区别不是本文的要点，容另文阐发。在此笔者想要指出的是与刘氏观点相比无论是公安还是性灵，他们的性情世界的弱点均在于空。

第二辑 吉羽与圣证

快将正与不正作为判定诗歌优劣的最高标准。

但什么叫正,刘熙载认为乃在于吾人性情或吾人的行为得天地之气,此从成果角度就思想层面来说是内中涵容儒气,此就诗人来说要有"品格",而就诗的意义上来说,是具有骚雅的精神,有"富贵气象"。据此刘熙载发现自《诗经》以来,历代诗歌存在跨越时代的惊人相似之处。他发现从汉代以来,历代积累了太多禀赋着此正气而为诗者,这些诗人有一些共同的特点:(1)深沉执着。(2)情怀扩大。(3)感情热烈。(4)真情自在,在诗歌之中自乐、自励、自伤、自誉、自警。特别是于执着之中内在有超越一纬。(5)刘熙载发现历代诗人更有一种特点在于往往于坚定之中藏有一种深深的忧患,并由此升华出一种情愫。"诗质要如铜墙铁壁,气要如天风海涛。"

以此为标准,刘熙载将历代诗人大体上分成两类,除了他所深情关注的出于骚而得儒家之正诗人外,另一类就是出于庄所谓不正者,但是刘熙载并不是简单地否定出于庄者,而是成功地将庄骚正变之说与气格之说浑融一体,参与了对正与不正的更深一层次的挖掘。

众所周知,"气格"之说是从欧阳修就有的讨论创作的范畴,到明代成了前后七子的理论核心,[①] 前后七子为了寻找、呼吁明诗的正统,大力倡导气格,不难发现,他们有一个明显的特点就是将气格说与尊唐说捆绑在一起。

刘熙载沿用了此"气格"说,所不同之处在于他是从讨论气本身特性开始,他认为气有清浊厚薄,此不在于唐宋,而在于它自身的内涵,毫无疑问,他这样做的效果是将与前后七子的捆绑思路重新作了剥离。如果说刘熙载以清与厚作为他期望的气格之优者,那么他是把清与厚定位在庄骚统一这一层面上的,如果说他把浊与薄当成所谓气格之劣者,那么他认为这是庄老对骚雅的侵蚀,是偏对正的妨碍。刘熙载最终要达到的境界是要于一首诗中达于迷离、切实,广大、精微统一,刘熙载云:"凡诗迷离者要不间;切实者要不尽;广大者要不廓,精微者要不僻。"特别值得说明的是我们所不厌其烦地分析刘熙载的这一点应是他理论的核心,是涵盖了诗

---

① 叶梦得:《石林诗话》有云:"欧阳文忠公诗始矫昆体,专以气格为主,故其言多平易、疏畅。"在后七子谢榛《四溟诗话》中,"气格"就是其最核心范畴,其云:"诗文当以气格为主。"

《艺概·诗概》理路、使命及得失谈

词曲文各种不同载体的。

比如刘熙载论词云："词之大要不外厚而清，厚，包诸所有；清，空诸所有也。"其论曲云："曲以破有，破空为至上之品。"（《艺概·词曲概》）

就诗歌而言，从《诗概》中不难知道，刘熙载于汉代之后只推崇两位，即陶渊明、杜甫。

如对陶渊明其云："陶诗有'贤哉回也'，'吾与点也'之意，直可嗣洙泗遗音。"此是从境界上。

又云："陶诗'吾亦爱吾庐'，我亦具物之情也；'良苗亦怀新'，物亦具我之情也。《归去来兮辞》亦云：'善万物之得时，感吾生之行休。'"此是从情怀上。

又云："钟嵘《诗品》谓阮籍《咏怀》之作'言在耳目之内，情寄八荒之表'。余谓渊明《读山海经》言在八荒之表，而情甚亲切，尤诗之深致也。"此是在肯定渊明性情的真挚。

如果说刘熙载在陶渊明这里只是冲破清儒而努力把握其真儒意，那么在杜甫那里刘熙载除了强调其真儒外，更强调他的正及由此而达到的与天地宇宙的触及与浑融了。如其云：

"杜诗高、大、深俱不可及，吐弃到人所不能吐弃，为高；涵茹到人所不能涵茹，为大；曲折到人所不能曲折，为深。"

"杜诗只有、无二字足以评之。有者，但见性情气骨也；无者，不见语言文学也。"

"杜陵五七古叙事节次波澜，离合断续，从《史记》得来而苍茫雄直之气，亦逼近之。"

杜陵云："'篇终接混茫'。夫篇终而接混茫，则全诗亦可知矣，且有混茫之人，而后有混茫之诗。"

从上面列举不难看出，他所以推崇陶杜在于他首先看中了这两位诗人均是以儒家为内涵而最终树立起了正，其次，刘熙载还挖掘出这两位诗人均达到了在天人宇宙意义上的浑融。

就此，我们可以说，如果说刘熙载是按照正的理论来评品陶杜的，那么我们同样可以认为刘的这个理论也正是在评品陶杜时逐步明确起来的。

二

终于，刘熙载的这一关乎正的理论以其深刻和宏观超越了从明以来即有的唐宋诗词之争，取得系列崭新的识见，约之如下：

（一）从根本上找回了一首好诗的标准，此标准即是有性情，此性情首先应真挚。

其云："钟嵘《诗品》谓阮籍《咏怀》之作'言在耳目之内，情寄八荒之表'。余谓渊明《读山海经》言在八荒之表，而情甚亲切，尤诗之深致也。"

"杜诗只有、无二字足以评之，有者但见性情气骨也，无者不见语言文字也。"

其次，此性情之中应有儒道的内涵，并且以两家的协调为最高境界。

泛览《诗概》但凡历史第一流诗人，刘熙载把握其价值均是从他们的作品中首先把握其儒道内涵的。

比如其云："曹子建、王仲宣之诗出于骚，阮步兵出于庄，陶渊明则大要出于论语。"

"曲江之《感遇》出于骚，射洪之《感遇》出于庄，缠绵超旷，各有独至。"

"元、韦两家皆学陶，然苏州犹多一'慕陶直可庶'之意，吾尤爱次山以不必似为真似也。"

"陶谢并称，韦柳并称，苏州出于渊明，柳州出于康乐，殆各得其性之所近。"

又，均努力指出他们的成功在于极有效地处理了儒道之和。他肯定地指出陶渊明、李太白、韩愈均在于他看准了他们作品中的这一点。比如其云："陶诗云：'愿言蹑清风，高举寻吾契。'又云：'即事如己高，何必升华嵩。'可见其玩心高明，未尝不脚踏实地，不是偶然无所归宿也。"

又云："太白诗虽若升天乘云，无所不之，然自不离本位，故放言实是法言，非李赤之徒所能托也。"

"退之诗豪多于旷，东坡诗旷多于豪，豪旷非中和之则，然贤者亦多出入于其中，以其与龊龊之肠胃固远绝也。"

再次，指出此性情有理趣但无理障，特别值得注意的是刘熙载认为此理趣应是自然带出的，应当以宏大与寥廓作为背景，刘熙载特别注意比较了韩愈与苏轼诗的理趣，以为他们均有理趣，而苏轼更出于自然，所以更高。

其云："遇他人以为极艰极苦之境，而能外形骸以理自胜，此韩苏两家诗意所同。"

"东坡诗善于空诸所有，又善于无中生有，机括实自禅悟中来，以辩才三昧而为韵言，固宜其舌底澜翻如是。"

刘熙载还特别标举了朱子的感兴诗，以为"高峻寥旷，不在陈谢洪下，盖惟有理趣而无理障，是以至为难得"。

（二）使无论是唐宋时代诗歌发展各时期的各家各派最终均有一个相对统一的评判标准。

不难发现，刘熙载是将各家各派的诗统一到用正变来看的，即统一到用庄骚来看其正变；统一到以庄骚的协调性看境界的深浅。这就是说，在刘熙载看来一首诗的好坏不在于它的时代，关键是它的根基出处，即儒即正，即道即偏。

其云："诗以出于骚为正，出于庄为变，少陵纯于骚，太白庄骚之间，东坡则出于庄者十之八九。"

刘熙载特别以《古诗十九首》与苏李诗为例，从偏正而比较境界的深浅。

其云："古诗十九首与苏李同一悲慨，然古诗兼有豪放旷达之意与苏李之一于委曲含蓄有阳舒、阴惨之不同。"

"十九首凿空乱道，读之自觉四顾踌躇，百端交集，诗至此，始可谓其中有物也已。"

从上可见，在刘熙载看来与古诗相比，苏李诗因为缺乏了骚意，亦就没有了通天之志，因而价值上要略逊一点。

（三）这里特别需要说明的是，刘熙载没有简单化、概念化正偏，在他这里，正偏之别决非等同于唐宋之别，一方面他认为任何时代均有其偏者,另一方面他又认为偏者不一定不好,关键在于境界。

刘熙载的这一观点,尤其表现在对东坡的认识上,他一方面指出他的性情之偏,另一方面在对其评价中又是一往情深,于言谈之中充满着肯定与激情。

其云:"东坡诗打通后壁说话,其精微超旷,真足以开拓心胸,推倒豪杰。"

又云:"东坡诗推倒扶起无施不可,得诀只在能透过一层及善用翻案耳。"

刘熙载还特别以关乎李白为例指出了历代学人往往因为自身的原因而对一个诗人有偏执。他首先指出李白的意义在于无遗美。

"太白诗以庄骚为大源而与嗣宗之渊放,景纯之隽上,明远之驱迈,玄晖之奇秀,亦各有所取,无遗美也。"

又指出"太白与少陵同一志在经世,而太白诗中多出世语者,均为言之也"。

在此基础上刘熙载又极其明确地指出历代学人执李白于偏执乃在于不知师其气。

"学太白诗当学其体气高妙,不当袭其陈意,若言仙、言酒、言侠、言女亦要学之,此僧皎然所谓'钝贼'者也。"

不知席天幕地乃是出于自然,"幕天席地,友月交风,原是平常生活,非广已造大也。太白当以此意读之"。

不知游仙等其形式,"太白诗言侠、言仙、言女、言酒,特借用乐府形体耳"。

不知"太白早好纵横,晚学黄、老,故诗意每托之以自娱"。

不知"天然去雕饰"是油然之结果,是在天人一体上的自然。

而这一切在刘熙载看来均缘于学人不知"太白与少陵同一志在经世",言下之意是不知李白的最根本者乃在于正,不知太白的根本精神亦在于正。

刘熙载认为:"《宣和书谱》称贺知章'草隶佳处,机会与造化争衡,非人工可到'。余谓太白诗佳处亦如是。"

"有时白云起，天际自舒展"，"却顾所来径，苍苍横翠微"，即此四语想见太白诗境。

又刘熙载以为他的"日为苍生忧"即少陵的"穷年忧黎元"之志也，他的"天地至广大，何惜遂物情"即少陵的"盘餐老天食，分减及溪鱼"之志也。

三

在上述这些灼见明确之后，笔者以为，《诗概》主要做了两件事，一者是以此为标准，对四唐诗的一些重镇做了令人信服的定位。在他看来有唐一代诗，有的是心向往此境而境界却没有充分展开的。

比如他评价王、孟、大历十才子、韦应物云：

"王孟及大历十子诗皆尚清雅，惟格止于此而不能变故犹未足笼罩一切。"

"元韦两家皆学陶，然苏州犹多一'幕陶直可庶'之意，吾尤爱次山不必似为真似也。"

在他看来，初唐诗的延革也是这样。

"唐初四子源出子山"，"沿陈隋之旧故虽才力迥绝不免致人异议，陈射洪、张曲江独能超出一格为李杜开先。人文所肇，岂天运使然耶？"

有的又是牢牢把握自己时代而生变的，刘熙载特别以昌黎为例肯定了此一变体。

"'若使乘酣聘雄怪'，此昌黎《酬庐云夫望秋作》之句也，统观昌黎诗，颇以雄怪自喜。"

"昌黎诗往往以丑为美，然此但宜施之古体，若用之近体则不受矣，是以言各有当也。"

"昌黎、东野两家诗，虽雄富清苦不同，而同一好难争险。"

而对于中晚唐，刘熙载也用心宣称那些因时代而呈衰飒之色，显得不浑融完整的。

比如其云："钱仲文，郎君胄大率衍王孟之绪，但王孟之之浑成，却非钱、郎所及。"

第二辑 吉羽与圣证

特别值得一说的是他对中晚唐诗歌之特征做了醒目的关注与肯定。

"刘梦得诗稍近径露,太抵骨胜于白,而韵逊于柳,要其名隽独得之句,柳亦不能掩也。"

"常语易、奇语难,此诗之初关也;奇语易、常语难,此诗之重关也。香山用常得奇,此境良非易到。"

"杜樊川诗雄姿英发;李樊南诗深情绵邈。"

综上所举不难发现,他在评品晚唐时并没有苛求于他所标举的正字。但我们从中又时时能感到"正"字在发挥作用。

二者,与对唐人评价相互映照,他对以山谷、苏轼为代表的宋人也做了较细腻的评价,从而表现对宋诗的看法。

从《诗概》对以苏黄为代表的宋人评价看大体上有以下几个特点:

(一)将对苏黄的评论大体上对称并行,也即努力在相互映照之中找寻出他们的共同点与不同点,约言之,在刘氏看来,他们间的共同点在于:一者,以意胜而超越于唐人的以情韵胜。二者,无一意一事不可人诗者,他们的不同则在于"山谷诗未能若东坡之行所无事,然能于诗家因袭语漱涤务尽,以归独得"。

(二)单刀直入于江西诗派及山谷诗的精神,完全丢弃了一直以来围绕诗歌作法对山谷揣摩的理路。在此之中刘熙载首先摆正了西江名家在从西昆体到陆放翁间的位置,指出西江"贵清实贵富"的特异处。其云:"西昆体所以未入杜陵之室者,由文灭其质也,质文不可偏胜,西江之矫西昆,浸而愈甚,宜于复诒口实欤?"这就是说在他看来,江西诗派虽致力于超越西昆体,但是没有建立起从内容的角度,所以反是后人的口实。

"西江名家好处在锻炼而归于自然,放翁本学西江者,其云:'文章本天成,妙手偶得之。'平昔锻炼之功,可于言外想见。"这就说明一旦西江诗人的优点为放翁把握就有无穷的魅力。

其次,刘熙载刻意坚定地指出了黄山谷诗中所突出的精神。在刘氏看来,黄山谷诗中至少有以下精神:

(1)泛滥于历代各家漱涤务尽,最终归于独得,从而达于"潦水尽而寒潭清"的美。

(2) 陌生化构思,刘熙载云:"山谷诗取过火一路,妙能出之以深隽,所以露中有含,透中有皱,令人一见可喜,久读愈有致也。"

(3) 忌俗,此是许多评论家均指出的山谷之处,关于此,刘熙载一方面指出他的"陈言务去",极完备地继承了唐人杜诗、韩文的理路。另一方面指出他的诗也是对孟郊的领悟,"无一软熟语"。

(三) 将苏黄与陆游相对照,请注意一下刘熙载在此并无褒贬之义,他只是想让这三大诗人在对比中各自的风格更鲜明。

刘熙载云:"东坡、放翁两家诗,皆有豪有旷,但放翁是有意要做诗人,东坡虽为诗,而仍有夷然不屑之意,所以尤高。"

"西江名家好处在锻炼而归于自然,放翁本学西江者,其云'文章本天成,妙手偶得之'平昔锻炼之功,可于言外想见。"

"放翁明白如话,然浅中有深,平中有奇,故足令人咀味,观其《斋中弄笔》诗云:'诗虽苦思未名家',虽自谦,实自命也。"

不难发现,刘熙载在此想要指出的意思是对于诗,苏、黄、陆三家均很刻意,但苏黄的刻意在于意,陆游的刻意在于诗。刘熙载这里还有一层隐含在于他要指出假如要是这样,即便是正也不能达于诗境。

(四) 从《诗概》中看,刘熙载在理清他对以山谷为代表的西江诗人之后,没有忘记他用一贯的总的评品标准,即以偏正对之进行定位。从此角度看,刘熙载的观点也非常明确,第一肯定了以黄庭坚为代表的江西诗派的这种刻意并没有伤其浑雅,并认为正是他们的这种浑雅最终使宋诗走出了西昆体的寒寂。第二,刘熙载把此种浑雅拿过来将山谷与山谷所推崇的杜甫做一针见血的比较,其云:"杜诗雄健而兼虚浑,宋西江名家学杜几于瘦硬通神,然于水深林茂之气象则远矣。"应该说这不仅是他讨论宋诗的定论,也同时是他推崇杜甫的另一角度与思路。

四

综上所述,笔者以为对于刘熙载的诗论我们似乎可以得出如下的结论,即刘之诗论思路是清楚的,又是含混的;刘之诗论是深刻的,又是肤浅的。

我们说他清楚,就是指他的诗论从树立正偏讨论起,全面理顺了汉以后历代诗歌之优劣，从而一举超越了明清以来关于唐宋诗尊贬的争议；我们说他含混在于刘氏虽标举了性情之为诗之实，但没有注意魏晋唐宋各代诗所面临的是不同问题，有不同的使命，因而性情均虽正，但也有不同的使命，不同的内涵。或云魏晋唐宋各代诗人越是正越能表现为它们各自以不同而达于与天地宇宙对话。

　　我们说他深刻乃在于他是从天地宇宙之气来从根本上把握此正字，所触动的是中华文化之根，其价值在于一举越过了清儒的平浅。

　　我们说他肤浅乃在于刘熙载依然有清儒的偏执，不愿于宋学的大背景上来找寻宋诗所以刻意、所以忌俗、怎样忌俗的原因，也因此就找不到情韵悠扬的盛唐之音到了中唐突变衰飒的原因。

　　必须说明的是，刘氏的这些弱点在清儒那里应是普遍现象，刘氏于《诗概》中刻意借着对陶渊明、杜甫的阐释，弘扬儒家之正气已经算是深刻的了。

船山选韦应物五古评释

船山作为明清转换时期的鸿儒，他的担当意识和使命感体现处处。《唐诗评选》也可说是他体道的一个用心良苦的切入口。就是说在他诗选这里，评选唐诗绝不仅仅是一种简单审美活动，个中处处寄寓着一个道学家对道体的追问，这追问尤其体现在对韦应物五古诗的选评上。从王船山对韦应物五古诗评品上可以看出一个超越《姜斋诗话》呼应朱子观点的清晰脉络。

从王船山《唐诗评选》中[①]，我们注意到了在唐诗所有古、近诗体裁中，船山能就一种体裁以十首以上入选的诗人除李白、杜甫之外，仅王维、韦应物、李义山等数人。其中王维以五律十二首入选，李义山以七律十三首入选。而韦应物则以五古十四首入选，仅次于李白、杜甫。从入选范围来说，正好和所选陈子昂、宋之问、张九龄、王维、储光羲五古诗一起，呈现着五古诗盛衰的变化曲线。

阅读船山对所选诗的评语，会发现他不仅选韦应物五古量多且给韦应物五古以高度评价并有明确的思路。船山是在什么意义上选韦应物五古的？通过阅读评语会不难发现船山的立足点很明确，概括起来如下：

（一）

（1）首先在王船山看来，撇开王、孟标的，所谓五古汉代乃正宗，到古诗十九首达到了它的极致，此后仅一脉悠悠。至唐一般认为陈子昂、张

---

① 王学太点校：《唐诗评选》，文化艺术出版社1997年版。本文所引船山评均据此。

第二辑　吉羽与圣证

九龄以倡导风骨传承，但他们实际上已经偏离了五古的精神。众所周知，自明以来，学术界常把孟浩然、王维、储光羲联系起来评论，以为他们以清淡承古①。船山以为，到盛唐孟浩然、王维虽均尝试五古，但渐行渐远。在他们的田园圈子内仅储光羲一脉承传。我们不妨把船山对三人的评论联系起来看，其评孟浩然《望洞庭湖赠张丞相》诗有云："襄阳律其可取者在一致而气局拘迫，十九沦于酸馅，又往往于情景分界处为格法所束，安排无生趣，于盛唐诸子品居中下，尤齐梁之沈约，取合于浅人，非风雅之遗意。"又评王维云："右丞于五言自其胜场，乃律已臻化而古体轻忽，迨将与孟为俦。佳处迎目，亦令人欲置不得，乃所以可爱存者，亦止此而已。其他褊促浮露与孟同调者，虽小藻足娱人，要为吟坛之衙官，不足采也。右丞与储唱和，而于古体声价顿绝，趋时喜新，其敝遂至于此。王、孟于五言古体为变法之始，顾其推送，虽以褶纹见凝滞，而气致顺适亦不异人人意。"评储光羲《采菱词》云："盛唐之储太祝，中唐之韦苏州，于五言已入圣证，唐无五言古诗，岂可为两公道哉？乃其昭质敷文之妙，俱自《西京》、《十九首》来，是以绝伦。俗目以其多闲逸之旨，遂概以陶拟之，二公自有闳博深远于陶者，固难以古今分等杀也。"从上面看虽然船山肯定储光羲，但并没有参照以肯定王孟，尤其是创造性地指出了储虽于他们氛围之中又不同于他们之处。

（2）船山以为王孟的五古虽差错离离，可此差错从陈子昂即开始。换句话说，假如把以《古诗十九首》为代表的五古看成是中华诗歌精神所达到的最高境界②，那么在王船山看来一般流行说法所谓的泱泱唐诗其实从一开始就没有走正路子。其评陈子昂《送客》云："历下谓子昂以其古诗为古诗，非古也。若非古而犹然为诗，亦何妨？风以世移，正字《感遇》诗似诵、似说，似狱词、似讲义，乃不复似诗，何有于古？故曰五言古自是而亡。"这实在是一个残酷结论。但船山思路非常明晰，且表现出对此

---

① 明人胡应麟云："张子寿首创清澹之派，盛唐继起，孟浩然、王维、储光羲、常建、韦应物本曲江之清淡，而益以风神也。"（《诗薮》内编卷二）

② 王船山评《十九首》有云："该情一切，群怨俱宜。诗教良然，不以言著。入兴易韵，不法之法。"

的深沉与忧思。

且看就此船山所评价韦苏州云:"然千百什一则前有供奉,后有苏州。固不为哀音乱节所移,又不得以正字而概言唐无五言古诗。"不难看出,船山肯定韦应物是将思路建立在这样背景上的。

(3) 在船山的审美视线里,这种从陈子昂即有差错的五古创作,大历以后又日见衰飒。其在评杨巨源《和大夫边春呈长安亲故》云:"《纪事》称其不为新语……所云'新语'者十才子以降,枯枝败梗耳,虚实在神韵,不以兴比有无为别。如此空中构景,佳句独得,讵不贤于硬架而无情者乎。"大历十才子中卢纶的一首《长安疾后首秋夜即事》可以说令人眼花缭乱,但全提不出宇宙意识。王船山评价云:"纶七言近体极富,乃全入伧父。世所艳称如'东风吹雨'者亦蹇薄,唯此作差为条达耳。恶诗极坏世人手眼,大历十才子往往而有。"

(4) 值得注意的是,船山并不是简单地否定大历。即从上述他的标准来说,他也是肯定过大历诗人的。对大历诗人,船山往往是在肯定后加以否定。而与之相应对韦应物恰恰又是在对从陈子昂以来一连串否定后的肯定,这是他评韦应物思维的独特处。其评钱起《早下江宁》云:"中唐之病在谋句而不谋篇,琢字而不琢句,以故神情离脱者往往有之。……大历诸子拔本塞源,自矜独得,夸俊于一句之安,取新于一字之别,得已自雄,不思其反,或掇拾以成章,抑乖离之不恤,故五言之体,丧于大历。"从这段评语可见船山一方面赞同其拔本塞源,另一方面指责其知有律不知有古,"还持律以窜古,逸失元声,为嗣者之捷径"。

现在我们可以总结船山是在什么意义上选入十四首韦应物五古了。我们说在王船山眼里韦应物的五言诗是出现在大历后旷世孤独的背景上的。它的特点就是真的知古,并且仅仅是和储光羲、李白、杜甫等数人维系着知古的息息血脉。假如说要找出船山定位韦应物五古诗的价值,其前提即应建立于此。

其评韦《送郑长源》云:"韦于五言古,汉晋大宗也。俯仰诸子要当以儿孙畜之,不足以充其衙官之位。其安顿位置有所吝留,有所挥斥;其吝留者必流俗之挥斥。其挥斥者必流俗之吝留,岂其以摆脱自异哉!"显然船山是在肯定韦应物五古的价值在于自知止于何处。

（二）

　　船山为什么这样看重韦应物的五古？前面讲过他的思路与立场均非常明确。而这种明确思路，我们或亦可以从他的《唐诗诗评》与《古诗评选》中对其他诗人评辞中见出，约之如下：

　　（1）首先树立《古诗十九首》为支点，以此支点船山上联前后汉，下通魏晋。着实别出心裁，以其思维崭新通达着"众作之有滋味者"的内涵①。船山评韦应物《效陶彭泽体》云："前七句一气推衍，敛精聚魂为末一句，而又以夷犹出之，杳渺之力千倍。题云'效陶'，则韦所效陶者此耳，韦他诗多从二张来，乃心直在《十九首》间。少识者即以陶韦并称，抹尽古今经纬。意谓五言为颓面戟髯之场，唯'突兀压神州'、'苍鼠窜古瓦'为正派，余皆别调。借此评唱，真令人肉颤。以其诬尽古今，莫知源委也。"这就明确指出韦应物的独特之处在于不同于陶，是从二张来、心直《十九首》。正因为这一独特之处韦应物才真正成为正脉，即所谓"圣证"。具体言之：从内容上说，有深沉的知耻心理，并以知耻心态真正回到儒家传统之正营。船山在评《幽居》时云："苏州独立衰乱之中，所短者时纷刻促，此作清不刻、直不促。必不与韩柳元白孟贾诸家共川而浴，中唐以降，作五言者，唯此公知耻。"不难看出，若理解船山所谓的韦应物知古，在此的"知耻"二字文字最吃紧。笔者理解可能是在船山看来中唐以降如韩、柳等虽均以恢复儒道为使命，但只有韦应物达于真儒的精神，所谓"清不刻、直不促"。知耻者应是不仅知道中唐耻于何，还明确应到哪里超越耻，而且感悟到了哪里才是达于超越的正途。王船山以为世人往往以闲逸视苏州。不知韦应物诗更是以闲逸而显丰韵，并将丰韵以从容体现，因而心力格色无不得者，以此显其独特。从艺术上讲，船山以为韦应物诗所以是一首真正的好诗在于"每当近情处即引作浑然语，不使泛滥"，又认为韦应物"自爱其字，一出一入，非千金不售。有唐一代能尔

---

　　① 钟嵘《诗品序》有云："五言居文词之要，是众作之有滋味也。""使味之者无极，闻之者动心，是诗之至也。"

者，唯公一人，郊寒岛瘦，其寒瘦皆粪土也。"理解船山这是在肯定韦应物诗以天人为背景，一出一入所表现出的自主自在。

（2）其次，船山以为韦应物的五古往往宛折回互，笔力千钧，以苍茫、劲健呈现着创作主体生命力。其评韦应物《登西南冈卜居遇雨寻竹浪至沣堨萦带数里清流茂树云物可赏》云："涯际朕兆，既已臻化，如'微雨飒已至，萧条川气秋'。峥嵘萧瑟，兼不可以言至，谁得谓无英雄之气。"理解这里的英雄之气应指韦诗往往以苍茫与劲健而直与天人万化相通达。为此船山以为韦应物五古所以是一首好的五言在于"一气推衍敛精聚魂为末一句"或言之以颟面戟髯出场，以突兀直使天人相通。

总的说来，船山以为韦应物五古正是以此上接二张而心直在《十九首》间，因而是正派。

船山还描述过韦应物五古如此的艺术境界。它们至少表现出以下几点：

（1）神行无迹，一出一入非千金不售。

（2）心力格色无不得、无不到者，而此一切均体现着有序与节奏。

（3）宛折回互、笔力万钧……如孤云蠹起，散为平霞，无心自奇神者授之矣。

船山特别欣赏这种境界，他以为这是古今诗所共有的最高境界。比如其评谢庄云："物无遁情，字无虚设……自然之华因流动生变而成绮丽。"评陶渊明《拟古六首》云："雅人胸中胜概，天地山川无不自我而成其荣观，故知诗非行墨埋头人所办也。"评岑参诗《青门歌》云："情景事合成一片，无不奇丽绝世。嘉州于此体中，即供奉亦当让一席地。供奉不无仗气，嘉州练气归神矣。"评李益《野田行》云："平平起四语，怨送佳句，如白云乍开，碧峰在目。"评李白诗《采莲曲》云："卸开一步取情为景，诗文至此只存一片神光，更无形迹矣。"当代宗白华先生喜欢用"流动生变而成绮丽"概括具有宇宙意识的中国艺术的美，实质上这是借鉴于王船山的，而上述种种亦正可谓是船山以此为审美标杆的。[①]

船山选韦应物暨以此思路价值何在：

---

① 此处可参考宗白华先生《中国艺术境界之诞生》一文，载《艺境》，北京大学出版社 1987年版，第 163 页。

a. 我们以为船山是以非常系统完备成熟的思路往上呼应着朱子，充实了朱子所谓"韦诗近道"观。不难发现，船山与朱子评韦应物五古有许多个惊人的相似之处，均是在故意忽略王孟的背景展开的。前面已经讲过船山是撇开王孟，其实朱子亦是如此。他认为"韦苏州诗高于王维、孟浩然诸人，以其无声色嗅味也"。

b. 均是在严格区分韦陶后对韦应物下赞语的，先来看朱子对韦应物的评价。试读一下朱子对韦应物的评语："问：'（韦）比陶如何？'曰：'陶却是有力，但语健而意闲，隐者多是带气负性之人为之，陶欲有为而不能者也，又好名。韦则自在，其诗直有做不著处便倒塌了底。晋宋间诗多闲淡，杜工部等诗常忙了，陶云：'身有余劳，心有常闲。'"（《朱子语类》卷一百四十《论文》下）再看王船山评《效陶彭泽体》题云："效陶则韦效陶者此耳，韦他诗多从二张来，乃心直在十九首间，少识者即以陶韦并称，抹尽古今经纬。"又其云："盛唐之储太祝，中唐之韦苏州，于五言已入圣证，唐无五言古诗，岂可为两公道哉！乃其昭质敷文之妙，俱自《西京》、《十九首》来，是以绝伦，俗目以其多闲逸之旨，遂概以陶拟之。二公自有闶博深远于陶者，固难以古今分等杀也。"在此不难得知，王船山非常明确认为从汉乐府、十九首、二张才是五古正脉，而韦的意义正在呼应于此而开拓，这与陶渊明无关。

c. 均提升到体道的高度。朱子从近道的层面评价韦苏州云："其诗无一字做作，直是自在，其气象近道，意常爱之。"（《朱子语类》卷一百四十《论文》下）不难看出朱子是从道学层面上来肯定韦应物的。与之相比，在这个问题上船山对于韦应物的思路在于首先肯定韦应物的五古成就乃道对主体的充实。王船山在评价韦应物《同德寺雨后寄元寺卿李博士》时云："胸中有此腕下适尔得之，则知其本富而力强也。"然后指出韦应物五古的价值在于是此充实着道体的创作主体在诗中的落实。从中我们既能体察道、又能体察中唐时代士人对道的追寻与落实印迹。其评《登西南冈卜居遇雨寻》云："涯际朕兆既已臻化如'微雨飒已至，萧条川气秋'峥嵘萧瑟兼不可言至，谁得谓静者无英雄之气。"其评《效陶彭泽体》云："前七句一气推衍，敛精聚魂为末一句，而又以韦犹出之，杳渺之力千倍。"

船山亦反过来批评陈子昂《登幽州台歌》云:"子昂以亢爽凌人,乃其怀来,气不充体,则亦酸寒中壮夫耳。徒此融泄初终,以神行而不以机牵,摇荡古今,岂但其大言之赫赫哉。"从这里可见船山虽也褒扬了陈子昂的"不以机牵,摇荡古今"的特征,但同时又指出其因"气不充体",则是"酸寒中壮夫"的憾陋,不能比韦应物"杳渺之力千倍"特征,更不是韦应物做不著处便倒塌了底的自在,以为韦正是在这个意义上气象近道的。

(三)

在阅读船山三大本古诗评选时所不能忽视的还有一本书即是他的《姜斋诗话》。笔者以为它们所出的观点相互内在,比如对汉以来诗歌的评释以及体道的思路等均可以相互诠释。但在《姜斋诗话》中我们发现一个事实,船山并不曾在诗话中正面直提韦应物,① 这似乎与诗选很矛盾。此应做何理解?笔者以为该诗话虽不乏见解,但并不曾摆脱明诗话局限于诗歌作法的流弊。

在笔者看来,大凡从茶陵派、前后七子以来的明清各种诗话其内容不外有两种:(1)就诗歌论作法。(2)谈诗的审美层面上的一般特征。极少有以诗歌评品、体道的片言只语,这一点远不及宋代借诗话体道。尤其是前后七子把持文坛时期,此思路越来越萎靡。

笔者以为船山《姜斋诗话》虽在很大程度上摆脱了明代诗作法一类诗话的窠臼,但亦仅止于对诗一般特征的描述,即以他的情景论亦仅徘徊在上述两种之间②。

---

① 《姜斋诗话》在卷上第三条评论《诗经·采采芣苢》有云:"意在言先,亦在言后,从容涵泳,自然生其气象,即五言中,十九首犹有得此意者。陶令差能仿佛,下此绝矣。'采菊东篱下,悠悠见南山','众鸟欣有讬,吾亦爱吾庐',非韦应物'兵卫森画戟,燕寝凝清香'所得而问津也。"应该说这是一条非常重要的证据,说明船山对韦应物的认识是有一个过程的,而开始对韦诗认识的不足心理恰好保留在《姜斋诗话》中,也可以此说明《姜斋诗话》写作在先。(《清诗话》,上海古籍出版社1999年版,第4页。)

② 此处亦可以参考本书《重读〈姜斋诗话〉——从哲学视角对王船山几个文艺观的再审视》一文。

第二辑 吉羽与圣证

由此，我们推断《姜斋诗话》应创作在前，而几种诗选正好是在此基础上对其诗观的提升。如果说在《姜斋诗话》中关于情景问题还没有从向自然观回融角度而达于体道自觉意识，那么《古诗评选》、《唐诗评选》正好弥补了他的这一缺漏，而在此书中王船山的对韦应物古诗选评又正好是他观点的一个刻意展开角度。就此我们想针对时下观点得出以下几个结论[①]：(1) 船山选评韦应物的五古及所出观点虽强调"知古"，但不是简单的复古主义或已经超越了明代的复古主义。(2) 船山选评韦应物五古不是简单地依他原已有的诗观选评而是对其诗观的升华，从而真正表现出体道的风范。(3) 船山对韦应物五古诗的评论亦的确用心良苦，因而表现出其作为一个儒者的高远志趣。所谓"知耻"、"知古"、"丰韵"所连接起来的是逐渐升华的超越链条。

---

① 时下观点主要是指各个文学史家对复古论描述及王学太先生在《唐诗评选》前言中所论述的船山与明代复古主义观点关系等。

历代韦、柳诗评综论

自司空图以来,关于韦、柳人品、诗味一直是文人热门话题,纵览一下会发现在宋代以苏轼与朱子为代表,他们的"远韵"、"近道"等论断为关于韦、柳诗味与境界等话题建构了内涵丰富的问题域,是此后评论家与学人探测韦、柳的标尺。元明清各代若以此标尺,既能见出其成果资料的丰富性,又能观测到其批评内涵的深浅、浓淡。他们韦、柳诗评既是对韦柳研究成果的充实,又是自己时代思潮在韦柳批评上的印证。

一 朱、苏批评与关于韦柳的批评问题域

自晚唐司空图以来,[①] 关于韦柳、韦柳与陶比较和加以评论的资料很多,其中在宋人那里最具经典的要数苏轼与朱子之评。

苏轼关于韦、柳的比较评论主要是以下两条:一者《东坡题跋》有云:"子厚诗在陶渊明下、韦苏州上,退之豪放奇险则过之,而温丽靖深不及也。所贵乎枯淡者,谓其外枯而中膏,似澹而实美,渊明子厚之流是也。"这里讲了以下几个信息:

(1) 以为渊明、子厚的魅力在于外枯中膏,似澹实美。

(2) "外枯中膏"不同于中边皆枯淡,正是这种外枯中膏,能不同于韩退之豪放奇险,而显示出温丽靖深的特征。

(3) 可能在苏轼看来,子厚也是因为这一点而高于韦苏州。

那么这是否意味着苏轼并不看好韦苏州的诗呢?[②] 回答这个问题,我

---

① 此处参阅张少康《司空图及其诗论研究》,学苑出版社2005年版,第72页。
② 苏轼《答程全父推官》中有云:"流转海外,如逃空谷,既无与晤语者,又书籍举无有,惟陶渊明一集、柳子厚诗文数策,常置左右,目为二友。"(《苏轼文集》卷五十五,第1625页)

们还要看苏轼的另一条评语,见于《书黄子思诗集后》,其云:"至于诗亦然,苏李之天成,曹刘之自得,陶谢之超然,盖亦至矣,而李白、杜子美以英玮绝世之姿凌跨百代,古今诗人尽废。然魏晋以来高风绝尘亦少衰矣。李杜之后,诗人继作,虽间有远韵而才不逮意。独韦应物、柳宗元发纤秾于简古,寄至味于淡泊,非余子所及也。"苏轼在此所给的信息是:

(1) 以为魏晋人有远韵,到了李杜虽"以英玮绝世之姿凌跨百代",但毕竟不及魏晋远韵。

(2) 李杜以后的中唐才又"间有远韵",这其中最有特色的是韦、柳。

由此可见:

(1) 苏轼大力倡导魏晋远韵;

(2) 以为魏晋有远韵而不同于盛唐之音;

(3) 以为中唐韦、柳的意义在于不同于盛唐而上接魏晋远韵,并且发挥得很出色。

至于韦、柳怎样上承魏晋呢?在苏轼看来,主要是在于他们标举出了"外枯中膏"的审美样式以及"发纤秾于简古,寄至味于淡泊"的表达方式。虽在这里苏轼更倾向于柳宗元的突出,但他还是把韦、柳连在一起谈与盛唐不同的。不难看出,这样一来在苏轼这里,从陶渊明到韦柳、从魏晋到中唐诗歌就有一个标举正一的思路。苏轼是将从陶潜到韦、柳在审美意义上连成了线,从而为研究从陶潜到韦柳建立起了一个问题域。若深入此问题域至少还感到它能溢出以下几个问题:

(1) 什么是苏轼所建立从韦、柳到陶联系起来的思维路径?

(2) 苏轼以陶渊明为审美归趣,既比较了陶、韦、柳的一致处,又深入体察了陶、韦、柳各自的特点,其意义何在?

(3) 在笔者看来,苏轼在此是以蜀学再充实了陶、韦、柳及关系内涵,不仅让后人有了一个有效把握陶、韦、柳审美涵容的抓手,而且对苏轼自己的时代来说也显示出元祐文化的有序性与理性。它让我们再次明显感到宋代道学尤其是蜀学的进程,北宋士人审美与道学关系问题的进程等。

与苏轼相比,朱子抛开了中唐的时代性,直接以道学为归趣,然后悬空指出韦应物的价值在于近道。何以近道?朱子主要是比较了解韦与陶,韦与王、孟，从而再次营造了一个关于韦柳的问题域。

朱子云："其诗无一字做作，直是自在。其气象近道意常爱之。问比陶何如？曰：陶却是有力，但语健而意闲。隐者多是带气负性之人为之，陶却有为而不能者也，又好名。韦则自在，其诗直有做不著处便倒塌了底。"又"韦苏州诗高于王维、孟浩然诸人，以其无声色臭味也。"①

由上面看，与苏轼相映照，朱子所营造的问题域有以下几个看点：

（1）所谓"气象近道"是否就是自北宋以来道学的"道"？

（2）朱子是否在意并赞同韦应物的近道方式？

（3）朱子是否欣赏，为什么欣赏韦应物以近道而有的"自在"人品与境界？

（4）韦应物诗中亦不止一次提到道，朱子是有感于此道，还是有兴趣于韦诗总风格？

在笔者看来，假如说在北宋时代，苏轼即以蜀学之道充实了关于陶、韦、柳关系的内涵，朱子应该说是对此的再一次突破。若从道学的大背景来说，还能连带出许多问题，比如朱与苏有内在联系没有，有超越没有？对于苏轼、朱子有哪些突破？

相对于朱、苏所建立起的问题域，朱、苏的同时代及此以后的元明清各代，关于此问题的讨论，应当怎样去定位，所有这些可能联系起来考察？在本文里笔者想就此问题对历代韦、柳论做一番考论：

首先来看一下在两宋时代的苏轼以后，朱子的前前后后关于韦、柳的讨论。从现有资料来看，除了朱苏之外两宋还有大量的诗人、学者，表现出对韦柳的关注。比如魏泰《临汉隐居诗话》，蔡启《宽夫诗话》，葛立方《韵语阳秋》，吴聿《观林诗话》，张戒《岁寒堂诗话》，刘克庄《后村诗话》，刘辰翁《韦苏州诗评》等。他们中间不少就是江西诗派的爱好者、推行者，也有的是关于江西诗派的反思、反对者。但无论持哪个门户，从他们的评论中不难见出他们均表现出对韦、柳诗内涵的强烈关注与开掘意识，这些既是包含在苏、朱所搭建的问题域中的，也显示其深刻。

---

① 《朱子语类》卷一百四十《论文》下。

第二辑 吉羽与圣证

试举一些看，吕本中，江西诗派的最初倡萌者，其云："徐师川言，人言苏州诗，多言其古淡，乃是不知苏州诗。自李杜以来，古人诗法尽废，惟苏州有六朝风致，最为流丽。"（《吕氏童蒙训》）吴聿，江西诗派理论倡导者，其云："乐天云：'近世韦苏州歌行，才丽之外，颇近兴讽。其五言诗又高雅闲澹，自成一家。今之秉笔者，谁能及之。'然乐天既知韦应物之诗，而乃自甘心于浅俗，何耶？岂才有所限乎？"（《观林诗话》）韩子苍，江西诗派重量级人物，其云："予观古今诗人，惟苏州得其（渊明）清闲，尚不得其枯淡，柳州独得之，但恨其少遒尔。柳州诗不多体亦备众家。惟效陶诗是其性之所好，独不可及也。"（《苕溪渔隐丛话》）

从上面所举可见江西诗派的学人的确均在关注韦柳的内涵或从挖掘其内涵角度来切入评品韦柳。若推究其含义，显然江西学人之所论都是在持守着东坡的思路。如果说苏轼通过解释陶、韦、柳找到了道学在文艺层面上的拓展方式，并以此作为执行践履人生理想的切入口，那么江西诗派亦当是。他们显然是通过探讨陶、韦、柳来发挥、升华、提炼自己的审美旨趣的，而这个审美旨趣往深处、宽处说又浸透着儒学内涵，并有玄学远韵。又特别要说明的是，如果说韩子苍这里指责子厚缺乏内在遒劲，褒贬了苏轼的过于推举之，此虽也是在弥补苏轼的不足之处，但所顺的却是苏东坡的思路。

现在来总结一下，假如说在唐代从白居易、司空图开始，即推举王右丞、韦应物等为高雅闲淡[①]，苏轼与之有联系，那么苏轼与他们的不同在于又开始有意剔别孟浩然、王维[②]，更突出推举了韦柳，这是不可不注意的事实。而江西诗派的重镇陈师道有意推了苏州的"自在"往下则开启了朱子[③]，表明了从苏轼至江西至朱子的必然性。总之，一方面我们注意到元、白、司空对韦的留心，另一方面我们注意到从苏轼开始既吸收元、白、司空，又从他们的氛围中走出来，深入下去，让我们明显感到一种深

---

① 参见白居易《与元九书》，司空图《与李生论诗书》。
② 苏轼批评孟浩然之诗"韵高而才短，如造内法酒手而苦无材料尔"。语见《后山诗话》。
③ 《后山诗话》有云："右丞苏州，皆学于陶王，得其自在。"《历代诗话》，中华书局1981年版，第313页。

沉厚重与扎实,这是一个必须要注意的现象。换一种说法亦然,从北宋到南宋随着道学的充实与厚重,我们随处均能感到学人对韦柳的关注。比如除江西诗派外,南宋韦柳评论家还有张戒,张戒是反对江西诗派的,但恰在韦柳的问题上,他与江西诗派又重新走到了一起。其《岁寒堂诗话》有云:"韦苏州诗韵高而气清,王右丞诗格老而味甚长,虽皆五言之宗匠,然互有得失,不无优劣,以标韵观之,右丞远不逮苏州。"如果说宋代诗人评论家都在遵循道学背景,在道学意义上又不自觉走在一起,那么他们的连接线与平台恰恰是在所展开及响应的关于韦柳的评论上。

二 元明韦柳评论的两个极端与得失谈

到了元代,关于韦柳的评论并不能简单说是低潮。以元好问与方回为代表的学人评论,除基本上延续着宋人的志趣、思路外,若细读起来还不难发现个中又增添了"风骚"、"清深"等评语,表现着对韦柳个性的强调。应怎样评论它的价值,在笔者看来,这些评语精神内质虽然是道学的,但是表现出评家的特别锐感。显然这里有异族入主中原的时代原因。

元好问的《东坡诗雅引》云:"五言以来,六朝之陶、谢,唐之陈子昂、韦应物、柳子厚最为近风雅,自余多以杂体为之,诗之亡久矣。杂体愈备,则去风雅愈远,其理然也。"王祎《张仲简诗序》:"文章与时高下,而唐之诗始终凡三变……然唐之盛也,李杜元白诸家制作各异,而韦柳之诗,又特以温丽清深,或自成一家。"

为了强调个性,方回甚至于反弹琵琶以强调韦柳的个性突出,他以为韦柳学陶不真,因为"胸腑非也"。但其云:"柳子厚学陶,其诗刻峭,束缚羁縶,无聊之意,殊可怜,形似之而精神非也。韦应物学陶,其诗登山临水,僧友道侣,语义潇淡,然本富贵宦达之人,燕寝兵卫,岂真陶乎?兼少年本豪侠,形似之而胸腑非也。"在笔者看来,元好问、王祎等论诗推出风骚清深等,不仅在内涵上再充实了韦柳诗的个性,也较早地找准了中唐诗不同于盛唐人的个性与独特性等探讨新思路,有力地配合了自己的时代。又,从这个角度他们发现这种个性在中唐是逐渐内敛、神秀的,即一方面以其清,另一方面以其深,从而表现出与盛唐不一样。他们以为从

第二辑　吉羽与圣证

韦、柳这里可见清深是一体的，所以清在于深，深包含清，以清深自然，固有温丽之状。正因如此，能在中唐依然自是一家。方回作为元代学人利用"胸腑"评诗，明显地借鉴延续了宋代"胸次"说，并没有抓住宋学的精神内核，看不到宋代所强调的陶与韦、柳精神上的一致性的实质，妨碍了探讨的深入细致化。他的评论多有带气负性的性质，但也平添了对韦、柳个性的突出。总之，无论元好问还是方回均以其极端而贴近自己时代再诠释了韦、柳，在从不同意义上突出韦、柳，从接受美学的角度来说也有它的价值。

众所周知，明代学术非常明显分为两个阶段：明代前期是所谓的复古阶段，复古思潮在各个艺术领域均表现出对承传关系的梳理，并且推出正统观。明代中期王学兴起并很快向各领域渗透，影响学人重新树立不同于复古的新观念。从资料上看，上述这两个时期也先后体现着学人对韦、柳诗的评论。两个阶段的社会思潮在韦、柳问题上均有反映，其中前期以前后七子为代表，他们不同程度地把正统观投到对韦、柳诗的评估，在评韦、柳诗平台上树立正统观。试举一些看：

李东阳《怀麓堂诗话》："陶诗质厚近古，愈读而愈见其妙。韦应物稍失之平易，柳子厚则过于精刻。世称陶韦，又称韦柳，特概言之。惟谓学陶者，须自韦柳而入，乃为正耳。"

谢榛《四溟诗话》："诗用难韵，起自六朝，韩昌黎、柳子厚长篇联句，字难韵险，然诳多斗靡，或不可解，拘于险韵，无乃庚、沈启之邪。"

徐献忠《唐诗品》："柳州古诗，得于谢灵运，而自得之趣，鲜可俦匹。此其所短，然在当时作者，凌出其上多矣。"

陆时雍《诗镜总论》："刘禹锡七言绝，柳子厚五言古，俱深于哀怨，谓骚之余派可矣。刘婉多讽，柳直损致，世称韦柳，则以本色见长耳。"

从上面举例可见，很显然以前后七子为代表的学人追求正统、以正宗探寻本色，从而多是从源流正统的角度批评韦柳之所失。李东阳虽提示陶诗"质厚见古"说，但并不与朱子"见道"相呼应。很显然是对自己"乃为正耳"的解释。与朱子相比，显然显得空洞，以此来解释韦柳就没有力量。

许学夷在《诗源辩体》中试图全面辩证韦、柳的长与短、偏与正，应该说是这一类诗评的代表作。他的观点略之如下：

许学夷首先肯定了韦、柳的特别之处，以为韦、柳乃超世之术，学韦、柳须先养其性，后进不宜遽学，少年不宜耽此理。其云："学韦柳是须先养其性气，倘峥嵘之气未化，豪荡之性未除，非但不能学，且不能读，试观于鳞、元美于韦柳多不相契，于鳞不喜应物，元美亦未推重。""韦柳之诗萧散冲淡，后进不宜遽学。譬之黄老恬淡无为，乃是超世之术。若少年便耽此道，则颓坠委靡，不能自振。"

在许学夷看来，韦、柳"二公是由工入微，非若渊明平淡出于自然也"，但二公各有入自然的途径，锻炼精刻，各自有法，各自表现出自己特征。其云："应物入微而不见其工，子厚虽入微而经纬绵密，其工自见。故由唐人而论是柳胜韦，由渊明而论是韦胜柳。"许学夷云："苏轼晚年，惟以陶柳二集自随，是岂真知陶者？"

但许学夷更多地是从正偏的角度排斥异己，这其中即表现出对韦、柳的否定。他以为唐人五言古气象宏远，而相比之下，韦柳以萧散冲淡"乃唐体之小偏"。其云："唐人五言与气象宏远，惟韦应物、柳子厚源出于渊明，以萧散冲淡为主，然要其归，乃唐体之小偏，亦尤孔门视伯夷也。"这里的小偏之说很经不起推敲，其实偏乃中边皆偏，大小皆偏，以小偏者云云何谓也？显然他是没理解韦、柳诗，过于以盛唐为旨趣。

顺此思路他认为柳子厚诗再流而开成许浑诸子，又所谓正变矣。笔者以为这也是先入为主，从正变才力说开去。其云："元和柳子厚五言七律，再流而为开成许浑诸子，许才力既小，风气日漓，而造诣渐卑，故其对多工巧，语多衬贴，更多见斧凿痕，而唐人律诗乃渐敝矣，要亦正变也。"

我们从上面看非常明确，许学夷所论述对韦柳传承关系的梳理在总体思路上虽系统，但很明显是与要求正统的社会思潮保持一致的，并未脱正统观窠臼。

综上看来，从前后七子到许学夷，把王、孟、韦、柳放到一块谈，把韦、柳与唐诗变迁放到一处谈，努力描述韦应物、柳宗元在中唐时代作为变体的一些深细特征，从这个角度让我们能看到一个关于盛中唐转换的清晰轮廓,这些都是他们的贡献。但由于他们把韦、柳的评价思路放到自己的思路框架之内,韦、柳在此即变得苍白。如果说元人以强调个性而显出对韦、柳评价的偏激,那么明代的这些人恰又走到了另一极端,即过于以"诗必盛唐"为理念。

明中后期随王学兴起,那种刻板要求树立正统的观念才有所改变,王学很快渗入文艺领域。钟惺、谭元春的韦应物诗评即体现着王学精神。但相对于宋代学人以韦、柳作为道学拓展的平台来说,袁宏道、钟惺、谭元春解释中儒学阐发要淡得多,试举一些所评韦应物的资料看:比如《种药》诗,谭元春评云:"有情有兴在'从兹始'三字。"《寄全椒山道士》诗,谭元春评云:"此等诗妙在工拙之外。"《城中卧疾知阎薛二子屡从邑令饮,因以赠之》诗,谭元春云:"心异迹三字妙,交道畅然。"钟惺云:"非不和平,说到世情逼人处,亦自慷慨不觉。"[①] 所有这些虽有王学隐韵但很不易察觉,正好说明韦柳虽已为宋代道学解释,可明代王学作为儒学对韦柳还没兴趣。而这恰恰又是与儒学进程相一致的。

三 清儒关于韦柳问题的聚焦与学术志趣

清代作为我国学术思潮的重要时期,亦是关于王孟韦柳问题讨论的重要阶段。首先从资料的翔实扎实不仅能看出从叶燮师徒,从船山开始学人即关注韦柳,而且无论尊唐、宗宋各家,无论神韵、格调、肌理各种立言的学人均表现出对王孟韦柳问题的阐述。其次,较之于明人,清代学人更有学究气。众所周知,以乾嘉学人为代表的清代学术逐渐形成了返宋归汉、正本清源的学术志趣。[②] 此种学术特点也表现在诗话上,尤其是体现在对王孟韦柳的讨论上。

从清诗话中不难看出,清代学人一方面继续着明代的话题,一方面又受清儒总志趣的影响,因此,既注重梳理脉络,又致力于纠明人之偏,终于在王、孟、韦、柳的探讨话题上既逐渐淡化了宋代学人的旨趣,也摆脱

---

① 此处所引资料均见孙望《韦应物诗集系年校笺》,中华书局2002年版。
② 梁启超:《清代学术概论》,又参阅马积高《清代学术思想的变迁与文学》,湖南人民文学出版社2002年版。

了明人关于正统的话题，而显示出讨论的丰富性、复杂性。

综合起来说，在王孟韦柳问题域上表现出许多不同的聚焦点：

（一）韦柳高低问题

王士禛以自己的神韵说比较韦、柳。在清代首先关注关于韦柳的批评，他首先批评苏轼的结论，引出了关于韦、柳高低的讨论。前面讲过苏轼是以外枯中膏论以为柳高于韦的。王士禛就此云："东坡谓柳柳州诗在陶彭泽下，韦苏州之上，此言误矣。余更其语曰：'韦诗在陶彭泽之下，柳州上'。"王士禛说自己的理由是"解识无声弦指妙，柳州那得并苏州"。显然，渔洋这里所标举的是自己的神韵说，是从神韵追寻以为韦诗神韵妙得而发难宋人的。

从史料上知，作为早期一点的王士禛此言一出立即引起争论，但大体上说清代学人与前代相比越来越注重于持韦柳各有特点、韦柳并重的观点。

沈德潜《说诗晬语》云："陶诗胸次浩然，其中一段渊深朴茂不可到处。唐人祖述者，王右丞有清腴，孟山人有闲远……韦左司有其冲和，柳仪曹有其峻洁。皆学焉而得其性之所近。"

沈德潜《唐诗别裁集》："柳州诗长于哀怨，得骚人之余意。东坡谓在韦苏州之上，而王阮亭谓不及苏州，各自成家，两存其说可也。"

袁枚《随园诗话》："诗人家数甚多，不可硁硁然域一先生之言，自以为是而妄薄前人。须知王孟清幽岂可施诸边塞……韦柳隽逸不宜长篇，苏黄瘦硬，短语言情。"

翁方纲《石洲诗话》："盖陶谢体格并高出六朝，而以天然闲适者归之陶，以蕴酿神秀者归之谢。此所以为初日芙蓉，他家莫及也。东坡谓柳在韦上，意亦如此。未可以后来王渔洋谓韦在柳上，辄能翻此案也。"

《静居绪言》亦云："人以王、孟、韦、柳连而称之者，以其诗皆不事雕绘也。然其间位置自别，风趣不同……韦特自然，柳多作意，在读者得之。"

由上可见自渔洋之后，清儒关于韦柳高低的讨论的确很热烈，也的确以此讨论深入到了王、孟、韦、柳。这是他们的贡献，但他们所下结论由于缺了宋学依据，无视了中唐的思潮状态，就总显得空洞。或言之，诚然，他们解释韦、柳亦的确起到为了阐明自己诗学的立言效果，只是他们诗学立言自身的浅俗无疑也体现在关于韦柳的讨论上。

（二）关于韦柳与大历诗风的问题

早在清初，王船山就注重贴近大历诗风来切入评韦的思路，此后这一思路一直被学人所提起。关于大历诗风的一个重点问题就是厘清大历诗风与盛唐的关系，大历诗风和韦、柳间的承传定位、定性。这是船山所首先拓展的。

王船山在《唐诗评选》中首先严厉批评了大历十才子，比如其批评卢纶云："恶诗极坏世人手眼，大历十才子往往而有。"批评钱起云："中唐之病在谋句而不谋篇，琢字而不琢句，以故神情脱离者，往往有之。……大历诸子拔本塞源，自矜独得，夸俊于一句之安，取新于一字之别，得已自雄，不思其反，或掇拾以成章，抑乖离之不恤，故五言之体丧于大历。"批评长卿云："只起句峻拔已极，过此则更求直则卤率不堪"，"五言风味凋于盛唐，至大历尽矣。文房此作（指《宿怀仁县南湖寄东海荀处士》）承受收合，独为简远，什一千百"。由此可见非常明确王船山是把对韦应物肯定的思路建立在批大历十才子的背景上，在他看来大历有时虽也显拔本塞源，但更多以诗律形式标新；也努力呈现氛围，但多显衰飒，与他们相比韦应物则上联古诗十九首，应是诗歌儒化的圣证。[①]

船山之后，不断有学人关注大历诗风与韦、柳诗问题，大体上说，学人观点是以为大历以后的中唐是对大历诗风的新变，而韦柳皆是关键性人物。其观点如下：

（1）以为韦、柳直接"出入骚雅，多务黩刻神骏而味冽"。

贺裳《载酒园诗话》云："大历已还，诗多崇尚自然，柳子厚始一振励篇琢句锤，起颓靡而荡污秽浊，出入骚雅无一字轻率。其初多务黩刻，故神峻而味冽，既亦渐进温醇。"（按此处亦见于吴乔《围炉诗话》卷三）

宋荦《漫堂说诗》："五言绝句起自古乐府，至唐而盛，李白、崔国辅

[①] 此处可参阅本书《船山选韦应物五古评释》一文。

号为擅长……钱刘韦柳古淡清逸，多神来之句。"

他们的观点虽不同于船山，但均力图从更深远的文化背景来寻找韦、柳地位，努力复原韦、柳在中唐时代包蕴丰富的个性和以个性而显出的风格。

（2）以为韦、柳是断续、冷淡多年又漏显的诗人本色

管世铭《读雪房山唐诗钞凡例》中有意将刘、柳并以为"子厚骨耸，梦得气雄"，以为大历以降诗人多一副面孔，刘、柳出乃露诗人本色。

朱锡绶《幽梦续影》有云："唐人之诗，多类名花……韦柳似海红，古媚在骨。"

关于诗人本色问题，显然也是上述船山所关注的，管、朱这里若说和船山相一致的地方在于也打破联系"诗必盛唐"的论证格局，努力让韦应物、柳宗元回到中华诗人的原背景，从本色角度寻找意义定位。另外也把对本色问题的思考以抛开大历为前提。毫无疑问在这方面从船山先导起，他们的议论均是卓有成效和富有启发性的。

（三）关于韦、柳与陶、谢、王、孟的渊薮问题

大体上来说，清代学人在此问题上有几个突出的特点：一者，往往在不同程度上忽略了明前后七子"诗必盛唐"的思路，将韦、柳的价值直接接入陶谢来思索。比如刘熙载《艺概·诗概》有云："陶、谢并称，韦、柳并称，苏州出于渊明，柳州出于康乐，殆各得其性之近。"即便是探讨正变问题也超出"诗必盛唐"理念，而去寻找诗的圣证，这一点以船山为代表。也即是说清儒若综合起来在此在于明确这样一些思路：韦、柳与王、孟相比，无所谓正变，他们只是立足于自己的时代。二者，往往淡化了王、孟、韦、柳从盛唐入中唐的历史性，而将王、孟、韦、柳放到一个平面上来考察他们与陶谢的关系，从而以为与陶谢比，韦、柳各自有各自的价值与特征，从而让王、孟、韦、柳与陶、谢区别与联系正面看过去。三者，除王、孟、韦、柳所构成的问题域外，往往又加入刘禹锡、韩愈，这样也有意打破王、孟、韦、柳的问题域。而这样做的效果在于能让我们从一个更宽泛的角度来理解中唐，理解韦、柳，定位韦、柳。

笔者认为，上述这几方面均富有建设性，均意味着清儒已彻底打破了

明人的正统观。

（四）关于韦柳与近道问题

前面讲过，"近道"问题是朱子留给后来学人的问题域，但众所周知清代学术以返宋归汉为旨趣，从清初的三大家到乾嘉学人对宋儒均没有给予足够的重视，这就势必影响着清儒对"近道"问题的理解，遮蔽了对此问题的深入。纵览一下清儒联系着"近道"问题而谈韦柳的并不多，并且多数表现出皮毛与偏离含混。比如：

吴乔《围炉诗话》卷三云："韦诗皆以平心静气出之，故有近道之言。宋人以韦柳并称，然韦不造作，而柳极锻炼也。""韦苏州冰玉之姿，蕙兰之质，粹如蔼如，瞥目不足而沁心有余。""东坡有云'外枯中膏，似淡而实美，渊明子厚足以当之'，中外皆枯，淡亦何足置哉，自是至言。"

余成教在《石园文稿》中特别关注了柳诗中的"道存"问题，其云："柳子厚文章卓然精致，与古为俦，犹擅西汉诗骚，一时行辈推仰。贬官后自放山泽间，其湮厄感郁一寓于诗。《游石角过小岭至长乌村》：'志适不期贵，道存岂偷生。'《掩役夫张进骸》：'我心得所安，不谓尔有知'，此等吐属，大有见解。"

在笔者看来，说韦诗近道无疑应以朱子为代表，南宋朱子以外还有刘辰翁等，但过于笼统。再来看一下，朱子的思路是这样的，首先是拿韦诗与陶诗相比，以为陶诗还体现着陶的带气负性，与韦应物相比并不彻底。其次，拿韦诗与王、孟诗相比，以为王、孟诗尚有声色嗅味，没有直接通达自然真味。这样一来可见出朱子是有意撇开王、孟，比较陶、谢来从近道的角度直接称赞韦苏州的，同时与评韦诗比，朱子也并没有赞成柳近道。

朱子推韦除上述理由之外，还有更深意蕴隐于话外，约言之：

（1）朱子在意了韦应物对道的自觉；

（2）朱子认同了韦应物以道为背景的情怀；

（3）朱子认同了韦应物以儒道为总领，对释道的杂糅。

可以说，朱子对韦的这种再评价与再总结，打乱了同时亦是延伸了北宋以来以元祐文化为主的韦应物诗评论思维框架。无疑也应是以道学转化为审美观的经典范例。

和朱子相比,在清儒这里,无论是吴乔还是余成教显然在道的问题上均有距离,或失之平浅,或失之于过泛,因而均回不到诗人韦、柳自己的氛围,也回不到儒释道初步圆融的中唐背景。

且读余成教的评论:"东坡谓退之豪放奇险则过子厚,温丽清深不及也。朱子谓学诗需从陶柳门庭入,盖子厚之诗,脱口而出,多近自然也。"吴乔的结论所谓"韦诗皆以平心静气出之,故近有道之言",无疑这均是仅从工与不工切入而思考,因此对于"近道"来说仅仅是皮毛而已。

我们说清儒也正是因为这样并不懂宋儒"近道"结论的涵容,以至于才有参悟苏轼"发纤浓于简古,寄至味于淡泊"的公案①,表现出一种酸腐气,当然清儒亦有独出挺拔的,即王船山,他以他的明确评论系统上联朱、苏,继续把评韦、柳作为悟道平台。

---

① 笔者在此主要是指清代许多学人要努力分清韦应物、柳宗元谁是"发纤秾于简古",谁是"寄至味于淡泊"。

近藤元粹视野中的韦柳诗

——兼述近藤的中国诗观

近藤元粹是明治中叶的日本汉学家，他比较注重小学基础，文史兼容，比较致力于探究中华具山水情怀、性情涵容一类诗人的作品。韦应物、柳宗元是他向日本倾心介绍的中唐诗人。从他的一些经典评语中既可以感受到没有受西来文化渗入前中日文化关系的特别性，也能从中寻觅一个不同于汉民族文化的日本民族文化特别性。

近藤元粹（1849—1922），字纯叔，号南洲莹雪轩，生于伊予（今爱媛县），曾师从芳野金陵。

和其他被引进到中国新时期以来学术界的学者相比，近藤元粹算是日本资格老、中国学者知之甚少的一个学者。其实近藤在他当年的日本学术界（汉学界）曾是一个比较活跃的学者，研介汉学方式多，曾涉猎刊刻出版、考据评介、著文研究等诸多方面。曾在历史、文学、书画、艺术等几个层面同时进行学术推进。近藤元粹和介绍到中国的他同时代的青木正儿，他晚辈一点的吉川幸次郎、小村环树等相比，显然也有自己的学术特征，即更注重颇具性情一点的中国学人研介，更注重以日本文化进行体贴。

他的有关韦柳诗评应该说即滋生于这个学术基调与氛围之上，当时其学术已营造了厚实的学术背景。均刊行于1900年的《柳柳州诗集》、《韦应物集》值他学术势头正旺时期，可说是他学术成熟的孕育之果，作为近代早期学人之果个中还保留着日本学人与中华文化关系的原汁。阅读之或能感到中日文化渗透、交织的学术原生态。日本文化、审美对传统汉文化的相依相异可领略矣，兹以下从三点说明：

（一）

　　近藤元粹评介韦柳诗有一个相对固定的完整的思路。这个思路虽是在评介中逐渐完善的，但这个思路的固定完整亦正好能说明韦柳诗评体现于他学术历程中的分量、在学术历程中的地位、表现于学术历程的节奏等。从近藤留下的成果看，他是从汉学的小学入手的，文史并进。学人注意了他晚年心系中国艺术，其实在他的学术中期即比较注意中国具性情一类诗人，有山水情怀、山林之气一类诗人之作，如陶渊明、王维、孟浩然、白乐天、林和靖、苏东坡等，近藤均有广泛涉猎。他的韦柳诗研究在此逻辑程序中显然是顺理成章的，并且是关键性的一步。

　　本文里笔者断言此研究思路固定完整，其含义至少可涵盖如下：首先，近藤定位盛唐、描述盛唐明确地以盛唐为轴心来勘定韦柳特征。

　　比如其评韦诗《骊山行》[①]有云："干戈以下换韵为正体，盛唐人往往有此变例。"请注意这里指出"正体"并且以为盛唐人往往有之。

　　评韦应物《自巩洛州行入黄河即事寄府县旧友》有云："居然盛唐格调。"

　　其评柳宗元《省试观庆云图》有云："贬谪以前之诗自有富贵气象，不似后来衰飒怨愤之态。"

　　众所周知的，诗分四唐是宋朝以来即有的一个学术理念，严羽将此明确化，此后历经明朝从高棅起，经几代学人的再诠释几乎成为定论。学人说唐诗即有意无意地将诗人区分在四唐时段，以盛唐为最高最纯正，以中唐为转型裂变，认为此时虽群星璀璨，但均比照于盛唐才见所呈新特征。近藤评韦柳显然亦没超脱此思路。可以说通篇研究均是在有意无意中比照盛唐指出韦柳的新特征。上面所举几例无疑均有这种思路。

　　再比如评韦应物《送阎寀赴东川辟》云："长律巧稳，有盛唐遗韵。"评韦应物《赠孙徽时赴云中》有云："风格雄浑，犹存盛唐口吻。"亦不出其右。

[①] 本文中所引近藤元粹评韦应物资料见孙望编著《韦应物诗集系年校笺》，中华书局2002年版。评柳宗元资料见王国安笺释《柳宗元诗笺释》，上海古籍出版社1993年版。

第二辑 吉羽与圣证

其次，从学术史上我们还知道就在散在四唐中段的王孟韦柳先后亮相之后，从宋代始学术逐渐垒起了从陶渊明到王孟韦柳的以山水为题材、为背景，以感悟山水清音为抒情方式、为研究思路的问题域。这一点元明以来在学人学术思维中几乎没有疑义。

近藤显然也是放回到从陶到王孟的氛围中来求证韦、落实柳的。换言之，在近藤的视域中韦柳的特征其实也是他们在此问题域中的特征。即与中国学术流程相比，近藤也是毫无疑义地归顺着这个学术思路。

其评韦应物《长安道》云："一起壮丽浑雅，声击金石，王孟亦恐避三舍。"评韦应物《西涧种柳》："高古闲淡，王孟外又开一境。"评《秋郊作》："宛然陶家遗范。"评《答长安丞裴税》："自靖节化出，得其神。"

再次，近藤元粹努力从以下几个切口指出并定位韦柳的特点。

这几个切口分别是趣、致、味、韵，近藤元粹特别在意表现在韦柳诗中的雅趣、风致、妙味、情韵，从而指出了韦柳的特别之处。在此暂且不说上述几个概念的特别性，也能见出近藤不再用盛唐人标举的传神来定格韦柳，而淡、旷、幽等明显被他用作捕捉韦柳的特征的新支点。

后人喜欢用气象来指称盛唐诗，在近藤这里亦关注气象，以"气局"论诗，虽被用在少量特景诗中，比如韦应物《登乐游庙作》、《骊山行》，柳宗元《省试观庆云图》等，但由此可见，近藤元粹多是就此既与盛唐相比较，又表现出中唐与盛唐的不一样。可以说近藤正是以上述几点清晰的思路，营造了一个关于中唐的文学批评氛围。再请注意一下，在中国文学家这里韦应物作为一个从盛唐走入中唐的诗人，有着身份上的特殊性。柳宗元以明道说担当着恢复的使命，近藤元粹以"居然似盛唐"将韦应物牢牢固定在中唐，而对于柳宗元，近藤又以其在中唐而"富贵雍容"影印着盛唐气象。总之，近藤以比格盛唐推及中唐而牢牢地定格了韦柳的角色特征。我们了解这些毋宁是在感受着近藤作为一个日本学人其清晰的思路。

最后，从形成的方法角度说，近藤元粹特别注意对诗的细读而加以总领。在笔者看来他这样做是要努力从整体上把握一个作品的总感觉，从而使结论向总感觉层面上撷取，这也许是近藤的一贯方法，放在韦柳阅读上尤为合适。因为韦柳作为复杂中唐的一流诗人，有太多的情绪其实是朦胧

近藤元粹视野中的韦柳诗

的，是隐在诗外的，细读总领会有别样效果。这一点近藤做得很出色，成果比比皆是。比如其对韦应物《长安道》诗的分析即略见此特征。近藤于诗的开始云："一起壮丽浑雅，声击金石，王孟亦退避三舍。"于"贵游谁最贵"数句曰："忽插短句，更生气势，甚妙。"于"中有流苏合欢之宝帐"数句评："至此插入长句，用隔句对法，如涛浪汹涌，从风激昂。"于"丽人绮阁情飘飘"一段评曰："更叙丽人一段，笔致横生，意境具绝。"于诗尾曰："一结有多少情趣。"

从这首诗的分析可见：近藤元粹注意结构总特征；注意结论从结构生成角度领取；注意结论向内在诗意铺陈与外在结构的构建一体化这一唐诗特征上追寻。于本诗仅"一起"、"忽插"、"至此"、"更叙"数词就使结论建立于全诗支架上。

我们感觉他的太多的断语均是从这个角度，从诗的总体而发的，那种小骨节断章取义或者只是就一句诗释义的，在近藤这里很少，即便是一联或一句的释义，他也更注重总感觉。如韦应物《采玉行》，当代中国评家的解释几乎就内容而游离了韦诗的总风格，[①] 近藤则仅以"雅炼"评之。

如果说韦柳是身处盛中唐变化中的诗人，那么显然近藤这样做起着从全方位考订韦柳变化的学术效果。由此我们尤能见出他学术手笔的从容与境界的厚重。

如评柳宗元《种树》："有放旷之意，虽然未免愤激。"评韦应物《示从子河南尉班》："满腹不平，流露于四十字中。"均有一锤定音的学术效果。

近藤以这样一种相对固定的思路，以这样从容的审美批评心态，最终推出了关于韦柳特征的系列批评成就，可略之如下：

首先相对盛唐诗的价值观念，近藤明确指出了韦柳新的价值创意，并肯定之。

其中对韦以慷慨、柳以悲愤。其评韦应物《经函谷关》云："议论着实，慷慨淋漓，有万词托讽之意。"评韦《广德中洛阳作》云："慷慨之情溢于楮表。"评韦《登楼望洛城作》："登高感慨能赋。"评柳宗元《寄韦

---

① 如廖仲安主编、王新霞选注《山水田园诗派》（北京师范学院出版社 1993 年版）一书评价此诗以为以描写"采玉者悲惨生活"而"开拓了田园诗表现的新题材"。

行》："一结有悲凉。"评柳《种树》："有放旷之意，虽未免愤激。"类似评语有许多。

诚然近藤也找了一些韦柳此特征的形成之由，但凿之不深，也没有以隐遁逻辑，跟踪追寻他们对之的超越。近藤更大的兴趣在于玩味韦柳在此的不同趣味，从而让两位本来也是中唐思想路标的思维者在他这里最终变成美的创立者、美的展示者而面世。比如评柳诗《酬娄秀才将之淮南》云："辞旨凄婉，怨意自深，是其境遇使然也。"近藤最终以"冲淡有奇气"给定了韦，而以衰飒自负视柳矣。

这里并不是说韦柳的思想被近藤消元了解构了，而是被他的兴致淡化了，被中华士人视角所捕捉的韦柳人生旅程变成了近藤对之捕捉审美的印迹。不能不承认这是一个批评家的过人功夫。

其次，在近藤元粹的视界里相对于同样是山水情怀的从陶渊明到王维、孟浩然，韦柳要么以"平淡中有奇气"而表现出"神韵缥缈"；要么以"风神散朗，郁然苍秀"而有新风致。可以说近藤元粹是以这些来指认韦柳之待人应物及境界的。换言之，他的兴趣更在于韦柳笔下对美的推进，让读者感受到在他的视界韦柳不是以一个特别的政治家，而是以一个特别的诗人的身份进入中唐的，在此情真字奇，意浓味淡，近藤元粹虽以雅定位之，但我们宁可说他所玩味的是日本味的，也即是说韦柳诗在他视域内被升华出一种更形式化的美。

近藤元粹更讲究一种句冲淡、意情调、境情趣。

再次，近藤元粹全面肯定了韦柳是以奇创而及成就。从近藤元粹的批评文字中，我们不难发现他以奇字、奇想、奇格等奇字当评的断语全面指证了韦柳的炼字、创意、结想上的创作成就，让我们感到对于韦柳他最以奇而激动。特别值得注意的是在对这个"奇"玩味上近藤所牢牢守住的是日本式厚意，即以"奇"指称他们的极优异，这显然不同于宋代道学所标举的特立别致之意。近藤更强调它的准确、切意而导人抽身，它的深入幽趣导人丢掉观念。近藤在评品中经常以"袭人"、"杀人"、"逼人"[①] 来表

---

① 评韦诗《南塘泛舟会元六昆季》云："凉气袭人。"《寄璨师》云："清气袭人。"《答崔都水》云："寸铁杀人。"《咏春雪》云："清冷逼人。"

达他所体会到的这种准确性、凝结性和特别性、有效性,从这个意义上说奇是近藤所传达解释出来的韦柳最特别之处,笔者在此想更进一步说的是近藤发掘的奇字也让笔者真正体悟到韦柳及于中唐的意义。

最后,笔者还想要说的是泛览他的成就我们会感到他批评的严肃与冷面,即不以人课词,不以词随人,他不止一首毫无隐晦地指出韦柳一些诗的粗劣。虽然这种指责放回中国人眼中也不难看出他不经意带上了日本人的观念与偏见,值得再评价。

换言之,近藤批评往往是非逻辑的,是关于诗的一对一,一首好诗只重总觉,一首坏诗不编逻辑,唯以当下感性至上。我们获得的超越性快慰是论述自身所含。他的价值在于正好能让我们从中看到与明清两代深陷于门户偏见的中国学人不同,日本学人这种论述让我们体会出他超越的实质:重当下直觉方式,重平淡幽远情趣。

在笔者看来,近藤元粹批评韦柳诗,其成就不仅在于向日本学界全面推介了韦柳,还在于借此全面郑重地呈现着自己的中华诗观。

(1) 关于中华诗的本性问题

诗的本性一直以来为中国学人反复探讨,并不断用作标尺来倡导诗作的思路,在中国学人这里可以说是众说纷纭,繁多复杂,在明清诗话中尤其多。约为政治传统使命、人生隐喻、人格追寻、社会呈现等凡此种种。近藤元粹则从韦柳中断出诗亦抒情而已。此诚如其云:"津津如谈话,古人云,诗以抒情而已,洵然。"(评《寄中书刘舍人》)我们不止一次看到他从情入手,看到真情表露时他的激动,略举如下:

其评韦诗《郡斋感秋寄诸弟》云:"真情实事,不经客境,不能解此味。"评韦诗《送槐广落第归扬州》:"七八无限情趣。"评《送元仓曹归广陵》:"后半情调俱丽。"从这里一方面能认知出他眼中中国诗的本性,一方面见出他对此本性的认同。

(2) 关于中国诗人的创作特征

近藤元粹从韦柳诗中发现中国诗首先讲究真情真诗,它们应是相互依存相互诠释的关系,好的诗依赖真情,真情藏于真诗,这也是韦柳诗最能体现出的东西。其次,以为好诗忌俗,求新奇,致雅趣。而"警策"与

"诗眼"是导致读者阅读震撼的量度,依照近藤观点,所谓韦柳诗之炼在此绝不空洞,他感到了韦柳差不多就是这些特征,或围绕这些让近藤不由自主敬重了"此老"意。

再次,他发现中国诗有着超出工拙之外的整一,气机自畅是其完形,其实这一点在中国学人这里虽从宋代学人以道学自我约束到明代学人对心学重建均有,近藤元粹这里似乎还是来自日本审美意的,但它反而补齐了阐发此一特征在韦柳等中唐诗中的存有,所以对中国诗学来说,这应当是一笔很好的补救。

(3) 关于诗的境界

在笔者看来,在这个问题域内或在这一层面上才能窥测到韦柳真正印他心、感动他的根本所在。如果说"妙手"是他推出的一个诗歌创作最擅长者,在他的心目中"深沉幽细,雕琢整炼而参以流动,自是一种妙手"。(《骊山行》评)那么显然他是把"圆活自在"、"闲淡有味"、"古意可掬"、"淡然不著痕迹"作为妙手为诗要达到的境界。

他从韦柳诗中抽象出这些特征,言下之意即他以为韦柳的魅力在于达到了这些境界,并且体现出关于这些境界的独特性。试读一下他对韦应物的特别总结:

① "自然澹泊隐沦家风致。"(评《答畅校书当》)
② "高古闲淡王孟外又开一境。"(评《西涧种柳》)
③ "平淡中有奇气,是此老惯手。"(评《慈恩精舍南池作》)
④ "叙来风致特胜,这翁惯用手段"。(评《答王郎中》)

若将这几点联系起来不难发现,他的追求在于句平淡、意情调、境情趣,追求超越出形式与内容堤垸的异域,在整体上体现上述这些特点从而达于新奇警策应是他阐述韦柳所溢出来的关于中华诗境的理解与综论,显然近藤元粹是非常敬仰之的。

以上应是我们梳理的近藤元粹对韦柳表现得特别关注,不难发现这是一种系统的别具一格的理解,而由此体现着他的中华诗观是其结论。这里想要继续指出的是我们在看到他成果的同时也能看到在此他还有很多值得推敲之处。笔者在此想要说这一"值得推敲"之处要么是因为近藤之短,要么来自中日文化不同，来自作为一个日本经典一点的学人自己民族文化对此的遮蔽，而此恰恰又是比较文学的兴趣之地，难道不是这样吗？

（二）

在中国学者的视界里从陶渊明到孟浩然，从孟浩然到王维，再从王维到韦应物、柳宗元，虽然均是所谓山水诗，但是他们之间有着太复杂的心灵旅程变异，他们所表现的往往是太复杂不同的情感信息。比如王孟之别，胡应麟以孟浩然是"清而旷"，王维是"清而秀"[①]，即指出他们同与不同。

在近藤笔下，如果说韦柳异同还比较清晰，那么韦柳与王孟间同与不同就显得繁乱，比如旷、淡、清幽等过于套用、混用即其显著不足。

总结起来，笔者觉得他至少有以下不足：

（1）没有回到学术史指出其使用概念的源流和韦柳之所取；

（2）没有很好地回到诗人的生平指出概念的所以变化；

（3）没有放到相应的比照中来亮化概念的不同内涵；

（4）没有深入下去进一步阐发其在韦柳诗上的特别呈示。

以"清"为例，在近藤的韦柳诗评"奇"以外，"清"是他把捉韦柳的另一个切入点。

近藤元粹对清新、清迥、清腴、清幽等的使用虽准确，但显然没有层面上的侧重与区分，尤其是与"清"有关的"萧散"一词中国学人早就注意了，而近藤显然没注意到。韦应物《雨中感怀》诗中有"萧散"语，近藤仅云："似仄韵。"没有刻意寻其价值等。

除此之外值得提出的还有不少，比如"赏心"一语韦应物诗中多见，可以说是韦应物心期的境界，也是韦应物打通自我与魏晋的通道，近藤却没有关注。

纵观近藤元粹对韦柳批评会有这么几个疑点，一者，我们感到近藤元粹的思路若从表面看过去大多数是借中国诗评已有的概念支撑着的。若不经意会感到近藤元粹诗论是展开于中国诗论已有的概念中的，但仔细揣摩

---

① 胡应麟：《诗薮·外编》卷四，上海古籍出版社1979年版，第187页。

下去又感到其实并非如此，他只是借助了中华诗评的外壳。

二者，在中国学人的思维中，从陶到柳亦即所谓"人的自觉"之后的诗人虽个性化，但其思想成熟、审美形成无一例外均尊重着历史，纠结着宗教，以天下为己任几乎是他们的共性①。诗人如此，学人看重者也无非如此。因此诗人学人展开出去、阐发开来，自觉在此归于一致。近藤元粹显然对此很麻木，要不就此简单化地挖苦。比如评韦《洛都游寓》其云："未免鄙俗。"评韦《酬令狐司录善福精舍见赠》"我以养愚地，生君道者心"其云："愚不可及。"评韦《游琅耶山寺》其云："鸣驺前往，何等鄙俗。"评《再游西山》："未脱薄书羁绊，故诗亦乏高致。"

三者，"道统"在中华是哲人诗人学人所自觉遵守的思维标尺。尽管明清以来这种思维有时显得教条、形而上。喜欢韦柳诗的会知道学术史上韦柳之评繁多，其中有一种思路恐是最深刻，即自苏轼以"超诣"评韦柳后，接下去从朱子到船山儒家学人逐渐将陈思王、《古诗十九首》与韦应物密联在一起②，从而提出绵绵一系的道心说，以至于我们就此终于醒悟：如果"萧散"是其神韵特质，那么"道心"则是韦应物自己也在意，后来的儒家也留心的儒家心传核心精义，对于这一点近藤元粹显然没有在意。如评韦应物《神静禅院》其云："语颇洒脱，无一点烟火气。"这虽与朱子评很接近，但显然又有质的不一样。

在本文里笔者想要追问的是上述这些近藤的忽视是他出于意还是出于见识，抑或其他原因。

在笔者看来，就为文动机来说，近藤可以依不同立论，也即可以不排除各种原因成其学术，但有一种更主要的原因值得追寻，即中日文化的异同，这是一个关键性原因。

（三）

近藤元粹的成就让我们感到，时在甲午战争期间的日本除眈眈于中华

---

① 此处可参阅拙著《沧浪之水清兮——中国山水田园艺术的文化诠释》，作家出版社2001年版。

② 关于此论原材料可见《朱子语类》卷140《论文》下，见王夫之《唐诗评选》中有关韦应物评。此处还可以参阅本书《船山选韦应物五古评释》一文，以及《历代韦柳评综论》一文。

的军国主义一层面外，还有一层面上的读书人在兢兢业业于中华文化，孜孜追求于以中华文化作为自己进身修习的内容和展衍的平台。

此时近代西方比较文学已传入日本，日本开始是把比较文学仅限于日本与西方欧洲大陆，然越来越多的汉学家显然意识到中日有更本质上的可比性。这也许是近藤韦柳评背景，即他对中国诗的青睐，意味着对中国文化的认同，而在此又处处体现着一个日本学者的滋味，表现出两国文化相异，这两方面均是耐人咀嚼的。

从这个意义上在笔者看来揣摩作为近代早期一点的一个日本学者近藤元粹对中国经典作家批评无疑是反观二者文化上的同与异的有效史料与展衍平台。

铃木修次是20世纪日本比较文学学界的一个资深学者[①]，他一生致力于探寻中日文学的特殊关系。他往往从宏观上抓住具有本质意义的问题，从现象深入到深层文化，揭示二者的异同。

关于日人不同于中国文化精神并表现在文学作品创作与欣赏中的特征，铃木修次的观点可至少罗列以下几条：

（1）中国被推为第一流的文学作家作品往往具有强烈政治干预性，与政治的关系密切。而日本文学则认为"憨物宗情"的情趣才是重要的。

（2）中国文学虽也讲究"神韵"、"个性抒发"，但"格调"说更正宗，日本人则重视物语的趣味性与价值，讲究嘲弄的精神、游戏的心情、滑稽的姿态。雅在中国与讽刺联系，在日本与滑稽游戏联系。

（3）在日本文学中作者的意志表现得暧昧亦无妨，唯有情绪，唯有"憨物宗情"之心才为重要。日本认为好的文学是要深刻细腻地写出内心的情绪和感受。中国的文学讲究"富于理性"，讲究句与句之间、整篇之间的逻辑性，思想的负载性。在日本学人眼中，可以抒发毫无脉络的情绪。

在笔者看来，铃木修次的上述这些观点有助于我们对近藤元粹评韦柳的理解。对照一下铃木的观点与近藤的韦柳评，我们会不难发现，在中国

---

① 本文所采用［日］铃木修次观点见其书《中国文学与日本文学》，海峡文艺出版社1989年版。

的学术史上：

首先，韦柳是被作为思想大家来接受的，学者们更倾心考证他们展开在诗中的邪与正、雅与俗、新与陈。近藤没有做到这一点，他往往是就诗的个案让其随日本的趣味，特别是丢掉韦应物故意要朗明的道心，柳宗元带着"明道"的使命所走完的更艰苦的人生。诚然，近藤也用新、奇、警等揭示了韦柳诗超俗的个案，也从诗的整体指证过韦柳诗的兴致，但我们感到近藤回不到中华心期的核心。

其次，格调说的确是中国诗坛的主格调，从中国文学批评史，我们知道格调说穿插于各代各种风潮之间。应该说这是孔子"删诗之旨"的传统，孔子以后各代一旦当诗人心轨游离于远道，能人志士则以格调来呼吁施救。比如陈子昂针对南朝，苏梅欧针对晚唐，张戒针对江西末流，山中白云倡导清空与骚雅统一等。与之相比韦应物的诗作被认为是最正统的心传，柳宗元偏离儒雅等这些观念在中国学人这里几乎是连到一起的主命题。而近藤元粹在此思路驻足则弱得太多。

铃木修次极赞中国诗人之雅，极其区别了中日文人对雅的不同理解。泛览韦柳评我们发现近藤元粹没有逃脱这个思路中日本学人的倾向，换言之，韦柳展示于中唐的那种大雅儒情，近藤元粹并没有触及。

试比较一下韦应物写于晚年苏州的《郡斋雨中与诸文士燕集》诗评，在中华诗坛这是一首古今学人公认的韦应物代表作，白居易称其"风流雅韵"。（《吴郡诗石记》、《白居易集》卷六十八）

刘辰翁称其"清绮绝伦"。（参评本）

陆时雍称其"意境何其清旷"。（《唐诗镜》）

张谦宜云"莽苍森秀郁郁，起法高古"。（《絸斋诗坛》卷五）

但也就是这样一首诗近藤元粹仅以"古诗仅似排律者"处理之，识破这是一首古体诗，当然是近藤学识，但以"仅似"论之，又何其轻淡。近藤元粹所以如此，我们似可从铃木修次中日比较的结论上找到理由：日本人不喜欢那种从政治从沉痛中超越出来的东西，或不喜欢深入思想而流连追寻感觉。

再次，诚然近藤元粹注意韦诗情感在深细处的独特性，并且大加赞

近藤元粹视野中的韦柳诗

赏，但是由于过于细腻，给人们感觉就是近藤没有很好地将全诗提升到文化层面找到它的意义与价值，尤其是不能放到中华的大背景上，更没能放到与日本文化比较中寻其独特，而仅仅将其局促于日本趣味、于当下的思路，这显然是大不应该的。

  上述是笔者对近藤评韦柳诗的阐发和感觉。在本文里，笔者想得出的结论是近藤元粹作为一个东西刚开始沟通、中日仍保留有独特关系时期的日本学者，应当是一个没有受西来文化染污的"古典式"学者，他心中潜藏着东方古意。其对中国的性情卓著的山水诗人的确表现出特别的关注。从中我们在深叹于他对中国文化领悟的同时还不可忽视他日本学者的本质性。另外研究一个学者对异国文学的研究从中窥测其心中对异国的认同、震撼与排斥，从而建立比较文学的思路，这也应是比较文学的一个根本性途径。对于近藤元粹的韦柳诗研究考察来说即是找寻两国学人"怎么不同，为什么不同，思考这些不同"。铃木修次说："思考这些不同，中日比较文学便真正开始了。"

第三辑

佛光与禅趣

第三編

術神乙犬神

试论南泉普愿在南禅展开史上的意义

——兼论近古皖江文化氛围形成与南泉的关系

据《五灯会元》卷三载:"池州南泉普愿禅师者,郑州新郑人也,姓王氏,幼慕空宗,唐至德二年依大隗山大慧禅师受业,诣嵩岳受具足戒。初习相部旧章,究毗尼篇聚,次游诸讲肆,历听《楞伽》、《华严》,入中百门观,精练玄义。后扣大寂之室,顿然忘筌,得游戏三昧。一日,为众僧行粥次,马祖问桶里是么? 师曰:'这老汉合取口,作怎么语话。'祖便休,自余同参之流无敢诘问。贞元十一年栖锡于池阳,自建禅斋,不下南泉三十余载。大和初,宣城廉使陆公亘向师道风,遂与监军同请下山,伸弟子之礼,大振玄纲,自此学徒不下数百,言满诸方,目为郢匠。"[①]

从这一段记载看,南泉普愿的生平事迹很清楚:他出家前是河南新郑人,姓王,在嵩岳受的具足戒。但从贞元十一年起,他栖于池阳后竟三十年未下南泉。[②] 在此之后,他又接受宣城廉使陆亘的请求,下山收徒,影响风靡皖江一带。由于这样的原因,我们虽然不能断然认为他是皖人,但从他的一些关于南禅议论的时间以及《五灯会元》、《古尊宿语录》等典籍中所录的一些关于他的行迹看,把他的著作视为皖省典籍,把他看成是中唐时代皖江名僧,应该是没有多少疑义的。

作为马祖门下三大士之一的他在禅宗史上的地位[③],《五灯会元》及《古尊宿语录》等已经说得比较清楚。从它们所列谱系、所载言论及所评论看,作为一代名僧与高僧,南泉普愿至少有以下几点值得注意:

---

① 《五灯会元》,中华书局 1984 年版,第 136 页。
② 池阳即指池州,唐武德四年建制,治所在秋浦(今贵池)。
③ 参阅〔日〕忽滑谷快天《中国禅宗思想史》,朱谦之译,上海古籍出版社 1994 年版。

①属马祖嫡传弟子,马祖又是六祖慧能的嫡传两大弟子之一怀让的正宗弟子。也就是说,在唐宋间复杂的禅门传承谱系中他的辈分比较高,与慧能仅隔二代,又绝对属于正脉,也可能是由于他辈分高、立足正、参悟精纯,故能光耀各派。

②南泉普愿乐于接受僧徒对其"王老师"的称号,陆亘邀其下山授徒,他也乐于接受,这可以说明他乐于吸取与传授南禅精义。我们从《五灯会元》所列的资料看,他不仅教授了像赵州从谂、长沙景岑等名弟子,同时也乐于帮助旁门弟子像黄檗、洞山良价等。

③从禅宗传播史上我们知道,作为马祖门下三大士之一的百丈怀海在唐宋间逐步根深叶茂起来。南泉虽也有许多弟子,但笔者认为这不是南泉的价值所在。作为马祖门下的高士,作为皖江地区名僧,南泉的意义何在?分析此意义、解开此话头能更准确理清唐宋社会思潮,理清皖江地区在唐宋时代文化氛围中的地位。在本文里笔者即想对这些问题展开一些讨论。

铃木先生云:"禅确实是世界思想中的一个伟大的革命运动……中国佛教到了慧能(713年卒)的时代,始行退除浓厚的印度思想色彩……中国人能够完全自肯而与印度抗衡的却是禅的方面。"[①]

铃木的这段论述是从世界思想史的高度出发的,它的价值在于既论述了禅的地位,同时又从此高度肯定了慧能的意义所在。我们认为慧能所以能有如此成就,主要是因为他最早把习禅的角度定格到彻底根除来自社会意识诸方面给人带来的烦恼上,表现出对人文意识形态的挑战性。尽管他的时代还处在唐帝国恢宏向上的时段,慧能已经感到了大唐帝国在盛世之后隐藏的危机,此种危机经常通过意识来造成人心灵世界的困惑。

安史之乱后,唐代士人一方面对理性仍存有更热切的愿望,另一方面在其心灵深处却有更为强烈的苦恼。而对慧能的追随者来说,一方面他们大都此时才真切地接受了慧能的思想,另一方面说他们有更卓越之处,则在于能够根据自己所处的更为复杂的社会背景来寻求一条实践慧能思想之

---

① 铃木大拙:《禅:敬答胡适博士》,摘自《禅宗·历史与文化》,黑龙江教育出版社1988年版。

路，这正是南泉生活的时代。而作为慧能第三代弟子的南泉，在南禅的传承上是波澜莫二的。

首先，在他留下的不太长的语录里我们不难发现，他是念念不忘他的祖师卢行者的。比如其在解释佛智不可思议时云："看他池州崔使君问五祖大师云：'徒众五百，何以能大师独受衣传信，余人为什么不得。'五祖云：'四百九十九人尽会佛法，唯有能大师是过量人，所以传衣信。'崔云：'故知道非愚智，便告大众总须记取。'师（普愿）云：'记得属第六识，不堪无事，珍重。'"①

又如："师（普愿）示众云：'佛出世来，只教会道，不为别事，祖祖相传……佛法先到此土五百年，达摩西来此土，恐尔滞著三乘五性名相。所以说法，度汝诸人迷情，且五祖下五百人只卢行者一人不会佛法，不识文字，他家只会道。如今学人直须明其道，不论别智，决定不是物，大道无形，真理无对，等空不动，非生死流，三界不摄，非去来今，所以明暗自去来，虚空不动摇。'"②

又如："僧问：'祖祖相传，合传何事？'师云：'一二三四五。'问：'如何是古人底？'师云：'待有即道。'僧云：'和尚为什么妄语？'师云：'我不妄语，卢行者却妄语。'"③

从南泉上述各处对卢行者的叙述中，我们发现他特别注意突出六祖继承达摩以来传统的同时，还特别强调六祖建言的独特性以及人格的非通常性。

其次，南泉在注意传承六祖的同时，又特别肯定他的师傅马祖等在继承六祖时所表现的应变。众所周知，马祖有两个最闪光的化人处：一是强调平常心是道，二是强调随物应变。作为马祖的弟子，南泉的精深处自然也在领会"平常心是道"，可是我们发现南泉对马祖的另一点领会更深。其云："江西老宿云：不是心，不是佛，不是物，先祖虽说即心即佛，是一时间语，空拳黄叶止啼之说。"④

---

① 《古尊宿语录》卷十二，中华书局1994年版，第198页。
② 同上书，第200页。
③ 《景德传灯录》卷八，（日本）大正《大藏经》第五十卷。
④ 《古尊宿语录》卷十二，中华书局1994年版，第196页。

第三辑　佛光与禅趣

他的这种适时应变也早就得到师傅马祖的认可，《古尊宿语录》载：

马大师一日玩月次，二三弟子侍座，大师曰："正当恁么时如何？"西堂曰："大好供养。"百丈曰："大好修行。"南泉拂袖而去，大师曰："经归藏，禅归海，唯有普愿独超物外。"

这后来也得到他徒弟们的传诵。

如有僧问南泉弟子长沙景岑师："南泉云：'狸奴白牯却知有，三世诸佛不知有。'为什么三世诸佛不知有？"景岑答："未入鹿苑时犹有些子。"①

如有记载宋代名僧清远师云：

古有一人南泉和尚，诸人还识否？若识得一生不空过好。南泉和尚莫教见而不识，还识么？曾有一俗士问曰："弟子家中有片石，也曾坐，也曾卧，如今镌作佛，不知还得否？"南泉云："得。""莫不得么？""不得。""有人明得此旨也无？"南泉道："得。"龙门云："好个佛！"南泉道："不得。"龙门云："好片石。""还见否？"是他道："弟子家中作么生？""说家，家在什么处？诸仁者，亲从家里来，家中何所有？持此一片石，广大坚且久。"②

可以说南泉的意义在于在那样一个变革的时代，他一方面准确把握了六祖之精神，并且触及自己师傅马祖贯彻六祖的灵活处；另一方面又能将他们的英华更透彻地落实下来。

我们先来看他的理论，在《古尊宿语录》卷十二中他的理论至少可概括如下：

大道无形，真理无对，它不属于见闻觉知，无粗细想，如云不闻，不闻是大涅槃道，这里他是在谈感受到实相的真实状。

真理一如，潜行密用，无人觉知，亦云无渗，呼为无渗智，不可思

---

① 见《五灯会元》卷四。
② 《古尊宿语录》卷二十七，中华书局1994年版，第515页。

议。这是在谈真理的真实相。

达于道的方式是冥会，即妙用自通，不依傍物，妙用自足，始于一切行妙而得自在。这是在强调达于道的方式。

从禅宗史上我们发现他的这些理论虽受到了他老师马祖的印可，也同时受到唐宋名僧注意。如园悟禅师克勤云："王老师，真体道者也，所言皆透脱，无毫发知见解路，只贵人离见闻觉知，自透本来底方得自由……是故发明卢行者不会佛法，只是体道，所以得衣钵，此皆过量人行履处。"[①] 但后来学人对其看法即很不一致，如20世纪著名禅学史家忽滑谷快天即评价其"机变纵横虽得道一之风，今所传达法语，斩钉截铁止救一时学者之病，而不见系统的思想"。而日本的禅学大师铃木大拙虽没有对之有系统评价，却经常引南泉布下的参悟公案，对南泉有浓厚兴趣。

我们认为南泉对南禅思想的创新的确不够，从上述所列的理论看他所谈多是在对慧能思想的感受处。若说创新，南泉的创新在于他较早地用事理关系代替了慧能《坛经》上的物理关系，从而表现他的适时应变。这不仅有理论意义，更有实践意义。

从《六祖坛经》中我们看到六祖还没有太注意关于事与理关系的说明，他也没怎么强调事而论述仅止于物。《六祖坛经》中多处参悟是就物与理关系而展开的，其中最著名的要数那首悟道偈诗"本来无一物，何处惹尘埃"。总之对事理之关系，尽管他的理论已经包含之。但对事的自觉，即注意在理事间搭配以寻求悟性，强调理事结合，也许是他之后的一花五叶时代才逐步展开的。

比如往早处看，青原行思门下石头希迁即主张"一切现成"、"即事而真"；往后处说，黄龙派代表人物也云"道远乎哉，触事而真；圣远乎哉，体之即神"。禅门的这种事理结合也常常引起后人的注意，比如后人即评价沩仰家风"审绸密切，师资唱和事理并行，体用语似争而默契"[②]。

纵观禅在安史之乱后的展开史，我们注意到尽管禅门各派纷纷以事与物之概念替换，努力将祖师慧能《坛经》中的"物"盘活，从而表现他们

---

① 《古尊宿语录·南泉语录》克勤按语。
② 正果：《禅宗大意》，选自《禅宗·历史与文化》，黑龙江教育出版社1988年版。

第三辑　佛光与禅趣

有意于挑战事的信心以及不回避安史之乱后诸事烦乱的担待意识。但仔细考论此"事"的内涵，笔者以为促成此观念的建立以及在理与事关系上最早、最系统、最自觉阐发与展开者当数南泉普愿。

《古尊宿语录》（南泉）师寄书与弟子茱萸云："理随事变，宽廓非外，事得理融，寂寥非内。"这一段对理事讨论来说，非常重要，因为它明确表现出对事理关系的重视，以及对事理关系的理解程度。不仅如此，《语录》还载有一段南泉三大弟子的讨论与理解：

> 僧问茱萸："宽阔非外？"
> 茱萸答："问一答百也无妨。"
> 问："如何是寂寥非内？"
> 萸云："睹对声色，不是好手。"
> 又问赵州，州作吃饭势。僧进后语，州作拭口势。
> 又问长沙景岑，岑瞪目视之，僧进后语，岑闭目示之，僧举似师，师云："此三人不谬为吾弟子。"①

从这一段记录可以看出：南泉是明确将事理关系作为主要问题的，并且也是以对此关系的理解教授其弟子及作为检验其弟子标准的。面对着日趋复杂的中唐社会状况、面对于事，应该说这才算找到了禅门超越的角度，才算盘活了物理，真正调整好了施展僧徒们大乘情怀的角度。

若仔细推究起来南泉对事理关系的运用，至少有以下几个特点：

（1）在事中求其机缘

如《景德传灯录》卷八载他曾借祭祀马祖创造机缘：

> 师为马大师设斋。问众云："马大师来否？"众无对，洞山云："待有伴即来。"师云："子虽后生，甚堪雕琢。"洞山云："和尚莫压良为贱。"

---

① 《古尊宿语录》卷十二，中华书局1994年版，第189页。

(2) 在事中逗其机锋

《景德传灯录》卷八载：

> 师拈起球子，问僧云："那个何似遮个？"对云："不似。"师云："什么处见那个，便道不似。"僧云："若问某见处，和尚放下手中物。"师云："许尔具一只眼。"
>
> （师）问："父母未生时，鼻孔在什么处？"师云："父母已生了，鼻孔在什么处。"

(3) 在事中藏其生机

《景德传灯录》卷八载：

> 师问维那："今日普请作什么？"对云："拽磨。"师云："磨从尔拽，不得动著磨中心树子。"维那无语。保福代云："比来拽磨，如今却不成。"法眼代云："恁么即不拽也。"
>
> 又：一日有大德问师曰："即心是佛又不得，非心非佛又不得，师意如何？"师云："大德且信即心是佛便了，更说什么得与不得，只为大德吃饭了，从东廊上西廊下，不可总问人得与不得也。"

(4) 以引导人超出事作为自己最真切的旨归

即在事的应接中创造一种机锋，在事的展开中凸显一种理趣，在对事的态度上表现无黏无滞的风度。在南泉看来不回避事并不是要人为事所挠而恰恰是立足于事中超越，强调应接方式因事而异，理趣以结合方式而定，风度因人不同，从而将平常心落实到事上，或在事上搭建起探讨平常心的平台。

《五灯会元》卷四载，刺史陆亘在请南泉下山时，问他："古人瓶中养一鹅，鹅渐长大，出瓶不得，如今不得毁瓶，不得损鹅，和尚怎么生出得？"泉召曰："大夫！"陆应诺。泉曰："出矣。"陆从此开解，即礼谢。

(5) 从事中超出要回到的即是那本自的平常心

赵州从谂和长沙景岑可说是南泉的两个大弟子，而他们从南泉那里得

第三辑 佛光与禅趣

到的法是让他们识破这一平常心。

《景德传灯录》卷十载:

> 从谂问南泉:"如何是道?"南泉曰:"平常心是道。"师曰:"还可趣向否?"南泉曰:"拟向即乖。"师曰:"不拟时如何知是道?"南泉曰:"道不属知不知,知即妄觉,不知是无记。若是真达不疑之道,犹如太虚,廓然虚豁,岂可强是非耶?"师言下悟理。

所谓"平常心是道",南泉这里的意思即是远离诸法生住异灭等诸相,而达于平稳常住,它后来几乎是南禅思想的核心。

他的弟子长沙景岑对此贯彻得就特别好。

《景德传灯录》卷四载有云:

> 有和尚问景岑:"如何是平常心?"师曰:"要眠即眠,要坐即坐。"曰:"学人不会意旨,如何?"师曰:"热即取凉,寒即向火。"又有问:"有人问,和尚即随因缘答;无人问和尚时,如何?"师曰:"困则睡,健则起。"曰:"教学人作么生会?"师曰:"夏天赤骨力,冬寒须得被。"

放大一点禅宗史,我们从中唐的社会思想的高度来看南泉,我们认为他的弟子利踪的妙语"事即不无,拟心即差"似可以概括他这种主动、自觉关注事又期望从事中超越的特征,以及在事的层面上展示其平常心、探其本质的创造性思路。

事又是什么?我们认为南泉的这个"事"多半包蕴着中唐的社会矛盾与困惑。

从普愿的语录中我们看到,面对中唐时艰,普愿的特殊魅力在于能够蒿目时艰,[①] 发现举世浮躁、群心云起,禅门之外则有安史之乱、藩镇不

[①] 南泉的这种意义在他的语录中很明确,他的讨论也是以此意识为背景的。

轨、牛李党争；禅门内部各家分疆划界、争门第位①。总之，动之以情，别之以智，种种争斗广布僧俗。

面对此种局面，笔者认为南泉所谓"心不是佛，智不是道"应是对中唐种种浮躁心智的断然截杀，最能体现他立于事而护念马祖以来"平常心是道"的深沉意蕴。比如南泉有云："兄弟，近日禅师太多，觅个痴钝人不得，不道全无，若有出来共你商量。"

我们认为，南泉的这种慈悲之怀对于中唐的文人士大夫所普遍存有的动心智、真情以期望摆脱情与理悖谬的困惑并超越此困惑的愿望来说，无疑触动力是巨大的，其意义至少有两点：

①标志着佛禅真正以正面的角色站到了当时社会意识形态的平台，担当起思考中华士人困惑，乃至思考华夏民族危机的使命，要说禅宗影响了宋代的道学，似乎可以从这里开始看。

②南泉普愿不回避事，将对禅的领悟放到事的平台，作为一种方法逐渐使参禅者淡出了《六祖坛经》中的"物"，最终将注意力集中到物的情景处、展开的事理处。我们认为作为传承谱系中的长辈，南泉与百丈在这里相呼应，真正找准了从事上寻理悟道的思维空间。这些虽成了后来的家常事，但要说最早的成功实践者，则都要追溯到南泉。铃木先生所说的禅的真正中国化，也应当从此算起。

南泉作为一个前辈还有一大贡献是率先成功地探讨了一些参禅的妙用，而公案点评、棒喝均可以说是他率先大胆创意的"妙用"范例。

我们来看一下南泉这些所谓"妙用"的范例。

关于公案点评最著名的要数他点评马祖的"即心即佛"与"非心非佛"偈语了。从他的语录中我们不难看出，他不止一次一处提及，可以说这是他一切话题展开的前提。

关于棒喝有几条公案也非常典型：一条是他呵斥师傅马祖的。

《景德传灯录》卷八有云：

---

① 南泉时代正是一花五叶展开的过渡期，可参阅《古尊宿语录·前言》所列表。

第三辑 佛光与禅趣

　　一日为僧行粥次,马大师问:"桶里是什么?"师(指南泉)云:"这老汉合取口,作怎么话语!"祖便休,自余同参之流无敢诘问。

另一条是他棒喝弟子赵州的。《景德传灯录》卷八:

　　赵州问:"道非物外,物外非道,如何是物外道?"师便打。赵州捉住棒云:"已后莫错打人去!"师云:"龙蛇易辨,衲子难谩!"

还有一条是他呵责百丈弟子,也可说是师侄黄檗的。《景德传灯录》卷八云:

　　师又别时问黄檗:"定慧等学此理如何?"黄檗云:"十二时中不依倚一物。"师云:"莫是长老见处么?"黄檗云:"不敢。"师云:"浆水价且置,草鞋钱教阿谁还?"

众所周知,黄檗门下临济义玄素以机用峻烈、棒喝齐施著称。《五家宗旨纂要》评其云:"临济家风全机大用,棒喝齐施,一卷舒纵,纵杀活自在。"而从上面所列看,我们推论此种家风在一定程度上受南泉影响还是没问题的。我们还发现,他的这一点迅速为自己的下辈弟子们所继承,这以长沙景岑与赵州从谂最为典型。

《续藏经》载长沙景岑一公案云:"问蚯蚓斩为两段俱动,未审佛性在那头?"师云:"动与不动,是何境界?"曰:"言不于典,非智者所谈,只如和尚言。动与不动,是何境界,出自何经?"师云:"灼然言不于典,非智者所谈。大德岂不见《首楞严经》云:当知十方无边,不动虚空;并其动摇,地、水、火、风;均为六大,性真圆融;皆如来藏,本无生灭。"师示偈曰:"最甚深、最甚深,法界人身便是心,迷者迷心为众色,悟时刹境是真心,身界二尘无实相,分明达此号知音。"[①]

[①]《续藏经》第一辑第二编乙第十一套第一册,第68页。

在景岑看来，佛性非动非不动，非心非身，我人识破之宜绝去智障。不难看出，景岑是将理放到平常事中参透、公示的。

和长沙景岑相比，赵州之所谓的"狗子无佛性"、"庭前柏树子"、"吃茶去"等，所有这些"无滋味语"，更起着一种事的氛围和妙用的魅力，无疑可以说他们均是南泉此意的最成功的贯彻者。

笔者这篇文章所致力的目标是想从安徽文献角度来认识南泉普愿，为了很好地把握这一角度，我们不妨把南泉的意义放在以下两个层面上来评估。

一 从南北朝起，皖江乃至整个江淮地区就是佛禅的发达地，而在皖江历代众多的禅门弟子中，南泉是一个闪光点。

以此为支点，我们会发现佛禅在这一带有一个极浓厚悠久的传播氛围。简言之，此氛围的第一阶段无疑是三祖和他的时代。从禅宗史上，我们知道三祖僧璨时代是后周武帝毁佛逐僧的非常时期，而他的功绩则在于义无反顾携二祖慧可真迹南下来此隐栖皖公山，并往来于太湖的司空山，遂使禅门在此大别山脉埋下根来，这无疑是禅宗终于扩展开来的一个关键性步骤，他之后四祖道信、五祖弘忍从大的范围说均在这一带。

众所周知，《六祖坛经》上载有一段六祖携法岭南传奇之事，但他的弟子青原、怀让北上湘赣也是不争的事实。我们如果把连同怀让和青原行思的再传弟子均视为第二个传播时代，那么南泉的意义，笔者以为有他的特殊性，即往北最早最深入[①]，这样其特殊意义就在于既呼应着南方的各宗派兄弟们，又在有意无意之中起着重新缔结大别山三祖、四祖、五祖佛禅氛围的作用。

他之后广阔的皖江地带在唐宋易代之际乃至北宋时代出现了一批南禅高僧，如琅玡慧觉、浮山法远、九华宗杲、舒州清远、五祖法演等，可以说这也是一个卓有成就的传播时代，而他们的意义，笔者以为则在于以三祖、南泉为丰厚背景再造了皖江地区的文化氛围一个意蕴丰厚的层面。

综上所述，若从皖江地区的文化氛围来说，笔者以为南泉普愿的意义

---

① 临济禅地域更北，但时间在后面。

第三辑　佛光与禅趣

就比较明显了：从三祖发端，到法远、法演等的文化氛围形成中的承上启下作用，遥想在中唐这样一个人心涣散的时代，南泉能立足池州三十年，远绍三祖，向北向东有意识地推进六祖思想，使皖江地区在唐末宋初，终于形成整一的禅宗文化氛围。笔者认为，这个文化氛围的价值在于使皖江地区与东部下江地区、西边黄州地区、江南的湘赣地区并列，并且连成一片。学人研究五家七派的展开历史，一般将注意力投向沿长江的湘赣地区而忽视皖江，从论述上看，笔者认为其眼界是不够开阔的。

二　皖江地区弥漫着三祖以来连绵不断的也是越来越浓厚的佛禅氛围。这样的背景从中晚唐时起滋养过一大批文化人如韦应物、杜荀鹤等，也使北宋李公麟、范仲淹、欧阳修等垂青于此地。但北宋后期这整一的文化氛围没能再行加浓，笔者以为与金兵南下，皖江地区成为战争的前线有关。

于是我们可以反过来结论，若要全面考察皖江的文化特征，若要研究皖学，南泉普愿无疑是要考虑的一个重要环节。

五祖法演评述

众所周知，到了北宋的中后期，随着道学的成熟，中华思想在日益复杂的社会背景下成功地实现了转型。此对禅宗来说，无疑是一种挑战。在本文里笔者主要是想根据《古尊宿语录》、《五灯会元》的有关内容来勾勒五祖法演的行迹，并试图说明作为临济宗后嗣之一支杨岐派的三世传人五祖法演其价值首先在于在禅门内打破门派壁垒，实现自我反思和相互对话；其次是面对挑战，法演能勇敢地找回自己立于社会的角度及参与社会的方式、方法，从而使禅宗成为此转型期一股不可忽视的力量。

本文从北宋后期社会的、审美的大背景来对此力量进行考论与评估。分以下几个问题：

一　生平述略

法演（？—1104），临济宗后嗣之一支杨岐派的三世传人。

通常所谓五祖法演是指法演于生命晚景移修于先祖弘仁之黄梅东山，此山俗称五祖山，僧徒联系先祖对他的敬称。据《古尊宿语录》[①] 卷二十八清远师叙述，五祖法演一系的传承谱系约之如下：

马祖→百丈→黄檗→临济→首山省念→汾阳善昭→石霜楚圆→杨岐方会→白云守端→五祖法演。

生年不详。

卒年据《五灯会元》[②] 卷十九（第1246页）崇宁三年六月二十五日上

---

① 萧萐父先生点校：《古尊宿语录》，中华书局1994年版。本文为了引用方便按此书顺序对语录条目作了数字编号，引入本文均随文注出，不一一说明。
② 苏渊雷先生点校：《五灯会元》，中华书局1984年版。

堂辞众。

又《古尊宿语录》卷二十七（第 503 页）他的徒弟龙门清远佛眼师记载其圆寂日亦与之相同，说明卒年时间是准确的。关于他生年虽不详，但日本学者忽滑谷快天以为他享年 80 余岁是有一定根据的，其主要根据可能是他弟子龙门（清远）佛眼之所云。其云："先师三十五岁落发，行道四十余年。"（可参《古尊宿语录》卷三十二，第 606 页）

系本蜀川。

"系本蜀川"四字据《古尊宿语录》卷二十二（第 428 页）。又，《五灯会元》云其"绵州邓氏子"。

年十五行脚。

按：此是法演晚年在黄梅东山对平生的回忆，他自己很看重此年龄次第（见《古尊宿语录》，第 408 页），曾不止一时一处谈起，可能他是把此看成他悟道的起脚。

初参迁和尚，得其毛。这可能是他起脚后参谒的第一位家乡僧人。

次于四海参见尊宿，得其皮。按：此时他可能是一般的云游，大约有二十年光景，此四海可能是泛指四处。

三十五岁落发。

在成都听习唯识百法，因闻说"菩萨入见道时，智与理冥，境与神会，不分能证所证"产生迷惑。

据法演回忆，后来他又听一个叫唐三藏的高僧云游至此，以"如人饮水，冷暖自知"云云作解释，这些他无不深疑。这可能是他随即第二次漫游的原因。按：他后来对僧徒讲起此事是将此作为所寻到的参悟角度来强调的。（此处可见《古尊宿语录》卷三十二，第 606 页）

行脚游京师，两浙。

可以说这即是他的第二次漫游，而这次漫游原因亦即是其所谓的"不知自知之理"。其游的地方包括京师、两浙，凡遇尊宿便问此事。《古尊宿语录》卷二十"初住四面山"第四条亦有云："法演游方，十有余年，海上参寻，见数员尊宿，自谓了当。"应即是指此次游历。

游浮渡山。

浮渡山即江淮间的浮山，园鉴即法远禅师（991—1067），他是叶县归省禅师的弟子，晚年修习于舒州浮山。注重收拾性理、整理悟道次第的法演回忆云："见他升堂入室，所说者尽皆说着心下事"，遂住一年。（《古尊宿语录》，第 371 页）

次年继续住浮山。

法远令其参"如果有密语，迦叶不覆藏"。并于一日云其："吾年老矣，可往参白云守端禅师。"守端（1025—1072），少时出家，具戒后谒杨岐方会得其法，五祖法演的业师。

去往白云山参拜端禅师，在白云守端处开悟。

法演自谈其开悟如"咬破一个铁酸馅"。他还以鸡冠花作喻谈自己开悟，其体会到鸡冠花之美是出于自然，风动相依亦是自然，但最易感观上的错忤，以致不能接近其真实相。《古尊宿语录》卷三十二清远亦描述了法演在白云守端处悟道之情景："果然，果然，智与理冥，境与神会，如人饮水，冷暖自知。"（又见《五灯会元》第十九）另外，《古尊宿语录》卷三十二，《五灯会元》均云他的那首著名偈诗"山前一片闲田地，叉手叮咛问祖翁。几度卖来还自买，为怜松竹引春风"。即创作于白云守端处，悟道之时（见《五灯会元》，第1240页）。此后法演决定定居白云山并始为人师，《古尊宿语录》卷二十二有云："后在白云守端和尚处得其髓方敢为人师。"

舒郡二十七年三处住院。

在此之后，法演在舒郡二十七年三处住院，这可能是他为师生平的展开，是他毕生从教的最辉煌时期。依《古尊宿语录》所列，似此三处并不包括白云山白云守端处，而依次是四面山、太平、海会。《古尊宿语录》即以这三处为秩序而辑录他此段为人师时语录的，这些语录分别由才良、清远、景淳集。泛览这几处语录，似乎禅悟境界并没有次第提高，法演只是将禅理结合在各处当下。随物应顺、充分舒展是他此时布道佛理、展示性情所呈现出的特征。

又《古尊宿语录》中其自云：他在淮南"垂慈苦口、接物利生、未尝少暇"。（第二十七卷）说明他布道的勤奋。而教学目的据他自己总结则是依四祖"法筵龙象众，当观第一义"。从此入手，其方式、方法、内容依次展开。

又据《古尊宿语录》（第 372 页）在四面时他还去过兴化。

最后定居黄梅东山。

按：他初到黄梅，有云："淮甸三十载，今作老黄梅。"（《古尊宿语录》第二十二卷）而在他圆寂之时，其高弟清远有云："我先师出世四十余年。"又，他自己在黄梅亦有诗云："相聚淮南四十年。"（《送蜀僧》）综上几条可说明他到东山至少还有十年光景。

关于此时他的活动，他《寄太平灯长老》有云"遍游五祖山"，说明他此时思维还很活跃。

又据《古尊宿语录》卷二十二，此时前来看望他的有四面专使文洋持法嗣书至（第 415 页）；太平专使持书至（第 416 页）；又有资福专使持法嗣书至（第 418 页），这些说明他虽移居五祖东山，却仍关怀着淮南舒郡他的法嗣。

又有官僚唐堤举耜等到院，吕宝、文嘉两个士大夫上山拜谒法演，法演以"我不会佛法，我空手来空手回"为"过祖师关"的作答，由此看来，强调过祖师关以及何为过祖师关应是他晚年思维所至和他晚年的定论。

崇宁三年六月二十五日上堂辞众。

举出赵州和尚话头，其云："说即说了也，只是诸人不知，富嫌千口少，贫恨一身多。"并以为此或可理解，言语之中环顾众生、环顾时代在一片茫然中圆寂。

二　法演时代北宋社会思潮状况及法演的使命

法演的时代是北宋所谓元祐文化的自由活泼期。此时，一方面是宋学的全面成熟，另一方面在国家、民族不断遭受北方势力的侵扰背景下，由于内忧外患交相作用，北宋文化进入了它自身各种思潮的全面对话、反思期。

此就道学来说，一方面关濂洛蜀新等各家均已露出了自己的特征，另一方面各家的自我反思以及他们间的相互对话均全面展开：这其中包括关学与洛学对话、蜀洛之争、各家对新学的反思等。① 在艺术领域，最引人关注的是诗歌，此时最具新的审美意义与旨趣的宋诗成熟。苏黄全面实现了接替欧阳修而对唐诗的彻底跨越，特别是山谷以崭新的思维，被奉为江西诗派的宗祖，其成熟的审美旨趣以丰富和细致凸显出来。②

可就在道学与宋诗全面繁荣之时，持续对之产生影响的禅宗本身却并不景气。许多学者认为，所谓一花五叶到北宋均逐渐衰败，而其中的一个重要的原因就是各派基本没有得力的传人。在此问题上柳田圣山的态度更彻底，他认为"宋代禅的思想光辉全都给宋学夺去了，自己关起门户退缩到狭隘的公案经验主义——宋代禅问答丧失了唐代那种最具个性魅力，归向一种传统的权威，沉溺于安慰而失去光辉"。③

从这个意义上说，法演虽作为杨岐派的代表，可他实际上承担的却是对禅门各派的全面反思、综合，并同时代表着禅门各派而对北宋思潮表现全面回应。

实际情况也是如此，首先对于宋代的大文化他就极关怀，比如在他语录中就关怀过北宋士大夫境界"风流儒雅"。对于道学，法演关怀过道学家的核心命题，比如性命、超越。他的一些命题后来也被道家运用，最典型的就是"一月普现一切水，一切水月一月摄"④ 偈语曾被朱子反复使用。对于诗坛来说，他的一些提法后来变成江西诗派的核心命题，而他自己又是宋诗极成功的创造者。其次对禅门本身来说，法演的魅力则在于经常将极纯熟的思路穿插在前辈禅师和当代禅门各派之间表现着反思的涵容与力度。

约略说起来，法演思考的问题如下：

---

① 张兆勇：《蜀学及东坡易传研究》，中国文史出版社 2003 年版。
② 张兆勇：《关于文人词概念的提出及思考》，载《苏轼和陶诗与北宋文人词》，安徽大学出版社 2011 年版，关于此时成熟的艺术尚有文人画与文人词等问题可参拙稿。
③ ［日］柳田圣山：《禅与中国》，毛丹青译，生活·读书·新知三联书店 1988 年版。
④ "一月普现一切水"原出于禅门先辈玄觉禅师《永嘉证道歌》偈语，北宋道学家将之概括为"月印万川"。现代学者一般认为其"理一分殊"命题即受此启发。如《朱子语类》卷九十四中朱子有云：本只是一太极，而万物各有禀受，又各自全具一太极尔。如月在天，只一而已，及散在江湖，则随处而见，不可谓月已分也。明代理学家刘宗周亦云："月落万川，处处皆圆。"

1. 祖意、教意区别如何，如何是"祖师关"？关于祖意与教意的区别可以说是贯穿于他一生之参悟中的。他的观点大约是这样：释迦老子的教意与后来祖意在根本上一致，但毕竟此后释迦老子经历了分裂，什么是他的真意，祖意更直截了当。他把四祖"寻第一义"当作他一生追寻打开的角度，同时又可以说他是把"祖师关"当作最终安稳处来落实的。（参第374页）又，他认为祖意与教意在境界这个意义上有高度一致性。《古尊宿语录》卷二十第三十四条有云："上堂，僧问'祖意教意是同是别？'师云'人贫智短，马瘦毛长。'乃云：'祖师说不着，佛眼看不见。四面老婆心，为君通一线。'"可以说，他有一个使命就是把僧徒领回到"一字未说处"。

2. "一花五叶"开花结果于何处？应在怎样的基础上总结自己的家话。

按照禅宗史的描述，五祖的时代所谓的五叶七枝已全部展开。但也同时陷入了自己的困惑，一方面线索逐渐漫灭；另一方面各家之间又相互诋毁。特别是全面受到儒家道学的收拢。法演蒿目时艰，极目悠悠，怎样理顺各家的关系，怎样理顺各家自己的传承关系，祖意开花结果于何处，特别是自己应在什么意义上总结家话等均浓缩到他此时的思维之中。《古尊宿语录》卷二十第十四条云："大小大祖师问着底，便是不识不会，为什么却儿孙遍地？乃云：'一人传虚，万人传实。'"又卷二十第三十二条其上堂云"世事冗如麻，空门路转赊。青松林下客，几个得归家。共唱胡笳曲，分开五叶花"。（第376页）从这些语录我们都可以看到他思维的孤独及思维所立足背景的宏阔。

特别要指出的是，五祖头脑中云集这些思维的目的也很明确。概括起来其目的包括：

1. 致力于吸收、归整各家一些公案的真意，从而把根直扎在祖师处。此即所谓"四面老婆心，为君通一线"。

2. 致力于在一片不景气的情况下，为禅家树立一种大气象。

如卷二十一第八条他描述过这种"狮子众，共跻攀，万象森罗指掌间"气派和"大敞禅关，巨延俦侣、扶立宗旨、高建法幢"的使命意识。

他的这个目的曾经感动过许多人，比如［日］忽滑谷快天《中国禅学思想史》介绍他时就特别标举他所树立的这种大气象。① 笔者认为，在那样一个被认为是"衰落"的时代，首先应当做的也确实是树立大气象，而法演也确实做到了这一点。

3. 法演这样做目的还有一点就是致力于疏通天下人对概念的着意，坐断天下人的舌头。

《古尊宿语录》卷二十太平语录第三有云："上堂云：'十方诸佛，六代祖师，天下善知识，皆同这个舌头，若识得这个舌头，始得大脱空，便道山河大地是佛，草木丛林是佛。若也未识这个舌头，只成小脱空自漫去，明朝后日大有事在，太平怎么说话，还有实头处也无？'自云：'有，如何是实头处，归堂吃茶去。'"

特别重要的是，上述三者很难说其前后因果关系，我们认为捆绑在一起互为因果也许更接近他的使命意识和思维目的。

三　法演方法论概述

"鸳鸯绣出从君看，莫把金针度与人。"② 这句经典偈语可以说最能概括法演在方法论上的特征与成就。其含义一方面在于它直接开启了人直面于禅意的最生机处，另一方面在于它当下折断一切方法与途径。通读法演语录，我们不难发现他使用的这种方法其理路概括起来也不外有这么两点：

1. 泛举历代诸师公案，往来穿梭于诸话头之间将问题推出，然后以"毕竟如何"设为问答逼出思维之真实，从而凸显自己的卓知处。

2. 还有一个更平常的表现，即是随时随地设出情境。

他的"随地"在语录中很明显，无论四面山、太平、海会、五祖山，法演均能随时成功地设定情景，营造出参悟的氛围和机缘。

如卷二十初住四面山第九条：

上堂僧问："四面无门山岳秀，个中时节若为分。"师云："东君须子

---

① ［日］忽滑谷快天：《中国禅学思想史》，朱谦之译，上海古籍出版社1994年版，第501页。
② 本句原据徐衍《风骚要式》，据上载白乐天亦有诗"鸳鸯绣了从交看，莫把金针度与人"。

细，遍地发萌芽。"学云："春去秋来，事宛然也。"师云："才方搓弹子，便要捏金刚。"

"随时"设定情境的更多，他经常将自己的悟道、开启弟子的思路展开在四时的节候易替之际，花开鸟啼、春云秋月之中。

如卷二十第三十五条："上堂云：'春气乍寒乍暖，春云或卷或舒，引得韶阳老子，放出针眼里鱼。'"

第四十二条："冬至上堂云：'少年天子，此日拜郊。林泉之士远望歌谣，万岁万岁。便下从。'"

他还经常捕捉当下时空之自然来创造情境，如卷二十一白云山语录第一条有云："上堂云：'风和日暖，古佛家风，柳绿桃红，祖师巴鼻，眼亲见手办，未是惺惺，口辩舌端，与道转远，从门入者，不是家珍，且道毕竟如何相见。'"

又第八条："结夏，上堂云：'圣制已临，时当初夏，幽邃之岩峦苍翠，毕钵无差，潺湲之溪谷清冷。'"

从法演语录中我们不难看到，一旦他率领着他的僧徒达到了开悟的活泼场面，他展示自己开悟的表达方式通常是以放飞于自然来呈现自己开放的思维以及本真的生命灵性，这里又有两种情况：

第一种是将自我感情，安置于生活、生命的景况中。从法演语录中我们知道，法演除了在四地留下的语录外还留下几十首诗，这些诗大体上是遣兴、感怀、赠答、离别等，尤其是遣兴、感怀之诗可以说是获取法演禅机的最真实的资料。比如他的《山中四威仪》即依次捕捉了"行、住、坐、卧"时对自然的感怀。

第二种情况即他随机将禅悟释放于自然之中，如卷二十二第三十四条："上堂云：风和日暖，乔树莺啼，桃李妍而烂锦成行，芳草浓而铺茵作阵，花落一片两片，浮碎玉以芬芬，柳舞三回五回，曳长丝而冉冉。"又卷二十一第四条："春风别有巧工夫，吹绽百花品类殊，唯有牡丹并芍药，时人一见便欢娱。"

另外，特别独特处还有法演作为元祐文化背景下的高僧，能成熟地运用宋诗来作为平台，从而将自己的思维所得表达得极为活泼。

笔者认为，宋诗与唐诗相比不仅是一个时间概念上的差别，① 更是一个审美概念的不同。

简单地说，宋诗与唐诗相比，唐人追求韵，宋人追求意。唐人追求与客体和谐以求其神韵；宋人追求在主体背景下意的独到、主体旨趣的凸显。严羽所谓的以议论为诗，以才学为诗，以文字为诗。我们认为大体说来，所谓议论即是对意的深挖，才学即是对独到之意的有效捕捉，文字即是以独特的意象并通过独到意象以期对意的厚实凸显。

宋诗的这些特点在法演的时代可以说已体现得比较完备成熟。关于法演与宋诗的关系有许多可比之处，此就一方面来说，关于宋诗理论和审美旨趣的命题，法演和他的弟子清远也几乎都早有涉及，比如"点铁成金"②他们即视为禅悟之方（见《古尊宿语录》卷二十七，第507页）。当然我们没有理由认为宋诗旨趣的形成是受了法演的影响，但我们似可以得出这样的结论，即五祖这里所讨论的命题，同时为宋诗特别是江西诗人所关注：比如以活泼性灵的自在呈现为诗的正法眼藏；从平常日用、从自然中捕捉性灵的思维方式；夺胎换骨、点铁成金的构思方法；宋诗的将创造性定位为还原自然以更灵性的、更自在的性情等。

另一方面，具宋诗风格的诗在他语录中也随处即有，③ 若仔细揣摩一下，我们认为他的创造性正在于充分利用这种极有活力的艺术样式作为思维的平台以感悟生命之真实之相，此大体上可分为以下几种情况：

1. 利用宋诗的议论风格来挖掘禅理。

如卷二十一第七条："上堂，举庞居士问马大师：'不与万法为侣，是什么人？'马大师云：'待汝一口吸尽西江水，即向汝道。'师云：'一口吸尽西江水，洛阳牡丹新吐蕊。簸土扬尘勿处寻，抬头撞着自家底。'"

卷二十二第三十七条有云："任运不知名，轻轻着眼听。水上青青绿，元来是浮萍。"

---

① 参见拙著《沧浪之水清兮——中国古代山水田园艺术的文化阐释》，作家出版社2001年版，第205页。
② 《古尊宿语录》卷二十二法演诗《寄诸郡丐者》云："点铁化为金，喝石变成壁。"
③ 笔者曾全面梳理了五祖法演诗的宋诗意蕴，发表在淮北师范大学文学院编《古典文献学术论丛》第二辑，黄山书社2011年版。

2. 利用宋诗的追求意趣的旨归来传达自己禅悟的特殊感受。

如卷二十二"黄梅东山语录"第二十六条:"上堂云:'时候季秋霜冷,皎浩银河耿耿。松窗一炷炉烟,颇称吾家好景。'"

第三十三条:"上堂云:'应接无方唯是此,一毛端上廓心田。生板延蔓魔家族,点点舒光跃祖天。'"

3. 利用宋诗艺术化氛围来笼起一种禅悟的超脱清虚氛围。

卷二十"初住四面山"第七条云:"四面今日试与法眼把手共行,静闻钟角响,且不是声,闲对白云屯且不是色既非声色,作么生商量。乃云:'洞里无云别有天,桃花似锦柳如烟。仙家不解论冬夏,石烂松枯不记年。'"

四　法演在禅史上地位

学术界认为,宋代是所谓禅门的衰落,笔者以为真实情况应该是这样:禅宗进入五代之后,所谓"五叶"已定形。此时南禅宗派之间一面是逐渐淡化自我营造的区别,另一面相互间进入了从不自觉到自觉的取长补短,这样做的结果是最终使禅门从整体上分出"看话禅"和"默照禅"两种。[①]众所周知,"默照禅"以曹洞宗的传人宏智正觉等为代表,而"看话禅"的代表是大慧宗杲禅师。宗杲(1089—1163)是法演的再传弟子,杨岐派的第五代传人,是参谒法演弟子克勤禅师而得法的。宗杲被学术界认可主要是由于他特别倡导看话禅而反对默照禅。从法演的语录来看,他虽没有像宗杲那样,表现出对默照禅的明确门户之见,但作为杨岐派承前启后的传人,他的最大贡献在于发掘了看话禅意义,使看话禅首先脱颖出来。分几个问题看一下:

(一)为什么要重视"看话禅"?笔者以为主要是由于法演曾进一步思考过如来禅和祖师禅而提炼出祖师禅的根本义。法演发现如来禅所开示的第一义圣谛主要在历代祖师的言行机缘中,参透此言行机缘是提炼祖师禅而向如来禅靠拢所要把握的根本问题,也即是说法演探寻到向如来禅靠拢

[①] 正果法师:《禅宗大意》,黑龙江教育出版社1988年版。

的根本角度。

在《古尊宿语录》卷二十第三条中法演说:"诸佛不出世,四十九年说,未审说个什么,而少林有妙绝,殃及子孙,至今分疏不下。"在法演看来,若吾人识祖佛的这一"未审说个什么",当下便超越,但真实情况是从祖师以来"信脚来、信口道,后代儿孙多成计较"。即一方面将开悟机缘藏在话锋中,另一面又人为设定许多智障。正是从这个意义上他清理了祖师禅的"话头"意义,找到了达于禅悟的根本处,并在此意义上把握了所谓的"第一义"之真义。

(二)法演不仅发现了公案在参透祖师禅上的意义,而且建立了一种特殊的参究公案的形式。

据日本禅学学者种让山云:① "公案是禅的生命的主要分子,是基本的主动体,所以禅的持续与发扬,第一需要公案。"其又云:"公案的作用是彻透法的本源,契于佛祖解脱境上所现起的妙旨,使之入与佛祖同一境涯,其实公案早就被各代禅师所注意。"

可以说法演即是在这个意义上认识公案的,比如卷二十二第四十条有云:"上堂云:举则公案,事事成办。向外驰求,痴汉痴汉。"不过法演最大的价值在于他以"毕竟如何"理路找到了一种参究公案的特殊方式,这种方式即是捕捉到公案活泼自在后的毕竟理处(参卷二十二第三十六条)。

(三)研究杨岐派一般都要追到临济祖风,其实临济的那种棒喝祖风,法演也很能传神地传递。法演的做法是:第一,注意比较临济与云门的不同之处,代表着临济努力融汇云门的一些特点和另外一些派别的风格;第二,谨守白云守端"四弘誓",对临济祖师的公案作了向生活日常的更进一步创造性调整。这样一来,法演的魅力在于既不动辄呵佛骂祖又能注重于从各角度来创造机缘和开掘灵性,特别是致力于"割断口舌",让禅的灵性停留在言语之前的活泼自在之中。如卷二十初住四面山第十一条:"上堂僧问:'千峰寒色即不问,雨滴岩花事若何。'……师云:'一没落在什么处?'学云:'错',师云:'错!错!'师便打。"最能体现他的这种参

---

① 此资料由释芝峰译。

究方式，另外，他创造了一种特殊语言，即以"啰哩逻，啰哩逻"来传递禅的不可言说性，制造一种把握禅机的特有氛围。如卷二十第十七条："结夏上堂，僧问：'五天结制，分付蜡人未审双泉如何示众？'师云：'足不履地。'乃云：'结夏无可供养大众作一家宴管顾诸人。'遂抬手云：'啰逻招，啰逻招，莫怪空疏，优雅珍重。'"不难知道，这种方式在法演语录中多见，说明他是极自觉地在使用此种方式的。可以说，法演正是一方面努力复活以临济为代表的前代法师的话头与机锋，另一方面又能以"毕竟如何"从断面触摸公案所内蕴的活力，启发人转入一种特殊的体悟本真世界的理路与方式，这是法演最独特的创造。

（四）看守住自己的闲田地。

"山前一片闲田地，叉手叮咛问祖翁。几度卖来还自买，为怜松竹引清风。"

据《五灯会元》这是法演在白云守端门下对开悟时豁然情景的捕捉。在此之后他自始至终以此为心量，坚信不疑于观第一义，具择正法眼，坚守着此种"真说"。而看守住此闲田地其目的就是促成此田地境界自我展露。虽然在前辈法师之中也有许多类似之说，比如其中的云门宗重显法师即有"一片田地"之说，[①] 而法演的刻意处则是以此作为安身立命之处，作为他打通天人迷悟、斥破人生种种关卡的至紧要处，它的目的是要长空万里，一朝风月。如卷二十次住海会第三十三条："上堂云：'日可冷，月可热，众魔不能坏真说，大众作么生是真说，泼狼泼赖，若信不及，白云为你道：一要众人会，二要龙神知。'"

可以说，在法演看来自家田地的打开就是对真说的悟入。我们注意一下他的要旨是：第一，"真说"属本自有的，可中间有一个失散的过程；第二，迷惑与收拾均由于自己；第三，收拾后禅的境界是清明、安闲的。

泛览一下法演语录就会发现法演为看守此"闲田地"，所致力的重心在于反思僧徒何以迷惑。在他看来人世之间或迷惑，或分辨、挂碍等种种苦恼即在于吾人自树分辨，自立壁垒。这理论从本身看实际上并不新颖，但我们

[①] 《明觉禅师语录》卷二，转引自《禅宗语录大观》，百花文艺出版社1999年版。

以为法演刻意于这一点在那个时代是实有所指,而我们只要理解了这一点,就能从他勇于担负的使命中找到评品他理论价值与意义的更切实角度。

法演发现,其实"佛身充满于法界,且作么生看,我道不隔一条线"。而往往我们是"幸然无一事,行脚要参禅,却被禅相恼,不透祖师关"。这就是说,我道本来精纯,烦恼乃在于自忧,因此,当务之急在于廓清这种自忧。法演这样做,其意义是真正把问题与解决问题的途径均放到主体上了,而解决之后的天地清机自引则是法演所要达到的目的。所谓祖师关者及过祖关后的人生景象,笔者理解即在于此。特别值得注意的是从他在五祖山留下的语录看,"过祖师关"应是他晚年在五祖山上的定论。

(五)和北宋所有的道学家一样,法演也是以对人格探讨及人格理想的建立作为他理论的终结的。

他首先以转凡成圣和转圣成凡总结北宋道学的两段,笔者认为事实上也是如此。所谓"转凡成圣"相当于北宋前期一些以周敦颐等为代表的理学家,他们推天道以平民事,就民事而致力于对宇宙本体的挖掘;所谓"转圣成凡"是指神宗以后的士人以苏轼等为代表,他们的努力是将道学家所探讨的道落实到平常日用[①]。在法演看来,这两个阶段两种思路实行起来实质上有一个难易的区别,士人在实行第二阶段时肯定会艰难些,而艰难的原因在于士人自己的心灵状况,他们还执着于凡圣等理念,故不能真正脚踏实地于平常日用。就此法演提出"不凡不圣"的主张。

我们认为,他的这一"不凡不圣"的主张是经历了对先祖临济"四料简"、"四宾主"的参悟而得出的。法演比较心仰于"主中主"和"人境俱夺"的境界,认为主中主就是悟道达于的默契和谐与透脱,亦即所谓"一言才出口,地上绣绷开"。而"人境俱夺"则是生机独处,灵灵不昧,是所谓"高空有月千门掩,大道无人独自行"。在法演看来这是禅的最高境界,这可能就是他所努力养护的不凡不圣境界。特别值得注意的是,并不是法演到了生命最后才悟出此境界,恰相反,他至少是在主持太平时即悟出此境界,并在感悟之中尽享在此境界的宽松了。

[①] 张兆勇:《蜀学及东坡易传研究》,中国文史出版社 2003 年版。

韦应物一生思想演变及刺滁时与佛道交流简论

作为连接盛唐、中唐文化转型时的诗人，韦应物的诗风承上启下，他的思想更有转换时的蛛丝马迹。其特征是带着儒家士子的困惑而深入释道，最终初步体现了三教的圆融。而这一结果韦应物在关中时即经过努力有所铺垫，之后是在刺滁时完备的。

（一）

韦应物（733—793），中唐早期诗人。《全唐诗》收集了他的诗作共十卷。当代学者孙望先生著有《韦应物诗集系年校笺》，以系年重新编排了这些韦诗[①]，从孙先生的著述中，我们可非常方便看到韦应物生平的各个阶段行迹及散在各个阶段的诗作。参考孙望先生的成就，我们觉得韦应物一生行迹、性情流变从总体上可分成三个阶段：

第一阶段：刺滁以前，包括他整个少年以来的禁卫队经历，折节读书，沣上、善福寺隐居修养，洛阳、长安等地方为官等，总的特点是亦官亦隐。在此阶段随人生阅历的增厚，人品学问也一应提高。假如说在此阶段他的人生观、世界观逐步走向成熟，那么促成此成熟有几个亮点即所谓的折节读书，与佛道广泛交往等。而他思想于此时走向成熟的标志是他于儒有深刻的自觉，对佛道均有全面的了解，并且有自己独特的切入点。

众所周知，韦应物生于忧患，年轻时令其困惑的首先是突如其来的国难安史之乱。此后他在不少时候向友人及后人谈了对此体会。其《温泉

[①] 孙望：《韦应物诗集系年校笺》，中华书局 2002 年版。今人陶敏、王友胜《韦应物集校注》（上海古籍出版社）是按照题材分类附历代评，价值亦很高。

行》有云："一朝铸鼎降龙驭,小臣髯绝不得去。今来萧瑟万井空,唯见苍山起烟雾。可怜蹭蹬失风波,仰天大叫无奈何。"日人近藤元粹对此有评云："不胜今昔之感,叙得悲壮。"从他的诗作中不难感到:他一方面有"盛时忽去良可恨"的辛酸,一方面是越来越清晰的担待意识。其云:"尝陪夕月竹宫斋,每返温泉灞陵醉……盛时忽去良可恨,一生坎壈何足云。"

韦应物为了建立起自己的人生担当意识,首先寄期望于到社会上找寻能激荡人心中的颓波文友①。大历八年韦应物客游东南时,在广陵遇当时的名诗人孟云卿,韦应物曾以自己的观感赞叹唱和了云卿。其云:"高文激颓波,四海靡不传。西施且一笑,众女安得妍。明月满淮海,哀鸿逝长天。"其次,折节读书,这方面韦应物留的资料很少,从诗作中我们获知,韦应物折节读书或是从研读《周易》开始的,如果说他认为人生宜"迈世超高躅,寻流得其源",那么主动以贴近《易》建立意识的完整愿望亦明确。其《酬李儋》诗有云:"都城十二里,居在艮与坤。"据他自己说,一次"林中观易罢",他发现人与人之间、人与万物间"神交不在结,欢爱自中心"(《答李澣三首》),就此韦应物提出关于人与万物间的一个更精深思考,即怎样恢复其神交。随着中唐社会动荡,他的羁旅漂泊滋味越来越浓重,他也越来越坚信把握"道心"是重新找回自身与万物间神交与和谐的扭结。韦应物诗中经常出现"道心"二字,特别是韦应物发现此道心是对自然的感悟,其诗云:"鸣钟生道心,暮鹤空云烟。"(《经少林精舍寄都邑亲友》)经过"偃仰遂真性",韦应物发现"吾道自适"。(《寄冯著》)又经过"心期与浩景",他发现世界万化"理妙同流"。(《府舍月游》)韦应物认为这种"道心"又可以表现为"道情",它所呈现出来的特征是萧疏,而我们持之与自然的交流乃幽赏,它可以让我们回到真性。可以说也正是在此,他有了自己更独立的心态。大历十一年夏秋间,云阳遭水灾,韦应物奉命抚恤,曾于云阳谷口遇一隐士,在此韦应物以一个正面入世者的身份立于出世者面前。《云阳馆怀谷口》记录了他的这一心理过程及姿容。其诗云:"清泚阶下流,云自谷口源。念昔白衣士,结庐在石门。道高杳

---

① 此处可参阅《韦应物诗集系年校笺》,中华书局2002年版。该书第6页前言孙映逵观点。

第三辑　佛光与禅趣

无累,景静得忘言。山夕绿阴满,世移清赏存。吏役岂遑暇,幽怀复朝昏。云泉非所濯,萝月不可援。长往遂真性,暂游恨卑喧。出身既事世,高躅难等论。"[1] 毫无疑问,这是一次关于出世、入世的正面对话,韦应物选择了入世。

韦应物在此期间,由于这种亦官亦隐方式和时代原因,除儒书以外对佛道亦有广泛的接触。在洛阳他亲近过少林寺,在长安他走进慈恩寺,尤其是大历十四年,他曾闲居、隐居鄠县善福寺等,对佛教教义与境界均有成熟感悟。虽然他此时与佛道交流还不出"寻寂乐"思路,但在与佛道的反复对话中韦应物在关中最终自觉通达、充实了道心。

(二)

建中三年,韦应物外出刺滁,此次无论从仕途还是从性情流变上均是第二阶段。从《自尚书郎出为滁州刺史留别朋友兼示诸弟》、《将往滁城恋新竹简崔都水示端》等留别诗和一路因触景的恋景思乡情绪切入、切出中可见出韦应物是非常不情愿,但又不得已而刺滁的。这一来是因为他的年龄,人生漂泊之感此时愈加浓郁,前面讲过,从韦诗资料中获知韦应物此次东南之行之前还有一次,即大历八年的客游淮海,但与这一次不一样,那一次韦应物是年少气傲,诗风仍有盛唐游历的影子,比如《酬柳郎中春归扬州南郭见别之作》云:"广陵三月花正开,花里逢君醉一回。南北相过殊不远,暮潮从去早潮来。"与上一次比,这一次他则是真的被推来淮海仕宦了,多了漂浮感与动荡感。二来可能是因为他仕于比部员外郎刚有些起色,即被补给于一个山城偏州,更是他不情愿的原因,尤其是韦应物又是带着一系列困惑而奔赴的。此从国家角度论,乃安史之乱梦魇未退,国势又面临藩镇叛乱的新矛盾;就他本人来说,早在洛阳、鄠县时他即有越来越浓的出处矛盾,此矛盾后来虽有缓解,此时又成为困惑他的问题。

另外,笔者想要说,上述两个方面与思乡恋情在韦应物初到滁时又内在叠加到一起。无疑这是我们感到出处问题在韦应物初到滁时最促

---

[1] 可参阅张兆勇《沧浪之水清兮——中国古代自然观与山水田园艺术的文化诠释》中有关韦应物的论述。

迫、最突出,并且表现为愈加纤细与具体的原因。此时韦应物习惯于用"忆"、"思"、"幽"、"独"等来记录这些情绪。其《登楼寄王卿》诗云:"踏阁攀林恨不同,楚云沧海思无穷。数家砧杵秋山下,一郡荆榛寒雨中。"

在笔者看来,韦应物到滁后,从其思想转变上说又可划分成非常明显的前后期,即心态由先期的被动转为后期的主动,这可以从他大量的诗中比较见出,试比较一下他的这两首诗。

《楼中月夜》:"端令倚悬槛,长望报沉忧。宁知故园月,今夕在兹楼。哀莲送余馥,华露湛新秋。坐见苍林变,清辉怆已收。"

《春游南亭》:"川明气已变,岩寒云尚拥。南亭草心绿,春塘泉脉动。景煦听禽响,雨余看柳重。逍遥他馆华,益愧专城宠。"

上述这两首诗,孙望先生将《楼中月夜》一首定为建中三年初到滁所作。《春游南亭》一首定为一年后所作,非常有道理。因为从中除了可见节令上的顺延外,还可见的即是他心态上的由被动转为主动。尽管转主动之后,他诗中依然有"风物殊京华,邑里但荒榛"的困惑,但由于他能有意将滁城的风景散在叙述之中,并将之提升到天道层面上来,感怀心境逐渐开阔起来。

韦应物是建中三年秋到滁任职的,试读他的一些心态逐渐开阔的诗境。"望山亦临水,暇日每来同。性情一疏散,园林多清风。"(《答重阳》)"故园兹日隔,新禽池上鸣。郡中永无事,归思徒自盈。"(《寄职方刘郎中》)"君子有高瞩,相携在幽寻。一酌何为贵,可以写冲襟。"(《南园陪王卿游瞩》)

上述这些诗有几个明显特点:(1)逐渐又找回了在关中时的感觉,不仅如此,关中时所建立的心态在此更内在化了。(2)逐渐切入到滁州小城风物本有的圆融,找到于此把握"道心"的途径。所谓"所爱惟山水,到此即淹留"(《游西山》)。除此还有一个特点就是韦应物主动接触隐在滁州的佛道,试图于滁州佛道当下重新建立起思维的背景,以《韦应物诗集》提供资料,我们可以把他笔下琅琊僧人分成以下几种类型。从韦应物与他们所进行的不同方式的交流、交往及心态我们或可以看到他此时思想的进程。

第一类是法琛、道标禅师。韦应物是将他们作为前辈而尊崇的。关于他们间交流的诗主要有两首，分别是《诣西山琛师》、《怀琅琊琛、标二释子》。从诗意与资料判断道标应资深于法琛。可能韦应物刺滁时道标已经圆寂。法琛继之是此处此时元老。从上面的两首诗可见韦应物对他们怀着崇仰心境，并且思路非常清晰。即（1）努力自觉地将其定位为禅门而议论之。（2）肯定其从禅门而达于对现实超越方式，所谓"世有征战事，心将流水闲。扫林驱虎出，宴坐一林间"。（3）努力去揣摩关于他们禅悟的深度，比如《怀琅琊琛、标二释子》"白云埋大壑，阴崖滴夜泉。应居西石室，月照山苍然"。赵彦傅称"应字澹远有神"。近藤元粹云："蔼然之情在言外。"笔者理解均是韦应物肯定法琛所揣摩的禅悟。盖在琅琊山寺僧中，二释的确资格最老，他们首先是寺的建立者。成书于光绪二十二年刊本《滁州志》卷102方外志引唐崔祐甫《宝应寺碑》云："法琛禅师，唐大历中刺史李幼卿与建寺琅琊山，绘画将进，天子夜梦游一山寺，形胜制度，隐然在心，忽览所进图，与梦契合，因赐额宝应，后僧智广、护忍、慧通、道标、道楫合力成之。"[①]

另外，韦应物从禅的角度去定位他们固然是由于他们自身结果，同时可以证明在中唐时代韦应物是一个比较早关注且有意深入禅门的士大夫，是一个努力以禅为背景展开思想的士人。也因此可以算是禅宗最终风靡中国的一个路标了。

第二类是恒璨。从韦应物诗中所透出的信息看他们应是同辈朋友，他们之间关系表现为"偶一相遇、一发交往"。说他们的偶一相遇可从《偶入西斋院示释子恒璨》诗见出。其诗云："僧斋地虽密，忘子迹要赊。一来非问讯，自是看山花。"本诗援笔即兴，但表达了他与恒璨偶一相遇的以心印心。

在此之后，他们越交往越深厚，在韦集中有如下的一些诗表现他们交往的密切。如《寄璨师》云："林院生夜色，西廊上纱灯。时忆长松下，

[①] 孙望：《韦应物诗集系年校笺》，中华书局2002年版，第291页。

独坐一山僧。"《简恒璨》云:"室虚多凉气,天高属秋时。空庭夜风雨,草木晓离披。简书日云旷,文墨谁复持。聊因遇澄静,一与道人期。"恒璨作为琅琊僧人应怎样定位,从他的交往诗中可看出两个信息:一者,他可能是持戒的律宗信徒。韦应物有诗《宿永阳寄璨律师》,其诗云:"遥知郡斋夜,冻雪封松竹。时有山僧来,悬灯独自宿。"这里韦应物明称璨和尚为律师。并且以诗揣摩了他戒律的清冷。

二者,他可能亦关注过禅门所奉持的经典《楞伽经》,是接受禅宗影响的信徒。《寄恒璨》诗云:"心绝去来踪,迹断人间事。独寻秋草径,夜宿寒山寺。今日郡斋闲,思问楞伽字。"

前面讲过,琅琊寺乃大历间滁州刺史李幼卿协助寺中名僧法琛及道标所建,因符合代宗梦境,乃赐名宝应寺,至宋初时曾易名为开化律寺,或云开化禅寺。据钱士完《琅琊山开化禅寺给常住田记》云:"(该寺)宋乾德复建,太平兴国赐额开化律寺。"[①] 王禹偁《琅琊山八绝诗》序亦有云:"皇宋至道元年,予自翰林学士出官滁上,因作古诗八章刻石于寺,寺开化者,我朝改之也。"[②] 那么它为什么被改此名,我以为可能与寺的内涵衍变有关,而我们正好也可以从此找到一些原因。即是说,恒璨虽亦留意、留心于禅,但更是一个被韦应物认可的持律者。他持律的流布一直影响至宋代。

笔者这里做这样论述想得的结论是禅宗在韦应物时代是以缓慢方式向各种法乘僧徒渗透的。像恒璨这样一个持律而又接触《楞伽经》者就很具有典型性。又,众所周知,禅门自五祖弘忍起才以奉持《金刚经》取代奉《楞伽经》,《楞伽经》作为一本禅门经典,从中唐起才被冷淡下来。就是说,它的冷落有一个过程,即是经过《金刚经》被五祖公开发动,六祖发扬光大,到了六祖以后,它的信徒时代才越来越冷落的。我们以为在韦应物刺滁时,这个冷落过程还没有及滁。假如他把法琛看成是禅门的弟子,那么法琛应是持奉《楞伽经》的。并且这种持奉一直影响至宝应寺的传承者恒璨。这就是说恒璨既是一个戒律者,又是一个按《楞伽经》办法的禅

---

① 孙望:《韦应物诗集系年校笺》,中华书局2002年版,第293页。
② 王延梯:《王禹偁诗文选》,人民文学出版社1996年版,第136页。

门修证者。

但也要顺便说一下，就在韦应物与恒璨以《楞伽经》交流时，南方慧能弟子以六家七宗迅猛繁衍，这股潮流最终一定影响了琅琊寺，以至于《楞伽经》逐渐被淘汰。在宋代的禅宗史上，滁州有两则典故经常引起史家关注。一则是在欧阳修时代惠觉以自己独特的禅悟方式与品行传承临济禅；[1] 另一则是《楞伽经》被张安道发现而被苏轼记录刨根。[2]

如果说上面这两个典故重要，那么我们就可以把韦应物以《楞伽经》与恒璨交流看成是琅琊寺最终转变成禅寺的不可忽视的重要环节。即是说琅琊寺在惠觉主持临济禅寺之前，也经历了以律宗主寺、以"楞伽"立禅阶段。对于探讨韦应物思想来说，这个环节亦很吃紧，因为从这里可以看出韦应物到滁之后是在什么意义上有意聚焦于禅，期望从禅而达于对人生的思索的心迹。往远处、大处说，从中我们又能找寻中唐士人与禅关系的踪迹。

另外，我们还要知道，在唐代，真正有意识接受禅门影响，同时禅宗也是通过他们而深入人心的士大夫前有王维，后有韩愈、李翱、柳宗元。如果是这样，那么我们从上述亦可以得出结论以为韦应物的有意识接触禅宗，应具承上启下的地位和意义。而且韦应物也正是在这个接触中，自己的心身发生了新变。

笔者下这个结论亦不空洞。因为我们至少可以从以下两点看出他思想的新变化。

一者，此时韦应物原有对出处问题的焦虑、矛盾一变而为圆融，这一点可从他与山僧琮公的交往中找到蛛丝马迹。据韦应物的诗《赠琮公》，一日他在自己的郡斋中，忽然琮公来访，韦应物将自己与琮公的此次交流总结成诗。诗云："山僧一相访，吏案正盈前。出处似殊致，喧静两皆禅。暮春华池宴，清夜高斋眠。此道本无得，宁复有忘筌。"本诗创作于建中四年，滁州心态已经成熟。在韦应物看来，（1）出处对人生来说是喧静，

---

[1] 此处可参阅《古尊宿语录》卷四十六中《惠觉语录》。另参阅［日］忽滑谷快天《中国禅学思想史》第九章。

[2] ［日］忽滑谷快天：《中国禅学思想史》，上海古籍出版社1994年版，第87页。

而从禅的意义上是一致的,均是通禅的途径;(2)禅的境界是无得。它完全不同于庄子的忘筌,而是终无挂碍。从上面两点看这显然是禅门的立场。韦应物在此不仅与琮公取得一致,自己的困惑也在陈述中圆融了。

二者,在韦应物诗集中,良史释子也是他在琅琊寺交往的一个僧人。对于琅琊寺的这个灵趣小僧,韦应物一改对先辈的崇仰心态,而以对同辈的交流方式,以玩味来引逗他的灵趣。

这主要体现在韦应物的三首绝句诗上:其《寄释子良史酒》云:"秋山僧冷病,聊寄三五杯。应泻山瓢里,还寄此瓢来。"此显然是即兴寄酒来开示:禅者乃直取内涵、看破形式。其《重寄》云:"复寄满瓢去,空见空瓢来。若不打瓢破,终当黄酒材。"此乃是议论若释子心有挂碍,着相于酒器,则不能彻底解脱。其《答释子良史送酒瓢》云:"此瓢今已到,山瓢知已空。且饮寒塘水,遥将回也同。"此乃是全面评估释子送瓢意味,它的价值在于是从放到宇宙的大背景来感慨其圆融,纳入中华总文化之根——天地万物一体来感悟送瓢之境。无疑从此能体察到韦应物思想的维度。

我们知道,从慧能、永嘉师起,中华禅师就逐渐有意识地结合诗来捕捉、领悟禅的灵趣了。此种现象在中唐就越来越流行,比如,南泉普愿等。如果说此种现象在僧人那边有有意凭诗而联络士大夫的倾向,那么在诗人这里则是有自觉不自觉地凭自己特长而捕捉禅趣的动意。此在王维那里特点最显著,此后,李翱又有李翱的特点,白居易有白居易的特点。和他们相比,韦应物这几首诗显然有自己的特征:它至少有儒者温润气,有有意申述儒者而与佛相交流的倾向。这对于一个儒者来说又可算是所谓"近道"的理由。不难看出,这几首诗既表现韦应物对禅境的感悟,亦能见出韦应物自己的心态。无疑在中华禅宗史上有重要意义。

现在我们再来概括下韦应物在滁由于从不同层面以不同姿态接触佛禅,其思想变化表现的新特征:我们说虽然韦应物此时亲佛在情绪上还有盛唐士人"寻寂乐"的遗存,虽还往往以思考"出处"问题入手,旨在反照自己与佛禅的关系,但由于他在意识中已经有了慧能禅的背景,已经有意识地与僧交流着《楞伽经》。所以他的思想中也就有了关于禅宗的一些新动向。此新动向表现为自觉从楞伽切入禅;再一就是体现继王维之后以诗偈把握禅宗体道的新途径等。

（三）

韦应物在滁亦接触了道教。也许因为道教在滁氛围，也许是道教在韦应物思想上所占据的位置等原因，韦应物在滁与道的关系是虽有特色但简淡。首先，他接触到一些真正隐居的道人。裴处士是一个与韦应物交好的处子。韦应物在刺滁间有一次去扬州，裴处士到其府邸私访不遇。从他们的对答中，可见出他对处士的尊重及自我角色的清醒。

从其诗《寄裴处士》云："春风驻游骑，晚景淡山晖。一问清冷子，独掩荒园扉。草木雨来长，里闾人到稀。方从广陵宴，花落未言归。"又其诗《答裴处士》云："遗民爱精舍，乘桡入青山。来暑高阳里，不遇白衣还。礼贤方化俗，闻风自款关。况子逸群士，栖息蓬松间。"均可见出他是以一个儒者的身份与之交流的。韦应物的《寄全椒山道士》一诗从天人宇宙的高度写尽了隐士何为及自己与道士在什么意义上交流。"今朝郡斋冷，忽念山中客。涧底束荆榛，归来煮白石。欲持一瓢饮，远慰风雨夕。落叶落空山，何处寻行迹。"

其次，韦应物在滁亲道的另一表现是注重养生，在此韦应物一方面对镜深感自己老之将至，另一方面切实转为以种药养生。比如他有意种过许多药品，以养生品饮过茶。其《种药》诗云："好读神农书，多识药草名。持缣购山客，移莳罗众英。不改幽涧色，宛如此地生。汲井既蒙泽，插楥亦扶倾。阴颖夕房敛，阳条夏花明。悦玩从兹始，日夕绕庭行。州民自寡讼，养闲非政成。"

本诗虽是记述种药，但特别有道家养生意味，韦应物在此指出养闲非由政成，而怎样养闲对一个人来说尤其要能够有获取天药之功。而到哪里去找寻天药，也许更是本诗价值之所在。韦应物的答案是"不改幽涧色，宛如此地生"。与《种药》比较来读，韦应物的另一首《饵黄精》诗云："灵药出西山，服食采其根。九蒸换凡骨，经著上世言。候火起中夜，馨香满南轩。斋居感众灵，药术启妙门。自怀物外心，岂与俗士论。终期脱印绶，永与天壤存。"这对研究韦应物在滁的思想来说无疑更重要。从中不仅能见出他以道教养生的倾向,而且可以读出他的一些关于以道养心所带来人生观、宇宙观的新变化。至少表现为:(1)在此韦应物已将药力、药术升华为对人生解脱的思考。(2)韦应物是从天人宇宙的角度切入理解药力与征药途径的。(3)不仅如此,韦应物还将"终期脱印绶,永与天壤存"作为人生养生的圆融,从而将采药放到这个高度来理解。韦应物以为人之一生需一种药以疗人生生死超脱等的大问题,而所谓人生之病与人生需用药、人生种药养生均应从此领取。

综上所述,本文认为滁州时期应是韦应物人生的重要时期。假如说他在关中时期即带着人生困惑广泛地摄取儒释道三家精神,表现出盛唐向中唐转变时一个士人试图超越困惑的心灵印迹。那么滁州应是关中时期思想的延续。可以概括成困惑愈深,钻之弥切;困惑弥具体,钻之弥笃诚;困惑愈苍茫,体之弥萧散。在此笔者想要说的是滁州以后韦应物还有两任刺史。在此两任,韦应物同样留下不少诗。韦应物表现出的心态及思维特征是:主动了;能动了;尤其是表现出一个儒者的雍容大气。比如他写在苏州的《郡斋雨中与诸文士燕集》所谓:"兵卫森画戟,宴寝凝清香。海上风雨至,逍遥池阁凉。"将"风流雅韵播于吴中",[1]"情致畅茂遒逸如此"。[2] 显然这些特征是以滁州为背景显示出来的,应是他性情流程的第三阶段。

---

[1] 陶敏、王友胜校注本《韦应物集校注》,上海古籍出版社1998年版,第55页。
[2] 同上。

欧阳修与佛禅关系简述

——读《中国禅学思想史》札记

欧阳修作为北宋古文家的旗手,一直以来被简单地认为是排佛的,但事实并非如此。细细审视,与同时代许多士大夫一样,欧阳修与佛禅有不少更为复杂的联系。忽滑谷快天在《中国禅宗思想史》中注意到了这个问题,但语焉不详,值得从细说明。梳理这些联系意义在于能发现北宋中期古文家向道学家思维转变的细腻历程。

忽滑谷快天《中国禅学思想史》[①]一书特别注重对唐宋时代士人与禅门关系的发掘、梳理。关于宋朝士人的禅学研究又尤其注重士人轶事、士人思想特征形成与禅门之间关系的挖掘、整理。此成就除了使他的这一著作本身生色外,亦往往为进一步探讨宋代儒者士人的思想渊源、思想的发生发展原因提供了很多有效线索。

关于欧阳修,该书虽没有单独列节阐发、归类其禅门流别,但忽滑谷快天所列举的线索资料亦不少,有以下几条。从中我们可以体察出作为一个古文家、一个逐步走向道学氛围的思想家的心灵印迹。兹以下分述之:

一 与居讷相遇——一个古文家的心灵真实

据《中国禅学思想史》介绍:"云门之儿孙虽不乏其人,如圆通之居讷,育王之怀琏,则朝野之所崇敬。至其思想虽别无出格之分,却有不失中正之妙。"[②]从禅宗史我们知道圆通此成就是乃留止襄阳洞山,受谒于云门嫡孙子荣的结果,亦应是那个时代禅僧共有之特色。居讷迁庐山圆通寺

---

① [日]忽滑谷快天:《中国禅宗思想史》,朱谦之译,上海古籍出版社1994年版。
② 同上书,第428页。

时此成就应已非常圆融。

关于欧阳修与居讷的交往关系，本书举两件：一者，仁宗皇祐元年创立十方净因禅院。欧阳修、程师孟向仁宗举居讷以为住持，居讷使怀琏代为应敕。这段轶事被多处收集。二者，据该书叙述，庆历五年欧阳修因议论范仲淹事为高若讷所参，除河北都转运使左迁滁州，明年将归庐陵，舟次九江游庐山，谒居讷于圆通寺。

此第一件事被载录多，且各典籍大同小异，姑且没问题。第二件在时间、相遇的机缘以及与第一件事的关系上，忽滑谷快天均没有太注意考论其结论严谨性，因此站不住脚。笔者以为欧阳修初见居讷于庐山是可能的，但相见的时间不可能是庆历五年左迁滁州以后。因为这段时间没有机会，亦不符合欧阳修心态。极有可能的情况是在景祐三年五月戊戌，欧阳修降为夷陵县令，在去往夷陵的贬谪途中。此时欧阳修三十岁，人生第一次遭贬，此时也正是欧阳修作为一个古文家血气方刚之时。从留下的一段对话看，居讷与欧阳修的心态均倨傲且相互排斥。

讷云："佛道以悟心为本。足下……偏执世教，故忘其本，诚能运圣凡平等之心，默默体会，顿祛我慢，悉悔昨非，观荣辱之本空。了死生之一致，则净念常明，天真独露，始可问津于此道耳。"从居讷所训斥之言语看，虽有些傲气，亦并没有言过其实。因为欧阳修此时包括后来去夷陵的一段时间对于佛禅仅仅为了"寻寂乐"，停留在唐代诸名贤的水平上。[①]

比如欧阳修写于夷陵任之诗《冬至后之日陪丁元珍游东山寺》云："幕府文书日已希，清尊岁晏喜相携。寒山带郭穿松路，瘦马寻春踏雪泥。翠藓苍崖森古木，绿萝盘石暗深溪。为贪赏物来犹早，迎腊梅花吐未齐。"[②]

又其《初晴独游东山寺五言六韵》云："日暖东山去，松门数里斜。山林隐者趣，钟鼓梵王家。地僻迟春节，风情变物华。云光渐容与，鸟哢已交加。冰下泉初动，烟中茗未芽。自怜多病客，来探欲开花。"[③]

---

① 张兆勇：《沧浪之水清兮——中国古代自然观念与山水田园艺术的文化诠释》，作家出版社 2001 年版，第 112 页。
② 欧阳修著，李逸安点校：《欧阳修全集》，中华书局 2001 年版，第 170 页。
③ 同上书，第 173 页。

由上推断，欧阳修与居讷的初次相遇应是在去往夷陵的途中。此时欧阳修的心态应是古文家式的纯儒，对佛禅作用理解没有超出"寻寂乐"范畴并且带有极严厉的打击心理。但也值得注意的是，他毕竟敬佩了居讷本人的人格。此又表现他作为一个真正儒者的坦荡胸怀。其《赠庐山僧居讷》诗云："方瞳如水讷披肩，邂逅相逢为洒然。五百僧中得一士，始知林下有遗贤。"①

我们还认为把这件事定位到此时，上面所述的另一件事时间就很好定位。我们认为皇祐中他向仁宗推荐居讷亦仅是出于这种认识，而居讷没有成行则可能是他清楚自己与朝廷还有很长一段认识上的、心理上的、价值观上的距离。至于价值，笔者认为此又应是早些时候儒禅间关系的缩影：二者没有坐下来心平气和地交谈交融。

二 不可误读的两件佛禅往事

在《中国禅学思想史》本章第四节中，忽滑谷快天将传闻中的两件有关欧阳修与佛禅关系之事放到一起记述很有意味。

一者是关于欧阳修早年刚入仕居洛游嵩山的，这则轶事亦经常被转录。其云："修尝居洛时游嵩山，却仆吏，放意往至一寺，修竹满轩，风物鲜美，修休于殿内。傍有老僧阅经自若，修问：'诵何经？'曰：'《法华》。'修云：'古之高僧临死生之际，类皆谈笑脱去，何道致之？'曰：'定慧力耳。'又问：'今何寂寥无有？'曰：'古人念念定慧，临终安得散乱，今人念之散乱，临终安得定慧。'修心服。"②

二者所载是欧阳修于晚景"以太子少师致仕，居颍州，以颍州太守赞《华严》，修颙德业，便备馔招颙，修问云：'浮图之教何为者？'颙乃挥尘指妙，使优游于华严法界之都，从容于帝网明珠之内，修竦然云：'吾初不知佛书其妙至此'"。

又欧阳修写在此时此地之诗《退居述怀寄北京韩侍中》透露他此时的心态是万念俱寂，主动愿意重审人生，与这段轶事相呼应。其二有云：

---

① 欧阳修著，李逸安点校：《欧阳修全集》，中华书局2001年版，第810页。
② ［日］忽滑谷快天：《中国禅宗思想史》，朱谦之译，上海古籍出版社1994年版，第430页。

欧阳修与佛禅关系简述

"悠悠身世比浮云，白首归来颍水渍。曾看元臣调鼎鼐，却寻田叟问耕耘。一生勤苦书千卷，万事销磨酒百分。放浪岂无方外士，尚思亲友念离群。"

"青殿宫臣宠并叨，不同憔悴返渔樵。无穷兴味闲中得，强半光阴醉里销。静爱竹时来野寺，独寻春偶过溪桥。犹须五物称居士，不及颜回饮一瓢。"①

本文看来，这两则传闻一则出现于欧阳修初入仕之途，另一发生于颍州的致仕之时。不管忽滑谷快天要得出什么结论，我们首先从中能见出欧阳修毕生与佛禅的不解之缘。

事实上，欧阳修对佛禅也一直是很有悟性的。比如，《题净慧大师禅斋》云："巾屦诸方遍，莓苔一室前。菱花吟次落，孤月定中圆。斋钵都人施，谈机海外传。时应暮钟响，来度禁城烟。"②

《琅琊山六题·慧觉方丈》："青松行尽到山门，乱峰深处开方丈。已能宴坐老山中，何用声名传海上。"③

早年《游龙门分题》中的《上方阁》云："闻钟渡寒水，共步寻云嶂。还随孤鸟下，却望层林上。清梵远犹闻，日暮空山响。"④

《自菩提步月归广化寺》："春岩瀑泉响，夜久山已寂。明月净松林，千峰同一色。"⑤

《梦中作》："夜凉吹笛千山月，路暗迷人百种花。棋罢不知人换世，酒阑无奈客思家。"⑥

但必须明白的是，欧阳修更多对佛表明的是一个儒家姿态和一种越来越有意的理性态度。而这正是此后儒道禅三家越来越能统一于一起的关键步骤。

如《酬净照大师说》："佛说吾不学，劳师忽款关。我方仁义急，君且水云闲。意淡宜松鹤，诗清叩佩环。林泉苟有趣，何必市廛间。"⑦

---

① 欧阳修著，李逸安点校：《欧阳修全集》，中华书局2001年版，第829页。
② 同上书，第801页。
③ 同上书，第57页。
④ 同上书，第6页。
⑤ 同上书，第5页。
⑥ 同上书，第193页。
⑦ 同上书，第817页。

第三辑 佛光与禅趣

又如《酬学诗僧惟悟》:"诗三百五篇,作者非一人。羁臣与弃妾,桑濮乃淫奔。其言苟可取,庞杂不全纯。子虽为佛徒,未易废其言。其言在合理,但惧学不臻。子佛与吾儒,异辙难同轮。子何独吾慕,自忘夷其身。苟能知所归,固有路自新。诱进或可至,拒之诚不仁。维诗于文章,太山一浮尘……"①

《读张李二生文赠石先生》:"辞严意正质非俚,古味虽淡淳不薄。千年佛老贼中国,祸福依凭群党恶。"②

《庐山高赠同年刘中允归南康》:"……仙翁释子亦往往而逢兮,吾尝恶其学幻而言哤。"③

我们知道,对于斥浮屠乱华,欧阳修虽与孙复、石介、尹洙同道,但他更主张对佛采取一种理性态度,这一点被许多学人所发现、阐释。

当代学者陈植锷《北宋文化史述论》④云:作为疑经派的代表,欧阳修在排佛的目标上同石介等人基本一致,但他不同意火其书、庐其居这类简单的做法,认为这样做不能解决佛禅乱华根本问题,要从根本上树立一种思想,然后在思想上战胜佛禅。欧阳修的这些心志主要见于他所著的《本论》上。不难见出《本论》中欧阳修的思路如下:

首先,他承认佛所以能入华乃在于它有合理的地方,亦即佛禅树立了属于自己的善。

其次,在他看来,当代儒道之所以没有战胜佛道在于没有树立自己的东西。因此,应先找到自家的优势,然后"修其本以胜之"。

从宋代思想史的进程来看,欧阳修的这个思想在道学家那里并不稀奇。相比之下,欧阳修虽有这种意识,但做得并不好。他的意义在于,在道学家前面,有开拓之功。假如把北宋思想进程看成古文家与道学家两个阶段,那么欧阳修从总的范畴来说应属第一阶段,对于建立儒道释三者间的关系,他虽比石介等跨了一大步,但与道学家比毕竟还有一段距离。对

---

① 欧阳修著,李逸安点校:《欧阳修全集》,中华书局2001年版,第61页。
② 同上书,第24页。
③ 同上书,第84页。
④ 陈植锷:《北宋文化史述论》,中国社会科学出版社1992年版,第336页。

于欧阳修这些史料价值的评估，笔者认为揣摩它的历史性，找到它的历史感更重要。

简单地说，欧阳修的特点是把禅放到与自己对立的立场，完全无视佛禅，虽有意建立理性，但由于过于以自闭的方式来呼吁作为一个儒者修自身之善，从而没有从根本上摆脱古文家的愚执。

我们应看到，随着道学的成熟，儒道禅三家所形成的是大对话、大交融的格局，此显然不同于欧阳修式的封闭。但欧阳修"修其本以胜之"观点应放在什么位置，无疑是值得加以阐释而定位的。假如把吸收佛禅以修其本看成是道学的成功，那么欧阳修认识到修其本，呼吁以修其本取代简单的排斥不应当是一个重要环节吗？换言之，在此问题上不能大而化之，应看得更周细一点，应做好对欧阳修的定位。

三 怎样定位欧阳修与法远的对话

关于法远，《中国禅学思想史》云："法远，郑州囿田人，生于沈氏，年十七游并州，投承天院三交智嵩，嵩首山省念之嗣，远求出世之法……后历参诸方就汾阳善昭、叶县归省、大阳警玄、琅琊慧觉等皆受印可。"[①]

作为叶县归省的法嗣，《五灯会元》、《指月录》均记载了欧阳修与之的一段交往，《中国禅学思想史》亦有转录，其云："欧阳修闻远之奇逸造其室，未以为异，与客棋，远坐其旁，修收局请因棋说法，乃鸣鼓升座，修嘉叹，从容谓同僚曰：'修初疑禅语为虚诞，今日见此老机缘，所得所造，非悟明于心地，安能有此妙旨哉。'"[②]

欧阳修于什么时候见到法远，史料记载并不详细。笔者以为只有两种可能：一种是景祐三年被贬峡州夷陵县令船经汴河运河入大江过浮山。第二种可能是皇祐后期至至和年间欧阳修归葬母郑氏于吉州。这一次亦可能走景祐间同样的路线。

但若再仔细领略一下，我们以为第一种情况的可能性也不大。笔者的理由是法远出道比较迟，在欧阳修第一次遭贬的景祐期间法远并没有名

---

① ［日］忽滑谷快天：《中国禅宗思想史》，朱谦之译，上海古籍出版社1994年版，第438页。
② 同上书，第440页。

气。但据此材料看，法远此时已相当有名，所谓"此老"者，欧阳修是闻名而访之。

另又据《中国禅宗思想史》，法远曾于皇祐五年接受范仲淹的邀请住姑苏天平山，于仁宗至和中再至浮山旧隐。亦就是说，他在这段时间可能往来穿梭于下江一带，并且有与范仲淹等士大夫的交往交叉于穿梭之中，交际亦达于成熟。既受范仲淹的重视，欧阳修闻其名是很自然的。此时欧阳修有一个机会即于皇祐五年归葬母郑氏有可能再次过长江经过浮山。从欧阳修的语气看，他此时应是名声斐扬的士大夫了，所以极有可能是这一次路过浮山。此时他禅僧心态亦很清晰：既敬佩又傲视。

从法远的语气来说，他比较谦虚，显然不是为了说服欧阳修而只是从禅门借棋局谈自己对世态的观感。他并不期望欧阳修心服，只是说禅门对此世态亦有其独立的看法。从语气与心态上说，他们交往于皇祐亦是更符合推理的。

可以说法远与欧阳修的对话应是此时禅宗的缩影。此时禅的特点是主动愿意回融世俗，努力在世俗中表现自己的角色特征和担当意识。

另外，还有一个有趣的现象就是此时的士人很愿意借棋局谈禅趣，或者说从禅趣入手。此亦是很好的例证。

四 欧阳修与其他僧人的交往与心态评述

（1）慧觉与智仙

无论据《五灯会元》，还是据《指月录》，慧觉与智仙均应是师徒。

关于慧觉，《中国禅学思想史》云：琅琊山慧觉得法于汾阳善昭在滁州琅琊山开法。范仲淹守吴郡时慧觉访之，淹留数日并且得到慧觉的呈示，范仲淹谈感慨云："连朝共话释疑团，岂谓浮世半日闲。直欲与师闲到老，尽收识性入玄关。"[1]

慧觉受到过范仲淹的称誉，欧阳修对之亦很敬佩。

欧阳修《琅琊山六题》中专有《慧觉方丈》一首："青松行尽到山门，

---

[1] ［日］忽滑谷快天：《中国禅宗思想史》，朱谦之译，上海古籍出版社1994年版，第421页。

乱峰深处开方丈。已能宴坐老山中，何用声名传海上。"①

从本诗的语气看，欧阳修对之相当敬佩，甚至没有了对法远的那种傲视。

欧阳修与慧觉、智仙的晤面交往资料均很确凿且见于名篇。

欧阳修与慧觉的交往见于他《石篆诗序》，其云："某启。近蒙朝恩守此州，州之西南有琅琊山唐李幼卿庶子泉者。某在馆阁时，方国家诏天下求古碑石之文，集于阁下，因得见李阳冰篆《庶子泉铭》。学篆者云：'阳冰之迹多矣，无如此铭者。'常欲求其本而不得，于今十年矣。及此来，已获焉。而铭石之侧，又阳冰别篆十余字，尤奇于铭文，世罕传焉。山僧慧觉指以示予，予徘徊其下，久之不能去。山之奇迹，古今纪述详矣，而独遗此字。予甚惜之，欲有所述，而患文辞之不称。……"②

欧阳修在其诗中云："山中老僧忧石泐，印之以纸磨松煤。……"

此老僧即应指慧觉，并且此时已是很有品位的老僧……已经让位给高徒智仙住持山寺。智仙据《五灯会元》卷十二即慧觉的法嗣。

从《醉翁亭记》上看欧阳修在智仙面前表现出极其丰富的儒家豪气。最典型体现在智仙造亭，他以醉翁命之。智仙请其题亭，欧阳修通篇全无佛禅理趣阐发，应是文不对题。

难能可贵的是慧觉、智仙师徒完全听任了其豪气。尽管欧阳修此时满怀不愉快，慧觉与智仙也并没有说服他的意思。也正是这一点表现了禅门的宽容与独立自在，以至于就此亦折服了醉翁太守。此对儒禅结合历程来说，虽不能说是融合，但至少可以说是融合的背景。

（2）契嵩

契嵩，藤州人，俗姓李。《中国禅学思想史》载契嵩亦云门下之俊杰也。他的价值在于"考定禅史纷淆，群疑冰解。又辩儒释一致之旨，救时弊之方便"③。契嵩的这些事发生在欧阳修这一代士大夫学古文慕韩愈之时。此时的欧阳修著《本论》、李觏著《潜书》、石介著《怪说》目标一

---

① 欧阳修著，李逸安点校：《欧阳修全集》，中华书局2001年版，第57页。
② 同上书，第755页。
③ [日]忽滑谷快天：《中国禅宗思想史》，朱谦之译，上海古籍出版社1994年版，第435页。

致。如果说欧阳修等志在荡平佛教，那么契嵩的使命在于尽可能缓和儒释间的紧张。

他的这一次调和与中唐以来禅门累代先祖不同在于：累代以来，禅家立足现实，自行其志；契嵩则致力于直面儒、释、道，找寻三家的一致性，达于一致性的可能。

从这个意义上说，后来的道学能从多处广泛主动借鉴禅宗与契嵩的推介之功应是分不开的，而他的此推介仔细看过去，还是首先受到欧阳修这一代人认可的。

从资料上看，由于契嵩的艰辛不懈、卓越的努力，欧阳修、韩琦这一代人对他均比较敬佩。《中国禅宗思想史》注意到了这方面资料的收集。请不要小看此一敬佩，因为它意味着欧阳修自己的思想也在转弯，可以说这是从古文家到道学家过渡的一个关键环节。

（3）昙颖

在一生之中，欧阳修对僧人真正以朋友意味相处、有交情的只有昙颖。

关于昙颖，《中国禅学思想史》记述云："昙颖，姓丘氏，钱塘人。年十三投龙兴寺出尘，为人奇逸，聪敏通书史，词章雅丽。十八九游京师，与欧阳修等交。"[①]

据《中国禅学思想史》介绍，昙颖最初得法于大阳警玄、石门蕴聪，得法后辞去游京，寓止于驸马都尉李端愿之园。

据《广灯录》，李端愿乃李遵勖之子，李遵懿之弟，常阅禅书，长而笃志祖道，遂于后圃筑室如兰若，邀昙颖处之，朝夕咨参，至忘寝食，哲宗元祐六年卒。

端愿元祐六年卒说明这些事虽发生在元祐六年以前但对昙颖来说也已比较晚，亦就是说，已是昙颖与欧阳修等士大夫交游落幕之后，昙颖此时已享誉帝里了。

再往前推一点，昙颖与欧阳修等人交往亦应是在欧阳修的后期，此时欧阳修在京师事业上乃是达于最巅峰之时。昙颖此时和欧阳修等士大夫交

---

① ［日］忽滑谷快天：《中国禅宗思想史》，朱谦之译，上海古籍出版社1994年版，第443页。

往的方式是一边风尘于京都，一边往还庐山、润州、扬州等云游，待端愿筑室邀其时，昙颖亦已经老了。

《欧阳修全集》中收录《送昙颖归庐山》可能就是在这一段时期，其诗云："吾闻庐山久，欲往世俗拘。昔岁贬夷陵，扁舟下江湖。八月到湓口，停帆望香炉。香炉云雾间，杳霭疑有无。忽值秋日明，彩翠浮空虚。信哉奇且秀，不与灞霍俱。偶病不得住，中流但踟蹰。今思尚仿佛，恨不传画图。昙颖十年旧，风尘客京都。一旦不辞诀，飘然卷衣裾。山林往不返，古亦有吾儒。西北苦兵战，江南仍旱枯。新秦又攻寇，京陕募兵夫。圣君念苍生，贤相思良谟。嗟我无一说，朝绅拖舒舒。未能膏鼎镬，又不老菰蒲。羡子识所止，双林归结庐。"[1]

从诗中看欧阳修此时的心态已相当成熟、从容，有这么几点值得注意：第一，诗中言"昙颖十年旧，风尘客京都"说明昙颖在京都已有相当时间，并且与自己已有了从容的交情。此诗创作时间据丛刊本注云："庆历元年"作。吾以为不合实际，写作时间应靠后，可能要在嘉祐年间才相符。第二，欧阳修云："山林往不返，古亦有吾儒。"从这里虽照样可以见出他异乎坚定的儒家立场，但语气上有所缓和，努力在找寻儒佛的一致处。即是说，从此不难见出欧阳修一方面能从更广阔的角度表达着一个鸿儒的情怀；另一方面已有了更从容地玩味佛禅的风度，所谓"一旦不辞诀，飘然卷衣裾"。再者即是能更从容肯定禅者之所是，所谓"羡子识所止，双林归结庐"。这种对禅的态度应是一个新信息，因为这无论对欧阳修本人还是对北宋社会思潮进程来说，均是儒禅相融的一个新标志。

---

[1] 欧阳修著，李逸安点校：《欧阳修全集》，中华书局2001年版，第20页。

山谷一生思想演变过程及评估

——兼论他与禅门的往来及思想在禅门中的穿梭

黄山谷是北宋元祐文化的代表人物之一,他所以有此殊荣除了他在诗词书法领域的杰出贡献外,更表现为他活跃在这些艺术平台上清晰、明辨的思想。从思想角度说,山谷作为元祐文化的代表,一个突出特点又表现为毕生均有一个以蜀学对话临济禅的格局。

(一)

只要接触山谷思想我们就不难发现有一个明显的特点,即他思想有着一以贯之的惯性。换言之,就是说他的许多智慧从他少年时代就能找到蛛丝马迹。他一生思想不是变化发展的过程,而是不断充实完善的过程、深入开掘的过程。关于山谷少年时的儒家思想萌芽,在其当代就引起学人的关注,据《道山清话》庭坚自幼聪颖,五岁能背五经,一天他问塾师:"人言六经,何独读其五?"塾师曰:"《春秋》不足读。"庭坚曰:"于是何言也?既曰经矣何得不读?"于是用了十天时间把《春秋》背了下来。[1]

又据范温《潜溪诗眼》:山谷很早就悟出杜甫《北征》乃"书一代之事,以与《国风》、《雅》、《颂》相为表里"。[2]

从年谱得知山谷早孤[3],山谷的父亲黄庶是庆历二年(1042)进士,

---

[1] 转引自《黄庭坚和江西诗派资料汇编》,上海古籍出版社1978年版,第42页。
[2] 同上书,第37页。
[3] 本文主要参照刘尚荣先生点校本目录,据刘先生云其于山谷内集外集主要引入任渊、史容、史季温注。他们主要吸取黄㽦所编《山谷年谱》加以排列目录整合成果。本文所引山谷诗均据该点校本,以下不一一注明。

— 154 —

山谷一生思想演变过程及评估

嘉祐三年（1058）在康州任上谢世，次年山谷十五岁随舅父李常往淮南游学。他亦于此时即随舅氏认识孙觉，李、孙二位均是逐步成熟的道学中人。山谷的道学品性最先应从此找寻，据《用明发不寐有怀二人为韵寄李秉彝德叟》其五有云："往在舅氏旁，获拼堂上帚。六经观圣人，明如夜占斗。索居废旧闻，独学无新友。羡子杞梓材，未曾离矫揉。"① 对于与禅的接触来说，他的这一段时间以及在叶县的初入仕途，与禅的接触可能会有三种可能：

1. 他和他的舅氏李常在淮南游学时亦应接触过禅。因为淮南一带在宋初是禅门的龙盛之地，在山谷经过此地时，浮山法远、白云守端均是此一带的禅门重镇，山谷不可能对之不有所关注。

2. 还是在他早年，他在自己家乡可能即接触过临济宗慧南一系和慧南本人，其《跋七佛偈》云："予往时观七佛偈于黄龙山中闻钟声，见古人常愿手书千纸以劝道缘，而世事匆匆此功未办，苏台刘光国欣然请施石刻之传本，何啻千纸也。"②

此种联系可能一直保持到他到叶县任上。比如，其有诗《戏赠惠南禅师》："佛子禅心若苇林，此门无古亦无今。庭前柏树祖师意，竿上风幡仁者心。草木同露甘露味，人天倾听海潮音。胡床默坐不须说，拔尽寒灰劫数深。"（《山谷诗外集补》卷三，第1636页）

《寄新茶与南禅师》："筠焙熟香茶，能医病眼花。因甘野夫食，聊寄法王家。石钵收云液，铜瓶煮露华。一瓯资舌本，吾欲问三车。"（《山谷诗外集补》卷三第1637页）均是他远慰、遥想慧南的例证。且看山谷所作的《黄龙南禅师真赞》云："我手何似佛手，日中见斗。我脚何似驴脚，锁却狗口。生缘在什么处，黄茅里走。乃有北溟之鲲，揭海生尘。以长嘴鸟啄其心肝，乃退藏于密，待其化而为鹏，与之羽翼九万里，则其风斯在下矣……道不虚行是为无功之功，偏得其道者，一子一孙而已矣。得其意者，皆为万物之宗。工以丹墨，得皮得骨，我无以舌，赞水中月。"从这一段赞语中不难见出他对黄龙派开山慧南师的真情与动情。

---

① 《山谷外集诗注》卷第三，第833页。
② 《宋明清小品文集辑注·山谷题跋》，上海远东出版社1999年第一版。

— 155 —

3. 叶县是归省禅师的道场，山谷对这一点非常在意，其《题白崖诗后》云："余曩作叶县尉，叶城南三百步，省禅师道场也。"又其《登南禅寺怀裴仲谋》："茅亭风入葛衣轻，坐见山河表里清。归燕略无三月事，残蝉独占一枝鸣。天高秋树叶公邑，日暮碧云樊相城。别后寄诗能慰我，似逃空谷听人声。"

但从他在叶留下诗来看，此时诗作的特点是：（1）量比较大，并没有见出佛禅对其情绪的影响。（2）诗中经常关注思考的问题是怎样才是更完美的吏治。这是陶渊明就留下的"折腰"问题。（3）山谷这些诗在思想上还多有少年的英气，在艺术上还有走向成熟的稚气。（4）山谷也表现了期望不同于陶的别样途径。这些均表现在诗中。

熙宁五年（1072）神宗诏举四京学官，山谷以优等被命为北京国子监教授。在北京又受到文彦博器重，以熙宁九年期满，文彦博留他连任故，山谷在北京共七年。

山谷在国子监这几年是北宋历史乃至整个中华文化学术史上的大动荡、大变化、大转换的几年。此时，一方面士大夫们逐渐从古文家的思路走出，后代学人所总结的宋学的特征逐渐成熟；另一方面在宋学的营垒中所谓新旧之争蜀洛之争亦逐渐展露。

山谷在长达七年的这一阶段，其思想状况应当是这样，首先接着在叶县深入关于吏治的思考。此思考总体上说是比较低调的，但此又并不是说他思想被动，而是他有机会、有时间静观逐渐成熟了的道学各派，呈现有这样几个特点：（1）诗作中"戏作"多起来并逐渐成熟起来，开始有意在各种应酬之中来历练自己的性情，特别是有意以反思介入当代问题。（2）有意用逐渐成熟的宋学思想来阐释思考当时宽阔的社会问题。（3）有意转向人格建构方面的发挥与思考，特别是找准思考人格建立的角度。（4）开始明确"文章最忌随人后，道德无多只本心"。（第1720页）双管交相呼应的修行思路。

此时最值一提的是，以上述为基础他开始了漫长的交往苏轼活动，并当苏轼受挫时，他向人生的更深处深折。元丰元年当山谷教授北京时，东坡守徐州，山谷很大程度上是出于仰慕和心通冒昧向苏轼初投书并上古诗二首，① 可能是出于趣味互投，东坡立即有报书与和章。虽然在此《古诗》中山谷尚有少年的英气，东坡此时蜀学亦没成熟，但很明显，从"本性"、"自性"等意象来看，他们已经在逐步成熟的蜀学背景上达成了默契：(1) 愿意关注自身境遇。(2) 愿意回融到宇宙高度来找寻人生价值的立论依据。(3) 愿意表现对超越的思考。这些问题均是伴随他后半生且亦是宋学各家所关切的问题。换一角度说山谷后半生是带着这些问题切入的。

元丰三年春，山谷在京师，罢北京改官后，赴吏部改官，得知吉州太和县。知太和是他人生的一个重要阶段，在赴任途中，他与舅氏李常相见于皖口，有《次韵公择舅》诗向其舅氏谈论自己的志向。其诗云："昨梦黄粱半熟，立谈白璧一双。惊鹿要须野草，鸣鸥本愿秋江。"从本诗及《宿旧彭泽怀陶令》、《赣上食莲有感》，我们能够看出此时他的儒学思想已经比较成熟，已经建立了自己的角度，已经有了自己的价值趋向。此时他最主要的儒事活动就是结交周敦颐二世子，写下千古绝唱《濂溪诗并序》。② 其序云："舂陵周茂叔，人品甚高，胸中洒脱，如光风霁月，好读书，雅意林壑，初不为人窘束故权舆仕籍，不卑小官，职思其忧，论法常欲与民，决讼得情而不喜，其为少吏。在江湖郡县盖十五年所至辄可传。任司理参军，转运使以权利变其狱，茂叔争之不能得，投告身欲去，使者敛手听之。

赵公悦道，号称好贤，人有恶茂叔者，赵公以使者临之甚威，茂公处之超然，其后乃寤曰'周茂叔天下士也'荐之于朝，论之于士大夫终其身。其为使者进退官吏，得罪者自以为不冤。

中岁乞身，老于溢城，有水发源于莲花峰下，洁清绀寒，下合于溢江，茂叔濯缨而乐之，筑屋于其上，用其平生所安乐，媲水而成，名曰濂溪，与之游者曰：'溪名未足以封茂叔之美'。

虽然茂叔短于取名而惠于求志，薄于徼福而厚于得民，菲于奉身而燕及茕嫠，陋于希世而尚于千古，闻茂叔之余风犹足以律贪，则此溪之水配茂叔以永久，所得多矣。

---

① 诗见于刘尚荣点校本《黄庭坚诗集注》，中华书局2003年版，第60页。
② 同上书，第1411页。

第三辑　佛光与禅趣

茂叔讳惇实，避厚陵奉朝请名，改惇颐。二子寿、焘皆好学承家，求予作《濂溪诗》思咏潜德，茂叔虽仕官三十年而平生之志终在丘壑。故余诗词不及世故，犹仿佛其音尘。"请注意在此序之中山谷的几个立足点：(1) 比较注意他的人品。(2) 比较注意他的出处。(3) 比较注意行第。(4) 比较注意他以超然应物的态度。这些均在说明他正以成熟的蜀学思想阐释着周敦颐。如果说在大名府，他思想是以儒而成熟，那么在太和任上他又能从容广泛地接触禅宗，促成儒禅二者在心灵平台上的对话。虽自宋初以来，儒禅对话的学人已有多位，山谷却能以其独特性占据着地位。

关于他此时与禅宗的接触主要有这么几个环节：

(1) 在往太和途中，他寻访三祖遗宗。《庭坚得邑太和舅氏李公择提点淮南西道刑狱自同安来。相见于皖口，风雨中留十日》诗盖是时所作，石中洞在舒州之三祖山山谷寺。山谷的《题山谷石中洞》是追拟王荆公所作，其诗云："司命无心播物，祖师有记传衣。白云横而不度，高鸟倦而犹飞。"（《山谷诗集》卷第一）从此诗来看山谷已经表现出与荆公的不一样，山谷以"无心"与"传衣"切入了对三祖的体悟。

(2) 为官青原山下时，他遍访青原遗宗。青原行思者，吉州安城人，姓刘氏，出尘之后，渊默乐道，闻曹溪法席之盛乃往参礼……得法既熟住吉州青原山静居寺，鼓吹玄风，故称青原，其门叶称青原下。（据《中国禅学思想史》）[①]

在《山谷外集》诗中保留了不少山谷与老县丞吉老，与其弟知命同访青原、同游静居寺的诗作。如《次韵吉老知命同游青原》二首、《次韵知命入青原山口》、《次韵吉老游青原将归》、《喜知命弟自青原归》、《静居寺上方南人一经有钓台气象甚古而俗传谬妄意尝有隐君子渔钓其上感之作诗》。从这些诗来看山谷于此一阶段在青原的氛围中，对青原禅已经有很好的了解，有自己切入青原一系禅的角度，比如《次韵知命入青原山口》是以进山的从容来指涉禅悟的和谐。《次韵吉老游青原将归》将禅境与自然融于一体，将禅悟后的赏心散在留宿与归途之中。《赠王环中》所捕捉

---

① ［日］忽滑谷快天：《中国禅学思想史》，朱谦之译，上海古籍出版社 1994 年版。

的则是彻悟后的逍遥自在。山谷在此时还有一组词谈了自己的禅悟，亦能代表此时他的禅学态度。山谷于此时谈吏治亦比较多，个中多儒者的情怀，比如《寄张宜父》、《送彦孚主簿》、《寄余干徐隐甫》等。亦即是说他于此时一方面是有意接触禅门而拓展关于逍遥的内涵；另一方面他亦进一步完备一直以来关于儒家的吏治思考，从他的《登快阁》诗中见出他此时的心态已趋于平和。但不必讳言，他于此时对南禅还仅是从大意上的，并没有门户之见，所有这些均应当是山谷丁家艰时拜谒晦堂祖心的思想背景。

（二）

祖心俗姓邬，南雄始兴人，年十九患盲，父母许以出家，祷观音菩萨而明恢复……谒云峰文悦，悦，大愚守芝之嗣，汾阳善昭之嫡孙也，挂锡三年，难其孤硬，告悦将去，悦特指令参黄龙慧南，南时住黄檗溪上之积翠庵。祖心侍积翠四年无所得，一日倾汤注手指，豁然如梦之觉，而机未发，南抑之。又辞还云峰，悦既谢世，因止潭州石霜，阅《传灯录》，至僧问："多福如何是多福一丛竹？"曰："一茎两茎斜。"云："学人不会。"曰："三茎四茎曲。"顿证之师垂手之处。

（晦堂祖心）"依积翠，与南分座接后学。以英宗帝治平三年，南迁，及住隆兴府黄龙……神宗帝熙宁二年南示寂，因郡守及徐禧等之清住持黄龙十二年，天性真率，不乐事务，五次欲求便解去，得闲居揭其室曰晦堂，因以晦堂为世所称。"

"祖心生长南方，栖息山林之故。方太平时代，欲观光京师以饯余生，乃至京，驸马都尉王冼，尽礼迎之，庵于都城之外，师事之，久之南还，再游庐山。"

（晦堂）"心师慧南，道貌德威，极南亲附，虽老于丛林者见之汗下，而心造其前，意闲如也，终日语笑，师资相忘，四十年间，士大夫闻其风开悟者众。既老，移庵深隐，栈绝学者又二十余年。哲宗帝元符三年（1100）下世。"

以上是根据忽滑谷快天《中国禅学思想史》对祖心晦堂的行迹做简单

第三辑　佛光与禅趣

的勾勒。山谷在什么时间开始师事晦堂,现在一般均认为是元祐中山谷丁家艰之时。比如,马兴荣、祝振玉以为元祐八年先生丁家艰期间,[①] 绝意诗文而与晦堂祖心禅师相从;忽滑以为元祐中馆黄龙山参祖心求入道捷径;杨曾文以为是他回乡居丧期间曾在黄龙山寺住过一个时期与马祖心和悟新惟清结为方外之交关系密切。并且指出此乃出自南宋晓莹《罗湖野录》记载该书云:"太史黄公鲁直,元祐间丁家艰馆黄龙山,从晦堂和尚游而与死心新老,灵源清老尤笃方外契。"[②]

吾以为这里虽有明凿的材料但仍有可疑之处:

可疑的第一点:山谷在为叶县尉时即与南禅师有交,他应知道南禅师高弟晦堂。

可疑的第二点:他在知太和时既能广泛寻觅青原行思遗踪,他不可能不注意近在咫尺的晦堂。

可疑的第三点:晦堂于太平时代观光京师受到驸马都尉王诜的礼遇。王诜即是元祐时代苏轼山谷在京的至交。王诜既礼遇晦堂,山谷不可能不知道。

笔者以为搞清这些疑点才能落实山谷与晦堂的交往过程。但从《五灯会元》到《指月录》把山谷与晦堂的初交定位到元祐后期山谷身为太史而返家丁家艰多少有些草率。

草率之一:根本没有顾及他在此之前即有可能与晦堂交往。

草率之二:没有顾及山谷元丰七年移监德州平镇三月经扬州抵泗州即作《发愿文》,又单从《发愿文》来看,山谷在此文不是以彻悟为主而是以烦恼消弭为主。《五灯会元》亦云他的《发愿文》但朝粥饭而已。[③] 假如要划分山谷毕生与佛禅的关系,笔者以为非常明显可以以《发愿文》为界分成两段,泗州《发愿文》以后才应是更主动、更深入接近禅宗,而从《五灯会元》等的行文来看,关于木犀一段讨论晦堂显然是把山谷作为一个佛禅的陌生者来对待的。就此,或可说他们初交发生在《发愿文》

[①] 此资料见于马兴荣、祝振玉校注《山谷词》附录,上海古籍出版社 2001 年版。
[②] 杨曾文:《宋元禅宗史》,中国社会科学出版社 2006 年版。
[③] 《五灯会元》,中华书局 1984 年版。

之前，并由此可推断，把他与晦堂的初次交往和丁家艰与晦堂的交往混为一谈是草率的，时间上是混同的。他们初次接触时间上显然应靠前。

因此，山谷一生的佛事其实际情况应当是这样的：

一 从年谱上我们可知，他一生有出奇的乡恋，在其一生之中至少有以下几次返乡的经历，从时间上说，它们分别是：

（一）元丰六年十二月山谷从太和被调德州平镇顺路返分宁。

（二）元祐六年六月山谷丁家艰护母柩还乡，次年正月到达分宁。

（三）绍圣元年五月待命荆州返家分宁。①

他为什么会有如此的乡恋，笔者以为不能说不与慧南、晦堂有关系，故而他与晦堂交往应当的表述方式是他一生之中半世均在交往对话着晦堂，并不是他于元祐后才初次接触禅交往晦堂的，而是逐渐交深的过程。所谓以太史见晦堂不是开始而最多是一个重要环节，如《跋七佛偈》有云："予往时观七佛偈于黄龙山中，闻钟声见古人常愿手书千纸以劝道缘。"（《山谷题跋》第7页，上海古籍出版社）这篇短文虽写在荆州以后，但从语调上看所述回忆似乎很久远。亦可以说明在元祐以前山谷即有交会晦堂的经历。

对应着年谱并从资料上看他与晦堂的关系其逻辑过程应当是：

（1）对晦堂他应当是一个渐悟，逐渐领会其涵养、感悟其仁慈的过程。

（2）他对晦堂的接触表明了一个他逐渐远离一般佛禅，不再关注青原一系而逐步走向临济一系而以杨岐派为对话角度的过程。

（3）晦堂对他是一个循循善诱对话儒道的过程，此特别是山谷的那段丁家艰时与晦堂的对话最为显著。他们间的最著名一段对话《五灯会元》、《指月录》中均有载录。

"既依晦堂，乞指径捷处。堂曰：'只如仲尼道，二三子以我为隐乎？吾无隐乎尔者。太史居常如何理论。'公拟对，堂曰：'不是！不是！'公迷闷不已。一日侍堂山行次，时岩桂盛开，堂曰：'闻木犀花香么？'公

---

① 《黄庭坚诗集注》卷第十六有诗《自巴陵略平江、临湘入通城，无日不雨，至黄龙奉谒清禅师继而晚晴邂逅禅客戴道纯欸语，作长句呈道纯》。

第三辑　佛光与禅趣

曰：'闻。'堂曰：'吾无隐乎尔？'公释然，即拜之。"[1]

此处很显然晦堂是将山谷作为一个儒者，又晦堂试图和山谷一起找到儒释的共同处。晦堂启发他仲尼的所谓最高境界其实依然有隔，即依然存在出入，山谷拟对亦错在于欲以分辨心加入晦堂所持，因此应如木犀花香拟之则有，不拟则无。这个道理对山谷影响很大，比如山谷批评陶渊明即越来越明确持此观点。比如《卧陶轩》诗的这种思路即非常清晰，在诗中山谷一方面指出宜放到宇宙的背景上才能真正理解陶渊明，所谓"陶公白头卧，宇宙一北窗。但闻窗风雨，平陆漫成江"之境界；一方面又指出陶在刘裕篡晋之时没有能真正把握好出与处的关系。据《南史》："渊明曰：'我醉欲眠卿可去'"，从此不难看出渊明是把出处严格置于分辨，把出处隔离的，而这一点恰恰是以苏轼为代表的元祐士人努力超越陶渊明的切入点。[2] 苏轼曾作《醉眠亭诗》中有云"醉中有客眠何害，须信渊明苦未贤"即是此意。山谷在《卧陶轩》诗中亦云"欲眠不遣客，佳处更难忘"亦此意，即主张不拟议于分辨才是真分辨。

二　山谷在黔州止酒绝色，读《大藏经》三年，联系自己的生平遭遇，广泛地对话儒释，最终形成自己的结论。

（1）充分理解了晦堂是在广泛吸纳儒道的基础上形成自己思路的。晦堂的魅力在于致力找寻超越儒道的更本质相。

其写在黔的《临济宗旨论》云："又曰或讽晦堂，不当以儒书糅佛语。师曰：若不见性祖佛密语尽成外书？若是见性，魔说狐禅，皆是密语。嘻师乃学通内外随机启迪，使人各因所习，同归于悟，吾佛与儒同一关钥。"[3]

（2）找到了儒禅的分工。禅宗在人生的什么意义上不可缺少，又在什么意义上与儒是统一的。其《书洞山价禅师新丰吟后》云："余旧不喜曹洞言句，常怀泾渭不同流之意。今日偶味此，皆吾家日用事，乃知此老人作百衲被，岁久天寒，方知用处。"

---

[1]　《指月录》卷二十八，巴蜀书社 2005 年版，第 814 页。
[2]　此处可参阅笔者《苏轼和陶诗与北宋文人词》一书中和陶饮酒二十首解读一文等。
[3]　转引自［日］忽滑谷快天《中国禅学思想史》，朱谦之译，上海古籍出版社 1994 年版，第 490 页。

其写在荆州的《承天院塔记》中有云:"此盖生人之共业,盈虚有数,非人力所能胜者耶?然天下之善人者少,而不善人常多,王者之刑赏以治其外,佛者之祸福以治其内,则于世教岂小补哉!儒者常欲一合而轨之,是真何理哉!因珠来乞文,记其化缘,故并论其事。"①

(三)

学人一般认为,宋代的禅宗在逐渐走向衰败,② 其实不然,宋代禅变化的真实相应当是逐渐走出唐代禅而呈现出自己的特征,此特征应当是:

(1) 更注重对禅悟人品的把玩。

(2) 更注重从世俗化中去感悟其人品。

(3) 有意识淡化界限,此界限包括禅门各派的界限,佛与儒道的界限。

禅宗的这样一些特征从禅的角度来说是禅的此在状况,从道学的角度来说是道学成熟背景下禅所宜有的特征,禅找准的能立于道学背景的姿态。换言之,我们所谓的儒佛对话的状态在北宋后期一点应当是这样的:一方面儒家终于平心待禅,适度融汇禅,适度调整、找准在新的背景下的追逐目标以及切入方式;另一方面禅宗也据时代而适度呈现自己的面貌。终于,儒禅间的对话在这个意义上得以展开。

我们认为儒佛对话积极局面形成于元祐时代,即元祐文化局面。我们通常用元祐来指认一种诗体、词体,其实远不止这些,元祐不是一种诗体,它应是一种文化景象,它不是一种新文化的启动,而是一种文化从萌芽到成熟,这种文化就是儒与释道对话碰撞所至于的成熟。这种成熟的文化特征应当是在道学意义上的(1)理顺了天人关系;(2)充实了人文内涵;(3)明确了进取的角度和进取思路。又,元祐文化应是一个大概念,它在不同领域均有表现,不同领域虽有表现的特殊性,但其共同性亦非常卓著,此时道学在各领域已不是艰苦卓绝的树立而是道学中人在玩味个中

---

① 转引自黄宝华编著《黄庭坚选集》,上海古籍出版社1991年第2版,第424页。

② 此断语可参阅吕澂《中国佛教源流略讲》,中华书局1979年版;汤用彤《隋唐佛学史稿》,中华书局1982年版;[日]柳田圣山《禅与中国》,毛丹青译,生活·读书·新知三联书店1988年版等有关论述。

第三辑　佛光与禅趣

所渗出的滋味。

把黄山谷视为元祐文化的一个中坚人物，这样定位其含义一方面是指他逐步认同了以蜀学作为对道学总精神的切入口；一方面他能于一生之中均在积极利用蜀学门派的道学对话禅门，约言之，黄山谷所谓对话禅门者在于：（1）注意体察禅门中人的风范。（2）注意将禅门中人放到自然氛围中去感悟。（3）注意以蜀学精神来解读禅门中人的言行举止，找自己作为蜀学中人与他们的共通之处。从这个意义上我们看：

如果说对于他的老师晦堂，山谷利用儒学观是与他展开对话的过程，那么对于晦堂门下及其他山谷则是表现为极从容的评估梳理的过程，试举几条看：惟清（？—1117），字觉天，自号灵源叟，从黄龙祖心受法得悟，晚年继任黄龙山住持。杨曾文先生称其"禅语清丽，富有意蕴"[①]。悟心（1043—1115），自号死心，从祖心受法，机语超绝。他们均是随晦堂祖心而与黄山谷的交往。黄山谷则是越来越从他们的心身款款地读出禅趣与禅境。在《山谷内集》中收集的两组诗应是山谷这方面的代表作，又其《寄黄龙清老三首》云："万山不隔中秋月，一雁能传寄远书。深密伽陀枯战笔，真成相见问何如。""风前橄榄星宿落，日下桄榔羽扇开。昭默堂中有相忆，清秋忽遣化人来。""骑驴觅驴但可笑，非马喻马亦成痴。一天月色为谁好，二老风流只自知。"其《代书寄翠岩心禅师》云："山谷青石牛，自负万钧重。八风吹得行，处处是日用。又将十六口，去作宜州梦。苦忆新老人，是我法梁栋。信手斫方圆，规矩一一中。遥思灵源叟，分坐法席共。聊持楚狂句，往作天女供。岭上早梅春，参军渐狂弄。"从这些诗中不难看出山谷与惟清、悟心等在禅趣里的欢乐。对于这些人山谷一方面讲出对他们的肯定；另一方面表明自己的肯定方式，从而表现出在这个领域中自己的特色与悟性。

在山谷诗中关于禅的诗很多，内容上也涵盖了他毕生的仕途。比如，他在叶县、在北京大名、在太和、在元祐时的朝廷、在黔南、在往宜州均有禅诗。总的说来，一生在各处，他是随物即景、即兴。而内容大体上有

---

① 杨曾文：《宋元禅宗史》，中国社会科学出版社 2006 年版，第 326 页。

游禅之地、悟禅之性、应禅之酬、品禅之味。同时不仅可见其侧重点不同，境界也越来越深，而痕迹也越来越淡。他逐步接触晦堂并逐步以蜀学与之对话的过程，即展开在此林林总总之中，终于他利用晦堂完成了对人的更深一层次挖掘。他利用蜀学使晦堂的佛性找到了它的广谱性和广谱的实质。

王士禛"神韵说"意蕴的再考察

到了王士禛时代，士人心中又逐渐横亘起尊唐与宗宋对垒的审美心理之障。王士禛并不是像一般文学史家所定位的那样尊唐，而是试图以自己的理论重新锁定唐宋诗人的价值。今天看起来，他的这一努力有其建设性，能体现出一种时代精神，然其不足与缺憾也同时是时代精神的折射。具体来说，"神韵"一语从盛唐以来就一直被诗人学者所关切，宋元明清各代学人均表现出对其内涵的揣测与充实。王士禛毕其一生，一方面以其真情投入，另一方面以其气势宏大，从而再造了神韵，以至于被后人称为神韵说，今天回过头来看他的理论有得有失，历史印迹宛然。

王士禛（1634—1711），字子真，号阮亭，别号渔洋山人。其云："渔洋山在邓尉之南，太湖之滨，与法华诸山相连缀，岩谷幽窅，筇履罕至，登万峰而眺之，阴晴雪雨，烟鬟镜黛，殊特妙好，不可名状……乃自号渔洋山人云。"（《带经堂诗话》卷七）[①]

王士禛是吴伟业之后康熙时的文坛领袖。其论诗本司空图、严羽之说，倡导妙悟。其云："余于古人论诗最喜钟嵘《诗品》、严羽《诗话》、徐祯卿《谈艺录》，而不喜皇甫汸《解颐新语》、谢榛《诗说》。"（卷二第58页）又云："司空表圣作诗品，凡二十四，有'冲淡'者曰'遇之匪深，即之愈稀'；有谓'自然'者曰'俯拾即是，不取诸邻'；有谓'清奇'者曰'神出古异，澹不可收'；是品之最上者。表圣论诗有二十四品，予最喜'不著一字，尽得风流'八字。又云'采采流水，蓬蓬远春'二语，形容诗境亦绝

[①] 本文所引《带经堂诗话》均出自人民文学出版社1982年版，以下只随文注卷数。

妙，正与戴容州'兰田日暖，良玉生烟'八字同旨。"（卷三第 72 页）

所谓妙悟从根本上说是要以诗体悟万化的神韵，从而性情与万化妙合无垠，对此王士禛表现出特别的在意与自觉。《带经堂诗话》卷三云："汾阳孔文谷云：诗以达性，然须清远为尚，薛西原论诗独取谢康乐、王摩诘、孟浩然、韦应物，言'白云抱幽石，绿篠媚清涟'，清也；'表灵物莫赏，蕴真谁为传'，远也；'何必丝与竹，山水有清音'、'景昃鸣禽集，水木湛清华'，清远兼也，总其妙在神韵矣。'神韵'二字予向论诗，首为学人拈出，不知先见于此。"（卷三第 73 页）

有时他也把他所倡导的神韵聚焦为格韵，并且以此为标准进一步评品四唐诗。此格韵我们以为应能意味渔洋于无意中以儒家思想为主导，对所建构的神韵进行内涵再浓缩。① 其云："许彦周谓张籍、王建乐府宫词皆杰出，所不能追踪李杜者，气不胜耳，余以为非也，正坐格不高耳。不但李、杜，盛唐诸诗人所以超出初唐中晚者，只是格韵高妙。"（卷一第 42 页）只是可惜王渔洋没有顺此思路生发下去。虽则如此，王士禛以其成熟的理论开创神韵一派，标志着清初的遗民情绪至此戛然而止。

一

今天看起来，神韵乃王渔洋毕其一生通过著述《渔洋诗话》、《池北偶谈》、《香祖笔记》、《分甘余话》等大量著作系统地标举司空图、严羽等的诗歌理论所形成的理论。总结起来说，所谓神韵说理论所陈述的观点约为：

（1）逐步完善、充实六朝即有的神韵概念的内涵。②

此逐渐充实的神韵涵容至少如下：第一，天然，不可凑泊；第二，古淡闲远；第三，隽永、超诣、通禅；第四，清警；第五，忌俗、忌伧。③（卷二第 50 页）

---

① 马积高先生在其著作《清代学术思想的变迁与文学》中有云："清代的理学乃是一种向实用转化的理学……它的信仰者逐渐丧失对理论的兴趣，而只是把现成的理论拿来应用。而应用之方则视不同时期不同人物而异。"这个论断适合于对王渔洋的理解。
② 神韵语最初见谢赫《古画品录》其中评顾骏之有云"神韵气力，不逮前贤"。
③ 《带经堂诗话》卷二："何逊诗'薄云岩际出，初月波中上'佳句也。杜甫偷其语，止改四字，便有伧气。"

第三辑 佛光与禅趣

(2) 倡导以"伫兴造思"、"兴到神会"为达于神韵的方式、方法。

其《池北偶谈》云:"大抵古人诗画,只取兴会神到。"又云:"古人诗只取兴会超妙。"(卷三第68页)这里所谓兴会者王渔洋还有一个专有名词即是"伫兴",并强调以伫兴而造思。王渔洋指出这种伫兴所造之思,一者不同于当时时下的所谓"格调"。其《带经堂诗话》卷一:"明诗有古澹一派……自王李专言格调,清音中绝,同时王奉常小美作《艺圃撷余》有数条与其兄及济南异者,予特拈出。如云:'今之作者但须真才实学,本性求情,且莫理论格调。'"二者,有类于华严法界,"事理开遮涌现,无门庭、无墙壁、无差择、无疑议,世谛文字固已荡无纤尘,何自而窥其浅深,议其工拙乎?"(卷一第46页)三者,笔墨之外,自具性情;登览之余,别深寄托。将深意留于言外。在兴会神到方面他最服膺的是孟浩然。其《渔洋诗话》(卷三第67页)云:"萧子显云:'登高极目,临水送归,早雁初莺,花开花落,有来斯应,每不能已。须其自来,不以力构。'王士源序孟浩然诗云:'每有制作,伫兴而就。'余平生服膺此言。"王渔洋认为虽然学问与兴会是两种为诗之道,但同时又认为"兴会"发乎性情才是为诗所需独立独处的,其云:"夫诗之道有根柢焉,有兴会焉,二者率不可以得兼。"(卷三第78页)

王士禛在有意无意之间承接了董其昌,将南北宗的讨论推进到诗的领域。从《带经堂诗话》中我们能找到几处他之所论涉及董其昌南北宗讨论理论的。比如他自己承认他是闻荆浩论山水而悟诗家三昧的。(卷三第86页)他认为一首好诗应如南宗画,"远人无目,远水无波,远山无皴,略具笔墨即可"。(卷三第86页)他曾与董其昌的追随者王原祁讨论,认为一首好诗与一幅好画一样均是"舍筏登岸"与"沉著痛快"的统一。(卷三第83页)并因之极推画理,以为其义皆与诗文相通,皆"古澹闲远"。以为"其诗家之舍筏登岸乎!沉著痛快,非唯李、杜、昌黎有之,乃陶、谢、王、孟而下莫不有之。子之论,论画也,而通于诗矣"。(卷三第87页)他的弟子施愚山也称他的诗"如华严楼阁,弹指即现。又如仙人五城十二楼,缥缈俱在天际"。并且认为此能见出禅宗顿渐二义。(《卷三》第79页)他的以禅论诗概括起来说有以下几个层面:

王士禛"神韵说"意蕴的再考察

（1）以禅喻诗。

首先应是指王士禛以禅悟次第喻诗人的品位层次。其次应是指如"（吾）又尝谓陶如佛语，韦如菩萨语，王右丞如祖师语也。"（卷一第 40 页）

又云："余偶论唐宋大家七言歌行，譬之宗门，李杜如来禅，苏黄祖师禅也。"（卷一第 41 页）

又如"杜子美似史记，李太白、苏子瞻似庄子，黄鲁直似维摩诘经。"（卷一第 41 页）

又云："尝戏论唐人诗，王维佛语，孟浩然菩萨语，刘眘虚、韦应物祖师语，柳宗元声闻辟支语。"以禅家悟境喻诗的化境。

《带经堂诗话》（卷三第 83 页）："舍筏登岸，禅家以为悟境，诗家以为化境，诗境一致，等无差别。"又："释氏曰：'羚羊挂角，无迹可求。'古言云：羚羊无些子气，虎豹再寻他不著，此是前言注脚。"从此亦可说明禅宗与王渔洋诗论的关系。我们不难见出王士禛无意于将对唐诗的理解拉回到禅宗的历史进程。也无意于联系禅宗来考察王维以后众多诗人的使命与成就。① 依照上面所引，王士禛于禅仅仅是现象学意义喻指，所谓"登筏上岸"。

（2）用禅境的获得来指涉对诗境的把玩，并且在这个意义上充分肯定严羽所推出的妙悟。《带经堂诗话》卷二中有云："沧浪诗话借禅喻诗，归于妙悟，如谓盛唐诸公诗如镜中之花，水中之月，镜中之象，如羚羊挂角，无迹可求，乃不易之论。"又："严沧浪论诗特拈'妙悟'二字，及所云'不涉理路，不落言诠'，又'镜中之象，水中之月，羚羊挂角，无迹可求'云云，皆发前人所未发之秘。"（卷二第 65 页）

（3）特别是在这个意义上将王维的诗歌推为巅峰。

其《香祖笔记》云："唐人五言绝句，往往入禅，有得意忘言之妙，与净名默然，达摩得髓，同一关捩。观王裴《辋川集》及祖咏《终南残雪》诗，虽钝根初机，亦能顿悟。"（卷三第 69 页）又"严沧浪以禅喻诗，

---

① 笔者以为王维处在安史之乱这一中华民族的非常时期，他以主动接触禅门六祖慧能弟子神会。首先改造自己的诸多人生价值观，然后以新的价值观感悟时事而有禅意。这一点王渔洋并不自觉。笔者此论见于拙稿《沧浪之水清兮——中国古代自然观念与山水田园的文化诠释》中有关论述。

余深契其说，而五言尤为近之，如王裴辋川绝句，字字入禅。"（卷三第 83 页）为了说明这一点他还将王孟作了比较：

汪钝翁问余："王孟齐名何以孟不及王？"答曰："孟诗味之未能免俗耳。"（《渔洋诗话》第五十二条）

所谓三昧是渔洋力主神韵而成熟并更进一步品评诗歌的主张。从《带经堂诗话》中我们就不难发现，他对三昧之意是相当明确并且是刻意运用的。比如《带经堂诗话》卷三就有几处三昧之语，略举如下：

"南城陈伯玑允衡善论诗，昔在广陵评予诗，譬之昔人云'偶然欲书'，此语最得诗文三昧。今人连篇累牍，牵率应酬，皆非偶然欲书者也。坡翁称钱唐程奕笔云'使人作字不知有笔'此语亦有妙理。"（卷三第 84 页）

又："《新唐书》如近日许道宁辈画山水是真画也，《史记》如郭忠恕画，天外数峰，略有笔墨。然而使人见而心服者，在笔墨之外也。右王楙《野客丛书》中语，得诗文三昧，司空表圣所谓'不著一字，尽得风流'者也。"（卷三第 85 页）

又："予尝闻荆浩论山水而悟诗家三昧矣，其言曰：'远人无目，远水无波，远山无皴'，又王楙《野客丛书》有云：'太史公郭忠恕画天外数峰，略有笔墨，意在笔墨之外。'诗文之道大抵皆然。"（卷三第 86 页）

渔洋选《唐贤三昧集》应当说是在有意贯彻着这个意思，并且有着非常明确的思路与刻意。换言之，王渔洋精心编选了自王维起的四十二位唐代诗人诗为《唐贤三昧集》，并依托此选进一步精心标举"三昧"。其《带经堂诗话》卷三亦有云："《林间录》载洞山语云：'语中有语，名为死句；语中无语，名为活句。'予尝举似学诗者，今日门人邓州彭太史直上来问予选《唐贤三昧集》之旨，因引洞山前语语之退而笔记。"又："夹山曰：'坐却舌头，别生见解。参他活意，不参死意。'达观曰：'才涉唇吻，便落意思；并是死门，故非活路。'"（卷三第 82 页）

《四库提要》在提要《唐贤三昧集》时力主了"三昧"与"神韵"的一致性，其云："此篇皆录盛唐之作名曰三昧，取佛经自在义也。"[①] 并且

[①] 《祖庭事苑》云："三昧者，三之曰正，昧之曰定。亦云正受，谓正定不乱，能受诸法。"

认为是书的宗旨是主"神韵"。《四库全书》分析云:"诗自太仓、历下以雄浑、博丽为主,其实也肤,公安、竟陵以清新幽渺为宗,其失也诡。学者两途并穷不得不折而入宋,其弊也滞而不灵,直而好尽,语录史论皆可成篇于是,士祯等重申严羽之说,独主神韵以矫之。盖亦救弊补偏,各明一义,其后风光相尚,光景流连。"

在我们看来王渔洋从对"三昧"、对"神韵"一词的解释与使用的刻意,加之他对盛唐诗坛的聚焦来看,他所推崇的三昧主要是在崇仰着盛唐时代诸位诗人在为诗时发生学意义上性情与天地万物贯通一体和现象学意义上的平淡、自在等特征。但不必讳言这些与盛唐诸公更深刻意义对帝国的由衷放任、纵情无关,与王维以禅宗对自己内在世界的洗礼,以禅实现对自己困惑的超越也不是简单的一一对应关系。笔者以为这是我们理解王渔洋必须要知道的。

按照这一评述,我们想对王渔洋的神韵说做以下的评估:

王渔洋一方面推崇王维晚景的字字入禅,另一方面推崇盛唐诸公的气象,这两方面可以看出其理论矛盾;但从中我们又可察出渔洋神韵的真实相。此真实相既忽视了盛唐前期气象上的伦理意味,也淡化了盛唐后期禅宗对主体世界的格义,而只是追寻他的"羚羊无些子气味"。(卷三第83页)如果说此是王士祯的特点,那么也同时可以说是他的缺点。

换句话说,王士祯神韵说的缺点在于虽玩味自然,但不能有效地结合自己的背景来接近中华自然观的特质、特别使命,因此其性情就显得"喜怒哀乐之不真"。(袁枚《随园诗话》卷三)在他的时代,顾炎武亦得江山之助,性情要真得多,此处不遑展开讨论,但可以说明王士祯之外即便是同时代也有另外一种接近自然的方式。袁枚后来将渔洋此缺点归结为他的才气问题。笔者以为又有些短视,袁枚云:"本朝古文有方望溪,犹诗之有阮亭,俱为一代正宗而才力自薄。"[①]袁枚这里没有把对望溪、阮亭的指责放到中国人自然观的深层背景上。

特别要注意在于渔洋的这个缺点,也是那个时代人的普遍存有的短视。

---

① 《随园诗话》卷二。

第三辑　佛光与禅趣

首先，我们可以联系绘画领域的"四王"吴恽来看。"四王"是指清初王时敏、王鉴、王翚、王原祁，他们与家门弟子吴历、恽南田统称为清六家，他们的共同特点是（1）仿古，凡唐、宋、元诸名家无不模仿逼真，偶一点染，展卷即古色苍然，毋论位置、蹊径宛然古人，而笔墨神韵一一寻真，且仿某家则全是某家不染他一笔。（2）以干枯笔墨造唐人气韵。王翚认为"宜以元人笔墨，运宋人丘壑而泽以唐人气韵"。[①] 这里一方面固然可以看出他们并不是被动仿古，另一方面也可见他们并没有一个整一的追求与内涵。（3）推崇董其昌的审美意趣及他所设定的南北宗划分，这一点渔洋与之一致。假如把渔洋和"四王"结合起来，我们就不难发现那个时代诗画所普遍的审美时尚，以及他们共同的缺陷与所短，短者就是没有真正担当起回到自然的庄严使命。

其次，在那个时代除了上述他们之外，还有两个热切关注自然的学人即王船山、叶燮。从学术史上看，这两个人虽取得了辉煌的成就但也有致命的弱点。简单来说，船山虽深入到了探寻自然的形而上，但从他的一些资料中我们不难发现他并没有将此追寻的思考与成就有效地结合到诗中，返回到性情之中，因此当他谈诗时就忘掉了自然观念，谈自然观念时又往往忘掉了诗情。[②]

叶燮在《原诗》之中虽找到了诗立足于自然的审美趋向，但是他并没有能在形而上层面加以探讨，尽管《原诗》把理论建立在事理情气境界等范畴之上，但给人的印象依然是空洞。

与这两位思想家相比，王士禛与四王、吴、恽等的体悟自然之意趣可能细腻一些，但是他们所存留的弊病还是一致的。他们的主张与作品均联系不了自己的时代，他们均无意于充实其内涵，归根结底他们的共同所失应是士人必须要遵循的"读书何为"问题。因而我们更多的可能是从他们关于自然的主张中看到的仅是学究气、书卷气。

综上我们认为上述这些人所构成的应是王渔洋神韵说背景，然通过分析我们可以断言由于他们均没有找到深入自然的角度，因而均不是第

---

① 见王翚《清晖赠言》。
② 可参阅本书《重读〈姜斋诗话〉》一文。

一流的诗人、学人,也正因为如此,他们均左右影响不了他们后面的乾嘉学人。

二

据史料,王渔洋依照他的神韵说创作了大量的诗歌。

张吏部公选题他的诗云:"笔墨之外,自具性情;登览之余,别深寄托。"(《渔洋诗话》卷上)又《四库提要》称他的诗"论诗主于神韵,故所标举多流连山水,点染风景之词"。

其代表作不少是在《渔洋诗话》中为自己所标举的,如《真州绝句组诗》、《秦淮杂诗》等。其《真州绝句》:

晓上江楼最高层,去帆婀娜意难胜。

白沙亭下潮千尺,直送离心到秣陵。

本诗所叙去帆婀娜,意亦婀娜,多少有些娇态做作。

又 江干多是钓人居,柳陌菱塘一带疏。

好是日斜风定后,半江红楼卖鲈鱼。

这首诗按照渔洋的创作理想是想将观感捕捉表现为图画。孤立地说这首诗的确是一幅下江水乡渔村图,但只是令人想起萧散的四王。其原因在于在这里看不出他深入自然的使命,因而无论是自然精神,还是自己与自然交流方式均显得轻软、不劲健。

又从渔洋的这些诗看,他也并没有做到不黏滞情结,同时不刻意涂抹也是不可能的,特别是他黏滞了王孟之意,最违背自己的使命。

相比之下王渔洋的一些自己并不看重的行旅诗,一路风光古意由于融进羁旅之愁才是他所真正标举的兴会神到:

如《过滁州西涧》

西涧潇潇数骑过,韦公诗句奈愁何。

黄鹂唤客且须住,野渡庵前风雨多。

《题清流关》

潇潇寒雨渡清流,苦竹云阴特地愁。

回首南唐风景尽,青山无数绕滁州。

《题小孤山》

彭泽县前风倒吹，三朝休怨阶帆迟。

余霞散绮澄江练，满眼青山小谢诗。

这些诗之所以读起来意韵灵动，可能是因为他在山水面前暂时松动了他所标举的神韵意念，无意中以性情写诗，以感悟为标准。

三

自从黄山谷倡导尖新、忌俗、自得以来，唐宋诗之争就逐步形成了格局，有明一代几乎是以否定宋诗为代价而推举唐诗的。在明代众多诗派中，仅有公安三袁以倡导性灵而标举宋诗，但由于他们理论背景的空疏，因而并没有能够把握宋诗之魅力。到了清代这种局面有所改变，首先，唐宋之争几是对垒，比如有王士禛就有翁方纲，有沈德潜就有袁枚，有吴伟业就有钱谦益。[①] 其次，无论尊唐、宗宋其态势要理性得多。比如：王士禛以其神韵说虽主唐而且以盛唐为主，但是细读《带经堂诗话》中的资料，我们会发现王渔洋并不是简单地否定宋，一味地否定宋，而是对苏、黄的理论进行创造性改造。其具体内容笔者以为至少如下：（1）对苏、黄本人均做了肯定；（2）对苏、黄做了区别，更高扬东坡；（3）以禅悟等为切入口区分了苏与黄；（4）对苏轼推出的一些结论做了重新评估，特别是将苏、黄有的地方作为他追寻诗境的诤语。

倘若试着从宏观上梳理一下，我们首先不难注意到王渔洋是从一个大背景来定位苏、黄的。《带经堂诗话》卷四云："欧阳公见苏文忠公，自谓'老夫当放此人出一头地'，盖非独古文也，唯诗亦然，文忠公七言长句之妙，自子美、退之后一人而已。"（卷四第95页）又："苏文忠公凌跨千古，独心折山谷之诗数效其体，前人之虚怀如此，后世腐儒乃谓山谷与东坡争名，何其陋耶，山谷虽脱胎于杜，顾其天姿之高，笔力之雄，自辟庭户，宋人作《江西宗派图》极尊之，配食子美，要亦非山谷意也。"（卷四第96页）又："《朱少章诗话》云：'黄鲁直独用昆体工夫而造老杜浑成之地，

[①] 此处可以参照郭绍虞《中国文学批评史》、刘大杰《中国文学发展史》等有关论述。

禅宗所谓更高一著也。'此语入微，可与知者道。"（卷三第 73 页）仅上述数条即不难见出王渔洋在定位苏、黄时眼界的宏阔。

其次，从《带经堂诗话》卷一的一些资料中我们可知王渔洋一方面注意到苏黄的相互一体，均以格高，如："苏文公作诗常云'效山谷体'，世因谓苏极推黄而黄每不满苏诗，非也。黄集有云：'吾诗在东坡下，文潜、少游上'，此可证俗论附会之缪。"（卷一第 46 页）又："《野老记闻》载：林季野目鲁直诗未必篇篇佳，但格制高耳。"（卷一第 47 页）另一方面王渔洋亦注意梳理苏黄之别，把侦破苏黄之别作为自己最终推出"神韵"的一个关键步骤。在王渔洋看来，山谷短处在于太着意，这正好有别于渔洋自己的主张。而苏轼正好于此与黄山谷不同，为自己所赏。如其云："《彦周诗话》云：'东坡诗不可轻议，词源如长江大河，飘沙卷沫，枯槎束薪，兰舟绣鹢，皆随流矣，珍泉幽涧，澄泽灵沼，无一点尘滓，只是体不似江河耳。'林艾轩论苏黄云：'譬如丈夫见客，大踏步便出去。若女子，便有许多桩里。此坡谷之别也。'"（卷一第 45 页）

再次，苏轼的这个境界王渔洋曾用华严法界来指喻之，并就此展开与王维比较。从而更明确指出自己推王维的真实意义。其云："文而有得华严法界，事理开遮涌现，无门庭，无墙壁，无差择，无疑义，世谛文字固已荡无纤尘，何自而窥其浅深，议其工拙乎。子由为子瞻行状云云，然则子瞻之文，黄州已前得之于庄，黄州以后得之于释，吾所谓有得于华严者信也。"（卷一第 46 页）

其《带经堂诗话》卷一云："尝戏论唐人诗王维佛语，孟浩然菩萨语，刘眘虚、韦应物祖师语，柳宗元声闻辟支语……苏轼有菩萨语，有剑仙语，有英雄语，独不能作佛语，圣语耳。"（卷一第 42 页）

这就是说在王渔洋看来，苏轼的境界即在此意义上不同于山谷但毕竟还不是佛语，这是苏轼与王维的区别，也是王维高于苏轼而登峰造极的地方。

从这条资料我们能再次感到王渔洋于禅的确只有"登筏上岸"一层意思，并且感到这也的确是他关于苏轼与王维区别的标准。但亦非常明显能看出他没能指出苏轼亦有高于王维的所在，因此亦没能看出苏轼的真精

第三辑 佛光与禅趣

神,往远处说这是清儒不理解宋学的结果。

综上所述,我们想作如下的总结陈述:

第一,王渔洋并不像许多尊唐的学人那样,对以苏、黄为代表的宋人也是有着很深切的关注的。但王渔洋把苏轼、山谷抽象出宋人的历史来理解,它的前提就是将此统一于整体上自己对唐人的推崇思路中。

第二,王渔洋也关注过苏轼对唐代诗人王、孟、韦、柳的讨论。不过他并不是简单地肯定与否定,而是经过深思对其结论进行创造性的改造。他的目的是以南北禅为话语氛围推出王维。如《带经堂诗话》卷一云:"东坡谓柳柳州在陶彭泽下,韦苏州上。此言误矣。余更其语曰:韦诗在陶彭泽下,柳柳州上。"又王渔洋给陶、王、韦三人排了序:陶如佛语,韦如菩萨语,王右丞如祖师语也。又:"汪钝翁(琬)尝问予'王孟齐名,何以孟不及王?'予曰:'正以襄阳未能脱俗耳。'"(卷一第40页)

第三,在卷三清言一类中,王渔洋特别标举东坡的《罗汉赞》一文中之语,所谓"空山无人,水流花开"。(卷三第90页)笔者认为在诗之登筏上岸以至于神韵兴象之妙境界的表达上,王渔洋这一次算是真折服于东坡。只可惜对于山谷、东坡乃至整个宋代人的使命与境界等,我们从王渔洋所取、所扬、所贬中即能看出一代清儒均没有领会。在这一点上袁枚在其后又紧步其尘,比如袁枚也反对格调,倡导性灵,其云:"杨诚斋曰:'从来天分低拙之人好谈格调而不解风趣,何也?格调是空架子,有腔口易描,风趣专写性灵,非天才不办。'余深爱其言,须知有性情便有格律,格律不在性情外……诗在骨不在格也。"[①] 杨诚斋的这个议论,不仅袁枚赞同,亦为王渔洋认可过,但性情的内涵都有哪些?所有这些在南宋理学成熟时代以杨诚斋为代表的四大家曾充分地体悟、淘融过。而王渔洋、袁枚等清儒差就差在这里。

---

① 袁枚:《随园诗话》卷一,哈尔滨出版社2004年版。

第四辑

诗情与画意

第四章

女性と映画

试论张戒的杜甫情结

《岁寒堂诗话》产生的时代是理学成熟，同时亦是理学迎接时代迁变而有种种新挑战的时代。该诗话的价值就在于著者能够准确地把握道学精神，立足于新时代而重新解读杜诗和学杜的使命。张戒虽继续标举诗歌的情真、味长、气胜、卓然天成，[①] 同时更把"删诗之旨"作为诗人应追求、应达到的更深切的目标。他认为杜甫体会到这一点，杜甫的过人之处即在于此，[②] 而江西诗人没有意识到。在张戒看来，服膺老杜虽是北宋江西诗派以来诗人的共识，但他却要努力走出一条不同于江西诗派的推杜之路。张戒是从"删诗之旨"的意义上肯定和推介杜甫的，个中有明晰的思路与厚重的儒家情怀。他的使命在于借着对杜甫的重新倡导来倡言儒家诗教，其目标是在两宋易替之际复杂的背景下呼应道学于惨淡之途。

张戒，生卒年不详，正平（今山西新绛）人，宣和六年（1124）进士，绍兴五年以赵鼎荐授国子监丞，及鼎败，亦随之遭贬，官终左宣教郎主管台州崇道观。其事附见《宋史·赵鼎传》。《四库提要》评其人曰："盖亦鲠亮之士也。"

据郭绍虞先生考证，《岁寒堂诗话》一书原本已亡，旧存只一卷。武英殿本据《永乐大典》所载，复益以《说郛》所有各条，厘为上下两卷，

[①] 其云："古诗苏李曹刘陶阮本不期于咏物，而咏物之工，卓然天成，不可复及。其情真，其味长，其气胜，视三百篇几于无愧。"见丁福保辑《历代诗话续编》，中华书局1983年版，第450页。

[②] 《岁寒堂诗话》卷下"乾元中寓居同谷七歌"条中，张戒排元稹之论，认为李杜的优劣不在"铺陈排比"。他说："杜子美李太白，才气虽不相上下，然子美独得圣人删诗之本旨，与三百五篇无异，此则太白所无也。"并引孔子及《毛诗序》来推举杜甫。见丁福保辑《历代诗话续编》，第469页。

第四辑　诗情与画意

"虽未必尽复其旧，亦庶几为全璧矣"①。关于本书内容《四库提要》论云："是书通论古今诗人，由宋苏轼黄庭坚上溯汉魏风骚，分为五等，大旨尊李杜而推陶阮，始明'言志'之义，而终之以'无邪'之旨，可谓不诡于正。"我们认为《提要》的概括虽拎出了其大旨，但力度不够，且没有理顺是书所论及的诗人在张戒思路中的逻辑顺序，尤其没有指出杜甫在该诗话中的特别性及张戒领悟杜甫所走出的一条不同于江西的崭新之路。

本文想就四个问题探讨张戒的杜甫情结及《岁寒堂诗话》中杜论之不同于江西诗派的独特性。

一　努力从"言志"的诗学路向打通或说找回学杜之新径

众所周知，所谓"言志"出自《诗毛氏传》中《关雎》的题下序言，此序又称诗大序，汉人以为是孔子弟子子夏所作，朱子以为出自孔子自己之手。汉代学者依托此序通过解释《诗经》等经典，建立起了儒家审美标格和诗解释学传统。所谓审美标格是指通过解释《诗经》提炼出的"怨而不怒"、"哀而不伤"，这种被华夏士人尊崇的中庸与含蓄之美，亦即温柔敦厚诗教。所谓解释学传统是指一直以来儒家学人能切实把握作品中涵容的儒学关于社会的、人格的理想，能在释诗时表现出天人情怀的传统接续。虽然从汉代以来学人即一直追随这个传统并认为孔子于此是第一表率，示范出孔子"删诗之旨"的涵容与情怀，但也不必讳言，北宋时代虽道学隆盛，然自古文家以来，关于言志问题并没有引起学人特别是道学家的足够重视，或者说道学家并没有刻意用"言志"范畴来充实新道学的内涵，也没有将道学的视域扩大到诗教平台。② 而在《岁寒堂诗话》看来，若考察一首诗的价值还是应当从此诗教上领取，或由此切入。在《岁寒

---

① 参见郭绍虞《宋诗话考》，中华书局1979年版，第55页。
② 这可能包含了汉宋学术归趣上的差异。宋代道学家表现出对诗文排斥思想的非议：如伊川先生答"作文害道否"曰："害也。凡为文不专则不工，若意则志局于此，又安能与天地同其大也。书云：'玩物丧志'，为文亦玩物也。"又答"诗可学否"曰："既学时须是用功方合诗人格，既用功，甚妨事。古人诗云：'吟成五个字，用破一生心。'又谓'可惜一生心，用在五字上'。此言甚当。"并引杜甫为例云："且如今言能诗无如杜甫，如云：'穿花蛱蝶深深见，点水蜻蜓款款飞。'如此闲言语道出做甚。"参《二程遗书》，上海古籍出版社2000年版，第290、291页。

诗话》中我们最先最直接看到张戒这样思路：

第一，以言志为标准，张戒把汉代以来的诗区分出三种类型：第一类是（专以）言志的；第二类是（专以）咏物的；张戒的创意在于指出，除此之外还有第三类，即他所强调的有些成功的言志诗不是不咏物，而是不期于咏物而咏物自工，也即是说他认为有一种以咏物而言志的诗，认为这一类诗才真正情真、味长、气胜，卓然天成，不可复及。这里所要注意的是张戒考量此类诗时是拿《诗三百》作为标杆的。

第二，张戒把古今诗歌的发展分成若干段落，其云："国朝诸人诗为一等，唐人诗为一等，六朝诗为一等，陶阮、建安七子、两汉为一等，风骚为一等，学者须以次参究，盈科而后进，可也。"[①] 然后从"言志"起建立视点，梳理它们的不同。什么叫言志？在张戒看来，所谓言志即是性情散在诗中，或者说是诗歌整体上所呈现出的意味。不同的诗人有不同的性情；不同的言情对象，志与其感发所及皆有不同，这样就导致虽同为言志但又有质的差异。比如阮籍以意胜，陶渊明以味胜，曹植以韵胜，杜甫以气胜。张戒虽然特别强调这其中的"陈王及古诗第一"，并认为韵与气不可学。但他强调《古诗十九首》与陈王的目的非常明显，是为了就此推出杜甫，是要强调杜诗对曹植与古诗十九首接续的特别性。也正是在这个意义上，[②] 他说："曹子建、杜子美之诗，所以后世莫能及也"，公开表明自己不同于江西诗派的推杜理念[③]，就此张戒将杜甫的诗与其同时代人颜真卿的书法并举，盛加推挹云："子美之诗，颜鲁公之书，雄姿杰出，千古独奇，可仰不可及耳。"[④]

张戒自己亦说，关于对杜甫的推崇，前此有江西诗派，但他的推杜同时又是正面挑战江西，[⑤] 指出自己推杜与之不同，是为了替苏黄、替江西

[①] 丁福保辑：《历代诗话续编》，中华书局1983年版，第451页。
[②] 明清之际，王船山在其《古诗评选》、《唐诗评选》中也大力倡言古诗十九首与曹植为中华诗歌的正脉，并在此意义上推介韦应物，但与张戒有所区别。两家相互比较，思路会更明晰。关于王船山的观点，可参看本书《船山选韦应物五古评释》一节。
[③] 丁福保辑：《历代诗话续编》，中华书局1983年版，第450页。
[④] 同上书，第451页。
[⑤] 如张戒也认为"子美之诗，得山谷而后发明"，但通过列举杜诗，否认"鲁直得子美之髓"。参见丁福保辑《历代诗话续编》，中华书局1983年版，463页。

第四辑　诗情与画意

中人找出学杜而不及的原因。张戒的观点约言之如下：

（1）指出当前苏黄并称，黄以推杜甫而与苏推渊明相呼应，自己却是以推古诗十九首、曹子建而与推杜相贯通。

（2）黄庭坚推杜讲究法度，讲究"无一字无来处"，[①] 而自己则以推其气而推杜，特别指出了杜乃是以气胜。

（3）从苏到黄所探讨出的是从韵到法，是寄希望于陶与杜的完美结合，而自己则认为陶以味，真正的韵在于古诗十九首与陈思王。而杜甫正是以气传承此韵的。

毫无疑问，这里他从韵与气两者相统一来推曹、杜就不同于江西诗人以法度为中心范畴的学杜；从亲古诗、曹来推杜，亦不同于苏轼、山谷从亲陶而推杜的思路。从宋代审美思潮的展开历程来说，这些均应是重要的信号，其目的在于指给世人应从一个新角度来重新阐释杜甫，而其深层意蕴则是要从言志角度而达于儒家诗教正途。从宋诗发展史我们知道，如果说苏轼以联结韦柳推渊明，黄庭坚以标举与杜甫结合推崇渊明，那么张戒这里以杜与子建相对举、比较，[②] 重新确立讨论诗歌境界的背景与问题域，这样做目的非常明确，即要挖掘出杜甫、子建与风雅的内在关联，从而达到呼吁诗教以呼应道学。[③] 要之，正是在这个意义上宋代诗学思想表现出与元祐文人不同的审美新动向。当然也应看到的是《岁寒堂诗话》也标举陶诗，只不过他对陶诗推崇并没有超出苏轼以来建立的审美角度与涵容。

其实，简单地说是新动向还不足以把握张戒的心理真实。阅读《岁寒堂诗话》会发现张戒在此有着浓郁的杜甫情结，他推杜甫是建立在严谨的逻辑理路中的，这个理路至少有三个层面：

[①] 黄庭坚说："老杜作诗，退之作文，无一字无来处；盖后人读书少，故谓韩杜自作此语耳。古人之能为文章者，真能陶冶万物，虽取古人之陈言入于翰墨，如灵丹一粒，点铁成金也。"参见《答洪驹父三首》，《山谷集》卷十九。钱锺书先生以为这是黄对杜诗最醉心的地方，是他最有影响的诗文议论，"也算得江西诗派的纲领"。参见《宋诗选注》，人民文学出版社1985年版。

[②] 杜甫《奉赠韦左丞二十二韵》有云："甫昔少年时，早充观国宾。读书破万卷，下笔如有神。赋料杨雄敌，诗看子建亲。李邕求识面，王翰愿卜邻。自谓颇挺出，立登要路津。致君尧舜上，再使风俗淳。"

[③] 钟嵘《诗品》卷上云："魏陈思王植诗其源出于国风，骨气奇高，词采华茂。情兼雅怨，体被文质，粲溢今古，卓尔不群。"

试论张戒的杜甫情结

首先，在张戒看来，杜甫独得了"删诗之旨"。[①] 他的理由可略之如下，即认为杜甫：

（1）有高远的情怀。张戒曾以登高这一题材切入，罗列了章八元、梅圣俞、苏东坡、刘长卿、王安石等人有名的登高诗句，在比较中，指出杜甫有"超轶绝尘而不可及"的高远情怀，并结论道："人才有分限，不可强乃如此。"不难看出，这里所谓的"人才有分限"，最主要是就诗人的情怀而言的，而不仅是在说才学的高低。[②]

（2）有特立的担当意识。张戒从"思无邪"、"诗言志"的诗学观反观和区分了"专学子美"的黄庭坚与子美本身的创作，认为山谷虽以学杜，但其诗"读之足以荡人心魄"，而杜甫诗的效果却与之不同，读之"使人凛然兴起，肃然生敬"，达到了诗序所谓"经夫妇，成孝敬，厚人伦，美教化，移风俗"的"先王"或说圣人之旨。这里所透露的应就是对杜甫担当意识的发现与肯定，而这种担当意识不仅是张戒生活于其中的时代所需要的，也是张戒在诗歌审美领域对道学思想的呼应和发挥。在对杜甫《可叹》诗的论述中，张戒更进一步感慨杜甫标举的这种担当意识说："夫佐王治邦国者，非斯人而谁可乎？"[③]

（3）有"下食"、"高飞"的忧患意识。张戒对《晴》的论析中，突破了一般创作审美心理问题，他认为诗人对"目前之景"的审美把握或云"取物"，根源于"素所蓄积"的意识内容。所以，从这首诗"子美之志可见矣"。张戒分析其志云："'下食遭泥去'，则固穷之节，'高飞恨久荫'，则避乱之急也。"[④] 也即杜甫始终将审美结构安排至执着与超越的张力之中，如果说安史之乱前后诗人们的此类诗均弥漫着忧患意识，那么杜甫的独特性在于个中更充溢着天人情怀。

其次，在《岁寒堂诗话》中张戒专门思考了杜甫为什么会获得"删诗

---

① 他在对李杜的比较中这样指出："杜子美李太白才气虽不相上下，而子美独得圣人删诗之本旨，与诗三百五篇无异，此则太白所无也。"见丁福保辑《历代诗话续编》，中华书局1983年版，第469页。
② 丁福保辑：《历代诗话续编》，中华书局1983年版，第455页。
③ 同上书，第465、475页。
④ 同上书，第474页。

第四辑 诗情与画意

之旨"，张戒以为杜甫之所以能获得的原因在于：

（1）笃于忠义之气，心有社稷。其卷下"哀王孙"条云："观子美此诗，可谓心存社稷矣"[①]；"可叹"条云杜甫"忠义之气，爱君忧国之心，造次必于是，颠沛必于是"。[②]

（2）出于真诚之心。在这一点上张戒特别比较了杜甫不同于江西的为文造情、专以用事押韵等。他说："子建李杜皆情意有余，汹涌而后发者也。刘勰云：'因情造文，不为文造情。'若他人之诗，则为文造情耳。"[③] 他并不否认杜甫用事，但是就创作中的"不知言志之为本"倾向比较杜甫与苏黄并指出："用事押韵，何足道哉！苏黄用事押韵之工，至矣尽矣，然究其实，乃诗人中一害。"[④] 这就是说，用事押韵本是手段，若专事之，必然遮蔽诗人真诚之本心，从而使风雅扫地，不能达于"删诗之旨"。

（3）深于经术学养。其卷下"自京赴奉先县咏怀五百字"条云："至于'忧端齐终南'，此岂嘲风咏月者哉？盖深于经术者也，与王吉贡禹之流等矣。""可叹"条云："'群书万卷常暗诵'，而《孝经》一通，独把玩在手，非深于经术者，焉知此味乎？季友知之，子美亦知之，故能道此句，古今诗人岂知此也。"[⑤]

总之，张戒认为如果说"诗文字画，大抵从胸臆中出"，那么"子美笃于忠义，深于经术，故其诗雄而正"[⑥]。

再次，张戒还特别指出了杜甫获得"删诗之旨"的途径：

（1）"用拙存吾道"。卷下"屏迹二首"条云："若用巧，则吾道不存矣，心迹双清，纵白首而不厌也。"[⑦]

（2）于各种道术留心谨取。其卷下"寄司马山人十二韵"条，张戒云"子美于仙佛皆尝留意"，但又问道"不知其果有得否尔？"[⑧]

---

① 丁福保辑：《历代诗话续编》，中华书局1983年版，第467页。
② 同上书，第474页。
③ 同上书，第456页。
④ 同上书，第452页。
⑤ 同上书，第467、475页。
⑥ 同上书，第459页。
⑦ 同上书，第471页。
⑧ 同上书，第472页。

（3）刻意作诗悟道。卷下"秋野"条张戒把杜甫与韩愈并举说："杜子美作诗悟理，韩退之学文知道，精于此故尔。"①

从上面列举可见，在张戒看来，杜甫获得"删诗之旨"的一个极明确的途径是本着作诗悟道的宗旨，升华所触，于道术而留心；用拙存其道，尤其在于将这一切安排于刻意与执着之中。

二　韵、味、才、气四个批评支点与推杜的逻辑思路

前面所讲，《岁寒堂诗话》的主要目的是寻找一种新途径来推杜甫。从诗话中不难看出，为了推杜，张戒还以韵、味、才、气为批评支点，以整个中华诗为背景把杜甫置于广泛的比较之中。张戒在此目的也很明确，即要通过比较更进一步明确杜甫的独特性，通过比较找出江西诗派对杜甫推崇的短视。

首先，张戒正面指出在中华诗历史上曹子建韵不可及，渊明味不可及，太白才力不可及——但他们均有所偏至；而自己之所以推杜，在于杜甫"气吞曹刘"，"微而婉，正而有礼"，"乃圣贤法言，非特诗人而已"。总之，"意气有不可及者，杜子美是也"②。在张戒看来，这种"意气"不仅使杜甫超出了上述其他各家，而且其气"非特诗人而已"，从而使杜甫的人格及其诗境中包蕴了圣贤涵容。

杜甫的这种独特性若从诗情与形式关系来说，应是"特在一时之情味，固不可预设法式也"③。就诗情与诗的意象来说，张戒以为："近世苏黄亦喜用俗语，然时用之亦安排勉强，不能如子美胸襟出也。"④ 就诗之情感所生来说，张戒云："子建李杜皆情意有余，汹涌而后发者也……若他人之诗皆为文而造情耳"⑤，就境界来说，杜甫之诗因其"非特诗人而已"的圣贤涵容，故有更穷高极远之趣。

其次，在《岁寒堂诗话》卷上，张戒本着此种思路还把杜甫和其他各

---

① 丁福保辑：《历代诗话续编》，中华书局1983年版，第474页。
② 同上书，第452页。
③ 同上书，第453页。
④ 同上书，第451页。
⑤ 同上书，第456页。

■第四辑　诗情与画意

家诗人间的比较做过更广泛陈述，毫无疑问，其目的也是把杜甫放到一个更宏大的背景上来肯定他，而韵味才力又是他观测比较的几个切入点和判别杜诗更高的缘由。略举几例其所比较的内容看：

（1）关于刘随州，张戒指责其才短，其云："人才各有分限，尺寸不可强，同一物也，而咏物之工有远近；皆此意也，而用意之工有浅深……刘长卿《登西灵寺塔》……语虽稍工，不为难倒。杜子美则不然，《登慈恩寺塔》……不待云'千里'、'千仞'而穷高极远之状，可喜可愕之趣，超轶绝尘而不可及也。"① 张戒以为刘随州才短，内涵清，故虽有气，但形式上不能纵横驾驭。

（2）关于元白张籍，张戒认为他们预设诗意，略无余韵。

其云："乐天云：'说喜不得言喜，说怨不得言怨。'乐天特得其粗尔。此句（白杨多悲风，萧萧愁杀人）用'悲'、'愁'字，乃愈见其亲切处，何可少也？诗人之工，特在一时情味，故不可预设法式也。"② 又："杜牧之云：'多情却是总无情，惟有尊前笑不成。'意非不佳，然而词意浅露，略无余蕴，元白张籍，其病正在此……"③

（3）关于王右丞、韦应物，张戒认为他们所得者在韵，所失者在于韵之气。

其云："韦苏州诗，韵高而气清。王右丞诗，格老而味长。虽皆五言之宗匠，然互有得失，不无优劣。"④

又云："韦苏州律诗似古，刘随州古诗似律，大抵下李杜韩退之一等，便不能兼……（随州诗其笔力豪瞻，气格老成）与子美并时，其得意处，子美之匹亚也。"⑤

（4）关于韩柳

其云："柳柳州诗，字字如珠玉，精则精矣，然不若退之之变态百出也。"⑥ 又："杜子美、李太白、韩退之三人，才力俱不可及，而就其中退

---

① 丁福保辑：《历代诗话续编》，中华书局1983年版，第454、455页。
② 同上书，第453页。
③ 同上书，第454页。
④ 同上书，第459页。
⑤ 同上书，第460页。
⑥ 同上书，第459页。

之喜崛奇之态，太白多天仙之词，退之犹可学，太白不可及也。至于杜子美，则又不然，气吞曹刘，固无与为敌……如'刺规多谏诤，端拱自光辉。俭约前王体，风流后代希'，'公若登台辅，临危莫爱身'，乃圣人法言，非特诗人而已。"① 张戒以为柳不及韩在于不及韩之气力，在唐代从气力上说，只有韩愈可与杜甫相比，但仍不及杜的"气吞曹刘"而有韵，韵与气完美结合。

张戒在《岁寒堂诗话》中还谈了杜牧、李贺、李义山、温庭筠，他们在杜甫的门庭前各有所短。其云："杜牧之序李贺云：'骚人之苗裔'。又云'少加以理，奴仆命骚可也。'牧之之论太过。"② 他认为李贺"以词为主，而失于少理"。对于杜牧，他评曰"牧之专事华藻"，把杜甫与李商隐放在一起比较时，认为在"言近而旨远"方面差强，但意不及也；把他与温庭筠比较时，又认为庭筠"其意无礼，其格至卑，其筋骨浅露"，甚至于"与牧之诗不可同年而语"。从上面标举的数条看，或有与杜甫比较者，或未作比较，但不管怎样，我们均感到张戒是以韵味才气等来推举杜甫作为标杆的。换言之，杜甫的独特作用正是在以韵味才气为框架的论述中逐步明晰起来的。

通过列举我们还发现，张戒所强调杜甫的气，最主要还在于全面触及了他要标举的气的内涵。比如强调气要大，要正，要有儒家内蕴，内涵要充实。并且是以气为标格，全面推出杜甫，也正是从这个意义上，他得出结论以为杜甫获得"删诗之旨"。

纵览一部《岁寒堂诗话》，张戒近于讴歌式地指出获此"删诗之旨"的杜甫，充分体现在诗歌行为及诗歌效应上。约言之如下：

从功能来说，张戒以为：

第一，杜甫能诗尽人间兴。张戒通过从语言风格、抒情方式和题材等方面比较了其他诗人"不知一切皆诗"的局限，指出杜甫的不同在于："在山林则山林，在廊庙则廊庙，遇巧则巧，遇拙则拙，遇俗则俗，或放或收，或新或旧，一切物，一切事，一切意，无非诗者。"张戒援引杜甫

---

① 丁福保辑：《历代诗话续编》，中华书局1983年版，第453页。
② 同上书，第462页。

的诗句"吟多意有余"、"诗尽人间兴"来概括了杜甫的这种不同。①

第二，杜甫诗特一时情韵，不可预设。既是触景生情，又能海涵宇宙。这在于杜诗通篇出于胸襟。张戒在论及"杜之雄犹可以兼韩之豪"时认为这是因为杜诗是"从胸襟中出也"。② 在卷下论及《自京赴奉先县咏怀五百字》时云："此与诸葛孔明抱膝长叹无异，读其诗，可以想起胸臆矣。"③

从表现上看，张戒以为杜诗往往具备如下审美特征：

第一，总体来讲，气象廓然。张戒在卷下"江陵望幸"条云此诗"气象廓然，可与两都三京齐驱并驾矣"④。综观杜诗，此一评语亦甚相宜。

第二，具体到不同诗体看，其叙事诗则传神韵，褒贬自现。卷下"冬日洛城北谒玄元皇帝庙"条云："但直叙其事，是非自见，六义所谓赋也。"又，"剑门"条云杜诗"不待褒贬，而是非自见矣"⑤。其咏物诗则"高得其格致韵味"。卷下"江头五咏"条云："咏物者要当高得其格致韵味，下得其形似，各相称耳。"⑥

三 对山谷学杜的评估

其实张戒用意非常明确，我们从他诗话亦能清晰看出，即反思江西诗派以来的学杜之弊，换言之，一部诗话张戒对江西诗派前的各家诗评论尽管思路飞扬，但均只是此思路铺开的背景，彻底反思江西诗派的不良尊杜习气以达到呼吁走上尊杜正途才是张戒的目的。按照北宋世俗普遍的说法，杜诗到山谷而光大，此在张戒并不以为然，在他看来，山谷并未得杜甫之髓。

张戒首先指出杜高于山谷的地方其实还有很多，比如：

（1）以为山谷不如杜"吟多意有余"、"诗尽人间兴"，"一切物、一切事、一切意无非诗者"。⑦

---

① 丁福保辑：《历代诗话续编》，中华书局1983年版，第464页。
② 同上书，第453页。
③ 同上书，第467页。
④ 同上书，第472页。
⑤ 同上书，第466、470页。
⑥ 同上书，第471页。
⑦ 同上书，第464页。

（2）山谷不如杜更深知诗以咏物为工，言志为本。

（3）杜甫以气为主，"对景亦可，不对景亦可"。① 他的过人之处在于将天下情景尽笼在浩气之中。

其次，张戒指出，与杜相比，山谷：

（1）不知真源，不明真源。

（2）专以用事押韵。

（3）为文造情。

因此在张戒看来山谷与杜甫相比有雅俗之别，有境界高低之别。

最后，在做了这些区别后，张戒又以"思无邪"从整体境界上概括出杜甫高过山谷处。张戒以为，杜诗思无邪，不落邪思；而与之相比，鲁直则邪诗之尤者，读之足以荡人心魄。② 杜甫诗有可学者，有不可学者，学杜非得明白此意不可，山谷正是有此结果，被张戒嵌上"扫地矣"之誉，而这些都应是世人理解山谷学杜所必须要知道的。

四 "可叹"一条的张戒之意与厚重性

《岁寒堂诗话》最后有"可叹"一条，在本文看来，既可以看成是张戒对杜诗思考的总结，亦可以看成是他以杜诗为平台寄在该诗话中的深层意蕴，是从强调"删诗之旨"而寄期望于自己的诗话能裨益时代。这一点张戒自己是非常明确的。

其云："观子美此篇，古今诗人，焉得不伏下风乎？忠义之气，爱君忧国之心，造次必于是，颠沛必于是，言之不足嗟叹之，嗟叹之不足，故其词气能如此，恨世无孔子，不列于《国风》、《雅颂》尔！"③

该诗话写在两宋易替之际，由此不难看出有浓厚的历史感与杜甫情结。首先，该诗话中浓厚的南渡意识有所谓荆棘铜驼之悲。前面讲过，如果说张戒的意义在于以上面的种种比较为基础，努力超越江西诗派诸多关

---

① 丁福保辑：《历代诗话续编》，中华书局1983年版，第468页。
② "鲁直虽不多说妇人，然其韵度矜持，冶容太甚，读之足以荡人心魄，此正所谓邪思也。"见丁福保辑《历代诗话续编》，中华书局1983年版，第465页。
③ 丁福保辑：《历代诗话续编》，中华书局1983年版，第474、475页。

第四辑 诗情与画意

于杜诗的议论,从一个崭新的角度,重新解读了杜甫,那么张戒的成功在于努力抓住少陵所包含的有益于自己时代的特点。《岁寒堂诗话》卷上云:"韩退之之文,得欧公而后发明;宣公之议论、陶渊明柳子厚诗得东坡而后发明;子美之诗,得山谷而后发明。"① 这样的结论说明张戒一方面承认其诚然,一方面又指出杜诗《壮游》、《北征》、"眼枯却见骨,天地终无情"此等句是子美诗中不可学而山谷没能领会的。而这正是张戒要发挥杜诗的角度及超越江西诗派的地方。

其次,若再联系一下江西诗派来看,张戒创作此诗话时已是一片标举江西诗派的氛围,张戒以独标子美所涵容的删诗之旨的特异处,在于找寻超越江西诗派而达杜的新途径,这也是其具有历史感的所在;如果说江西诗派强调胸次,那么张戒特别能从儒学意义与主体胸襟间关系的角度,找准杜甫气的涵容,其云:"诗文字画,大抵从胸臆中出,子美笃于忠义,深入经术,故其诗雄而正。"② 只要仔细思考一下,就不难知道这两方面应当就是张戒推杜,绕开江西而推杜的独特成就。如果说在宋学的背景上,一代诗人均注意了主体的性情,那么张戒的意义又在于特别注意到了为诗主体性情之正。如果说在宋学的背景下,一代士人均以推韵而雅致,那么张戒的意义在于强调气而呼吁雅致以至于浑厚。虽然在此张戒没有对山谷做"同情的了解",看不到山谷对少陵阐释的成功处,亦因此就失之偏颇,不无遗憾。

张戒在卷下用上述标准再聚焦杜甫,其观点思路应该说是对卷上的补充,如果说卷上是理论的建立,那么卷下则是理论的运用,而此运用过程总的思路就是想更明确从此而推出尊崇杜甫的新思路,最终达于通过杜甫弘扬出儒家言志内涵的目的。在本文看来,张戒此作的目的从根本性上说,起着呼应理学在易代之际的作用。

再次,张戒的该诗话问世时,理学已经成熟,理学家各派的思维已经纷纷进入了第二阶段,即向审美转型升华。山谷与其师苏轼,从道学角度说,均是蜀学,是道学的一支。在笔者看来,苏轼对道学的贡献,除了建

---

① 丁福保辑:《历代诗话续编》,中华书局1983年版,第463页。
② 同上书,第459页。

立蜀学外,还在于把自己的道学成就向审美方向转移。① 山谷作为苏轼的门人,终于与苏轼一起确立了属于蜀学的审美旨趣,建立了既相互关联又各有特征、所长的审美模式。这其中,苏轼发掘陶诗,找回从陶渊明到韦应物、柳宗元间远韵;山谷以忌俗、尖新、胸次寄期望于杜甫与陶潜的完美结合。

对于这一点,张戒不是不知道。《岁寒堂诗话》更是致力于指出自己与他们的不同,即从"删诗之旨"来阐释杜诗,从《诗经》、《古诗十九首》、曹子建来归纳杜诗的传承。努力论证这两方面才是杜甫的价值所在。

最后,一部《岁寒堂诗话》张戒想要得出的结论是杜甫独得了删诗之旨,这一点不仅是苏黄没有强调的,也是杜甫高于渊明,不同于李白、韩愈等的地方。而世人所不知之者亦正在此,张戒云自己所要刻意强调的正在于此。

若准确把握张戒这种学杜的价值所在,笔者认为应将《岁寒堂诗话》与《沧浪诗话》联系起来看,两大诗话共同之处在于均欲致力于超越江西诗派,而其成就则均是于江西诗人的法式、趣味之外,以所标举"气象"、"言志",真正达到了超出江西诗派建立起知杜、学杜、崇杜;知气象、感悟气象,进而知唐、学唐,从一个新角度向唐人看齐的新内涵。笔者认为,这无论是出于有意还是无意,在理学面临新挑战,江河日下之时,正好起到与道学相呼应"为天地立心"的理论意义。这就是说,张戒、严羽的创造性正在于从诗话的角度表现出他们自己在新的历史条件下的儒学立场,表明儒学在此时的新转向、新渗透,儒学在新背景之下向审美层面的升华;也同时意味着体味唐诗、体味杜甫于江西诗派以外新开局的初步形成。

---

① 此处可参阅笔者《苏轼和陶诗与北宋文人词》(安徽大学出版社 2010 年版)一书中的有关论述。笔者以为,到元祐时代,道学家实现了向审美领域的软着陆。

范成大《梅》、《菊》二谱的审美成就与南宋文化背景

明神宗万历年间，集雅斋主人新安黄凤池辑成《梅竹兰菊四谱》，准备作为学画人的范本刊刻流布。他的好友文学家、书画家陈继儒在其上题签曰"四君"，从此"梅竹兰菊"以"四君子"之称不胫而走。

杨林坤先生在他集校的《梅兰竹菊谱》[①] 的前言中有云："虽然梅、兰、竹、菊四君子并称较为晚近，但四者进入中国人的审美视界，成为文人士大夫精神生活向往的高标却是早已有之，源远流长。"诚然，在中华的原典之中，特别是魏晋以来的文人资料中存有各种丰富的赞叹四君子方式并留下大量的资料。这其中有一种方式及资料不能忽视，即谱。有一个做这种资料的诗人更值得我们关注，即南宋诗人范成大。

查阅资料不难注意到范成大在其晚年（淳熙年间）致仕隐居故里时曾为四君子中的两种做过谱，即《梅谱》、《菊谱》。我们说这无论对挖掘作为一个诗人的范成大其审美特征，审美体现在他本人及与南宋时各环节的内在关联，还是就探讨南宋的审美进程来说，均是一个很值得玩味的话题。

一

若联系细读这两部谱，将两部相对照，不难发现，范成大思路应有以下特点：（1）对两部谱，范成大有着共同的审美价值趋向。（2）两部谱各自有各自的侧重点。若再把这两个特点展开一点又不难发现，两部谱审美

---

① 杨林坤、吴琴峰、殷亚波：《梅兰竹菊谱》，中华书局 2010 年版。

的共同点在于均强调风致,亦即范成大强调梅、菊在风致意义上的一致。其在《梅谱》中有云:"梅以韵胜,以格高……观杨氏画大略皆气条耳,虽笔法奇峭,去梅实远,惟廉宣仲所作,差有风致……"① 其在《菊谱》后序中有云:"甘菊……撷以作羹及泛茶,极有风致。"②

两谱均强调韵趣,强调从韵的角度切入挖掘其涵容。其《梅谱》叙《江梅》有云:"江梅……凡山间水滨,荒寒清绝之趣,皆此本也。花稍小而疏瘦有韵。"③ 其《菊谱》云:"白麝香似麝香黄,花差小亦丰腴韵胜。"④ "叠罗黄状如小金黄。花叶尖瘦,如剪罗縠,三两花自作一高枝出丛上,意度潇洒。"⑤

尤其是范成大均刻意于发掘其独特。所谓独特在于范成大在两部谱中表现为均努力刻意挖掘其色、象、态,从而使梅、菊以一种特殊、特别进入审美视线。在范成大看来,无论对于梅还是菊来说,无论从色香味哪个角度来看独特在它们身上均有体现,而这是范成大最关注和刻意强调的。比如,就香味来说,他说百叶缃香梅散发的是"另有一种芳香"。蜡梅"香极清芳"。说万铃菊香烈所谓"花端极尖,香尤清烈"。这其中范成大以为木香菊芳气最烈。

再比如说态。他称喜容菊"花心极小,花中色深,处微晕淡,欣然斗艳有喜色"。⑥ 称重叶梅"叶重数层,盛开如小白莲,梅中之奇品"⑦。

在我们看来,在南宋理学的、审美的心态均已成熟的背景下,诗人范成大在对四君子进行阐述时,如果说以梅菊之同隐喻了他心目中的审美价值、审美理想,那么,他在阐述中更以所挖掘的梅菊不同表现出他对二者审美特质体悟得深入与细致。

比较一下二谱,我们会发现范石湖对梅、菊二者的不同阐述得更具体

---

① 杨林坤、吴琴峰、殷亚波:《梅兰竹菊谱》,中华书局2010年版,第30页。
② 同上书,第251页。
③ 同上书,第5页。
④ 同上书,第242页。
⑤ 同上书,第211页。
⑥ 同上书,第232页。
⑦ 同上书,第16页。

第四辑　诗情与画意

周密，更能见出他审美观的深刻与贴切。我们只有联系二谱，将同与不同交织在一起才能更立体地见出范成大笔下它们的审美风范。关于二者不同范石湖的观点至少如下：

对于梅，范石湖首先是定位其为尤物以描述之的，基于这个定位，石湖从审美上主要标举了梅的两个特色，其云："梅，天下尤物，无问智贤愚不肖莫敢有异议。"① 又云："梅以韵胜，以格高，故以横斜疏瘦与老枝怪奇者为贵。"②

其次，在对梅做这种定位之后，石湖又打破各种梅花的界限，总结推出以下几种梅所结成的独具之美，它们分别是荒寒清绝，疏瘦有度，丰腴妙绝等，并且指出无论哪种梅均是因此而格高韵胜以立世的。

再次，石湖特别强调宜从梅格角度来理解梅质，从资料中我们不难查到他对蜡梅与红梅的此种态度，体察出他关于梅格强调的自觉性。比如，红梅他以为"标格尤是梅"，范石湖为什么会这样认为？我们可从石湖曾经写过几首关于红梅的诗中找到原因，在石湖诗集卷六中有《次韵知君安抚元夕赏倅厅红梅三首》与《新安绝少红梅惟倅厅特盛通判朝议召幕僚赏之坐首有诗亦赋古风一首》均非常集中地谈了他从格入手体悟红梅的美，发现他对梅花情有独钟的原因。略之如下："虽然媚荡新妆别，只与横斜旧格同。""酒阑且驻纱笼看，慢破团上一璧龙。""疏影有情当洞户，蔫香无语堕空杯。"③ 又这种美在《新安绝少红梅》中被表现得更灵趣。比如其云："别有横枝照林薄。"又云："别乘胸怀有风月。"从上面来看，范成大无不是从品格入手而发掘其美的。

与对梅的态度相比，对于菊范石湖首先是定位其为君子描述之的。其《序》云："山林好事者，或以菊比君子，其说以谓岁华晼晚，草木变衰，乃独烨然秀发，傲睨风露，此幽人逸士之操，虽寂寥荒寒而味道之腴，不改其乐也。"④

---

① 杨林坤、吴琴峰、殷亚波：《梅兰竹菊谱》，中华书局 2010 年版，第 3 页。
② 同上书，第 30 页。
③ 同上书，第 73 页。
④ 同上书，第 199 页。

杨林坤先生发挥这一段云:"菊花不争芳艳,不媚世俗,恬淡自然,不能惠民济民,这种'出世超然'与'入世积极'的双重品格,将'穷则独善其身,达则兼济天下'的儒家精神诠释得淋漓尽致。其坚贞淡泊,豁达乐观的节操最为中国古代文人士大夫所雅重。因此,与其称为'花中隐士',莫若誉为'儒花'更为贴切也!"

我们认为杨林坤先生这一段发挥很准确,非常符合从魏晋到北宋,一直以来中华儒者或以玄学或以道学对菊的阐释。

范成大作为一个宋代的儒者,对菊花的阐释非常符合道学精神。在定位菊花为君子之后,从审美上他推出菊花主要有两种美,即意度潇洒,萧散清绝。其叙叠罗黄云:"叠罗黄状如小金黄,花叶尖瘦,如剪罗縠,三两花自作一高枝出丛上,意度潇洒。"① 其叙"莲花菊"云:"莲花菊,如小白莲花,多叶而无心花头疏极萧散清绝,一枝只一苞,绿叶亦甚纤巧。"(该书第236页)这两种美正是宋代道学反复倡导、提炼、标举的。

其次,在以儒视菊问题上范成大特别倡导从天地之正来感悟、理解、品味菊花,他以为:"菊有黄白二种,而以黄为正,洛人于牡丹独曰花而不名,好事者于菊亦但曰黄花,皆所以珍异之"。

范成大的《菊谱》中,有一种叫"胜金黄"。其云:"一名大金黄。菊以黄为正,此品最为丰缛而加轻盈。"(该书第207页)又有一种菊花叫麝香黄,其云:"麝香黄,花心丰腴,傍短叶密承之,格极高胜。亦有白者,大略似白佛顶而胜之远甚。"② 从这些描述中可以见出范成大在论述黄菊时的激动。可能在范成大看来,此种菊所以美在于透过它可以令人直追道学传统、联系天人之学。换言之,范成大是从天地之正来评品此种菊花之美的。

从范成大诗中,我们也能见出他等待黄菊开放时的敬畏。其《菊楼》诗云:"东篱秋色照疏芜,挽结高花不用扶。净洗西风尘土面,来看金碧万浮图。"(《石湖集》第316页)

与黄菊相应,范成大亦列出了几种杂色菊,指出他们虽各有情态,但并没有再言它们的高贵。可能此是与他关于正的标准有关。

---

① 杨林坤、吴琴峰、殷亚波:《梅兰竹菊谱》,中华书局2010年版,第211页。
② 同上书,第212页。

第四辑　诗情与画意

范成大的《梅》、《菊》二谱在给四君子中的梅、菊造像传述时不仅以刻意表现了其特别的审美涵容，而且在观物取像方式上也表现了其审美的特殊性。至少有以下特点：

（一）范成大在二谱中用以对梅、菊挖掘、捕捉的方式并不是一般意义上以我观梅、菊，而是以物观物，这与其说是谱的特质，不如说是范成大的刻意表达方式，即视梅、菊为天地之间的物质与精神实在，是在天人宇宙之中的自我呈现，换言之，在谱中，无论梅、菊，在天人宇宙间无不以它的特质自在凸显，从而让人去感悟其精神的圆融、自在、内在，此即所谓主体性。如果说范成大注重从色香味态等各层面来挖掘、捕捉其个性特征。那么他更注重从这种主体性的高度来勾勒其精神与气质。特别重要的是范成大很好地把握住了这一点，是处于深刻自觉的，故与其说他是从色香味态对梅菊进行勾勒，不如说他尽可能立体地让其以色香味态而自呈。而我们与其说读他的梅、菊二谱，不如说是在观赏他所切入描绘的宇宙精神。

试读其《梅谱》所描绘的"江梅。遗核野生，不经栽接者。又名直脚梅，或谓之野梅。凡山间水滨，荒寒清绝之趣，皆此本也。花稍小而疏瘦有韵，香最清，实小而硬"。[1]

又"鸳鸯梅。多叶红梅也。花轻盈，重叶数层。凡双果必并蒂，惟此一蒂而结双梅，亦尤物"。[2]

其《菊谱》描绘云："垂丝菊。花蕊深黄，茎柔细，随风动摇，如垂丝海棠。"[3]又"叠金黄。一名明州黄，又名小金黄。花心极小，叠叶秾密，状如笑靥。花有富贵气，开早"。[4]

（二）注重回融天地宇宙精神来勾勒梅菊之姿的背景，也即以天地宇宙为背景来聚焦梅菊。如《梅谱》中叙古梅云："古梅。会稽最多，四明、吴兴亦间有之。其枝樛曲万状，苍藓鳞皴，封满花身。又有苔须垂于枝间，或长数寸，风至，绿丝飘飘可玩……花虽稀，而气之所钟，丰腴妙绝。"（该书

---

[1] 杨林坤、吴琴峰、殷亚波：《梅兰竹菊谱》，中华书局2010年版，第5页。
[2] 同上书，第26页。
[3] 同上书，第216页。
[4] 同上书，第208页。

第12页)

其叙红梅："标格犹是梅，而繁密则如杏……与江梅同开，红白相映，园林初春绝景也。"

其叙《菊》云："又其花时，秋暑始退，岁事既登，天气高明，人情舒闲，骚人饮流，亦以菊为时花，移槛列斛，萃致觞咏间，谓之重九节物。"所有这些均让我们看到一个完整的节候、时令、氛围，让我们感到梅菊因意义所沟通的中华文化深层面。

（三）注意櫽栝北宋以来的道学学人的成就，尤其注重吸纳蜀学成就及元祐文化①，从而让我们能感到范石湖心目之中息息血脉的内质，能触摸延续于范成大审美中的道学精粹。这一点我们不仅可以在二谱之中范石湖所反复强调清、韵、标格等概念上见出，也能从联系在二谱中石湖反复举证的从陶渊明、陶弘景、陆龟蒙到苏轼、山谷等追求中见出。不难看出，在对中古以来的神情逸韵的阐释与传承上石湖自觉表现出与他们一脉承传的关系，从而我们有理由称范石湖审美观与宋代道学存在密切关联。

总之，在我们看来，范成大在二谱中使用和呈现出的是宋代道学中人惯用的方法。范成大所及也正好是宋代道学家的问题域。把这些拉回到整个宋学的进程来看，范石湖是以极其平淡娴熟将对梅菊的叙述、理解放到此问题域中的。范石湖的意义在于能依托此问题域将宋初以来几代学人对梅菊的阐述做了创造性的总结。

二

范成大所以能如此深入贴切地依托此问题域，推究起来既有时代的原因，又有范成大个人的原因。

首先，看时代原因。我们知道从宋初开始有宋几代学人对梅花、菊花表现出持续地关切。不难发现，随着道学的成熟，几代士人越来越刻意于聚焦对梅菊的特写，努力挖掘、转换越来越成熟的道学精神以充实梅、菊

---

① 元祐是北宋哲宗年号，元祐时代宋代道学各家的理论均已成熟，各家均逐渐能以成熟的理论充实着人生观、审美观，这其中以蜀学学派最突出经典。关于此，亦可参阅本书《山谷一生思想演变过程及评估》一文。

第四辑　诗情与画意

的内涵,阐释其精神特质。就梅而言,宋初林逋以对其的创造性的关爱有梅妻鹤子之誉,此后,欧阳修、梅尧臣就此展开了关于林逋的讨论。① 此讨论一直延续到苏轼为文坛领袖的时代。苏轼名句"天然地,别是一番风流标格",(《荷花媚》)"尚余孤瘦雪霜枝"(《定风波》)以标格论梅,将梅推到最高的审美品格。与梅相比,菊花本是晋宋间陶渊明心境与精神的隐喻。随着苏轼、山谷对陶渊明的重新解读,② 菊花、重阳等一直以它的节令、物态、品格成为此后历代士人表达自己疏淡性情的切入口。

宋代士人的这种做法以一个不十分恰当的比方有点像西方的后期印象主义如塞尚、梵高、高更等这些人。即文人笔下对风物意象越来越聚焦,对各种物象的玩味品评不再仅以宽度、广度,而以深度与刻意切入取胜。③ 如果我们这个比喻正确的话,那么我们说北宋以来几代士人一直有的这个思路在范成大这里无疑也有了体现。他于晚景有意为梅菊作谱虽还有不少原因,但不能不说也是这种思路的延展,或者说是思路在南宋士人那里的呈现。范成大的创造性在于对所谱述的梅菊以萧散充实,以丰腴充实,以与天地之正相应充实,从而真正体现道学精神的日常生活化。

其次,从范石湖自身的原因看,我们知道宋代道学的这种追求平常日用,讲究从身边日常感悟天理的理念,在元祐以后已经成为士人的自觉意识。到了南宋四大家时代士人更是有此自觉。此也是梅菊等之所以被聚焦的根本原因。如果说元祐以后士人依托道学找到了平常日用的真实魅力,如果说此种理念促使士人对梅菊等聚焦越来越自觉,那么在范成大这里应是对此自觉的升华。他使此理念更贴近、更聚焦、更生活化,找准了隶属于自己的平常日用的切入口。总之,他以对梅菊的独特喜好真正意味着宋代道学中人所体贴的平常日用更袖珍化了。

从《范石湖诗集》中我们知道,石湖有太多的诗情是以梅为背景而建

---

① 据蔡正孙《诗林广记》载:"王晋卿云:'和靖"疏影、暗香"之句,杏与桃李皆可用也。'东坡云:'可则可,但恐杏花桃李不敢承当耳。'"又:"山谷云:'欧阳文忠极赏林和靖《梅》诗"疏影""暗香"之句,而不知和靖别有"咏梅"一联"雪后园林才半树,水边篱落忽横枝"似胜前句。'"中华书局1982年版。
② 张兆勇:《苏轼和陶诗与北宋文人词》,安徽大学出版社2011年版,第221—239页。
③ [意]文杜里:《走向现代艺术的四步》,徐书城译,中国文联出版公司1987年版。

立，或以梅为切入口而展开的。比如，①以梅感悟着时令消息。②以梅作为描写人情物态画面的支点。③以梅作为浑融诗味的媒介等。

如果说范成大毕生有"忽逐梅花行万里"①、"人向梅梢大欠诗"② 等的自觉，那么他在晚年以成熟的心态参禅，从更在高浑处将梅内在于自己，表达出所谓"罢参柏子庭前意，权作梅花树下僧"③，应是他在这个意义上的创造性。在这个方面石湖所体现出的特征若从道学角度说应是能越来越娴熟地立足于有限来感悟无限，越来越对此有诗性发挥。比如访梅即是他立足感悟的一个切实角度，能充分体现石湖这方面特点。不难看出，在访梅过程中范成大能异乎细腻地捕捉探梅、寻梅、品梅、认同梅等各环节，范成大云："拥鼻捻一枝，也道探春来。""只有梅花同调，雪中无限春风。"从这一点既可见出石湖审美的自觉，也可见出他符合道学的思维。

三

今天从范石湖的二谱所透信息看，关于二谱的美学价值至少可得出这样结论：

（一）到南宋中叶范石湖等士人这里，以道学价值观为背景的审美心态已经成熟，它至少表现为（1）将北宋初年即提出、此后道学各家不断充实其涵容的富贵问题再度提出来，并充实以新内涵。（2）更成熟有效地展开了对出处问题的理解，将其内在于生活、生命的日常。（3）更真实切实表明对忌俗与个性问题的感悟。

从美学史上我们知道富贵问题本是从《论语》就提出的老问题。早在北宋初年古文家那里，一代士人曾随赵宋王朝建立而提出来加以讨论过，其中晏殊、欧阳修曾以雍容闲雅与风流儒雅树立了两种士大夫富贵说的经典。据晏殊同时代人吴处厚《青箱杂记》载，晏殊即非常愿意思考富贵问题，其云："余每吟咏富贵，不言金玉锦绣，而唯说其气象。"此后道学各

---

① 《乾道癸巳腊后二日，桂林大雪尺余郡人云前此未省见也，郭季勇机宜赋古风为贺次其韵》，《范石湖集》卷十四，上海古籍出版社2006年版，第176页。

② 海云回，按骁骑于城北原，时有吐蕃出没大渡河上，《范石湖集》卷十七，上海古籍出版社2006年版，第242页。

③ 《戏赠勤长老》，《范石湖集》卷三十，上海古籍出版社2006年版，第416页。

第四辑 诗情与画意

家逐渐将富贵挪移至人生境界层面加以讨论充实。

与之相比，范石湖这里也不容忽视。范石湖意义在于更明确以天地之正作为富贵的内涵。尤其是以此种富贵对菊的萧疏进行再规范，此应是几代宋人的精神追求，是对唐人的升华，至此，宋代士人终于走出唐人元稹的萧疏境界。试比较一下，元稹诗："秋丛绕舍似陶家，遍绕篱边日渐斜。不是花中偏爱菊，此花开尽更无花"和《菊谱》中"胜金黄。一名大金黄。菊以黄为正，此品最为丰缛而加轻盈"，[1]"叠金黄。一名明州黄，又名小金黄。花心极小，叠叶秾密，状如笑靥。花有富贵气，开早"[2] 等范石湖借菊所有对黄色的议论。

从比较中看，石湖正是以黄为正，以正而接天地之气。以接天地之气而秾密，因而有富贵气。这样一来范石湖的创造性在于有效地融汇了北宋古文家以来，文人士大夫各家的欲求、理想，一方面追求天人气象，一方面追求活泼自在。一方面追求豪华雍容，一方面追求真挚质朴。富贵问题着实被充实了。

众所周知，出处问题是历代儒士愿意直面和最终要归结的问题。前面讲过范石湖是把菊花作为君子来阐释的，之所以如此在于从它的身上范石湖很大程度能发掘其内在着的出处理想。换言之，在范石湖看来，菊花能提醒世人了解出处是内在的。我们知道在宋代道学那里普遍追求着这样的生活模态，所谓当下即永恒，将超越建立于当下。我们无疑亦可从范成大对梅菊的解释中感到此种理念。即范成大所描述的梅菊同时具通天的逸气和鲜明的个性。在它们身上范成大之所以强调这个思路或从此角度切入，从根本上说就是这个道学出处观的折射。换言之，在石湖这里通过对梅菊的阐释很成功地落实了道学的这一精神。

仔细揣摩《梅》、《菊》二谱，如果说《菊》谱倾向于强调天道、天人观，那么《梅》谱更倾向于对个性精神的传递。忌俗与个性问题是一代尊崇道学的士人所反复标举的问题与所投入的思考。关于这一点在范石湖这里也很明确。石湖的做法就是将此有意寄于梅花素描，然后放回它们于它

---

[1] 杨林坤、吴琴峰、殷亚波：《梅兰竹菊谱》，中华书局2010年版，第207页。
[2] 同上书，第208页。

们的时空，在此时空中找寻它们的独特性、唯一性，从而实现对忌俗、个性的隐喻。试举一下看，如"重叶梅。花头甚丰，叶重数层，盛开如小白莲，梅中之奇品。花房独出，而结实多双，尤为瑰异。极梅之变，化工无余巧矣"。①"绿萼梅。凡梅花跗蒂，皆绛紫色，惟此纯绿，枝梗亦青，特为清高。好事者比之九疑仙人萼绿华。"② 推究起来无不是如此。

从《石湖诗集》中我们也能找寻到石湖以此种思路所渲梅花个性的各个层面：

如其诗《雪后守之家梅未开呈宗伟》："瓦沟冻残雪，檐溜粘轻冰。破寒一竿日，春随人意生。端叶再三白，南枝尚含情。定知司花女，未肯嫁娉婷。官居苦无赖，一笑如河清。落木露荒山，寒溪绕孤城。朝暮何所见？云黄叫饥鹰。东风不早计，愁眼何当明？北邻小横斜，藓地可班荆。凭君趣花信，把酒撼琼英。"③ 仅此一首即能见出梅花个性品格的各方面。

再如《上沙》："水边犬吠隔疏林，篱落萧森日半阴。繁杏锁红春意浅，晚梅飘粉暮寒深。"④ 即包含它的孤高、它的傲寒、它的脱俗，凡此种种，梅花傲世的独特与唯一。

（二）在北宋林逋曾以自己独特的爱梅方式为文艺留有"梅妻鹤子"一段美誉与佳话。范成大与北宋诸贤相比，无疑又将对梅菊的解释带到了一个新阶段。笔者下此结论除上面原因之外，还因为范成大的成就更多是处于思维的自觉，所谓"忽逐梅花行万里"、"人向梅梢大欠诗"。是更将之与自己性命的息息相通，所谓"疏影有情当涧户，蔫香无语坠空杯"⑤、"只有梅花同调，雪中无限春风"⑥。

另外，不难看出范石湖畅述自己与梅菊的关联细腻温润，与他诗的总风格高度一致。⑦ 联系诗中范成大流露出的感情看，虽很难知道他的审美

---

① 杨林坤、吴琴峰、殷亚波：《梅兰竹菊谱》，中华书局2010年版，第16页。
② 同上书，第17页。
③ 《雪后守之家梅未开呈宗伟》，《范石湖集》卷六，上海古籍出版社2006年版，第72页。
④ 《上沙》，《范石湖集》卷三，上海古籍出版社2006年版，第36页。
⑤ 《次韵知郡安抚元夕赏倅厅红梅三首》，《范石湖集》卷六，上海古籍出版社2006年版，第73页。
⑥ 《寄题林景思雪巢六言三首》，《范石湖集》卷三十三，上海古籍出版社2006年版，第443页。
⑦ 姜夔在《白石道人诗集》自序中有云："近世人士喜宗江西，温润有如范致能者乎？痛快有如杨廷秀者乎？"上海书店出版1987年版。

第四辑　诗情与画意

更倾向于梅还是菊。但无论梅还是菊在范成大的笔下均表现为：(1) 时时处处。(2) 更联系生活、生命。(3) 深细联系到每个日常侧面，让我们切实感到在范成大这里生活的审美化，艺术的生活化，艺术、生活、审美已绵密、温润，融为一体。

是理论盲区还是别出亮点

——怎样定位范成大诗思的历史个案

范成大作为南宋四大家之一，一生是在亲切刻意状态下为诗的。他的为诗特点在于并没有落入"出入江西"的时风、维度，也不以不同于江西诗风为旨趣，而是以一种更特别的方式传承着元祐精神。这一点在他的当代就为杨万里、陆游、姜白石认可。而清儒纪昀《四库提要》对之的结论则显得过泛。

范成大作为中兴四大诗人之一，在他的当代就受到四大诗人中的其他三家陆游、杨万里、尤袤的称誉，也受到同时代著名诗人姜白石等的赞誉，但可能是因为他谢世太早，也可能是他诗思的过于个案。故历代对他的评语虽确定、连续，但较少、泛化。

《范石湖集》一生共存诗1900多首[①]，和杨万里、陆游比较起来，范一生的为诗行为有两个显著不同：

（1）杨、陆二人均有一个诗话、杂著来阐释自己为诗行为或标举自己为诗见解。杨万里的是《诚斋诗话》，陆游的是《老学庵笔记》，而范成大却没有。

（2）杨、陆二人在一生的不少地方或自己结集或对友朋明确谈了自己的为诗体会，范成大也没有。就是说范成大直接论诗很少，以至于今日学者郭绍虞、罗根泽等在他们的文学批评史著作中虽对宋代爬梳细致，但无一语及范成大。

在看到这些事实的同时，笔者若继续追问还觉得很奇怪：首先，江西

---

① 富寿荪标校：《范石湖集》，上海古籍出版社2009年版。

第四辑　诗情与画意

诗派影响下的南宋之后整个朝野，士人为诗均处在对江西诗法的有意识状态：先是明确以意为主而创作，遵循法度而为诗，然后以理论的形式对其为诗的过程及意义加以干预与咀嚼。据资料不难知道，同时代的人杨万里这样，陆游这样，姜白石也这样，而范成大是否可以以这个特征来定位？其次，通读《石湖集》才会觉得，学术界虽经常将三个人比较起来探讨，但并没有挖掘好范成大。这是否是学术界对之的缺漏及由此而有的偏见？换言之，虽说范成大是中兴四大诗人之一，但学术界往往重点只谈杨陆两家，谈到范成大又只是片面，或以偏概全，或只取为陪衬，仅以为他是所谓田园诗人。

其实，只要通读《范石湖集》就不难会有这样的结论：范成大一生均是在主动亲切刻意状态下为诗的，深入下去会发现范成大有独立审美思维。换言之，范成大一生的成就应是他自己一生明确、自觉、亲切状态下的成果，此表现为：

首先，范成大一生有着异乎别致的审美旨趣、审美追求。他有非常明确的审美理念，并在此审美观指令下有丰富成就。而此又正是在为诗过程中展开并成熟的。其次，与陆游、杨万里一样，范成大同样是以诗承载着种种关乎人生问题思维的，这也就是说，他的审美也是以穿透人生为特征的。另外，还有特别重要一点，范成大除为诗之外，另有两本著作，即他的《菊谱》与《梅谱》。两部著作均值得从文艺学角度切入深思评估。我们甚或可以说此两部著作标志范成大虽无意于理论建设，但可以说能代表着南宋时代士人的审美成就，代表着南宋道学在审美领域的落实。[①]

以下想就上述结论做些陈述：

一　诗人、诗情、诗债

关于他毕生均在有意识状态下写诗的断语，主要就是指他在一生的不同时期诗作中交替重复着"诗人"、"诗情"、"诗债"这几个意象。

[①] 请参阅本书《范成大〈梅〉、〈菊〉二谱的审美成就与南宋文化背景》一文。

试举一些看:"宝林寺里逢修竹,方有诗情约略生。"(《题宝林寺可赋轩》)"天与麦垅犹悭雪,人向梅梢大欠诗。"(《海云回,按骁骑于城北原》)"诗债无边春已老,睡魔有约昼初长。"(《春晚卧病,故事都废,闻西门种柳已成,而燕宫海棠亦烂漫矣》)"诗人多事惹闲情,闭门自造愁如许。"(《陆务观作春愁曲悲甚,作诗反之》)

从上面列举不难得出结论,"诗人"者应能标明范成大一生均是自觉以诗人应世,是在自觉状态下写诗的。若进一步推其内涵,则在于他的理论和他的创作要么是谈何谓诗人,要么谈诗人何为?

至于放到南宋文化背景来评估其价值则可这样定论,假如说此时道学家已经以所建构的儒学充实了人格内涵,并有了明确的充实人格内涵途径。那么范成大则更是一个具此种人格的诗人,其品格与气质应有宋代道学的深层含融。

假如说,陆游、杨万里分别从"养气"和"矫世"等理念定格了诗人使命及诗歌形成,那么范成大则更与白石接近,更以一个诗人主体本身的狷介向世人呈示,向世人表白诗人自己,他的诗歌则是性情的外化。

范石湖在众多的人生境遇中尤其注意自我的诗情触动与捕捉。这一点与杨陆一样,即范石湖也注重从日常生活境遇之中展开对人生的玩味,捕捉其理趣,以至于表现出无奈,有所谓"还诗债"等消极念头。但与陆游、杨万里相比,范成大更有意于咀嚼人生真味,特别是更刻意在此将数个无奈切入至"此心安处"这个平台上,这就越过了单一的诗人定义,从扩大一层面感悟人生。

关于他的审美旨趣,纵观《范石湖集》,我们不难发现,在石湖诗作中北宋以来几代士人反复积累、积淀、圆融的审美意象几乎均有涉及。诸如风流、丘壑、胸次、赏心、卧游、苍烟、萧散、清赏等,凡此种种。举例如下:"风流岁晚嫌杯酒,文字功深得鬓霜。"(《送陈朋元赴溧阳》)"万境何如一丘壑,几时定解冠裳缚。"(《胡宗伟罢官改秩,举将不及格,往谒金陵丹阳诸使者,遂朝行在,颇有倦游之叹,作诗送之》)"胸次饶渠有廊庙,梦魂叵使无江山。"(《次时叙韵送至先兄赴调》)"赏心满眼伴闭户,天风夜下扶车轮。"(《寄题潭帅王枢使佚老堂》)"闲展两乡图画看,卧游何必减深登。"(《丙午新正书怀十首》)"谁将横笛叫苍烟,无限惊波翻白雪。"(《过松江》)"向来南岳师,自谓极萧散"(《李仲镇懒窝》)"江上西风动所思,又将清赏负东篱。"(《重九独坐玉麟堂》)

从上面的举例来看:

(1) 这些意象在范成大这里是与元祐以来众多以道学为思想、为性情背景的诗人诗中所使用时内涵是高度一致的。

(2) 这些意象在范成大诗里不是一个逐步成熟的过程,而表现为遍布一生随时触及而出的特征,这说明与陆、杨一样,范成大有一个自己关于元祐文化吸收的切入口。这个切入口能让他以自己的方式紧跟着时代,紧承着文化流变,从而既不为时代淘汰,又不为时代窠臼所左右。例如江西诗派所倡导的"句法"在范成大的思维中也出现,如:"交情敢说同方友,句法甘从弟子员。"(《次韵严子文旅中见赠》)"新诗往往成故事,至今句法留沧州。"(《爱雪歌》)但毫无疑问"句法"一语在范成大的诗作中已经淡到看不见的程度,这说明江西诗派的句法问题,范成大对之的真实态度是若即若离。尤其是,范成大在利用这些概念时不是没有创意与领会,而是让这些概念范畴随自己意念转动,此也可以说是"活法",是范成大的"活法"。

(3) 由于他较多、较浓地使用上述这些意象以至于自然贴切,遂使元祐精神在他这里变得温润,这是大家公认的。换言之,如果说元祐文化由于它自身的创造性在南宋已经变成普世精神,那么范成大是以温润承转之的,这正好与杨以趣味承转、陆以豪情承转相呼应,从而各以一种精神含融方式而秉持元祐的精华,其结果均起到引领时代风气、景象与意义的价值。

(4) 偏安江南,在辛稼轩、马远、夏圭之前,范成大较早地以"残山剩水"意识来充实元祐文化氛围与江西诗派精神,从而再充实了其新含融,使此被充实的氛围能更准确地再现那个时代的真实相,更真实、贴切。

关于以审美穿透人生这一特点也很显著,如果说"安身立命于何处"是他毕生思维的刻意处、光亮处,那么他晚年又渐次把此朝向以佛禅为背景来聚焦,使之升华为审美,然后从审美的立场介入对人生的考论。

比较一下，不难知道：

在四大家诗人之中，尤袤除外，如果陆游算是最接近真儒，杨万里是儒禅交汇，那么范成大那里禅的因素显然居多，如他自己所说："生平人比似维摩，试比屠王不曾过"（《体中不佳偶书》）。他在诗中多是直接以禅表达着对人生理解的。他的一生亦出亦处、亦道亦禅：例如他所谓"壮岁故多病，老年知不堪。何须看公案，只此是真参"。（《初秋二首》）又例如《重九日行营寿藏三地》有最著名的两句诗"纵有千年铁门槛，终须一个土馒头"。这些均成为他之后士人要达到的人生实相与境界。

笔者认为，即便是撇开中兴思潮背景，把问题放到更宽泛的问题域中看，范成大都算是深刻的，比如，拿他与被他反复推举的坡公相比，① 坡公经常在诗中将人情逗留于何以入禅的沉闷之际。范成大则是直接入禅，将心事留在诗外，从而让读者把整个南宋作为他为诗与参禅的背景。这就是说，他的有些诗虽几乎就是禅偈，但是我们能感受到巨大的时代信息包容。例如《次韵李子永见访》，例如《题南塘客舍》："闲里方知得此生，痴人身外更经营。君看坐贾行商辈，谁復从容唱渭城。"即亦领悟自己，亦透察别人；亦考论人生，亦批判社会。个中即有巨大的包容性。

与坡公相比，范成大的禅悟还有一个非常明晰的特征即愈到晚景有愈加浓郁的参悟印迹，表现为并不回避，也并不刻意，而作为本真生活的从容自呈。还有一点就是，他既在行走坐卧中体验禅，也到山水田园去亲身体验着这种本真的生活。即如果说苏轼将禅悟散在平常日用中，那么范成大则经常将其寄在山情水驿中，山水田园的民风民俗之中，此虽不能说更超越，但更聚焦、更实情。

二 关于范成大风格与江西诗派批评语境

关于范成大与江西诗派的关系，需要搞清的是范成大出入江西诗派是

---

① 《范石湖集》卷五《次韵子文探梅水西，春已深，犹未开。水西，谓歙溪，而黄君谟州学记云频江地卑。盖此水为浙之源，正可谓之江也》有诗云："斟酌芳心正怯寒，有情真被无情恼。"又《次韵子文衕冲雨迓使者，道闻子规》有诗云："请歌苏仙词，归耕一犁雨。"

第四辑　诗情与画意

清人纪昀,以至于今人周汝昌等对他并不负责任地推论,① 范成大本人及历史上对他批评并非如此。笔者的理由主要有两点:

(1) 通览《石湖集》会发现范本人无意于加盟江西诗派,虽然在他的当代,江西诗派有极浓的批评语境。对于山谷,他虽很尊重,但仅止于以前辈而敬重,他曾路过山谷故里分宁,路过山谷晚年贬谪之地荆州,在那里,他也提醒过自己此处与山谷的关系。在《石湖集》中,他亦有效法山谷之体的诗篇,但亦止于单纯意义上的仿效,无意于向江西诗派靠拢。更准确的定义是他是淡化江西来说诗味的。所谓"若教闲里工夫到,始觉淡中滋味长"。(《怀旧寄题水艇》)

(2) 陆游、诚斋自己均有很清楚的以"出入江西诗派"为内容的专题坦白,他们均与范成大同时代且与范交好,他们亦很赞同范成大,但很明显,他们均是抛开了江西诗派来认定、赞同范成大的。并没有再将自己的评品思路套用范石湖。试举一些评论看:陆游《送范舍人还朝》有云:"(范致能)平生嗜酒不为味,聊欲醉中遗万事。酒醒客散独凄然,枕上屡挥忧国泪。"杨万里《寄题石湖先生范致能参政石湖精舍》:"不关白眼视青云,四海如今几若人。渭水传岩看后代,东坡太白即前身。整齐宇宙徐挥手,点缀湖山别是春。解遣双鱼传七字,遥知掉脱小乌巾。"

姜白石曾记载了尤袤先生对石湖的评价,其中涉及关于江西诗派问题,其云:"近世人士喜宗江西,温润有如范致能者乎?痛快有如杨廷秀者乎?高古有如萧东夫,俊逸有如陆务观,是皆自出机轴,亶有可观,又奚以江西为?"②

这里很清楚,姜夔赞同尤袤的深刻,并着意指出范有不同于江西诗派之处,而且强调此才是范成大的特征。

今人包括周汝昌在内,把范成大归入"出入江西诗派"一类可能是依托了《四库提要》的提示,但很显然是没有经过认真思考而沿用的,在这里想再具体地指证一下周汝昌的不严谨处:

---

① 周汝昌先生的观点可见《范成大诗选》序,人民文学出版社1984年版。
② 《白石道人诗集》自序,上海书店1987年版。

（1）提要说范成大晚年才归入江西诗派，而通常意义的所谓"出入江西"是指诗人早年学江西，晚年从中走出，显然在此提要所说范成大就和同时代其他诗人所通有的江西出入逻辑不一样。周汝昌就此断言"出入江西"就没加考虑。

（2）诚如周汝昌自己所指出的那样，苏黄并不是一回事，从《范石湖集》中可见范成大亲苏是有意识的，有一个从陶渊明、张志和、林和靖到坡仙的清晰师承心理印迹，但他并没有动辄即以法度、活法等"江西思维"来提携自己。

当然，也必须指出，包括钱锺书、胡云翼、刘大杰等关注过宋诗演进的学人均强调范成大完全不目江西亦没道理，亦没必要。笔者以为最准确的断语应是，到南宋这个时候撇开以法度论诗以江西归纳这一诗论维度，苏黄的元祐空气依然在士人心胸弥漫，是南宋士人更基本的审美取向，可以说范成大一生均在传承这种高雅的内涵、充实的审美旨趣。这就是我们能从他的诗里挑出大量清晰的能标志苏黄元祐审美旨趣例证的原因，或者说这也是本文下此断语的理由。历史上也有一些学人在乎过范成大的亲苏，但并没有显出这个认识的高度和宽容度，比如宋朝黄震仅仅是从文本的"开阔、痛畅、放浪岭海"（《黄氏日钞》卷六十七）探求他与东坡的关系的。而纪昀等清儒一边在痛斥着范成大的俗气，一边指出其晚年的近苏黄，更是思维混乱，完全没有顾及何之谓苏，何之谓黄，何之谓江西。在笔者看来，一方面绕开了江西法度、活法等问题的纠缠，一方面以更宏观、更玩味、更从容的心态来传承元祐精神，应是范成大的成绩。尤袤与白石讲他温润，方回讲他风流蕴藉，笔者以为应从此理会，才能切实回到范成大的成绩及真实。另外，关于尤袤、方回的断语除上面所论还有两点需要加以说明。

（1）在他的风流蕴藉里多有一层残山剩水的苍茫感，这应是元祐精神真的变相并依然体现元祐精神的生命力。

（2）我们说他丢掉了法度等窠臼去直接追求元祐文化精神，他能做到这一点可能与他的禅宗修养有关，可以说禅宗导致他放弃种种纠缠，直以面对面、事对事、结果通达结果。

三　关于杨诚斋评语

作为石湖的同年与诗友，杨诚斋曾著有长篇大论即《石湖先生大资参政范公文集序》[①]，可以说这是研究、洞察范致能最直接的原始经典材料。

从序中知此乃石湖有意委托诚斋而诚斋又极为认真的一篇，在该篇之中，诚斋首先赞其人品云："公风神英迈，意气倾倒，拔新领异之谈，登峰造极之理，萧然如晋宋间人物。"又诚斋赞其文的特长时云："其诗文之工，岂十日一水，五日一石谓也甚矣，文之难也；长于台阁之体者，或漓于古雅之风，残奏与记序异曲，五千与百千不同调，非文之难兼之者难矣。"诚斋言下之意，范成大的特点在能兼。至于怎样兼，诚斋亦有细致的说明："至于公，训诂则西汉之尔雅，赋篇有杜牧的刻深、骚词得楚人之幽婉，序山水则柳子厚，传任侠则太史迁，至于大篇决流，短篇敛芒，缛而不酿，缩而不窘，清新婉丽，奄有鲍谢，奔逸隽伟，穷追太白，求其双字之陈陈，一倡之呜呜而不可得也。"

从上面文字来看，诚斋之赞石湖首先是从其人品境界入手，以为他人品正，特别是风神英迈，萧然如晋宋间人物，显然诚斋是从玄学的意义上来肯定他的。

只要看一下以苏黄为代表的元祐文化就不难发现，苏黄等蜀党亦经常从玄学的意义角度来标举阐释自己的理论。这就是说，不论诚斋是有意还是无意，石湖均在这个意义上在他的当代被忝到了元祐文化的氛围上。但从上面资料亦可见，诚斋并没有再继续下去指出范成大性情诗风中的江西因素与更进一步的倾向，这很值得玩味，因为两相加在一起才是真石湖。我们可以说诚斋是越过江西来评品石湖的或者说他评石湖时完全没被所谓"出入江西"问题所纠缠。亦即作为最为知己的诚斋，一方面是越过江西评石湖的，而另一方面明确标举了石湖的萧然魏晋之风。

其次，在诚斋看来，假如说能兼是范成大的能力，那么能兼的效果则形成了"大篇决流，短章敛芒，缛而不酿，缩而不窘"的格局。

---

① 《诚斋集》卷八十二。

阅读到这里一般均能联想到刘克庄对南宋后期诗坛格局的描述，比如周汝昌先生就想到过刘克庄的著名断语："元祐后，诗人迭起，一种则波澜富而句律疏；一种则煅炼精而性情达，要之不出苏黄二体而已。"

拿到刘克庄的这个断语来比照诚斋对范成大的评价，会不难发现两种评论有惊人的相似，即诚斋所谓石湖的大篇决流相当于刘克庄所谓南宋诗坛的一种"波澜富而句律疏"，而刘氏所谓的"煅炼精而性情达"则相当于诚斋定论石湖的"短章敛芒"。

不过，在笔者看来，刘克庄的"不出苏黄二体"者在范成大这里则需要加以推敲谨慎对号。笔者觉得应当的表述是范成大最终由于能兼而超越了两体，形成了自己的风格。这里要特别指出他还有两个独特的能兼行为及成就，即短篇兼晚唐体，长篇兼了长庆体，因此更显出兼的从容不迫。总之，由于这种特立的能兼包融行为，范石湖最终形成风格是：

（1）缛而不酿，即丰富而内敛，从容自在。

（2）缩而不窘，即严谨简洁，但有丰富内涵。

（3）特别是由于兼及晋宋遗韵而能清新婉丽，奔逸隽伟。

我们说，也可能正是这样的特殊性让诚斋论及范石湖时并没有比靠着关于对江西的出入，而最多是借以欣赏其诗亦有自己标举的"自出机杼"活法，仅此而已。

四　关于《四库提要》的评语

从《四库提要》上看，尽管纪昀评价范石湖有思维的混乱，逻辑上的不统一等，但仍见纪昀还是想把自己的感觉尽量说清晰的。

泛览一下关于范成大的历代评，学人思维有一个显著的特点就是习惯将四大家合起来一总说开去。或是将他们各有特点并举，使结论形成于相互对比的思路中，在这方面最早、最典型的就是姜白石追述尤袤对他的评语。其云："先生（指尤袤）因为余言：近世人士喜宗江西，温润有如范致能者乎？痛快有如杨廷秀者乎？高古如萧东夫，俊逸如陆务观？是皆自出机轴，夐有可观者，又奚以江西为。"

纪晓岚从总的角度来说亦没有离开这个思维，其云："今以杨、陆二

第四辑 诗情与画意

集相较,其才调之健,不及万里,而亦无万里之粗豪;气象之阔不及游,而亦无游之窠臼。初年吟咏,实沿溯中唐以下。……自官新安掾以后,骨力乃以渐而遒,盖追溯苏、黄遣法,而约以婉峭,自为一家,伯仲于杨、陆之间,固亦宜也。"[1]

不过从上面引文来看,作为清儒,纪昀除了沿用了这个评价思路之外,还有一个特点即从追踪其诗风延变的角度,应当说两方面思路的叠加才是纪昀关于石湖的诗学。

纪晓岚最终将范成大的风格定位为婉峭,这种婉峭从特点上来说"其才调之健不及万里,而亦无万里的粗豪","气象之阔不及游,而亦无游之窠臼"。在纪晓岚看来,从形成的角度来说,婉峭应是范成大一生变换追寻的最终结果,依他的说法,范成大一生追逐过晚唐体、李贺之风,追逐过长庆体,直至成熟才最终形成了此种风格。至于这种风格的内涵,纪晓岚归结云:"骨力乃以渐而遒,盖追溯苏黄遗法而约以婉峭。"

从上述来看,我们一方面可见出纪昀思维的清晰,另一方面又能明显感到纪氏之所论应当还有许多可推敲的地方。

首先,纪晓岚把他与杨万里、陆游的区别完全归于天分显然失之偏颇和臆测,并且明显有清儒的诟病。[2] 笔者认为,即便有天分,但更主要还应在于他们因天分而选择了不同的审美追寻最终导致的差异。在笔者看来真实的情况应是,一方面他们遵守了共同的中兴时理学成熟背景,一方面他们各自随缘结缔了自己的审美观。

其次,纪晓岚把范石湖晚年归于趋向苏黄,亦显得太笼统,这里还需要从细说明。

(1) 亲苏是他的一贯做派,不是晚年才有。一生一贯亲苏,至晚年既亲苏而又能独立的结论也许能更准确把握范石湖对苏的态度。

(2) 亲苏所走出是一条撇开江西诗派而呼应元祐文化的途径,这一途径应才是石湖最光亮的地方。

(3) 因为亲苏,就并没有再去以"尊黄"来标举自己。

---

[1] 江庆柏等整理:《四库全书荟要总目提要》,人民文学出版社2009年版。
[2] 在清代诗话中,袁枚、赵翼等均强调过天才。

(4) 亦可能正因为这样，并在心灵上处于洞明，使其一生为诗均处在从容状态，而最终从苏轼的"人间有味是清欢"（《浣溪沙》）走到"人间有味是无能"（《戏赠勤长老》）。从"人生到处知何似，应是飞鸿践雪泥"的苍茫走到"纵有千年铁门槛，终须一个土馒头"的透彻。（《重九日行营寿藏三地》）

最后，纪昀将范石湖晚年归于江西诗派，笔者觉得他所下的这个结论其实内涵很单薄，且容易引起后来者的歧义和思维上的惰性，因为纪晓岚完全没有在乎江西与元祐、苏与黄、蜀学与南渡理学等关系问题的区别与联系，在意它们之间的更深、更隐蔽的含融。这不仅仅是纪晓岚的短见，也是清儒对宋儒态度的必然结果。

试论小山乐府的"破空"与"破有"

刘熙载论曲以"破空"与"破有"为至上，并以此为标准回应朱权继续推张小山为"词林宗匠"，刘氏批评深刻。小山乐府的价值在于以他的特别性传神地呈现了刘氏所概述出的这种审美趋向，也正是因为这一点，无论从中国山水艺术的审美，还是从后期元代士人对所谓宋元文化的传承来说，小山乐府均有它的特别意义。本文从六个不同方面试图指出小山乐府"破空"与"破有"的内涵、对马致远等前辈的新跨越，站在宋元文化大背景上看它的优势与不足，同时亦想把本文写作成把握刘熙载《艺概·词曲概》的实例。

张可久（约 1270—1348），字仲远、号小山，庆元人，据前辈学者考证，他年轻时曾以路吏转首领官，年七十余尚为昆山幕僚。小山称马致远为前辈，与卢挚、贯云石等词曲唱和，在元散曲作者中小山作品最多，存世小令 853 首，套数九曲。学界共识小山与梦符并为后期代表人物，明人李开先序两家小令云："乐府之有乔张，犹诗中有李杜。"[①] 笔者理、解是指他们二位乐府在乐府中影响大而言，并不是指风格上的相应。因为他们中的任何一个人均不能以风格和李杜对应。且李杜之间亦不是简单地能以风格相应，而有着自己特有的独立性，张乔也是。李开先亦可能正因为这一点指出小山更"句奇味长"（李开先称他的《古剑歌》）。

---

① 引自《全元散曲》，中华书局 2000 年版，第 755 页。本文所引小山乐府均据此书。以下引此书处只随文注页码。

（一）

关于小山小令总特征，涵虚子（朱权）以为"如瑶天笙鹤"[1]。并且解释其内涵云："清而且丽，华而不艳，有不吃烟火食气，真可谓不羁之材，若被太华之仙风，招蓬莱之海月，诚词林之宗匠也，当以九方皋之眼相之。"（以上见于朱权《太和正音谱》）不难看出，涵虚子这里评价的重心是要强调小山小令的过人处是清与丽、华与平淡（不艳）的统一，并由此而升起特别的超越意味。

朱权特别奉小山为词林宗匠，我们以为所谓宗匠的内涵是指由上面朱权所指特征的统一而达到的雅正境界。什么叫雅正？南宋张炎有明确论述，即骚雅与清空统一[2]，刘熙载在《词曲概》中就曲更进一步明确了此一审美内涵，并以小山为典范，论其内涵云："圆溜潇洒，缠绵蕴藉。"刘非常明确地反思北曲这一特征与小山乐府形成之因，其云："曲以破有、破空为至上之品，中麓谓小山瘦至骨立，血肉销化俱尽乃练成万转金铁躯，此破有也，又尝谓其'句高而情更款'，破空也。"[3] 正因为如此，刘最终认为小山与乔吉虽同骚雅不落俳语，但由于小山在空有的协调上更具创造性，所以翛然独远耳。也许因为这一点，刘熙载认同了涵虚子的小山有"词林宗匠"的誉称。

笔者认为作为后期的代表，张小山一方面秉承已烂熟于士人心中的儒道之气，怀抱着"男儿未遇暗伤怀"、"闷来长铗为谁弹"的郁闷，饱藏"一春愁压眉山重"的心灵苦痛，故其情感缠绵蕴藉。是所谓骚雅者，亦即所谓"有"的资源。另一方面以其道家之仙风，思维穿梭于已经成熟的道教氛围，"回首蓬莱长自叹……黄精已够山中饭"，故其人格具鹤骨清癯、蜗壳蘧庐。所谓"清空不滞者"，亦所谓"空"者。

张小山的特立处在于并不黏滞于儒道，而是"急疏利锁，顿解名缰"

---

[1] 朱权：《太和正音谱》，中华书局2010年版，第22页。
[2] 冯沅君《中国诗史》以为是骚雅与蕴藉统一，笔者以为是以其特立执着骚雅与清空统一所达到蕴藉的艺术效果。人民文学出版社1983年版，卷三。
[3] 刘熙载：《艺概》，上海古籍出版社1978年版。

第四辑　诗情与画意

（第 775 页），结成"鹤骨清癯"（第 794 页）人格，散淡逍遥起来。此即所谓"破空"与"破有"之谓。继而使其词的清深，同时蕴含丰富内涵和超越的境界，即所谓的风韵圆溜潇洒，意脉翛远，从根本上说，他的词应是他的这种人格的表现。如果说他的人格是执着与超越的统一，那么他的词则是清空与骚雅的统一，同样有"破有"与"破空"的品位。

（二）

不难发现一部小山词中，张小山始终是以此种"破空"与"破有"人格心态来面对苍茫，立尽斜阳（第 775 页）；以自己特有的方式来重新释读从元初以来士人心头的无限感慨的。这一方面表现为切入自然山水的心理更细腻，另一方面表现为将人生困惑的感悟从浮躁颠沛一变而为审美玩味。并且毕其一生积累了一些卓有成效的结果。具体言之：

1. 愁变清

纵观小山乐府不难发现在他笔下，那种"豪辣浩烂"似的对抗情绪或自顺于历史陈迹或自宁于文人审美或自融于山水清新秀色，愁已变成穿梭于美景或民俗可以玩味了。

如《正宫·醉太平·怀古》："翩翩野舟，泛泛沙鸥，登临不尽古今愁，白云去留，凤凰台上青山旧，秋千墙里垂杨瘦，琵琶亭畔野花秋，长江自流。"（第 809 页）又《黄钟·人月圆·子昂学士小景》："翰林新画，云山古色，老我清愁。淡烟浑似，三高祠下，七里滩头。"（第 853 页）《湖上即事叠韵》中小山甚或把愁捧赏，所谓"锦江头一掬清愁，回首盟鸥杨柳汀洲"。（第 771 页）

2. 事变清

从他的前辈那里可知，在蒙古统治者入主之初，汉民为了表现反抗所生与此特定历史时段相应之事很多、很具体。为了表达反抗情绪，文士于作品中重现历史之事亦很多，或以隐喻反抗或创造巨人以树立理想或倡导情理以探究极，而小山笔下样样都是淡淡地引经据典。

如《南吕·金字经·佛事》："舞月狮王喜，献花猿臂长，何处青山不道场，凉，宝瓶甘露浆。方池上，白莲秋水香。"（第 822 页）佛事变清。

又如《双调·折桂枝幽居》:"红尘不到山头,赢得清闲,当了繁华。画列青山,裀铺细草,鼓奏鸣蛙,杨柳村中卖瓜,蒺藜沙上看花。生计无多,陶令情书,杜曲桑麻。"(第859页)隐居之事全没了关郑白马的情绪。

3. 闲变清

"闲"这个词在元曲中不乏见,从关王马那一代人起汉族士人就以无奈而趋鹜于闲,尤其是马致远,小山尊称其为前辈。但显然小山之闲已大不同于马致远的那种与诸多相隔相离的闲,自我调侃的闲,而是直立独立的轻逸。所谓"昨日春今日秋清闲在我"、"百年人千年调烦恼由他"、其《幽居》"红尘是非不到我,茅屋秋风破,山村人过活。老砚闲工课,疏篱外玉梅三四朵"。(第789页)其《山居春枕》"门前好山云占了,尽日无人到。松风响翠涛,槲叶烧丹灶。先生醉眠春自老。"(第791页)

如《南吕·四块玉·乐闲》:"远是非,寻潇洒,地暖江南燕宜家,人闲水北春无价,一品茶、五色瓜、四季花。"(第824页)又如《双调·沉醉东风·晚春席上》:"客坐松根看水,鹤来庭下观棋。小砚香,残红坠,竹珊珊野亭交翠。相伴闲云出岫迟,题诗在呼猿洞里。"(第841页)《鑑湖小集》(第771页)云:"昨日春,今日秋,清闲在我;百年人,千年调,烦恼由他。"(第771页)不难看出其中懒散、流韵、诗情、画意、闲与清愁交织错落。

4. 情变清

所谓"情变清"指在小山曲中情不再多样,不再具体,不再亢奋而毋宁更是对情的自赏,自赏其自持,自赏于情的从容。使情转变到审美之域。比如同样写崔张之情。其《秋怀》云:"会真诗、相思债,花笺象管,钿盒精致,雁啼明月中。人在青山外,独上危楼愁无奈,起西风一片离怀,白衣未来,东篱好在黄菊先开。"(第1780页)这虽是一种《西厢记》再造,而全曲以"黄菊先开"急转自持。不仅不急于情,反倒以默然释怀,让你读其为之情急。

又如《南吕·金字经·雪夜》:"犬吠村居静,鹤眠诗梦清。老树冰花结水精,明,月临不夜城,扁舟兴,小窗何处灯。"(第821页)又如《商调·梧叶儿·山阴道中》:"丹井长松树,青山小洞庭,吟啸寄幽情。花外神仙路,天边处士星月,下醉翁亭。听一曲何人玉筝。"(第819页)均据历史上关于动情的文典而又不拘于文典,概如是也。

总之,心、性、事、理、情所有这些宋代士人用以关怀主体的心结,张可久均依托山水自然对之进行了澄清,使其重新回到清澄的平面,并且有逸气升华回荡。而此表现在散曲里的一个最显著特征是情绪由萧疏意象组合而呈现而非是诗人自己激情的直接表现,从而不仅彻底告别了元初的反抗方式,也找到了一种关于自然、人情、社会的新的组合方式。在此之中诗人以其无意而有意脱离了社会烦恼重新感悟到自然的逸气。

比如《双调·庆东原·括山道中》:"云冉冉,草纤纤,谁家隐居山半掩。水烟寒,溪路险,半幅青帘,五里桃花店。"(第933页)即如是。在《中吕·朝天子·山中杂书》(第794页)中我们能够看到一个悠闲的意韵飘忽的个中人,在这里应是清俊、华美凄婉、蕴藉的统一。总之,一种在苦难之中更成熟的人格从南宋人的标杆朦胧中走出。其于西湖《晚归湖上》有云:"翠藤枝,生绡扇。初三月上第四桥边,东坡旧赏心,西子新妆面。万顷波光澄如练,不尘埃便是神仙,谁家画船泠泠玉筝,渺渺哀弦。"在此哀弦虽是哀,但已变成"赏心"过虑的美了。

(三)

张小山乐府还有一个突出特点就是成功地将江南一带的山水作为自己情感的载体,小山或登临或泛舟或游乐或访谈,我们时时处处能感受到他笔下江南风景的萧疏,感受到江南一带的山水以神韵的简淡和色彩的缤纷鱼贯进入到他的视野。从他的作品中我们除了看到自然的简淡造像外,最主要是通过这些造像还能感受到滚滚的逸气。假如说震撼效应,倒也是更集中表现在此逸气的回荡上。

如其《中吕·红绣球·武康道中简王复斋》:"一带云林堪画,数间茅屋谁家。山翠空蒙润乌纱,小池中银杏叶,冻棱上蜡梅花,且吟诗休上马。"(第894页)

又《中吕·红绣球·虎丘道中》:"船系谁家古岸,人归何处青山,且将诗做图画看,雁声芦叶老,鹭影蓼花寒,鹤巢松树晚。"(第895页)

江南一带山水在小山的笔下，无论是苍烟树杪、残雪柳条，还是红日花梢，均具纤细妩媚、感伤、萧疏的情调。

如《商调·梧叶儿·春日郊行》："长空一雁行，老树几村鸦，情思满烟沙，淡淡王维画，疏疏陶令家，脉脉武陵花，何处游人驻马。"（第817页）

又《越调·寨儿令·红叶》："远树重，晓霜浓，染千林夜来何处风。笑我衰翁，酒借春容。暮景叹匆匆，锦模糊费尽天工，字殷勤流出皇宫。萧萧秋雨后，片片夕阳中。空，留绣芙蓉。"（第786页）

尤其是诗人将审美聚焦于鉴湖、西湖，在此浙东一带，诗人或以"赏心"秘联着历史，或以亲切连缀着珍景与逸志。如《西湖秋月》（第793页）、《野景亭》（第795页）。在此风景中他经常对自己于风景中的神情景象进行写意的肖像捕捉，其《次韵酸斋》有云："钓鱼台，十年不上野鸥猜。白云来往青山在，对酒开怀。欠伊周济世才，犯刘阮贪杯戒，还李杜吟诗债。酸斋笑我，我笑酸斋。"（第787页）即应是他的写意肖像。

其《鉴湖》云："落叶山容消瘦，题诗人物风流，一片闲云驻行舟。月寒清镜晓，花淡碧湖秋，谪仙同载酒。"（第801页）而同样写在鉴湖，《鉴湖即事》："枕绿纱，盼庭柯，门外鉴湖春始波，白发禅和，墨本东坡，相伴住山阿。问太平风景如何，叹贞元朝士无多。追陪新令尹，邂逅老宫娥，歌，骤雨打新荷。"（第782页）上述种种均风流开怀，既不沾滞唐，也不沾滞宋。闲云自闲，月光自寒。

如果说在宋人那里无论是苏轼、山谷还是南宋的杨诚斋、朱子，他们诗中山水只是当下情境的随遇感悟，对这些诗人来说诗中显出的山水景象既包含有深沉高远统一的宋学精神，又更多是自己当下的个性与灵气，山水虽多理趣共性，但又个个相异。诗人更多是随遇即兴。比如，朱子脍炙人口的小诗《观书有感》："半亩方塘一鉴开，天光云影共徘徊。问渠那得清如许，为有源头活水来。"《水口行舟》："昨夜扁舟雨一蓑，满江风浪夜如何？今朝试卷孤篷看，依旧青山绿水多。"即是朱子对当下生活意蕴的即兴捕捉，个个不同。① 那么山水到了张小山这里更多则是诗人以意象性

---

① 此处可参阅拙著《沧浪之水清兮——中国古代自然观念与山水田园艺术的文化诠释》一书，"道学使命及朱子山水诗漫述"一节。

第四辑　诗情与画意

进行的再包装，个中的意象氛围既有主体性情积淀，亦有意象隐喻积淀。即是说诚然这些意象的涵容最初也是元代士人所反复约定的，比如：苍烟乔木、残阳翠微、茅店疏篱、寒鸦数点、斜阳一抹、蛩声废井，凡此种种。但这些意象一旦到张小山这里被确立就具有了超人的独立性而最终承载着诗人包蕴丰富的性情，并使性情在感伤与逸气浑融的情调下展示着纤细的美。因此，对张小山来说，他的创造性不仅指他艺术的完美度，更指他曲中意象人文信息的有意无意卷入。

如《中吕·满庭芳·湖上》云："逋仙旧冢，西施淡妆，坡老衰翁，香云一枕繁华梦，流水光中，暮钟声故宫，夕阳塔影高峰，桃源洞，花开乱红，无树着春风。"（第777页）

又如《中吕·普天乐·暮春即事》云："老梅边，孤山下，晴桥蟢蛛，小舫琵琶，春残杜宇声，香冷荼蘼架，淡抹浓妆山如画，酒旗儿三两人家。斜阳落霞，娇云嫩水，剩柳残花。"（第835页）所谓"娇云嫩水，剩柳残花"即是此种纤细的美、人造的美。因此他的创造性在于单刀直入，既让自我飞驰在一连串的历史信息之上，让历史自成于抒情的氛围，又让我们始终挂碍他的人文色调。历史氛围轻了，人文诗意浓了，在笔者看来，于是处最能套用刘熙载的"破空"与"破有"观。

（四）

张可久作为在艺术上最完美的元曲作者，我们发现除了因为他很好地创造性地发挥此意象性外，还因为以下三点能让我们透过他散曲作品发现他保留在曲中一些特别的意象性行为，从中感到他散曲始终有经意与不经意的焦灼、纠结与特别之处，始终能透过曲感受到他轶荡的逸气。

1. 寻梅情结

在张可久的作品中始终有着寻梅的情结[①]，如其《越调·天净沙·鲁卿庵中》云："青苔古木萧萧，苍云秋水迢迢。红叶山斋小小，有谁曾到，探梅人过溪桥。"其《双调·水仙子·湖上小隐》有云："梦随流水过前滩，

[①] 寻梅、探梅虽是从中唐即兴起、北宋林逋即演义成具特别诗性的文人意趣，但这并不影响张可久于此的特别价值，而恰恰张可久的价值只有于此才能在相互掩映中得以呈现。

喜共闲云归故山。倚筇和靖坟前看,把梅花多处拣。盖深深茅屋三间。歌《白石烂》,赋《行路难》,紧闭柴关。"又其《双调·水仙子·孤山宴集》(第1783页)云:"长桥卧柳枕苍烟,远水揉蓝洗暮天。画图千古西施面,相逢越少年。问孤山何处逋仙?吾与二三子,来游六一泉,载酒梅边。"又其《鉴湖上寻梅》、(第817页)《寻梅》、(第817页)《探梅即事》(第817页),总之,寻梅、探梅—问孤山—和梅诗(《感旧》)共同结成他的寻梅情结,即不期于寻梅而期于逸气飘散。①

为什么探梅这里也说得非常清楚,即要在寻梅过程中,展开自己的情怀。如其《南吕·金字塔·春晚》有云:"浩然英雄气,塞乎天地间,破帽西风雪满山,顽探梅千里番,家僮懒,灞桥驴背寒。"又如其《越调·寨儿令·春晚次韵》云:"红渐稀。绿将肥。一声杜鹃残梦里。踏雪寻梅。看到荼蘼。独自怨春远。锦云中翠绕珠围。碧天边玉走金飞。安乐窝人未醒。森罗殿鬼相随。催。唱不迭醉扶归。"

又,无论是蜡梅还是红梅在他的笔下均有特别的景象。而"风姿澹然,琼酥点点"。(第1776页)是他仅取其独到理解,真所谓"句高情更款"。

2. 重新开拓了"沧浪"的理想

如《双调·殿前欢·秋日湖上》云:"依吟蓬,障西风十里锦芙蓉。照沧浪似入桃源洞,欠个渔翁。"(第1787页)又比如《读史有感》云:"沧浪可以濯缨,叹千里波上。"(第767页)《松江怀古》云:"解征衣便可以濯缨,小小西湖,总是诗情。"(第772页)由此可知"沧浪"情结在小山乐府中始终明确自觉。

"沧浪"情结是自孟子以来中华士人所建立的出处观②。它是以形象的语言表现儒家对出处问题的理解。如果说出处的矛盾一直困扰着魏晋以来士人的心理,那么元人的抒情重心更在于以解构表现着对此理想不能实现的感伤。张可久虽继续经营着这种解构的心理价值,但与马致远一辈比较起来,小山感伤的情调少了点,他更在乎调侃。如其曲"沧浪可以濯缨,

---

① 请参阅本书《范成大〈梅〉〈菊〉二谱的审美成就与南宋文化背景》一文。
② 《孺子歌》被《孟子·离娄》、《楚辞·渔父》特别引用。恰为后学理解"沧浪"铺陈了儒学背景。

第四辑 诗情与画意

叹千里波波,两鬓星星,遁迹林泉,甘心畎亩,罢念功名。青山外,芸瓜邵平。白云边,重钓严陵。潮落沙汀,月转林坰,午醉方醒"。(第767页《读史有感》)

他又比较宽泛地定位了濯缨:"解征衣便可濯缨,小小西湖总是诗情。天际浮图云间旧隐,水上新亭负重名。陆家兄弟泛轻舟。何处高僧,老鹤长鸣,翠柳堤边,白苎风生。"(第772页)

于是,"沧浪"意象被远距离放大,仅仅变成为诗意。对于此张小山自己说:"洗黄尘照眼沧浪,古道依依暮色苍苍,远寺松篁。谁家桃李,旧日柴桑。红袖倚低低院墙,白莲开小小林塘。过客徜徉,题罢新诗,立尽斜阳。"(第775页)

3. 始终以萧疏境界为旨归,以风流为情韵①

如《双调·水仙子·和道遥韵》有云:"远红法自有闲中乐,乐清闲须到老……散诞逍遥。"如《双调·水仙子·湖上小隐》云:"自由湖上水云身,烂漫花前莺燕春。萧疏命里功名分,乐琴书桑苎村。掩柴门长日无人。蕉叶权歌扇,榴花当舞裙,一笑开樽。"《商调·梧叶儿·湖山夜景》:"猿啸黄昏后,人行画卷中,萧寺罢疏钟。湿翠横千嶂,清风响万松,寒玉奏孤桐。身在秋香月宫。"不难体悟到尽管世界五花八门,小山已习惯于将它们拉回到以萧散为背景再聚焦,尤其是萧散在小山这里已生活化为世界的哈哈镜,世界成其反照的风流样态。即是说,虽没有了肃穆感,却多了风流态。

4. 体证到"何处青山不道场"

《双调·殿前欢·爱山亭上》云:"小栏杆,又添新竹两三竿。倒持手版揸颐看,容我偷闲。松风古砚寒。藓上白石烂。蕉雨疏花绽。青山爱我。我爱青山。"其《南吕·金字经·佛事》:"舞月狮王喜,献花猿臂长,何处青山不道场,凉宝瓶甘露浆,方池上白莲秋水香。"从这里可见出与他不经意入世一样,他亦并不在意出世。只在乎即兴、随意之情于随时随

---

① 萧疏是从中唐即被士人所自觉建构,文人气越来越加浓的审美范畴,到了北宋元祐时代苏轼及门人成功地将道学渗入萧疏之境,实现了道学在审美领域的软着陆,在元代士人这里毋宁更像是神安一处、心聚一处的大背景。

处,全盘淡化了宋人的刻意性。①

如果说晋人以韵、唐诗以境、宋人以意来达成诗之情与自然山水的关系,那么张小山这里则将性情、山水、文化统一在逸气之中,小山一方面以"赏心"从魏晋说到当下,一方面以逸气秘联着感伤与逍遥,一方面于世界之内随处若即若离,从而以这种方式将山水与田园艺术均带到了一个新的审美境地。

(五)

张小山还有咏史一类备受后人欣赏,从中可以窥见他作为文化精英的更深之心。比如最著名的那首《中吕·卖花声·怀古》其词云:"美人自刎乌江岸,战火曾烧赤壁山,将军空老玉门关。伤心秦汉,生民涂炭,读书人一声长叹。"(第826页)

在张小山的作品中本曲无疑是较慷慨沉痛一类,本词的特点是以突兀的形式截取秦汉三个战争画面,刻意于强调其悲壮、空旷、苍凉。除此之外,还有一个特别之处在于它刻意把元初汉蒙对立转为官民对立,功利是非与安居立命的对立,从而推出新的伤心之由。应该说这是一个颇具意蕴的信号,因为它给出的是士人人生奋斗目标的新转移。我们由此可感到他为诗思路的宽厚与扎稳。

关于这首曲,读者往往将之与张养浩《中吕·山坡羊·潼关怀古》比较来读,张这一首是:"峰峦如聚,波涛如怒,山河表里潼关路。望西都,意踟蹰,伤心秦汉经行处,宫阙万间都做了土,兴,百姓苦,亡,百姓苦。"此曲为张养浩晚年在陕赈灾所作,张以精练的语言一针见血地揭示了兴亡之后的历史真谛,其所抒之情至少有三层:

(1) 对自然山势的惊叹与景仰。

(2) 功业成败、功过是非之论的复杂,尤其是与自然相比其价值关系的错乱。

(3) 面对百姓以沉思历史兴亡,真谛的难寻。

---

① 此处可参阅张兆勇《苏轼和陶诗与北宋文人词》,安徽大学出版社2010年版,第146—152页。

第四辑　诗情与画意

和张可久相比，张养浩这里流露出反思的迹象更明确，虽然这些在元代需要理性重建的时代没能展开。又，若联系二张的其他作品看，二张也均已非常明确地将其思维回融到与历史、与当下、与自然的交流中了。这是他们的共同点。

本散曲还可以和赵善庆《山坡羊·长安怀古》相比较，亦复如此。哲思滋生随即淹没下去。

赵词云："骊山横岫，渭水环秀，山河百二还如旧，狐兔悲。草木秋，秦宫隋苑徒遗臭，唐阙汉陵何处有，山空自愁，河空自流。"

总之，张可久的这一首与张养浩、赵善庆比较起来，三人不仅注重于升华所谓哲理，注意放纵自我感受特别表达，而且注意以自然、历史为背景来追寻士人的人生价值，从而将自己的感伤建立在厚重的感慨中，历史遗迹具有随意而起、春风吹浪、时皱时平的效果。然若将三人比较起来，张养浩、赵善庆更厚实、从容，张可久则更真实、扎实。笔者这样比较只是想说明张可久在将性情带到飘逸时并不意味着他的心不厚重，而依然有着厚重的心，只是更特别、更尖新。而追踪起来这同样应在于小山所能把玩的"空有"关系的尺度与效应。

（六）

张可久作为一个诗人取得如此成就与他深厚的唐宋先贤功底分不开，但让你感觉不出他标举哪一家。这是有目共睹的。试举两首来看：

《南吕·金字经·春晚》：

"惜花人何在？落红春又残，倚遍危楼十二栏，弹泪痕，罗袖斑，江南岸，夕阳山外山。"

本曲"惜花"二句用了两个宋词的典故：一者小晏的《临江仙·梦后楼台高锁》"落花人独立，微雨燕双飞"。二者辛稼轩的《摸鱼儿》"更能消、几番风雨，匆匆春又归去，惜春长怕花开早，更何况落红无数"。其含义有层次递进的几层：

首先，人惜花落人不知自己在何处，从而感受到生命如花的飘零。

其次，时光匆匆给漂泊者的是更促迫的感怀。

这一切均是危楼之所思,而"危楼"之思又因为秘联着已经泛化了的宋词之典而具其感染力。"倚遍"句也是五代、宋词中常见的构思模式,比如李后主有《玉楼春》:"醉拍阑干情未切",欧阳修《蝶恋花》"无人会得凭栏意",辛词《水龙吟》有"把吴钩看了,栏干拍遍,无人会,登临意"。而它的含义则是隐喻我人在努力寻找天人对话的支点。张可久这里也是如此,可以说他们共同为后人提供了宋元时期天人关系一贯的资料。只可惜"夕阳"一句所有的(1)时间上独立之良久;(2)情绪上消沉;(3)画面上起渲染色彩之作用等三层含义由于缺少宋人的义癖,因此没有宋人个性耐读。

如果说,从上面分析能见该小令所具小山乐府典雅、清丽风格之一斑:典雅者在于情感高度寓于传统的文化氛围之中,清丽者在于情感虽哀感顽艳,但给人感觉不是震撼而是凄美。那么也应看到由于没有超过宋人特立的意趣,因此过清而不厚。此是其缺点也可,优点毋宁也可。若追踪起来这是不是也算是刘熙载所谓的"破有"、"破空"?

山水以形媚道而仁者乐

——从晋宋文化大背景上看《画山水序》的价值

本文试图把宗炳的《画山水序》放在玄佛对话的晋宋大背景上来阐释其著文的动机及《画山水序》的理论深度。

在中国美术史上，一篇备受世人关注的理论著述《画山水序》是南朝宋时处士宗炳所为。论者一般认为，在那个时代伴随着我国山水画的萌芽，山水画的理论几乎同时孕育滋生。如果说东晋顾恺之的《画云台山记》还不算真正的画论，那么《画山水序》就其理论的氛围与价值均可说是开了一个成功的好头。以其为重要标的，谢赫的《古画品录》、王微的《叙画》几乎同时展开，遂之，山水画理论在一时之间达到了那个时代的理论高潮。

在本文里，笔者想结合晋宋间玄佛的发展背景及宗炳的特殊身份深挖一下宗炳此论的文化价值及理论依托。

《画山水序》一文原附于中唐张彦远《历代名画记》。除此之外，宗炳尚有讨论佛学的长篇论文《明佛论》及些个关于佛学的书信等。[①] 从佛学发展史上，我们知道宗炳是作为一个佛教徒而名世的，他是慧远佛学的一个重要信徒，他所著的《明佛论》主要是探讨神佛与因果报应的。

《画山水序》的价值即在于他能及时有效利用玄学发展的成果及慧远佛学的成果，对山水画与画山水的价值均做了形而上的提升与估价。

《画山水序》全文如下：

---

① 宗炳的佛学资料见于《弘明集》，上海古籍出版社1991年影印本；《古画品录》、《魏晋胜流画赞》、《画山水序》、《叙画》见于《中国古代画论类编》，人民美术出版社1998年版。

山水以形媚道而仁者乐

圣人含道暎物，贤者澄怀昧像。至于山水，质有而趣灵，是以轩辕、尧、孔、广成、大隗、许由、孤竹之流，必有崆峒、具茨、藐姑、箕首、大蒙之游焉。又称仁智之乐焉。夫圣人以神法道而贤者通；山水以形媚道而仁者乐，不亦几乎？余眷恋庐衡，契阔荆巫，不知老之将至。愧不能凝气怡身。伤砧石门之流，于是画象布色，构兹云岭。夫理绝于中古之上者，可意求于千载之下；旨微于言象之外者，可心取于书策之内。况乎身其盘桓，目所绸缪，以形写形，以色貌色也。且夫昆仑山之大，瞳子之小，迫目以寸，则其形莫睹；迥以数里，则可围于寸眸；诚由去之稍阔，则其见弥小。今张绡素以远暎，则昆阆之形，可围于方寸之内。竖划三寸，当千仞之高，横墨数尺，体百里之迥。是以观画图者，徒患类之不巧，不以制小而累其似，此自然之势。如是则嵩华之秀，玄牝之灵，皆可得之于一图矣。夫以应目会心为理者，类之成巧，则目亦同应，心亦俱全，应会感神，神超理得，虽复虚求幽岩，何以加焉？又神本亡端，栖形感类，理入影迹，诚能妙写，亦诚尽矣。于是闲居理气，拂觞鸣琴，披图幽对，坐究四荒，不违天励之丛，独应无人之野。峰岫峣嶷，云林森眇，圣贤暎于绝代，万趣融其神思。余复何为哉？畅神而已，神之所畅，孰有先焉？

不难看出，全文论题明显有三个部分：
第一部分是谈对自然山水价值及先贤与山水关系的认识。
第二部分谈从自然山水到艺术表现山水转换的必要性与可能性。
第三部分谈欣赏艺术山水时的审美心理实质与价值评估。

从全文看，宗炳想要指出的是从自然山水到绘画中的山水不仅仅是单纯的描绘制作过程，画家秉承着对山水自然本体探讨的庄严使命，而一幅好的山水画应包蕴对此本体探讨的成果及打上探讨的烙印。换言之，如果说魏晋玄学是关于本体探讨，有最深沉执着的理趣，宗炳的价值即在于能深刻咀嚼这一时代英华，将山水画的创造视为人格探寻的最切实途径，而同时把对山水画的欣赏视为对所探寻人格的最切实把玩与体证。

■ 第四辑 诗情与画意

总之，宗炳在这一篇不太长的文字中将新兴山水画与时代精神紧密地拢在一起，兹分述之：

一 《画山水序》对自然山水特征的认识

我们知道，追寻自然山水、思索名教与自然的关系，期望以自然的品质来启迪、展开人在感性生命觉醒后对人格理想的重构是玄学的使命，也即对自然进行玄学的理解与思考不是从宗炳开始的。宗炳的价值则代表着在晋宋易替代之时，在佛教加入玄学诸问题讨论后，士人对自然山水的再认识。

从文学史上我们知道，此时有意识地将佛学带进对自然山水再认识及人格重建氛围的至少有四位，除宗炳外，他们分别是支道林、陶潜和谢灵运。

在此四位中，支道林感兴于佛教的时间可能比较早些，但可能是由于他没有真正掌握般若意，故在不太长的时间内他的佛理即消融到玄谈的逍遥横放氛围中了。①

汤用彤先生特别在意谢灵运的《辩宗论》，② 认为谢灵运的价值是以"学做圣人"为角度来尽可能调和玄佛的，颇中肯綮。对于此我们是不是可以这样理解，即谢灵运在日趋汹涌的佛势面前主动亲近佛教，其目的是尽可能立稳玄学的支点，摆脱玄学困惑。

与谢灵运相比，笔者以为陶潜的使命与其是相同的，但态度要从容一点。如果说谢灵运、支道林多方佞佛，陶潜与佛的沾扯也不少，他在大佛面前表现出自己的立场是直面挑战慧远佛学观，并有意识地区别、疏远佛门。③

综上这三家，我们可以这样说，由于时代的玄学氛围及他们各自对玄学的立场，也由于佛教在当时的传播状况，他们三家均没有找到佛教激起理解山水自然的新意。和他们相比，宗炳才算是自觉地站到了佛教的立场更

---

① 关于支道林与"六家七宗"等研究结论可参阅汤用彤《汉魏两晋南北朝佛学史》，北京大学出版社 1997 年版。吕澂：《中国佛学源流略讲》，中华书局 1979 年版。
② 可参阅汤用彤《魏晋玄学论稿》，上海古籍出版社 2001 年版，第 103—110 页。
③ 可参阅拙著《沧浪之水清兮——中国古代自然观念与山水田园艺术的文化诠释》中有关陶渊明的论述，作家出版社 2001 年版。

深刻地利用佛理以加深对山水的理解。也即是说四家之中宗炳最能平等对佛，对佛理吸纳也最多。我们认为通过对佛的有效吸纳，宗炳使笔下的山水最终走出了玄学的静谧氛围，而真正具有飘扬的神采。

汤用彤先生在论魏晋玄学时指出："逍遥游放，其风流得意也，故其时之思想中心不在社会而在个人，不在环境而在内心，不在形质而在精神。于是魏晋人生观之新型，其期望在超世之理想，其向往为精神之境界，其追求者为玄远之绝，而其遗资生之相对，从哲理上讲，所在意欲探求玄远之世界，脱离尘世之苦海，探得生存之奥秘。"[①]

诚如汤先生所言，魏晋玄学以逍遥游放、风流得意为旨趣，又从何晏、王弼到向秀、郭象也确实理顺了名教与自然的关系。但也正如许多学者指出的那样，玄学家们因为自己理论的纰漏也同时将人生之痛苦、人性之骚动带入了思维之中，以至于他们的理论影响至山水最终凝练成的却是极度静谧的气氛。

对照玄学的发展与困惑，我们认为《画山水序》的价值首先即在于宗炳以"形"、"道"、"神"等范畴将山水含道、圣人观道、圣人通过感性山水感悟道以圆融人格等所有这些玄学所关注、讨论的命题做了极透明的总结与陈述。试看其以排列所构成的对比思维：

"圣人含道映物；贤者澄怀味象。"

又："圣人以神法道而贤者通，山水以形媚道而仁者乐。"

从上面列举不难看出，在宗炳看来，如果说圣人以人格精神表现出对道的领悟，那么山水则是以形表现出对道的涵容。而面对自然山水，如果说圣人是以饱满的人格精神来与自然交融、沟通，那么广大士子则是以清新之怀来与自然对话。总之从道的感悟角度，宗炳是极明确地将山水推到本体论的价位来加以探讨的。

若从时代上看，顾恺之的《画云台山记》作为山水画的理论确实是作为雏形在先，但我们认为《画云台山记》的一个最直接的理论粗糙是没有完全脱去先儒比德说的影子，伍蠡甫曾论云："顾氏的设计所以着重色彩

---

① 引自汤用彤《佛学、玄学、理学》，北京大学出版社1991年版。

第四辑　诗情与画意

是为了写出'仙山'景物灿烂,从而宣扬道家炼丹修持、与道合一、得道成仙等一贯教义。"① 按照伍氏的说法顾突出朱色是为了烘染自然,烘染自然则是为了突出其背景作用,突出背景的最终目的则是铺衬张道陵师徒在云台山的道事。在此,自然与人事是主体与背景,其关系仅是以比德思维烘染搭界。

无独有偶,《晋书》② 顾恺之本传中还载有:(顾恺之)"为谢鲲像于岩石中,并且云:此子宜置于丘壑中。"可以说以松岩来比德谢鲲正好与《画云台山记》的创作构想仿佛,即均有比德说的生硬痕迹。

我们都知道顾恺之是那个时代的大画家,他暴露出的关于人与自然关系理论的粗糙应该说是有代表性的。诚然,到了顾恺之的东晋时代,玄学关于自然的探寻确实达到了它的高峰,但这并不意味着他们的理论成果已为艺术家所接受。因此,在晋宋时代艺术家虽受玄学的影响而普遍亲近自然,但艺术家对自然的描述及将自然与性情的结合均比较生硬,我们以为此种生硬与不和谐表现在诗歌上则是玄言诗中的玄理与景物掺和,或游览诗中的玄言尾巴;③ 表现在绘画里就是山水背景与人物活动生硬搭配,山水在此仅是背景,并没有自主性和主体性。关于玄言诗这个弊端这些年论者批评得多了,关于山水画可能留下的资料不多,并没有引起学人对玄学背景的注意或学人结合玄言诗的背景对之进行价值评估。

学人们在考察山水诗、评价所谓玄言尾巴时均比较注意这样命题,即刘勰提出的"庄老告退,山水方滋"。关于此,近些年的一些学者逐步形成这样的观点即"庄老不但未告退,并可谓是一以庄老,诗人至此成功"。诗人逐步于"不空言玄理,而是融化于模山范水之中"。④

我们认为诗歌里的这样研究思路同样可以用在对山水画在此时滋生、变化的考察上。如果说在顾恺之那里自然山水与人事硬性搭配尚留有生硬的玄言尾巴。那么宗炳以"山水质有而趣灵"、"以形媚道"等命题通过强

---

① 引自伍蠡甫《中国画论研究·读顾恺之〈画云台山记〉》,北京大学出版社 1983 年版。
② 《晋书》卷九十二《文苑·顾恺之传》。
③ 可参阅叶维廉《中国诗学·中国古典诗中山水美感意识的演变》,生活·读书·新知三联书店 1992 年版。
④ 引自缪钺《诗词散论·论六朝诗流变》,上海古籍出版社 1982 年版。

调山水自然在形而下的质有与形而上的趣灵并重，突出了感性山水的主体性。对绘画的构思来说，可以说是让山水自然从背景位置凸显出来，而使人情隐于山水中的一个关键性理论前提。以此为前提，绘画的一个最直接特征即山水被作为主体而表现了。

我们来试比较一下，据上面所引资料顾恺之的山水画主体是人，而以山水衬之，所谓"人大于山"，[①] 而成熟时的山水画则是"远水无波，远人无目"，人逐步隐于山水之中，而我们若体证此时山水画中人的精神主要是体证山水的精神不再去猜测山水背景与人的隐喻。这种绘画中人与自然的更和谐的结合不能不说与宗炳作为一个画家最先突出山水的主体性有关系。我们注意到在宗炳提出此理论之后，王微更在《叙画》之中性情坦荡地指出："望秋云，神飞扬，临春风，思浩荡。"他所以能够这么坦荡，我们认为正可以看成是与宗炳的思想已经成为那个时代绘画主导思想有关。

按道理说，感悟山水自然的灵性，挖掘自然的品质是玄学家致力的目标。《世说新语》中所载录的东晋士人在山水自然中放浪形骸也是不争的事实，那么为什么他们在艺术结合上不及宗炳有说服力呢？这可能就与宗炳全面心平气和地接受慧远佛学有关。作为慧远的弟子，宗炳曾作《明佛论》以辨形神，然后又把形神理论带到了绘画讨论之中。我们认为以形神论讨论本体实相无疑是粗糙的，中国的士人逐步接受北方罗什所译传的大乘般若而摒弃慧远即能证明这一点。[②]

但在玄学自身出现困惑、佛玄进行广泛对话的时代，宗炳借用佛之形神为范畴来统摄玄学以来对自然山水探寻的成果，并促成强化它的主体化，换句话说，引进了"形神"命题而重新认识山水不能说不是他的功绩。

总之"山水质有而趣灵"、"以形媚道"等所有这些命题使玄学时代太复杂的关于自然本质探讨明晰化了。可以说，宗炳正是以此明晰的思路统摄了从轩辕以来的古今关于自然本质的探讨成果，从而大大地稳固了山水作为主体之形象，应该说，这是宗炳对玄学的贡献，也是促成山水画独立的一个创造性思路。

---

① 孟兆臣校释本《历代名画记·论画山水树石》，北方文艺出版社 2000 年版。
② 可参阅柳田圣山《禅与中国》，生活·读书·新知三联书店 1988 年版。

二 关于绘画山水的必要性与可能性

按照常理，宗炳强调自然山水向艺术山水的转换理应同时强调它的必要性与可能性。

关于必要性宗炳说得比较简略，其云："余眷恋庐、衡，契阔荆巫，不知老之将至。愧不能凝气怡身，伤砧石门之流，于是画象布色，构兹云岭。"此即必要性。个中所流露出的依然是魏晋玄人的情绪。从《画山水序》中不难看出，宗炳把注意力主要是放到谈可能性上的，亦即谈将自然山水搬到尺幅艺术制作如何可能这一问题上的。我们注意到宗炳把成功的搬迁称为"妙写"，而"妙写"的标准则是"类之成巧"。宗炳关于此的论述可分以下几个方面：（1）绘画当以"传神"为主，这在顾恺之就相当强调，[1] 宗炳作为神佛论的信徒，如前文所论，他公开强调山水自然是"质有"与"趣灵"的统一，所以他当然是主张传神的，但他又认识到往往"神本无端，栖形感类，理入影迹"，因此应"以形写形，以色貌色"，亦即应立足现实而达于对本体的触摸。应该说这是对顾恺之"以形写神"、"悟对通神"的更具体的实践，特别值得注意的是顾氏的理论往往只限于人事，宗炳不仅将其做了进一步剖析，而且将之引入对山水自然的表现领域，不能说这不是一种创造。

（2）如果说从传神写照到气韵生动能够标志六朝山水画论成熟的话，那么《画山水序》中所提出的"类之成巧"则是当然的过渡桥梁。不难看出，为了达于"类之成巧"，宗炳特别之处既有强调"自然之势"，又有兼顾形神的秀与灵的统一等阐述，从而将从形达神、形神统一问题做了更细腻的展开。

（3）在《画山水序》中我们还发现，"类之成巧"作为一种审美理想实现的可能性原则指涉，宗炳除了谈了上面的含义外还兼谈有一种更独特的思路，即将"应目会心"和"神超理得"作为原则的最后实现。

宗炳云："夫以应目会心为理者，类之成巧，则目亦同应，心亦俱会，

---

[1] 可参见顾恺之《魏晋胜流画赞》，北方文艺出版社 2000 年孟兆臣校释本。

应会感神，神超理得。"这里所谓的应目当然是对山水客体的应目，亦即对作用于感观的山水客体的把握，而会心则是交会客体时主体心灵的感觉，无疑宗炳这里强调的是主体与客体在实现"类之成巧"理想上的共同参与，可以说这又是超过顾恺之"传神写照"的地方。

其实主客体的共同参与用今天的观点看不算什么新意，对此笔者认为最主要要把握其"心"的玄学内涵。宗炳在如此短的幅度里考虑到一幅山水画的制作既应有外在的形（媚秀）又有内在的神（趣灵），又要兼顾主体心对之的涵容，因此，我们认为只有洞彻宗炳"心"中此种玄学使命，方能体察到宗炳所强调"心"的刻意处，进而体会到他所强调的山水画之价值。

当然也应指出的是宗炳借慧远佛门神的意念虽统涉了"心"、"目"、"理"等，但怎么说都有些粗糙。这即是说，在中国艺术史上，从绘画理论上推论到"气韵生动"就如同在绘画实践上达于气韵生动一样都需要有一个过程。

三 关于"卧游"与"畅神"

泛览中国文艺批评史，笔者以为《画山水序》和许多论著均不同的一个闪光之处就是特别注意欣赏论。又不难看出其欣赏论有个闪光之处在于指出绘画的意义是能为士大夫提供"卧游"并因此达于"畅神"，也就是说通过欣赏绘画而卧游，其目的是达于畅神，畅神可以通过卧游这一途径来实现。以上这些是《画山水序》关于欣赏论的主要内容及逻辑思路。

《画山水序》的后半段关于"卧游"与"畅神"的这种如此透明的逻辑关系，它的魅力何在？在笔者看来，最应首先搞清的是卧游的意义。笔者认为，"卧游"它的本质在游，卧是游所选取的方式，卧游的直接对应行为是游历。

关于游历，可能论题比较多，结合于本论题，笔者以为最需要说明的有两点：[①]

[①] 可参阅拙著《沧浪之水清兮——中国古代自然观念与山水田园艺术的文化诠释》中有关旅游的论述，作家出版社2001年版。

第四辑　诗情与画意

（1）游历在中华士人那里是有传统的。从某种意义上说，先贤揽政的过程即是率领众生通过游历而实现天人沟通、对话而最终走向和谐的过程。比如伏羲仰观俯察而演绎八卦；神农踏遍中华而尝百草；文王密云不雨，自我西郊；孔子周游列国等，所有这些既是先贤的善政，同时又都是中华士人的游览史。关于此，《画山水序》开始即说得很清楚。

（2）游历绝不是时下的消遣、消费，先贤是带着凝重使命的，他们的心情也非单纯的娱乐，而是时而忧郁，时而欢乐，与时俱进。

笔者考察过一些资料发现中华士人游历真实的情况往往是这样：

士人游历时最基本心态是（1）视天地万物一体。（2）视自然和谐完美。（3）将天人合一视为最高的理想。

可以说，中华士人在游历山水时无不是在有意无意间秉承这种心态，他们游历山水说穿了即是在感受此种心态，或以此种心态观物。只不过分两种情况：当天下有道时，他们游历山水是为了将自己的时代拿到自然中进行印证，然后欢呼雀跃于此大和谐之中。而当天下无道时，他们却是要从自然中找到整治世道的最佳良方。

从这个意义上说，游历具有本体论性质，小到一个士人的人格完善，大到一个时代的和谐，从某种意义上说均是游历的展开或在游历中展开。

泛览《画山水序》不难发现，这种中华文化传统的真实之况宗炳在《画山水序》中也是这样发现并强调的。其云："圣人含道映物，贤者澄怀味象。至于山水，质有而趣灵，是以轩辕、尧、孔、广成、大隗、许由、孤竹之流，必有崆峒、具茨、藐姑、箕首、大蒙之游焉。"笔者认为，在魏晋玄学时代里广大士人均能意识到这一点，并且均将此作为他们游历山水的使命与准则。宗炳的过人之处在于他于此时提出了取道"卧游"的思路。

我们还知道，"卧游"还并没有直接被作为一个范畴在《画山水序》里提出，"卧游"之语见于《宋书·隐逸·宗炳》，[①] 但《画山水序》关于欣赏的讨论极明确地贯彻着他的卧游思路。

[①]《宋书·隐逸·宗炳》有云："老疾俱至，名山恐难遍睹，唯当澄怀观道，卧以游之。"

山水以形媚道而仁者乐

先来看一下《画山水序》的原文，宗炳云：

"于是闲居理气，拂觞鸣琴、指图幽对、坐究四荒，不违天励之丛，独应无人之野，峰岫峣嶷，云林森眇，圣贤暎于绝代，万趣融其神思。"

当代许多学者均注意到并认同了这样的现实，即玄学尽管发言玄远、逍遥绝代，但均解决不了这样一个根本问题，即生死，[①] 并且认为这是佛学在玄学隆盛之后突然发扬光大的原因。玄学发展后期的这事实在《画山水序》反映很明确。

我们注意到宗炳一方面已经心平气和地接受了人生有限宇宙无穷的事实，另一方面他又是以一种新的方式努力超越玄学家的生死困惑实践玄学的使命，即将寻道与观览捆在一起。人生短暂而宇宙无穷、人在有限之间如何更有效、更捷达地把握自然之本质达于与自然交融，宗炳发现"张绢素以远映"是解决此的一个良好途径。其云："是以观画图者徒患类之不巧，不以制小而累其似，此自然之势。如是则嵩华之秀，玄牝之灵皆可得之于一图。"

在宗炳看来，魏晋玄学家刻意捕捉的自然的秀、灵、势均可以从绘画上获取，观览一图即可获吾人游历山水自然同样的效应。所以宗炳说"虽复虚求幽岩何以加焉"。从全文推测一下，笔者以为这个结论也许是宗炳要表达的中心，而它的意义也是非常明确的，即宗炳通过论述试图说明卧游于画是达于士人游历使命实现的一个绝好途径，而这正是山水画的价值所在。现在我们来总结一下，我们认为宗炳是秉承玄学的使命从本体论的高度来理解山水、来理解世人对山水画的观赏的，即如果说宗炳将绘画看成是对山水自然本体游览的成果，那么他同时又把对山水画的欣赏看成是以一种新的方式进行游览，以一种新的方式进行对道体证的庄严过程。特别是宗炳发现这里既是对道的体证，也有对画中所包蕴的创作者道心的印证。正是从这个意义上我们说，宗炳的《画山水序》价值在于立足玄佛交融背景，从玄学的高度提醒士人应重视产生此种效益的山水画，重视通过山水画获得的这种效益，他把这种效果称为"畅神"。

[①] 可参见李泽厚、刘纲纪《中国美学史》第二卷，中国社会科学出版社1987年版。

第四辑　诗情与画意

其云："于是闲居理气，拂觞鸣琴，披图幽对，坐究四荒，不违天励之丛，独应无人之野峰岫峣嶷，云林森眇，圣贤暎于绝代，万趣融其神思。余复何为哉？畅神而已，神之所畅，孰有先焉！"

综上所述，从观山水画而畅神的角度，宗炳以上面厚实而耐人寻味的理由将山水画放到"孰有先"的位置。

晚明文化视角下的《画禅室随笔》

《画禅室随笔》作为中国古代山水画理论的扛鼎之作，从其对前代理论的接受来说，乃是董其昌同时接纳萧散说和士气说的圆融。从其对山水画史的研究来说，董其昌以同时推出文人画与南北宗两种阐释思维与运作模式找到了一种以王维、米芾为阐释中心的问题域。董其昌作为明中后期的文艺理论家，他的理论既不同于宋代苏轼等以陶渊明为切入研究而探寻审美价值的思路，亦终于冲破前后七子以来"诗必盛唐"的审美心理之障，打通唐宋的时代之隔，能从一个切实角度直达中华文化的深层面。今天回头看，其理论有得有失，历史印迹宛然。

董其昌（1555—1636），明代著名书画家、书画理论家。万历十七年进士，官至南京礼部尚书，谥文敏，所著《画禅室随笔》共四卷，其中上半部卷一、卷二是关于书画等的感悟与观点，下半部卷三、卷四是作者参禅悟道、平常日用的杂言，上下虽内容庞杂，但应是相互呼应、互为表里的。此书一出在此后它的各种版本中均声誉极高：

"客有以董文敏公《画禅》一册见示，展阅之余，语语入微，道心禅观，超出尘表……盖公为文章宗匠，超出尘表……此编其率意评跋，信笔游戏耳。然识趣高邈，清言绪论，皆穿天心，出月胁，发前古所未有。"（康熙十七年刊本引言）[1]

"《随笔》者董玄宰先生所著，皆小品……其旨终于禅悟，而发端于论书，自平原、南宫而后，墨池一灯，实在先生。"（康熙五十九年刊本序）[2]

---

[1] 屠友祥校注：《画禅室随笔》，凤凰出版传媒集团 2005 年版，第 242 页。本文中所引《画禅室随笔》序号均据此，不一一注明。

[2] 同上书，第 243 页。

"家文敏公为有明一代文苑宗师,所著《画禅室》一编毕阐书画三昧,后人侧闻绪论,不啻登山之履而渡海之航已。"(乾隆三十三年刊本序)[①]

在笔者看来,就画论总的说,一部《画禅室随笔》董其昌倾尽的是其毕生悟性,而勾勒的是一个关于从王维以来山水画的展开方式与审美趋向,最终结成的是以米南宫为至圣的画评理论系统。

展开在一部书中的思路是这样的:

(一)从溯源萧散、简远、意韵等范畴起,最终以"秀润天成"定格"士气"的内在涵容。在董其昌看来,一个画家若要创作一幅好画首先应修成萧散简远的士气;一幅好画最终应是以其秀润天成达于对士气的圆融。

(二)联系"士气"的阐述,该画论明确排序了历史上文人画创作的行家里手。就是说董其昌认为,一个画家所以有趣意与灵性在于有士气,一幅画所以有品格在于有此士气,历史上以是否有士气存在着一个相互延传的绘画系统,他们共同构成了文人画的来龙去脉。

(三)受启于禅宗的格局,受历史上禅门宗派说与明代正统观影响,在本书中董其昌将历史上的山水画分为南北宗。

仅就上面,我们即能看到《画禅室随笔》一些极富特色的观点。那么这些理论是怎样走向成熟的?今天应怎样对之进行评估定位?以下想从三个方面对其理论进行梳理与反思:

一 《画禅室随笔》理论框架

从史料可知,以萧散论诗、画非常明确是从苏轼开始,并且也非常明确苏轼往上追寻直至老庄,最终他相信从欧阳修、梅尧臣、韦应物、王维、孟浩然直至魏晋玄学,在士人心目中关于文艺境界的萧散理念存在一条根深血脉。苏辙《亡兄子瞻端明墓志铭》有云:"(苏轼)既而读《庄子》,喟然叹息曰:'吾昔有见于口中口未能言,今见《庄子》得吾心矣。'"(《栾城后集》卷二十二)[②]

《东坡题跋》卷二《书黄子思诗集后》有云:"予尝论书以谓钟王之

---

① 屠友祥校注:《画禅室随笔》,凤凰出版传媒集团2005年版,第245页。
② 此处可参阅张兆勇《苏轼和陶诗与北宋文人词》,安徽大学出版社2010年版,第221页。

迹，萧散、简远，妙在笔画之外。至唐颜、柳始集古今笔法而尽发之，极书之变，天下翕然以为宗师，而钟王之法益微，至诗亦然。"①

将"士气"之说与著文联系起来最迟是南宋陆游，其《澹斋居士诗序》有云："绍兴间，秦丞相桧用事，动以语言罪士大夫，士气抑而不伸，大抵窃寓于诗，亦多不免。"(《渭南文集》卷十三)② 而以士气对画进行的评论最明确见于元初钱选与赵孟𫖯间的交流与应答上。

据《唐六如画谱》卷三记载"赵子昂问钱舜举如何是士夫画？舜举曰：隶家画也。子昂曰：然，观王维、徐熙、李伯时皆士夫之高尚，所画盖与物传神，尽其妙也。近世作士夫画者，其谬甚矣。"(《唐六如画谱·士夫画》)

又董其昌《容台集》载，"赵文敏问画道于钱舜举：何以称士气？钱曰：隶体耳，画史能辨之，即可无翼而飞。不尔，便落邪道，愈工愈远。然又有关捩，要得无求于世，不以赞毁挠怀，吾尝举似画家，无不攒眉，谓此关难度，所以平平故步。"

从上面资料来看，无论是以萧散论诗画还是对"士气"问题自苏轼以来士人均表现出留心与刻意，思路均非常明确，只是在董其昌之前各家对二者的内在关联研究缺少努力与自觉。笔者下这个结论是想说在苏轼那里虽大力倡导萧散、简远，但并没有进一步推之为士气。在钱选那里，"士气"说虽被认定为士人的那种以绘画行为而超越达于无求于世的精神状态，如隶家摆脱是非，但此种状态理性内涵何如？钱选并没有展开探讨。

和这些前辈相比，董其昌的创造性表现出在对二者内涵探讨上有深刻的自觉，特别是没有完全混同于二者意义及用途，具体地看：

董其昌首先大力以萧散论诗画，全面以萧散来挖掘晋唐古韵。

"唐林纬乾书学颜平原，萧散古淡，无虞褚辈妍媚之习，五代时少师特近之。"(《评法书》卷一·四四)

"此帖(指官奴帖)……字字骞翥，势奇而反正，藏锋裹铁，遒劲萧

---

① 《苏轼文集》卷67，中华书局1986年版，第2124页。
② 《渭南文集》卷十三，转引自《陆游资料汇编》，中华书局1962年版，第399页。

远，庶几为之传神已。"(《跋自书》卷一·一二一)

"吴用卿得此，余乍展三四行……小字难于宽展而有余，又以萧散古淡为贵，顾世人知者绝少。"(《评旧帖·书黄庭经后》卷一·一三二)

"此卷用笔萧散，而字形与笔法一正一偏，所谓右军书如风骞鸾翔，迹似奇而反正。"(《评子敬·兰亭帖》卷一·一三三)

"此王珣书潇洒古淡，东晋风流宛然在眼。"(《题王珣真迹》卷一·一三五)

董其昌以萧散论书画的同时又推演"士气"概念。对此士气董其昌主要是从创作主体角度切入思考得出的。

其次，他明确指出士气是绝去甜俗，追求自然、古朴。其卷二第一条云："士人作画当以草隶奇字之法为之，树如屈铁，山似画沙，绝去甜俗蹊径，乃为士气，不尔，纵俨然及格，已落画师魔界，不复可救药矣。"又其在《题顾懿德春绮轴》称："原之此图虽仿赵千里，而爽朗脱俗，不为仇（实父）刻画态谓之士气，亦谓之逸品。"

再次，董其昌指出此士气体现在画的成品中就是气韵生动。达到的艺术效果是萧散。它既属于天成，同时亦有可学得之处，即可通过"读万卷书，行万里路"，通过向古人学习，向自然学习涵养以至于有萧散的胸次而得。

如其云："画家六法，一气韵生动，气韵不可学，此生而知之，自有天授。然亦有学得处，读万卷书，行万里路。胸中脱去尘浊，自然丘壑内营。立成鄞鄂，随手写出，皆为山水传神矣。"（卷二·二）又云："画家以古人为师，已自上乘，进此当以天地为师，每朝起看云气变幻……自然传神。传神者必以形，形与心手相凑而相忘，神之所托也。"（卷二·十九）

从上面的议论看，董其昌虽不能说真正意义地领会了中华文化所积淀的关于山水自然的精神，但毕竟发现所谓行万里路、以天地为师等思路对脱去尘俗来说所具有的不可替代的意义，看到了先贤品质、山水精神与涵养间的内在关联。另外，董其昌的创造性在于在囊括大量例证之后更突出强调了它们的精神底蕴。

最后，董其昌特别从正面指出绘画中的士气应表现出以下特征：

（1）指出此士气应当是秀润天成的。

其云："古人无一笔不怕千载后人指摘，故能成名因地不真，果招纡曲，未有精神不在传远而幸能不朽者也。吾于书似可直接赵文敏，第少生耳。而子昂之熟，又不如吾有秀润之气……"（卷一·二九）

又"赵大年画平远，绝似右丞，秀润天成，真宋之士大夫画"。（卷二·二六）

（2）指出此士气应内在有天真烂漫的生机。

其云："画之道，所谓宇宙在乎手者，眼前无非生机，故其人往往多寿。至如刻画细谨，为造物役者，乃能损寿，盖无生机也。"（卷二·七四）

又："《争坐位帖》宋苏、黄、米、蔡四家书皆仿之。唐时欧、虞、褚、薛诸家虽刻画二王，不拘于法度，惟鲁公天真烂漫姿态横出，深得右军灵和之致，故为宋一代书家渊源。"（卷一·九一）

"东坡诗论书法云：天真烂漫是吾师，此一句丹髓也。"（卷一·七）

（3）指出此士气乃是绚烂之极臻于平淡的境界，其云："诗文书画少而工，老而淡，淡胜工，不公亦何能淡。东坡云：笔势峥嵘，文采绚烂之极也。"（《容台别集》卷六）

"予有意为簪裾树帜，然还山以来，稍有烂漫天真，似得丘壑之助者，因知时代使然，不似宋世士大夫之昌其画者。"（卷二·一〇七）

综上所述，董其昌是以此作为他作画要达到的境界的。笔者认为在《画禅室随笔》中，"士气"应当是董其昌所推定的最核心范畴。其内涵已超越了中唐以来即被反复聚焦的萧散说[①]，是建立在萧散简远、绝去甜俗、秀润天成三个支点上的。

如果说萧散、简远是中唐特别是苏轼以来宋学学人的一个极重要的评品艺术范畴，那么董其昌一方面继续用萧散来考察上自魏晋以来的系列艺术重镇，用其作为抵御尘俗的壁垒，另一方面他也并不停留在此之上，而是进一步将秀润天成作为士气的内涵，从而使士气在明中晚期这个具体复杂的氛围中内涵得以再充实。

---

① 此处可参阅拙著《沧浪之水清兮——中国古代自然观念与山水艺术的诠释》，作家出版社2000年版，第169页。

第四辑　诗情与画意

这样一来，从以萧疏论诗书画到越来越浓的士气含融，董其昌最终以秀润天成使北宋以来关于气韵、胸次、韵味等山水画的讨论在新的意义上定格了。

二　董其昌的批评视界

伴随着上述理论形成，不难发现在《画禅室随笔》中关于历代山水画董其昌有一个非常明晰的批评切入角度与批评视域。

首先，他把山水画精品分成三种类型：

（1）第一类是闻其名不见其迹者。董其昌认为"古人远矣，曹不兴、吴道子近世人耳，犹不复见一笔，况顾陆之徒，其可得见之哉"。（卷二·六五）推测一下，董其昌这样区分目的可能还要更复杂一点，但其结果有一点不能忽视就在于他这样做最终把盛唐时代的吴道子，大、小李将军，王维推到了思维视域的最明处，成为最先要定夺定位的先圣。

（2）第二类是把五代北宋以来的范、李、董、巨作为考论绘画必须要考虑的一部分经常提起。董其昌认为他们各有门庭，即他们之间既有相通的地方，亦有不同之处。于是相同与不同之处的内涵应是什么这一问题也就被推到聚焦点。

（3）元明以来的画家在《画禅室随笔》中又是一类。在董其昌看来，他们一方面传承了范李的优势，一方面又自出新意。如何评估他们的优劣，如何找准自唐五代以来他们之间绘画风格的渊源，应是当前要解决的极端问题。

总之，一部《画禅室随笔》董其昌始终如一地以自己所标举的境界、审美旨趣为问题域，划分上述几类画家并广泛地评品自有画以来的各家各派，终于在历数的各家之后最终将思维聚焦至王维、董源与米氏父子。其云："米家山谓之士夫画，元人有画论一卷，专辨米海岳高房山异同，余颇有慨其语。"（卷二·六二）又："昔人以逸品置神品之上。历代唯张志和、卢鸿可无愧色。宋人中米襄阳在蹊径之外。余皆从陶铸而来。元之能者虽多，然承禀宋法，稍加萧散耳。……独云林古淡天然，米痴后一人而已。"（卷二·六三）又："米元章作画，一正画家谬习。观其高自标置，谓无一点吴生习气。又云王维之迹，殆如刻画，真可一笑。盖唐人画法，至宋乃畅，至米又一变耳。"（卷二·七八）又："董北苑、僧巨然都以墨染云气，有吐吞变灭之势。米氏父子宗董巨法，稍删其繁复，独画云仍用李将军钩笔，如伯驹、伯骕辈，欲自成一家，不得随人弃取故也。"（卷二·八十）从其论述不难看出以米芾为核心环节往上联系了王维、董北苑，往下联系了元四家终于成为他最突出要叙述的内容。

其次，董其昌的上述努力究其实是为了正面推出自己以下两项观点之所立，它们分别如下：

（1）董认为从王维以来绘画史上存在着一个正面的文人画系统。

其云："文人之画，自王右丞始，其后董源、僧巨然、李成、范宽为嫡子，李龙眠、王晋卿、米南宫及虎儿皆从董巨得来。直至元四大家黄子久、王叔明、倪元镇、吴仲圭皆其正传。吾朝文沈则又遥接衣钵，若马、夏及李唐刘松平又是李大将军之派非吾曹易学也。"（卷二·五五）

（2）董其昌依托禅宗亦借鉴了历史上的一些以禅喻诗的成果，用禅的宗派框架对应、编排了山水画史格局。在他看来，佛有南北，画亦有南北。而南宗画才是深得画之三昧者。

其云："禅家有南北二宗，唐时始分。画之南北二宗亦唐时分也，但其人非南北耳。北宗则李思训父子着色山，流传而为宋之赵幹、赵伯驹、伯骕以至马夏辈，南宗则王摩诘始用渲淡，一变钩斫之法，其传为张璪、荆关、郭忠恕、董、巨、米家父子，以至元之四大家，亦如六祖之后有马驹、云门、临济儿孙之盛而北宋微矣。要之，摩诘所谓'云峰石迹，迥出天机，笔意纵横，参乎造化者'。东坡赞吴道子、王维画壁亦云：吾于维也无间然知言哉。"（卷二·五六）

在笔者看来，以文人画作为审美范畴论山水画从宋代元祐时代即开始。如果说在元祐时代以苏轼为代表的学人的审美成就逐渐充实、聚焦山水画的精神，那么有元一代以元四家为代表不仅继承元祐文化的精粹而且在形式上也逐渐定位了文人画的格局。以这些为背景终于董其昌正面提出了文人画。另外，如果说以禅喻诗从宋代即有，董这里的以禅论画显然不同于此：至少表现为明确标举南宗以加强其喻旨，推出北宗与之相应、对

第四辑　诗情与画意

比以明确所借用顿渐之说。比较起来这些既不同于江西诗人的只取宗门，也不同于严羽的只取禅悟之态。他是以明确清晰思路既借鉴禅宗顿渐宗门，又借鉴禅悟境界的，是以两个相互关联的层面将一部画史囊括在自己的思维框架之中的。

从《画禅室随笔》看，无论以南北宗区分画还是以文人画审美范畴论画，董其昌都并没有漫无边际地放任自己的理论，它是有非常明晰的界限的，比如他并没有把魏晋时代包在框架之内，虽然于书法他把晋宋设为完美，董其昌的态度是在以上述所推出两点为思维前提，通过逐一反观唐宋绘画成就，最终明确了以王维为支点，并且即使对王维他亦是采取极谨慎的态度、客观的态度。

"昔人评王右丞画，以为云峰石色，迥出天机，笔思纵横，参于造化，余未之见也。往在京华闻冯开之得一图于金陵，走使缄书借观，既至。凡三薰三沐乃长跽开卷。经岁开之复索还，一似渔郎出桃花源，再往迷误，怅惘久之，不知何时重得路也。因想象为《寒林远岫图》世有见右丞画者，或不至河汉。"（卷二·一○四）

又"王右丞画，余从槜李项氏见《钓雪图》，盈尺而已，绝无皴法"。（卷二·四十）

这虽能见出他理论单薄，但同时又能见出他理论的谨严。众所周知，中国古代绘画从题材上大体上可分人物、花鸟、山水，并且至唐代这种划分越来越明确。

董其昌亦关注人物与花鸟题材。其云："画人物须顾盼语言，花果迎风带露，禽飞兽走，精神脱真，山水林泉，清闲幽旷，屋庐深邃，桥渡往来，山脚入水澄明，水源来历分明，有此数端，即不知名，定是高手。"（卷二·十六）但相比之下董其昌更关注山水画，可见他是有意将问题聚焦至对山水画的讨论，仅仅把山水作为讨论关于正统理论，关于境界讨论平台的，特别是依托着南禅的思路阐释着从王维、董源、米芾、元四家的进程。

在中国古代绘画史中我们知道，人物、山水、花鸟三种画科本有千丝万缕的联系，若将同一时代的人物、山水、花鸟联系起来讨论思路可能会广博于不同时代的山水，但董其昌有意将这个思路放弃，目的也是把自己的理论与讨论明朗化。

我们认为董其昌这样做其最大价值在于开拓了他之后中华学人讨论中国山水画的问题域，将从北宋以来众多学人关于山水画的诸多讨论聚焦到此，使后来的学人有问题可言，有观点可思，有门户可依。换言之，放开点说，董的这个问题的提出定格了文人画的问题在于讨论正宗，讨论本源，讨论本然，讨论"诗人何为"等①，使明代从前后七子、从张綖、从何良俊等所兴起的关于文艺正统问题的讨论最终在绘画领域归于明晰与集成。

三　董其昌的是与非应怎样定位

在笔者看来，读《画禅室随笔》在感慨董其昌的悟性与严整逻辑的同时，我们还必须对其理论加以反思，亦即宜将其理论放回到宋元明的大背景上去做更具体有效的还原才能达于对其准确评估、定位的效果。否则董其昌的逻辑只能是左右我们去理解中国画的观念，进而成为导致我们关于这方面审美思维的惰性。

若从宋元明文化的大背景上看过去，若理解董其昌的理论我们以为应有如下几点是要首先明白的：

（一）董其昌的理论形成于万历年间，属于中晚明时期，此时王阳明的理论已深入人心，但董并没有顾及王学理论，这是非常遗憾的。为了说明这个问题，我们试着将他与元初赵孟頫做一些比较。我们知道赵孟頫是以倡导古意而成为影响着他之后追随者的先导，但赵的内心世界其实是很凌乱的和抽空的：虽然一方面倡古意者说明他还没有丢掉道学思路（推古意以明理趣），但另一方面由于他模糊了道学的庄严，于是，"道法自然"虽是他所提出但在他那里亦就没有了力度。②

与赵相比，董其昌同样亦没有捡起道学的庄严。亦就是说，董其昌虽找到了一条铺陈自己理论的思路，但由于缺乏一个士人儒家使命的涵容，

---

① 海德格尔语，见《诗·语言·思》，彭富春译，文化艺术出版社1991年版，第82页。
② 《赵孟頫画语录图释》，西泠印社1991年版，第18页。

第四辑　诗情与画意

因而显得苍白。

另外，值得说明的还有从《画禅室随笔》留给我们的资料来看，他亦接触过当时临济禅的重要人物，特别是接触过明代高僧德清与真可。① 但从董其昌的态度不难感到他们最多当是当时思潮的不同层面，完全看不出他们间的相互影响。正因为这样，故虽然他所倡导及所反对均非常明确，但内涵仍或显得含糊或显得单薄。

（二）董其昌虽列举了南北宗二派的代表人物，但很可惜他并没有认真地去探讨从中唐到北宋各个转换时期这些人物所具的不同涵容及特征。换言之，由于没有注意每个阶段作为不同画家所具的具体历史因素而只是从所设定的观念出发，因此，于宗派格局列举越具体越显出概念化。其实，他所列举南宗从王维到张璪、荆、关、郭忠恕、董、巨、米家父子，他们间的内涵是大不一样的，这其中包括从盛唐向中晚唐审美观念的变迁；从中晚唐五代向宋初道学思想的复兴印迹；从宋初向元祐文化的转换道学成熟文化涵容等。因而，这些画家的使命并不一致，在笔者看来，找到他们不一致的地方也许更深刻、更具体，亦更有说服力。

同样就董其昌所列举的北宗来说，其思路亦显得含糊。且不说董其昌没有更深入考察李思训、赵伯驹、马、夏辈内涵的严重不一样。他一会将李昭道列为北宗，一会将李昭道列为士人画，这其中就暴露董其昌审美心理有极大的矛盾和内涵上的不清晰。②

其云："李昭道一派为赵伯驹、伯骕精工之极，又有士气，后人仿之者，得其工不得其雅。若元之丁野夫，钱舜举是已。"（卷二·七一）

为了更好地说明董其昌在这个问题上的粗浅与概念化。我们想放大一点将他与清代常州派词论家况周颐、陈廷焯，特别是与刘熙载做一些比较。

我们不难发现，与董其昌相比这些评论家亦均很灵气，均有一个严谨

---

① 屠友祥校注：《画禅室随笔》卷四，凤凰出版传媒集团有限公司 2005 年版。
② 徐复观《中国艺术精神》也多用力于指出董其昌圈定了哪些正宗，但恰好是用董其昌的套路，并没有从文化角度来阐释（春风文艺出版社 1987 年版）区分。可见董其昌的不良影响。

的逻辑核心。不仅如此,这些评论家以所推出的"词心"[①]、"本原"[②]、"清空与骚雅统一"[③] 等命题核心跨越时代连根着中华传统的总精神。受他们理论启发我们不难发现,其实历史上许多名家的理论之所以深刻均在于他们的理论能依托于此总精神而呈自己的特色。换言之,历代的许多士人所以是名家均是在总精神辉映下而呈现自己的时代印迹的。

相比之下,董其昌虽亦推出南北宗与文人画范畴,但这些范畴实质上没有从最根本精神层面联体着中华总精神。前面即讲过他的思想看不出受王阳明的影响,亦很少从精神上说有或看出从王维到北苑、米家父子的真精神涵容。

故此,我们将他拿来与清代几家相比,亦不必讳言他的浅俗与含糊。

(三)董其昌的南北宗之论表面上看起来是他个人观点,而实乃是有明一代广大士人苦思冥想所出艺术价值观与审美标准折射在他身上的结果。

从文学史上我们不难知道,此时的诗文从茶陵派前后七子到唐宋派均如此标举正统,词学亦如此,以张绠为代表词学评论家以豪放、婉约论词,以婉约标举雅正。[④] 但他们或是没有找寻到诗的使命,或是完全抽空了词中的宋学旨趣,使原本深刻的作品浅俗化。

董其昌的思维显然没有脱离这一思维的氛围,表现着受正统思想观的束缚。只不过他的正统标准已悄然脱离了前后七子的气象、气格说,而转为以"平远"、"超诣"为正宗。但这也只能说是明代士人审美到董其昌这里已经在走向更颓败侵蚀的境地。

以上我们是从三方面来指出董其昌理论的短处与局限及容易误人之处。但并不是说董其昌的思想没有创造性的地方:

(1)董其昌把所理解的正统问题变得更细腻。它超越了将正统争论仅放到唐宋时段相纠缠的思维格局,而有向更深一层从精神上开去的迹象。只可惜他没有从切实的、更有效的途径对所谓"正统"的历史蕴含、结合

---

① 语见况周颐《惠风词话》卷一。
② 语见陈廷焯《白雨斋词话》卷一。
③ 语见刘熙载《艺概·词曲概》卷四。
④ 语见徐釚《词苑丛谈》卷一。另请参阅本书《词论的聚焦与突破》一文。

时代精神加以挖掘。因此一部《画禅室随笔》读下来，逸则逸矣，不能指导出正气。其实，无论是唐还是宋的绘画均并非如此，这是我们读《画禅室随笔》必须要有的自觉。

（2）董其昌过于从禅到禅，而不是从与禅有千丝万缕联系的这一更深刻的文化背景来理清禅，感悟禅在唐宋元绘画中的意义，情怀上显然是苍白的、浅俗的。前此《沧浪诗话》虽是以禅喻诗，但让我们读出的是一派鸿儒的气象，比董其昌要深刻得多。两相比较起来，虽然他们均无意于禅，但严羽仅取其禅悟的方式、方法、境界，以此喻诗，① 而董其昌却以禅在历史上的存在因缘简单地比附山水画史，显然过于草率。

（3）董其昌和宋人比较起来将原有的以陶渊明为阐释平台一变而为以王维为平台。今天看起来，不论怎样说都为后人提供了另一条探讨、挖掘中国山水艺术美的途径，从中可以见出中华士人的审美历程。这一点是他最闪光的地方。②

---

① 此处可参阅本书第二辑第一篇有关严羽的论述。
② 此处可参阅拙著《苏轼和陶诗与北宋文人词》有关论述。笔者以为伴随道学的成熟，在士人的审美领域有一个由白（居易）陶（渊明）向韦（应物）陶（渊明）的审美思路转换。而对比之，董其昌的意义在于在赵孟頫思路基础上又提出了从陶渊明向王维为解释平台的转换。这应是中古以来中华士人审美的三个阶段，可加以思考。

第五辑

聚焦与反思

公案戏杂谈

——以关汉卿的《蝴蝶梦》为例

本文主要是依托元杂剧材料来切入关于中国古代制法、执法问题的杂谈，并从法与伦理关系的角度来探讨元代公案戏的价值。

公案本意是指旧时官吏审理案件时所用的桌子。此一本意到了中唐以后有两个极有意味的引申：

（一）引申为是非判定的案牍文件与事理。

（二）宋元时期，禅宗传人又借以特指前辈祖师的言行，禅宗传人往往将其作为判定自我是非迷悟的典型范例。

公案在这些方面的引申及旨趣，可以说在中唐文人仕子的著述、言行轶闻中就有存留，宋元时期尤盛。中国士人自古就有述而不作，乐于将自己学问落实到平常日用之中的传统，后人也习惯于借先哲言行来领略其生命风采，体会其道悟次第与灵性舒展状况，这在禅门高僧尤其如此。铃木大拙即有云："公案往往是老禅师说的一些话或对问题所作的回答。借此可以测验禅悟的正确性。"[①]《五灯会元》、《景德传灯录》、《古尊宿语录》均是以公案形式所辑录的禅门各代宗师言行的重要文献资料。因此被视作禅门公案的典型范例。

众所周知，宋元时代是所谓讲唱文艺发达的时代。在这样一个文化烂熟时代里，公案所具是非判断方面的意义及理路又往往为艺人结合着办案者的日常言行、生平阅历等引申、演绎成情节故事。更有甚者，文人也积极参与对之进行润色加工，于是在宋元戏曲时代就出现关于公案的两个更

---

① 参见［日］铃木大拙《禅与生活》第六章，光明日报出版社1988年版。

第五辑　聚焦与反思

宽阔的延伸结果：

第一，一种新的文学题材产生并逐步热闹起来，随之，传播其的一种文学新媒体也逐步成熟了。这种新形式即公案戏、公案小说。

第二，在公案戏、公案小说中一个突出特点是从单纯叙述法理向将法理与执法者的人格及履行时所含涉的伦理背景更整一地结合在一起呈现。在此之中，创作者所依托的载体人物性格也逐步生动起来。

公案戏主要成熟、活跃在元代，又称公案断狱剧。

现存元曲中公案断狱剧据青木正儿统计有十五种，[①] 而在剧中被当作正面描绘的判案大人仅限于下列三位，他们分别是：

张鼎：《魔合罗》（孟汉卿撰）

王攸：《救孝子》（王仲文作）、《杀狗劝夫》（萧德祥撰）

包拯：《蝴蝶梦》、《鲁斋郎》（关汉卿作）、《后庭花》（郑廷玉作）、《生金阁》（武汉臣作）、《灰栏记》（李行道作）、《陈州粜米》（无名氏作）

在这些杂剧之中，《蝴蝶梦》、《灰栏记》、《陈州粜米》可以说不仅是公案戏同样也是元杂剧的代表作，这些戏的主人公均为包拯，故又称为包公戏。笔者认为可能正是由于这些剧的成功创作，使公案戏之中所包含的关于法与伦理关系问题的思考在元代复杂的社会背景上热门起来；公案问题讨论的平台——讼案主人公包拯形象也在此之中凸显出来，特别是还有一个显著特征是以公案为载体所讨论、升华的伦理均集中在包拯身上，并成为经久讨论的话题。

先来看一下杂剧所创造的包拯形象。

包拯（999—1062），庐州人，字希仁，天圣进士，仁宗时任监察御史，后任天章阁待制，龙图阁直学士。在广为流传的关于他的作品之中，一般的背景前提是他知开封府时以廉洁奉公、清正精锐著称，所谓"如一轮明镜高悬在上面"。执法严峻，不畏权贵，除暴安良。上述这些特征若从艺术创造的角度说，固然有类型化之嫌，但我们也不必否认的是这些特征所表现的正是当时社会人们共同心期的社会政治理想、人格理想心期的

[①] 参见青木正儿《元杂剧概说》，上海古籍出版社1983年版。

关于伦理与法的关系裁定。

具体到上面三剧的来看,若从人物创造的角度来说,虽剧中包公的基本形象特征没有超出所概述的范围,但在不同剧中关于其品行的揭示又有所侧重,即是说三剧虽均是包公戏,又各自成就了自己特有的风格,思考着自己的问题,它们所表现的是包公不同层面:

在《蝴蝶梦》中创作者主要表现他不畏权贵,将法与伦理纳入灵魂深处进行较量,从而以他的痛苦表现思维的深沉,以他的决绝表现对伦理呼唤之迫切。[1]

在《灰栏记》中创作者主要表现他在伸张正义,执行法理时因为有伦理的充斥而呈现的机智英明。所谓"律意虽远,人情可推"。"视其所以,观其所由。"

在《陈州粜米》中则主要表现他因为人格的健全、健康向上而具有的幽默、机警与从容不迫。让观众触摸到天下太平时执法者应是怎样的风情。

从上述这些概括中,我们可见元代公案戏的意义在于能够从某种程度上代表着有元一代士人正在越过简单的反抗情绪,从更理性角度来企图动摇元代统治的根基,亦即正试图以健全伦理来反照元统治者在立法上的纰漏,并用伦理所具魅力来呼唤自己的社会理想,以人格的诗化来期待社会理想的诗化。

当然在《陈州粜米》等之中,我们也能读到包拯所流露的悲观情绪,如其第二折云:"有一个楚屈原在江上死,有一个关龙逢刀不休,有一个纣比干曾将心剖,有一个未央宫屈斩了韩侯","岂不闻人到中年万事休"。所有这些若从思想上说恰从侧面暗示着其所思问题的沉重,从艺术的角度说又无疑是在增强形象的真实性。

以至于从这些剧中笔者获得的太多的感想,兹简明如下:

一 什么是法

其实整个世界即是法,法的本义是指世界本身以其色彩缤纷与光怪陆

---

[1] 本文所引元剧均据中华书局版(明)臧晋叔《元曲选》。同时参照《全元戏曲》,人民文学出版社1990年版。

第五辑 聚焦与反思

离而对其本质的展示与概括。对于此，佛教有过最早也是最严密的概述，在我国唯识宗曾立五位百法以总括宇宙万有，五位者：心法、心所法、色法、不相应行法、无为法。其实从资料中我们知道这一观念本来自印度，后来到中国又为广大士人所接受。在原始佛教的教义里，《楞伽经》[1] 曾把一切有为、无为、有漏、无漏诸法归纳成五法：

①森罗万象事物，情与无情，千态万状，其形相个个不同是为相。

②依彼种种相，假设种种名，以表诠之是为名。

③于万物之相及名思量之，识别之，于是有所谓大小、高低、美丑、是非、优劣等出现，是为分别。

④无漏心，心所，离虚妄分别观名相互为其客，离常离断，如理而知是为正智。

⑤由正智所证得的境界，心境皆寂，一如真如的体性是为如如。

综上不难看出，在佛教看来，我们说的世界不是指世界本身而是指我们主观于其上的观念，也即是说是我们主观于其上的关于世界的法。

佛教的这种认识，西方一直到18世纪洛克以后才明白，[2] 也就是西方学者最终也认识到他们所谓把握世界只是把握到一些关于世界的观念。所谓"整个世界即是法"这一命题当是从这个意义上说的。在这里我们所得到的启示是，法不是我们要努力去维护与遵循的，而是必然如此。亦即我们正生活在法的世界里，法存在于我们无所不在的触处。由此我们得到更深的启示是：

第一，我们通常所说的依法治国，以法理天下，严格意义上不是指从无法到有法，准确地说，当是指变化我们制法的观念，调整我们面对传统、面对世界的方式。公案戏所展开讨论的就是关于法的各方面状况，并试图从立法、执法的角度表现对元统治者的反抗意识。第二，拉回到当今世界确实存在着接轨、对话、世界化等潮流，存在调整法、健全法的意识，但这些都不是我们否定传统、丢掉传统的理由。相反，丰厚的传统却

---

[1] 本文所参《楞伽经》据南怀瑾《楞伽经大义》本，北京师范大学出版社1993年版。

[2] 参赵敦华《西方哲学简史》有关章节，北京大学出版社2001年版，另参亨利·托马斯《大哲学家小传》，华岳文艺出版社1988年版。

是我们建立新观念、确立新法必须要考虑的，元公案戏之中所创造的包公将法、人格、伦理道德、正义、机智等融为一体的思路，就其不断在读者观众中引起共鸣来说它应该是未来的所谓法制建设足资参证的蓝本之一。或换言之，我们没必要去埋怨包公无法制观念，而毋宁更重要在于思考包公何以无执法之观念。

二 关于法与历史上的法家、儒家关系的思考

诚然，从这些剧中，我们也可以看出中国古代法律的一些不足：所谓不健全、不平等，人治大于法制等，凡此种种。可是我人何尝又不能看出古代法律的一些正面的积极意义，那就是在公案戏之中，不难发现人格精神、文化蕴含往往是决定公正的最后依据，是展示其魅力的最根本、最丰厚的基础，特别是中国人所景仰的天良（本文是指天地万物一体，民胞物与的和谐）[①] 才是法律的终极依托。从这个意义上说，元杂剧给人的启示应是对中华之传统（在这里笔者指的是驱动诸子百家的根）的开发利用，也许是未来法律所具生命力的一块重要基石。

为了明白这个问题，笔者认为对我国古代法制至少要建立以下几点自我意识：

（一）法家思想在历史上曾经也有过独当一面成为国家指导思想的恢宏时刻，即在秦朝。但他的弊端几乎为人所共识，就是忘掉了自己是从儒家思想中的分化，不仅如此，法家还有意识地排斥儒家对人的精神的铸造与养护。笔者认为，法家其命运以凄凉而告终不能说与之没有关系。换言之，法家在历史上其教训来得迅速且深刻，这何尝不能说明把法从丰厚传统背景中抽出的苍白与无力。

（二）通常所说儒家有魅力，就其根本原因来说是因为他们更深刻地运用着法律，其内涵是儒家善于和特别刻意于从文化的大背景来洞彻法律的依托，认识到法律的使命在于对主体人性的探寻与建构，最后又本着这种精神来制定法律、看守法律。

[①] 参见王船山《张子正蒙注》的《西铭》部分，中华书局1975年版。

（三）我们通常将民族今日的种种弊端说成是传统思想太深，其实我们每个人扪心自问一下就不难发现我们的灵魂深处究竟还有多少明确的文化传统观念，换言之，诚如许多学人所指出的那样，许多人之所以犯法不是传统太多，而恰是文化太薄，也是公案戏最早给后人的启示。比如在《灰栏记》之中将财产与子的归属捆绑一起，这看起来是依据传统，而恰恰相反是批评没有尊重传统，把人与人间的关系过简于利益化。

而对照一下我们不难发现，在这几个剧之中包拯形象所以赢得百姓太丰厚的声誉，主要是因为我们可以从他执行法时看到中国传统文化的深深活力，感受到了中国人所推崇的天人合一的圆融境界对立法的意义。

从这个意义上看，无疑公案戏的深刻价值即在于通过包拯形象提供了一种关于治法、守法的理解阐释，从而从这个角度展开对儒家的深沉呼唤。

三　如何处理法与伦理的关系

假如将上述三剧作一番比较，我们认为《蝴蝶梦》在思想上可能更深刻一点，因为该剧自始至终表现儒家伦理与所谓凌驾于儒家伦理之上的蒙古统治者所给出的法之间的较量。它的意义在于引发人去思考究竟什么是立法的依据。具体来看一下，概括起来该剧关于此思考的展开可分为三个阶段：

一者，王氏父子代表的伦常与葛彪代表的法之间的冲突，结论表现为法若脱离伦理其形象是苍白的。从剧情中我们知道：

王氏兄弟中的老大、老二均是依照伦常行事：读书、习文、埋头苦干，以期待将来有所谓"一举首登龙虎榜，十年身到凤凰池"（老大），"十年窗下无人问，一举成名天下知"（老二）。

王老汉也是依照伦理首肯他这三个儿子的，具体行为是时时处处支持儿子的志向，在该剧中的表现上怀着天伦走到市上替三个孩子"买些纸笔"。可正因这些而与贵人葛彪发生了冲突，从剧情看，葛彪因为有可持以保护的法，表现出极端蛮横，无谓地打死了王老汉，这意味着法由于没有伦理作底蕴在运行中出现了难逃的困惑，亦即与伦理有矛盾冲突可能变成残酷的实际。而法与伦理双方对照起来，无疑法是苍白的。

二者，三兄弟被押解到开封府与包拯冲突意义何在？该剧重点在此环节上作了铺陈：包拯开始以所谓法行事，"打死人且打死平人罪加一等"，但王氏兄弟及其母争先恐后要求抵命，这个细节着实让包公为之一怔（秦简夫《赵礼让肥》剧也有类似情节，两剧相加，无意又把葛彪编进了土匪阵营，颇具意味）。接下来的情节是王婆在厅堂对三个儿子做了动情的分析，并且面对不得已献出自己亲生儿子王三的残酷事实，毅然指责包公"官官相卫葫芦提"等，所有这些情节将以血缘关系为基础、以实用理性为表现形式、以和于天地万物为终极理想的华夏伦理表现得丰富多彩，说明伦理在不得已屈从于法时依然表现着自身的活力与魅力。相比之下，包拯判案所依据的法就显得苍白、虚脱、经不起推敲，也因此就促成了包拯逐渐对法产生了动摇。

三者，戏剧的高潮部分是包拯自身所激起的法与理的冲突，所表现的是天人不能对话的困惑，戏剧以充实着激情的铺叙说明重新恢复对话的基础必须是伦理。

依照法三兄弟中一人必死，依照理三兄弟皆可大赦，这个矛盾确实让包公在一时之间感到异常困惑。诚如剧中所云，包公一方面自惭"这些公事断不开，怎坐南衙开封府"；[①] 另一方面也期望寻找一角度自立："我扶立当今圣上明主，欲播清风千万古。"[②] 经过一番内在的冲突，在包公内心深处伦理战胜了法，即是说，包公至此感到伦理才是维系社会的更深层、更具普遍意义的标准。其云："信道良贾藏若虚，君子盛德，容貌若愚，为子者至孝，为母者大贤，这样的事三从四德应褒封，贞烈贤达宜清奉。"[③] 应该说这是他对法与理关系的深刻认识。这里所说透彻的含义无疑是在包公看来法律若脱离了伦理就解释不了社会的公平、阐释不出社会的正义。

[①] 《蝴蝶梦》第二折最后。
[②] 同上。
[③] 同上。

第五辑 聚焦与反思

综上几点不难看出,关汉卿寄托于该剧的深层意蕴在于指出在需要重建理性的时代里,伦理与法的关系是必须要思考的重要环节。展开点说,此环节至少包含伦理在法制定上应处什么样地位?伦理在执法者的人格上及行为上应有什么样的分量?诸如此类,笔者以为该剧提出了一系列比简单的执法更深刻的问题,笔者以为该剧提出这些问题比解决这些问题可能更具有价值。也正是从这个意义上,该剧比《陈州粜米》、《灰栏记》中的单纯惩恶扬善、除暴安良显出了更深刻的含义。

另外,假如将此剧放到关汉卿本人的创作境界里研究、梳理也很有意思,我们试将其与《窦娥冤》比较一下,如果说《窦娥冤》仅表现着天理人情的悖谬、天人不能对话,那么《蝴蝶梦》则是找到了对话的基础,此基础就是以儒家思想为内涵的良知,而公案戏里所探讨的法与伦理的关系则是此类问题讨论的切入角度,公案戏的价值就在这里。

该剧在艺术上也很有特点,表现为:

(一)虽是悲剧,但语言丰富且不时加入一些幽默逗引,比如楔子中王三对父母的谐语,又临刑时叮嘱狱卒的话"哥哥你丢我时,放仔细些,我肚子有个节子里冒出来"。凡此种种,可以说既增强了戏的表演效果,也透彻着汉族士人在法理冲突时的无奈。从艺术构思上说,是所谓"以乐景写哀哀更哀"。[①]

(二)悬念设置。包公做梦大蝴蝶救两小蝴蝶,不救剩下一只,这一细节至少有两层含义,一者包含士人的那种庄生蝴蝶的迷茫与感伤,所谓"梦里真非戏,公案戏如真"。二者留下包公断狱的困惑与悬念,也即是说留下了在一个残酷的时代从伦理角度来思考法其结果应如何的悬念。

(三)该剧楔子里开场诗"月过十五光阴少,人到中年万事休。儿孙自有儿孙福,莫为儿孙作远忧"。将中国伦理中深刻道理表现得极为平素与感伤,为其他题材的元杂剧对伦理的铺陈开了一个好头。且对于公案问题讨论来说,这又是在平添着宣泄自己的无奈、世界的荒诞、伦理的

---

① 参见王船山《姜斋诗话》,《清诗话》,上海古籍出版社1999年版。

漂泊。

　　综上几点，笔者想要在《蝴蝶梦》的艺术特征上得出的结论是关汉卿对法与伦理关系的思考绝不是偶然的，此类问题关汉卿是经过深思与刻意的，因为作者对之做过深细的再创造。

从张协状元到蔡中郎

——高明与《琵琶记》略述

在中国古代戏曲理论批评史上,发生于明中叶的《琵琶》、《拜月》之争历来是被学人关注的重要命题。从戏剧发展史上我们还知道,这两部戏本来在明中叶以前其优劣曾已经是定论的事。其具体情况是这样的,早在明立国之初由于开国君王朱元璋的干预,广大士人普遍认为《琵琶记》在思想和艺术上全面高于《拜月亭记》,是艺术与内容配合最默契,结合最完美之作。

可此种情况到明中叶有所变化。首先是何良俊认为《拜月亭》当行,[①]更适合舞台演出,何良俊的观点一出立即遭到王世贞、徐渭、王骥德等的争议。王世贞认为《拜月亭记》"无词家大学问,无裨风教,并且剧情也不感人"。[②] 徐渭学生王骥德认为《拜月亭记》剧"宣淫,端士所不与也"。[③]

此观点虽鲜明但应该说还只是争议的开始。接下去和他们同时代的学人凌濛初、徐复祚、李卓吾等纷纷起来表明自己的观点,使讨论更进一步热闹起来。这些学者总的观点是支持何良俊。比如凌濛初认为《拜月亭记》模拟娇憨情态,活脱逼真。徐复祚认为世人以《拜月亭记》"无风情、无裨风教,为二短,不知《拜月亭记》风情自不乏"[④]。

---

① 参见何良俊《曲论》。
② 参见王世贞《曲藻》,《中国古典戏曲论著集成》(四),中国戏剧出版社 1959 年版,第 34 页。
③ 参见王骥德《曲律》,《中国古典戏曲论著集成》(四),中国戏剧出版社 1959 年版,第 160 页。
④ 参见徐复祚《曲论》,《中国古典戏曲论著集成》(四),中国戏剧出版社 1959 年版,第 236 页。

到李卓吾出来更是以支持何良俊，使本次争论在理论上得到更进一步升华。

李卓吾认为《拜月》、《西厢》均是作者有感、有为之作，不能等闲视之，而且在艺术上均达于"化工"、"至觅其工，了不可得"。"工巧自不可思议。"而《琵琶》只是"画工"，虽穷巧极工，不遗余力，但由于人为雕琢，语尽而意亦尽，词竭而味孛然。并且认为《琵琶记》"入人心不深"在于"似真非真"，也即"太戏"[①]，也正因为太戏戏反而不像。

今天看来，这样一场发生在明中叶的争议至少可以让我们得出以下几个结论：

（1）针对明初太祖以来对《琵琶记》的过度倡导，其争议真实意蕴应在于有意打破因《琵琶记》独占剧坛所带来的文坛沉闷局面。

（2）以对《琵琶记》之所谓"全忠全孝"的非议，呼应了正在酝酿的王学左派的浪漫洪流以及由此引发的诗文领域冲破拟古之风热潮。

（3）当然也应当看到的是，这些明中叶学人对《琵琶记》所展开的讨论仅仅局限于太祖给定的思维范畴与审美价值，并没能回到《琵琶记》产生的元代后期复杂的社会背景上来考察它所隐的深厚思想。笔者在本文里并无意于分出《琵琶记》、《拜月》的高低，只是想说明明代学人对《琵琶记》的评价并没有抓住其要害。

为了理清《琵琶记》中所蕴含的思想内涵，我们首先来考察一下元代的儒家发展状况，学术界一般把元代、宋代归类于同一个文化区间，认为元代的儒学以及波及审美领域的美学诸思潮均是宋代学术的继续，本文也同意此种观点。以此为背景笔者试着把元代儒学分为两个时期：

1. 元初汉民族文化遭毁灭性摧残而汉族士人自觉对抗异族、维护儒学期。

2. 成祖大德年后儒家重新归位思想核心，但持守儒学的士人却发现儒学自身存在严重困惑，士人心灵世界普遍有新焦虑。可以说儒学的上述两个阶段及特征也是元代社会的审美思潮滋生滋长的基本背景。

从元代的剧作中我们不难发现儒家的这两个阶段在戏剧中均有表现，

[①] 李贽：《杂说》，引自郭绍虞《中国历代文论选》（三），上海古籍出版社1980年版，第120页。

第五辑　聚焦与反思

比如《窦娥冤》剧深刻性即在于借女主人公的悲剧表现儒家价值观念遭摧残所引起的心灵上的困惑，① 如果说《窦娥冤》剧能代表第一个时期特征即豪辣浩烂的对抗，那么高明《琵琶记》则是第二时期的代表。

高明（1308—1359），字则诚，号菜根道人，浙江瑞安人，自少即以博学著称，曾投于理学家黄溍门下，也曾参加围剿方国珍起义，随后厌倦功名，约于至正十六年（1356）之后隐于浙东宁波，以词曲自娱，创作了此颇具影响力也同时颇有争议的南戏剧作，将南戏带上了一个新台阶。

《琵琶记》材料源于宋代南戏戏文《赵贞女》，《赵贞女》的戏曲情节大致如下：蔡二郎应举考中了状元，他贪恋功名利禄抛弃双亲妻子，入赘相府，其妻赵贞女在饥荒之年，独立赡养公婆，竭尽孝道，公婆死后，她以罗裙包土修筑坟茔，然后身背琵琶上京寻夫，可是蔡二郎不仅不肯相认，竟还放马踩踏，致使神天震怒，最后蔡二郎被暴雷轰死。

从剧情来看，毫无疑问这是一个可归属儒家问题域的惩恶扬善故事。许多学者都发现在南戏之中这是一个极常见的主题，即通过曲折故事表现对所谓"负心汉"的谴责，比如《张协状元》、《王魁》、《王焕》这一题材主题均即非常类似：末角均是一落拓书生，旦角是一美丽善良女子。其中以《张协状元》最为著名，该剧最突出的剧情是男主角经历了一系列磨难，每次都是在女主角的协助下才走出困境的，但最终男主角却背弃其妻走到背理忘情的死角。不难读出这些剧目剧情均是用南宋儒家理来设置冲突的。我们知道南宋时浙闽一带是理学的中心，百姓极易受理学的熏陶而在有意无意之间接受此类剧所演绎的义理，或按照义理来阐释主人公的品质。

元灭金宋之后此种书生题材及构思模式可以说还继续为元杂剧作家所采用，只是剧中书生形象的内涵发生了变化，这最典型的当数王实甫，他的《西厢记》与《吕蒙正风雪破窑记》均是以喜剧大团圆结局，男主角由原初的负心汉形象转变成一个最初穷困落拓而通过努力终于发迹、振兴的

---

① 笔者认为《窦娥冤》第三折中的"滚绣球"等唱词即具此种内涵，而窦娥悲剧命运即是此困惑的载体。"豪辣浩烂"乃贯云石评同时代曲作者冯子振语，笔者以为可以以之作为整个前期元曲总的风格特征。

正面形象，与前面《张协状元》等的价值趋向有明显不同。

笔者认为这种思维方式的转变并不是偶然的，是作者有意无意间从一个隐性层面呼应元初反抗的总主题，只是故事情节更曲折表现更隐蔽，大致上是表达当异族入侵时一代书生虽落拓，但最终通过努力而改变自己命运，从而隐喻着关于超越的思考。可以说这是他们审美价值的总趋向。

如果说从谴责儒生的负心背义到表彰儒生的忍辱负重是从《张协状元》到《西厢记》关于书生题材描述时价值观念的一种转变，那么更进一步以书生为载体来展示社会亟变时广大士子的更复杂的心灵世界，则是《琵琶记》的一种更新的价值转向。

不难看出，在《琵琶记》之中，主人公书生形象就不是那么单纯，而作者的用意也更深沉，简单地说是要通过书生反思产生于儒家思想自身的时代困惑。

与元杂剧前期的一些代表作家不同在于：前期作家表现在作品中儒家思想是确定的，以儒家思想定位的价值趋向也是给定的，也正因为如此，虽然剧情不同但企求振作向上、期望重返和谐圆融则一直是他们普遍的价值观，而在《琵琶记》之中，作者新意则是把角度转到对儒家思想自身的反思上了。

前面已经讲过，从元中叶起儒家思想就又重新站住脚跟，恢复到它原来的地位，但随之由于面对新背景，儒家自身问题也暴露出来，可以说到了《琵琶记》的创作时代，反思讨论儒家应以怎样的姿态来应对此山雨欲来风满楼的局面，如何立足风起云涌的元末农民起义的大背景来厘定儒家自身的价值，应当说是当时社会思潮的主流。不难发现当时名著刘基《郁离子》、施耐庵《水浒传》、罗贯中《三国演义》其思路与价值大体上均如此。[①] 与它们相比，笔者认为《琵琶记》所包蕴的这种深沉厚重之思考也是通过阐释历史的形式出现的，具体地说，高明本剧的思索以重新阐释《赵贞女》形式出现，而创造性则在于用艺术语言以赵贞女故事为载体将蔡伯喈推为第一主人公从而将儒家自身矛盾问题作了全面铺开：

---

① 此处亦可以参考美国学者浦安迪《明代小说四大奇书》（生活·读书·新知三联书店 2006 年版）中的论述，思考明白这些明初士人的更真实目的。

这些问题是：蔡伯喈一个努力于按照儒家伦常行事的孝子，却处处表现与伦常的悖谬。作为蔡伯喈形象的补充，赵贞女一个全力支持自己丈夫的贞妇（动用真感情、耗费真青春）却正遭受着情感的危机。同样，牛小姐一个全力实施妇道的闺秀，却走到贤良的背面。我们注意到剧本是在多个环节上全面铺开、尽情展示此一系列困惑、矛盾在心灵上的激荡的。

首先在蔡伯喈身上，该剧是以所谓"三辞三不从"（辞试不从、辞官不从、辞婚不从）全面铺陈他内心深处情与理的冲突、揭示他灵魂之中情之于理的相悖谬，从而表现作者对儒家伦理重建、儒家自身矛盾与困惑深层关切。

为了铺翼、烘托蔡伯喈身上的此种矛盾，该剧又平行展示了此矛盾在其他所有角色身上的表现，简单地说，在蔡父身上其矛盾为：送子从理，悔恨从情。

在赵贞女身上其矛盾为：赞同从理，挽留从情，去从理，留从情；寻找从情，探试从理。

在牛小姐身上其矛盾为：恩爱从情，自责从理；尊父从情，力争从理。

在牛丞相身上其矛盾为：择婿留女从情，允许夫妻同归守孝从理。

总之，情之于理的严重不协调在《琵琶记》中被暴露得淋漓尽致。这就使该剧所陈述之理超出了"忠孝不能两全"的简单说教，该剧铺开的情节亦超出了它所依持的才子佳人、负心弃妻的故事演义。

前面讲过，从有元以来，落拓书生在戏曲之中曾一度被作为阐释儒家义理的载体、作为呼唤民心振奋的载体。而在《琵琶记》这里，落拓书生同样在作为一个严肃的思维载体，不过所载以陈述者却无疑是儒家自身的矛盾：理与越来越细腻复杂的人情如何能协调。

从这个意义上说，在元代后期复杂的社会背景下，在儒家思想渐趋于一尊的情况下，《琵琶记》将情与理如何能协调这个问题极其细腻纠结、沉重地提出来，应该说是它的价值所在。

诚然在《西厢记》、《倩女离魂》中都有所谓情与理冲突，但《琵琶记》之冲突更多是从士人之生存境遇这一高度全面冷峻考察儒家自身困惑的，作者试图表达儒家此时困惑在于不能自圆士人的生存境遇，虽《琵琶记》浪漫不如二戏，但若结合思想史背景会感到该剧开拓了一个更宽阔切实的问题域。顺着这个思路，笔者发现在它之后《牡丹亭》更是直接将情作为创作思考的根本，并有意将情与理对立起来以展开对情的探讨，这就是说建立起能包融理、体现情的新伦理也许是元明清时代的最重要最普遍的命题，而此正是从《琵琶记》开始的。

　　再回到该剧，我们不难看出高明是以赵贞女赴京使情与理冲突尖锐起来的，可以说到此为止高明将儒家内在冲突表现得淋漓尽致，此时剧中的所有人物无不是围绕此而呈其性格。该剧结果的大团圆被李卓吾谴责为画工，笔者以为结论也没那么简单。高明的意图其实非常明确，即是要在天下大乱、斯文扫地、价值混乱的情况下首先呼唤一种真诚与宽容。其次为了达到目标高明有意以喜剧唤起一种生活的活力，这也许是他最切实的创作意图。据说在随队伍平浙东方国珍时，他极力主张安抚，而不可一世的蒙古人则主张踏平，从此主张中即隐约着他的这种思想。当然，就如同他劝不动蒙古人一样，他的这种愿望在剧作中也只能是伴随着苍茫、感伤之情调的。

　　高明在《琵琶记》第三十一出题记有云："大风吹倒梧桐树，自有傍人说短长。"第三十五出云："无限心中不平事，几番清话又成空。"从这些言语之中我们能够感受到高明内心世界的空虚和依傍无着。从这个意义上，笔者认为该剧的价值在于高明借此提出了问题，但他并没有给出自己解决问题的良策，我们甚至可以认为剧中有几处败笔恰是他内心世界迷茫的表现。如蔡中郎一直没有书信去家乡陈留，牛小姐一直不知蔡伯喈有夫人在家，赵五娘在丞相府对自我的怀疑等，所有这些细节处理的"画工"，我们何尝不可认为是高明自己矛盾无住、性情错综之心态展露。大团圆结局对他来说也确实是勉强为之的。但若套用现代美学标准，我们认为相当于所谓"有意味形式"[①]，即通过情节的生硬来指涉内心矛盾的复杂、曲折。笔者注意到《琵琶记》问世后，受到广泛关注，明太祖称："《琵琶》如珍玉百味，富家不可缺。"[②] 李调元《雨村曲话》云："此曲体贴人情，

[①] "有意味形式"的品评思路主要借鉴〔英〕克莱夫·贝尔《艺术》（中国文联出版公司1984年版）和〔美〕苏珊·朗格《艺术问题》（中国社会科学出版社1983年版）中观点及陈述。
[②] 转引《中国历代著名文学家评传》第四卷，山东教育出版社1983年版，第138页。

第五辑 聚焦与反思

描写物态，皆有生气，且有裨风教，宜乎冠绝诸南曲。"① 王国维云："元之南戏以《荆》、《刘》、《拜》、《杀》并称琵琶而五，此五本尤以《拜月》、《琵琶》为眉目，此明以来之定论也。"

又："元南戏之佳处亦一言以蔽之，曰自然而已。申言之，则不过一言，曰有意境而已矣。故元代南北二戏佳处略同，唯北剧悲壮沉雄，南戏轻柔曲折，此外殆无区别，此由地方之风气及曲之体制使然，而元曲之能事，则固未有间也。细较南北二戏，则汉卿杂剧固酣畅淋漓，而南戏中两人对唱，亦宛较详尽……《拜月亭》南戏前有所因，至《琵琶》则独铸伟词，其佳处兼南北之胜。"②

以上学人均是从剧情展开的曲折处来对《琵琶记》进行肯定的。然所以曲折者笔者以为不仅在南北曲艺术上的区别，更主要在于《琵琶记》切入感情的真实细腻程度，李渔云："子中状元三载，而家人不知；身赘相府享尽荣华，不能遣一仆，而附家报于路人，背谬甚多。"③ 李渔的结论诚是，但此又可以说是情感的真实入微导致剧情的曲折。

而当代学者看重的切入切出、交错展开的两线结构。笔者以为亦只有从情与理冲突的角度理解才不至于使此结论抽象化。

具体言之，该剧在结构的特征：

①该剧所谓切入切出交错展开的双线结构实质上可以指涉结构和情与理冲突主题的相表里、相呼应，忝列现代西方美学可以说是所谓有意味的形式，以致全剧结构不抽象，内在于剧本主题内容，随内容变化而变化。

②该剧以"三辞三不从"铺开冲突，又使情与理冲突的内容真实细腻，所谓冲突层层始终没有概念化。

③该剧虽写冲突，但全剧被安排在一个醇美的氛围中展开，即每个人均只怀抱着善意，向往善的结果，这些善意与复杂内涵被安排于平常日用之中，并掺以浪漫的诗情与理想导人去体证。

---

① 李调元：《雨村曲话》下卷。
② 王国维：《宋元戏曲史·南戏之文章》。
③ 李渔：《笠翁曲话·密针线》。

从"临川四梦"看汤显祖晚年的心灵历程

汤显祖（明世宗嘉靖二十九年—神宗万历四十四年）（1550—1616），字义仍，号海若，晚年自述清远道人，籍贯抚州府临川县城东文昌里。穆宗隆庆四年（1570）他秋试以第八中举，但因拒绝与张居正往来，考进士（1577年汤28岁）不中，1883年（张去世次年）34岁，以第三甲第二百十一名赐同进士出身，又次年因不受辅申时行，出为南京太常寺博士正七品。1589年升南京礼部主事，正六品。

1591年上一道《论辅臣科臣疏》指责申时行专权，震动朝野，被贬职，调任徐闻县做典吏小官。

1593年春，他被量移知浙江遂昌，1598年弃官，1601年被正式免职，此后十多年，汤居家专门从事创作，（创作《邯郸梦》，修订其余几梦）1616年六月十六日逝世。

汤显祖一生创作有诗集三个。

早年（二十五岁）以前他作有《红泉逸草》。中年结集《雍藻》可能散佚。晚期（1577年后）结集《问棘邮草》表现出与当时后七子拟古"诗必盛唐"的不同风格，徐渭称之"吟鞭今始慰平生"。

汤显祖主要成就在传奇剧的创作上。

早期与友人谢廷凉合作改编唐传奇《霍小玉传》成《紫箫记》，学术界一般认为该剧艺术上不成功，约为：情节冗长，关目不紧，语言华丽逞才，主题落入才子佳人俗套。

万历十五年，汤显祖在南京将《紫箫记》改写为《紫钗记》，此次修改汤显祖更进一步集中了冲突线索，通过霍小玉与才子李益坎坷波折的爱情遭遇，初步表现出对情在人生中地位的探讨。应是说该剧是《牡丹亭》的先导，全剧抒情缠绵，凄凉怨慕，标示着他文采派风格的成熟。

此后汤显祖在家中先后创作了《牡丹亭记》、《南柯梦记》、《邯郸梦记》与《紫钗记》一起并为"玉茗堂四梦"。

笔者认为此四梦的价值在于清晰地反映了他的心灵历程：从情事的缠绵传奇向清虚高旷转移；从对情事的强调到对情感的反思转移；从以绚烂逞情到以质朴深悟人生之理思维方式移情。

汤的这一成就与公安派一起成功地呼应了"王学左派"，终于，明中叶学人以浪漫洪流冲破了前后七子拟古堤埂。

我们今天解读汤显祖应首先定位其为思想家，这主要有两方面含义：

一者从他的生活历程可以推测时在万历年间，中国广大士人心灵世界的剧烈动荡。可以明显感到宋元士人本有对传统价值观念如仕与隐、积极进取与苦无切入之处、情与理、束缚与自由等方面所树立起价值观正遭遇的剧烈反思，二者也可以从他的作品中感受到王学对当时社会思潮的推动及留有的问题与产生的困惑。

学术界一般认为他的思想之源主要有两个：一者是他老师罗汝芳所传王学左派思想，另一则是禅门紫柏达观（真可）禅师所传的禅宗思想。

罗汝芳是王艮的再传弟子，王艮是王学左派的奠基者。

从王艮到罗的传承关系是：王艮—徐樾（波石）—颜均（山农）—罗汝芳。

《明儒学案》云："汝芳之学以赤子良心，不学不虑为的，以彻形骸忘物我为大，以为'此理生生不息，不须把持，不须接续，以当下浑沦顺适为工夫，学者妄以澄然湛然为心体，沉滞胸膈，留恋景光是为鬼窟活计'。"

汤显祖作为罗氏的及门弟子，可不难看出他从罗氏之学中转来，努力于体证万物之生机，从而形成的思想。

罗汝芳认为宇宙间只此一片生机洋溢，禽鸟飞鸣，新苗萌苗，皆天机鼓动而不能自已。"生意活泼，了无滞碍，即是圣贤之所谓乐，即是圣贤之所谓仁，盖此仁字其本源根柢于天地之大德。"汤显祖也就此认为所谓讲仁讲乐，究其实均是讲生机，从生机上说开去，生机是宇宙万化，是人生之中最真实的存在。《牡丹亭》的价值就在于汤显祖从情的角度切入了对此生机的讨论，换言之，他也是从生机意义上来把握人情的。其云："如丽娘者，乃可谓之有情人耳，情不知所起，一往而深，生者可以死，死可以生，生而不可与死，死而不可复生者，皆非情之至也。"

从这里可以看出，在汤看来，情是生机的最亮丽的载体，它超越生死，了无滞碍。生机的本质在于真情，它是世界所以有魅力的缘由。

如果说，汤从罗那里寻求到了情的真义，那么他受真可的影响，又全面扩大了自己体证、感悟情的视域，即将情与明中叶那样一个复杂动荡的官场上下、人群丛中结在一起。这就不仅是生机问题而突增了情的复杂性。可以说汤显祖正是以此为思维背景，开始积极从人群中展开了对情的寻觅与反思，从而演绎着那个时代的大主题，即情与理冲突应如何把握，如何超越不利以至于生机？

为了说明汤显祖思想，先来看一下与他有关的真可与王学的意义：

紫柏，名真可，字达观，俗姓沈，吴江人，[①] 生于嘉靖二十二年（1543），卒于万历三十一年（1603），寿六十一岁，据他自己说是参"断除妄想重增病，趋向真如亦是邪"开悟。

憨山德清为之偈语云："法界网裂，其维不张，适生大师，力振其纲⋯⋯以大地心，竖金刚骨，眼里有筋胸中无物，临济不死，黄檗犹生。"

大约说起来，他终生阔步长驱，而一心一意，全副精神，都在利济、救援、追求大宝上，不见有尘劳、危难、生死之怅。从他身上既可见大菩萨心行，又能现忠烈心性。无疑首先是这种品性影响着汤显祖。

我们再来简单看一下王阳明。

王守仁，字伯安，绍兴余姚人，尝筑室越城东南阳明洞，故世尊之阳明先生，从他年谱来看他有着极明确的悟道次第，而"致良知"则是他最终所凸显的思想的核心。

《传习录》卷中有云："若鄙人所谓致知格物者，致吾心之良知于事事

[①] 关于紫柏的事迹可参阅忽滑谷快天《中国禅学思想史》，另本文参阅了嵇文甫先生《晚明思想史论》（东方出版社1996年版）关于紫柏的陈述。

物物也。吾心之良知，即所谓天理也。致吾心之良知者，致知也。事事物物皆得其理者，格物也。"

"这良知人人皆有"（卷下），"良知者，心之本体，无起无不起，虽妄念之发，而良知未尝不在"。"良知之昭明灵觉，圆融洞彻，廓然与太虚同体。"

王阳明的致良知说起来很复杂，约略地说良知同时包容了朱子的天理与陆氏的良心，既包容了天理的圆融，又吸纳了陆氏的生机与灵澈，而王阳明倡"良知"的意义在于从主体角度全面恢复了理的活性特性，这一点对当时来说，其意义在于：

（1）在一片复古的浮躁之中，重新找回了价值趋向，确立重新树立价值的角度。

（2）把要求士人恪守的理还原成活泼生动的生命真相，在王阳明这里"良知"对事事物物来说定义应是开放的，即对自然来说，是指其内在的无穷生机与绿意；对人来说就是指其活泼自在的性情。

（3）王阳明以"致良知"来指示吾人的使命，目的是呼吁我人要调整好自我主观，努力于实现天人对话，以体证出天地万物一体的无穷生意为旨趣。

在汤显祖时代，王阳明的上述思想已经变成为被广大士人普遍接受的思想，这对于主动靠近王学的汤显祖来说，王学的这种影响应是不言而喻的。

笔者认为一部《牡丹亭》其意义就在于成功地以艺术的语言表现对良知的感悟，思考良知与天机，天机与真情应是怎样的关系？特别是感悟在事上展开良知时它的困惑、它的夺目之光辉，正是由于这样一个思想高度，汤显祖彻底告别了《紫钗记》里还有的才子佳人的影子，而直接把情的问题作为主要问题。

从这个意义上说《紫钗记》与《牡丹亭》相比，有质的不同，在《紫钗记》还是以情事为主，追求本事的离奇，不能让读者从具体的情事上看到性情的文化与时代涵容。

《牡丹亭》则是以杜柳具体情事为平台而展开的是情与理探讨的深刻

命题，《牡丹亭》的这一点无疑是对《紫钗记》质的超越。

《牡丹亭还魂记》万历二十六年（1598）写成于临川，全剧五十五出，剧情系话本《杜丽娘慕色还魂》，梗概可见出第一出《标目》中的"家门引子"。

主人公：杜宝，杜夫人，杜丽娘，春香，陈最良，道姑，柳梦梅。

不难看出《牡丹亭》的创造性在于将杜宝、陈最良、杜丽娘视为三种传承儒家精神的人。而他的目的是要通过这几个人物对比写出儒家的真精神之所在以及此精神的所以缺失及困惑。

杜宝是第一种，其特点是谨守儒家思想，切实按儒家思想行事，表现为：

在太守位上，他能与民同乐。

在边事上，他能誓死履行职责。

在个人私利上，他确实无暇无欲顾及。

从剧情不难看出特别是在对待女儿问题上，他严格依循儒教。如在对她婚事上，他并不是嫌弃柳的贫困潦倒，而是从媒妁、掘墓等正统角度来拒绝柳梦梅的，他拒绝之决绝甚至没有为柳已是状元所动。

在情节展开中可以看出，汤在处理这个人物时其态度是极其复杂的，即一方面肯定其作为一个儒者的确是在兢兢执行着儒家精神，另一方面又处处表现其困惑，如其为女儿延师思路腐气；反对女儿婚事，则看不到尤其是其心胸中情的分量，设计解围则是在演绎功名的荒唐，真所谓"满眼兵戈一腐儒"。

鉴于此，笔者认为无论汤显祖对杜宝做怎样的定位，均能结论以为，汤显祖创造此人物实乃是以他为平台来感慨世之儒者其病在于抓不住儒者的实质，领悟不到能促成自我展开生命精神才是儒家的活心法，无疑汤显祖所表现的是王学立场。

如果说杜宝是汤显祖借以表明困惑的载体，那么陈最良则是他借以自我反讽的平台，陈最良在剧中的主要情节：①施教。②看园。③千里寻太守而告密。④无意赴敌。

从这些细节来看，陈这个人物在剧中除了起着关目、串线作用。汤显祖借以讽嘲自我并以此呼应对杜宝的描述，可以说两个人物共同构建着汤显祖的一方面创作目的。

汤借其反讽的方式亦很特别,即

(1) 自我讽嘲。

(2) 借闺塾而与杜丽娘、春香展开的正面冲突,寓嘲弄于叙述。

(3) 借后面情节展开,在行动中暴露他言行的浅俗。

必须指出的是汤显祖虽于全剧讽喻陈最良,但其用意并不是在讽喻儒学,只是在揭示由于陈没能找到达儒的途径因而酸腐。我们不难看出,汤在挖苦他行为猥琐的同时也在内心肯定着他埋于行事中的良知,无疑这是寄期望于从他身上证得良知,并通过他来解析明中叶一股又一股叠起的复古腐朽思潮,及所以腐朽之因。

无疑从此亦可见出汤显祖的王学立场和厚重的使命意识。

和上面两个人物相比,杜丽娘则是汤显祖有意于立足王学所正面创造的,借以从正面来全面舒展自己性情的人物。可以说汤显祖是要通过杜丽娘的激情与困惑,来暴露王学左派的得失,这是他最深沉的目的。

不难发现,在剧的开始,汤显祖就将王学左派的狂禅精神、个性狂放、青春妩媚带进了杜丽娘的性格,所谓"娇莺欲语,眼见春如许。寸草心,怎报得春光一二"。从这里即不难看出她的闲愁不闲,个中有丰富的性格内涵。

据剧描写,在春香的陪伴下,杜丽娘通过对《毛诗·关雎》的创造性解释,此青春性格更趋于萌动。紧接着是游园,我们以为游园的意义在于这是杜丽娘带着自己的困惑与惊喜而全面展开的与自然间对话。通过与自然交流,最终杜丽娘的人格得到提升,即第一明确了自己"一生爱好是自然",意识到自己有着"沉鱼落雁,羞花闭月"的美丽。第二,发现自我与自然有着巨大的反差。"不到园不知春色如许,人立小庭深院",有无尽的人生之慨,正所谓"良辰美景奈何天,赏心乐事谁家院"(我们知道良辰美景赏心乐事,[①] 是魏晋玄学所达成的天人合一之境界,汤如此表达恰说明此天人对话的被隔断)。

---

① 语见谢灵运《拟魏太子邺中集八首序》。

第三,"一径落花随水入","则为你如花美眷,似水流年"。面对此情此景,杜丽娘感到虽颜色如花,但岁月如歌,表现出对美的凋零的极感伤及凭吊。

从"惊梦"起汤着力刻画者是杜丽娘努力于养护着自己从大自然中感受到的人生价值与诗情。

诚如许多学者发现的那样,杜丽娘是以与柳梦梅的一见钟情来作为自己进一步体证与发掘人生价值的平台的。不难看出,他们的爱情基础是出于对上述这种美的认同与追求。比如杜丽娘看柳是"年可弱冠,丰姿俊妍"。柳看杜则是"温香艳玉神清绝"。正因如此,他们"钟情一点,幽契重生"。即使在冥誓中,杜丽娘乃把这些作为她复生与柳的结合之条件。

笔者认为杜丽娘所选中并持守的标准,从本原上说正是王阳明的"致良知",所谓良知即是自然展露的性情以及展露中所呈现的美的魅力。汤显祖对此显然有明确深刻的理解。

从《牡丹亭》剧中,我们能找到多处汤显祖对此性情的体悟与惊叹。比如"因春感情,遇秋成恨"(惊梦),"昔日千金小姐,今日水流花谢……生生死死为情多,奈情何"(魂游),"一点香销万点情"(魂游),"花落在春宵情易伤"(幽媾),"泉下长眠梦不成,一生余得许多情"(幽媾)。"烟水何曾息世机,高情雅淡世间稀。"(旁疑)

在接下来"寻梦""写真"等情节中,汤显祖借杜丽娘对这种经艰苦感悟所体证到的价值进行自觉的刻意的呵护,即是说在这些剧情中,杜丽娘的行为无不是在自觉地归整、呵护自己所探寻来的价值,感受它们对自己人生筹划的意义。

如果上面分析成立的话,"闹殇"应是这些努力的最惊心动魄的结果,即当情与理不协时杜丽娘要通过选择死来奔向自己所选择的价值,从哲学的意义上说这一选择其深层意蕴在于汤显祖实质上是以寓言的方式肯定着杜丽娘经过一系列不懈的努力,最终所选择的是超拔出现实的人生价值,特别是为了追逐呵护这些价值,所选择的此种崭新的方式,此方式即"向死而生"。

从全剧的理路来看,应该说到这里才是汤显祖发现情、反思情、处理

第五辑 聚焦与反思

情之于人生的全过程的展开。

汤显祖的结论是：

为什么可以因情而死，乃在于情是人生的第一珍重。

为什么可以缘情而生，乃在于情能超越生死，有常理无法比拟的价值。

为什么可以持情而重，乃在于情在人生中具本体之角色。

从形象创造来说到此为止杜丽娘感梦而死，向死而生，达到了涅槃新境，闪烁卓卓光泽。只是特别耐人寻味的是从此以后杜丽娘再也没有多少过激的举止。笔者认为这一剧情亦很值得玩味。即一方面可以说，汤显祖还在顺着上述思路做更进一步探讨，另一方面也可看出他的困惑在激动之后逐步呈现出来。

杜丽娘回生之后，《牡丹亭》的主要情节是两条线索交叉乃至冲突，一条是陈最良千里寻主告密，无疑指涉着理与情的不协调。另一条是柳梦梅千里寻父则代表着对情之于理和谐实现途径的追寻。

这一剧情乃至冲突显然非常有意义，它的深层意蕴若从积极意义上说，实乃代表汤显祖在努力寻找情与理冲突的解决途径，这实在是那个时代的大命题，若从消极角度来说，汤显祖的理路又极为被动地落入了传统的窠臼，比如杜丽娘此时最极端的顾虑是向柳表明的"聘则为妻奔则妾"。

这就意味着如果说在整个上半部，汤显祖极其描绘杜丽娘缘情感梦，因情而死，缘情而生，将性情之于人生的地位与意义渲染到极点，那么后半部在实现情与理冲突的思路上，情显然逐渐黯淡下来。这我们首先可从柳梦梅形象的创造中见出。《诀谒》是柳梦梅表达自己心迹之章，这里当然有汤的牢骚语，但干谒、衣锦而返等让柳全无儒家的浩然之气，从而柳的弱点昭然若揭：穷的麻烦不在穷，而在酸，酸的本质在于人生目标的浅俗，柳梦梅给世人的启示如是也。汤显祖如此思路笔者以为不是要刻意描写柳梦梅，而是在暴露自己于情展开过程之中的无奈，[①] 这无奈的内涵：

[①] 于丹总结过这些明清昆曲大戏的无奈美，其云："当你面对着一个必须接受的结果，无助交织着无奈、凄凉隐忍着不甘，但又只有接受，这就是苍凉——苍凉之时尽管也有抗争，但更多是接受。"《游园惊梦·昆曲艺术审美之旅》，中华书局2008年版。

（1）找不到一个与理对话的途径。

（2）因为找不到，一时间情无着落。

（3）情因无理充斥，一遇现实就显得黯然失色。

由此笔者认为若说《牡丹亭》的价值，应是相互呼应的两方面，一是在王学的背景下极其强调了情。二是极其暴露情和理的不协调及由此表现的困惑与缺憾。应该说这两方面的交相诠释、共同奠定才是汤显祖表现在《牡丹亭》中的价值。

从这个意义上说，《牡丹亭》作为悲剧，其内涵在于它是作者对这种穷极于无法着落的心灵悲剧的展示，而它的创造性又是对此悲剧的充满激情的全面暴露。

许多学者喜欢将崔莺莺、杜丽娘与林黛玉放到一起作比较，的确，这是一个极为有意思的话头，首先她们身上有很多共同点：大家闺秀，倾城绝代，通书识情。其次，她们有着共同的感情经历，即当青春萌动之时，一样是如花美眷伴随着流年似水的苍茫，而当目标一旦锁定之后又表现出超常的执着与决绝。最后，至少在《红楼梦》中曹雪芹是自觉将《西厢记》与《牡丹亭》并在一起，同时又努力使人明白自己创造林黛玉是非常自觉地将她放到与崔、杜同一个平台上的。

其实，为了理解这三个人我们还可以将此平台拉回放到一个更宽阔的背景上。

在《牡丹亭》中杜丽娘的觉醒有一个非常明确的契机，即通过解读《关雎》的后妃之德，所谓后妃之德即是"乐而不淫，哀而不伤"。中华士人将其视为古典时代女性美的标格。此种美到魏晋之后，又经过了玄学的洗礼，最终结成灵睿聪颖、仪容端美、姿质雍容等基本格调。

如果要用"自觉"与"超越"来划分中国古代美学的阶段的话，我们认为"自觉"者有这么几个层面：

西汉以前是群的自觉，即人以群而超越混沌、蒙昧。

魏晋是人的自觉，人以个性和生命感觉超越了群体。如果说魏晋之后士人是以生命的感性来强烈感受宇宙和谐的话，那么士人所谓人情美亦即以此为内涵，其结果即是从生命感性角度肯定此种美，以唐诗为例，

第五辑　聚焦与反思

从初唐沈佺期《独不见》、张若虚《春江花月夜》到晚唐李义山笔下无题诗，均流溢着对此种美的呵护。即以生命的感性来体证和谐、肯定和谐，以至于哀悼和谐的零落。

笔者愿意以为从欧阳修提出"人生自是有情痴"开始，[①] 历史进入了一个新的时代，即进入情的自觉时代。情的自觉一大特点即是始终伴随着宋明理学的进程。宋明理学的一大命题即是讨论性情关系，非常可喜的是其讨论的结果在本体论的意义上给情留了位置，而其结果落到实处即是使中华本有的古典式女性美又平添了情的风采。

当然也必须看到由于情的加入，一方面此种古典美更倩丽。另一方面，此种古典美在不同时期经常面临的不同问题需要迎接不同的挑战，它经常需要情的参与来呵护、落实庄严使命。

应该说这是研讨《西厢记》、《牡丹亭》、《红楼梦》所必须建立的角度。

在对中华审美历程进行陈述后我们再来看此三个女性：我们发现，一方面三个女性有共同的特点。另一方面他们在追求和谐的过程中又呈现出不同的风采，表现出不同的命运。

《西厢记》虽以"愿天下有情的终成眷属"这一鲜明主题突出情，也就是说在《西厢记》中情并不迷惘。但不难看出崔莺莺心目中的情是和理圆融的厚德，是超越一般俗礼的厚德。

换言之，在《西厢记》中王实甫宣扬的并不是情的迷惘，他极力表现的是崔莺莺对情的热情呼唤，其深沉意蕴在于寄期望于通过此情来对一片狼藉进行整理，让它们重新回到和谐。

汤显祖对杜丽娘的创造，尽管也遵循着这种女性美的原则，但他第一更突出情，第二更突出情与理的反差。尤其是汤显祖借杜丽娘的生平作阐释的载体，提出这种向死而生以实现情理统一的方式，从而说明情和理间更反差不相融。换句话说，如果说崔莺莺的行为富有诗意，那么汤显祖通过杜丽娘以自己激进的方式只能说明那种高悬的理想在他那个时代更是迷茫。

---

① 此处可参阅拙著《苏轼和陶诗与北宋文人词》，安徽大学出版社2011年版，第179页。

相比之下，在《红楼梦》中，无疑崔、杜二人均是林用以阐释自己的坐标。

不难发现，从崔身上林黛玉所吸纳的是诗情，向往和谐、追求诗意、践履传奇。曹雪芹也的确是有意识按崔的诗情来包装林黛玉的理想的。

又，从杜丽娘身上林黛玉所时时记起的是面对现实中情与理的不协调。林黛玉形象的创造者也让她按杜丽娘的方式选择了直殉，不仅如此，她的创造者还为之省掉了杜丽娘的传奇，让她真正面于直殉的现实。

总而言之，曹雪芹作为一个集大成者为了完成林的创造是同时借鉴了两个人，同时容纳了两个人的品性与使命的。

林黛玉的意义也许是在说传统文化中的理想更理想，而现实更残酷，情与理更不可协调，从而以残酷的事实告诉读者和谐有如远去的诸神。如果说一部《红楼梦》是贾宝玉的悟道过程，那么曹正是将悟道铺陈在这样一个残酷背景上的。从这个意义上说，林黛玉是积淀着崔杜以来关于情的残酷背景。

《红楼梦》的价值也在这个环节上体现出来，即指给贾宝玉所面对的是这样现实，贾宝玉所要感悟的也正是这样人生。

综上，可以清楚地看到欧阳修以后士人从情感入手关怀人生的节奏，感受到在王学影响下，汤显祖在《牡丹亭》中确实把握到了时代命脉，建立了以性情为切入点的考察研究人生标准的价值系统。也即是说《牡丹亭》的价值在于以俊逸清秀之笔捕捉着人情，又以情与理的不协调状况为背景对当时几种人进行着考察。

（1）通过杜宝形象，汤显祖对存在于士大夫自身之上的困惑进行剖析，畅述着自己的困惑。

（2）通过陈最良形象，汤显祖反思了作为一个儒生，他之所以酸穷、苦腐、猥琐，其病出哪里？汤还有一个亮点在于向世人表现他是带着怎样的感情来表现这种人的。

（3）通过杜丽娘以正面标举人情，其目的显然是为了对杜宝的困惑提供关于超越的思考，在思考展开过程中，汤显祖一方面展示了情的魅力，另一方面又在暴露更深的困惑，即情与理冲突，此拉回到哲学史上说又是

第五辑 聚焦与反思

王学后期的一个普遍困惑，即内圣外王不能贯通。

（4）柳梦梅的形象也很典型：应该说他是杜丽娘的有力补充，推测一下，汤显祖通过这个形象在有意和无意间第一是要暴露情感无论多么真挚，然在没有理性充斥下均显得单薄，这正好与东林党人、刘宗周等力矫王学左派的思潮相一致。第二，情感在没有落实到平常日用时所留下的仅是轻佻。《牡丹亭》中关于柳梦梅的笔触大都藏有轻佻，其用意即在于此。第三，情感在没内涵充实情况下，即如同暮春三月之花，一场风雨之后，落红成阵，"天涯芳草无归路"。

特别值得注意的是汤显祖的这些隐在作品中的涵容是形象自身的逻辑结果，假如将作品比照一下他本人，我们以为他更像杜宝和陈最良，汤显祖创造陈最良是要无情地嘲弄自己酸腐，创造杜宝，又是为了刻意展露自己的困惑，总之，在性情面前，汤将这些困惑暴露出来，可能汤显祖是要将性情为什么单薄，其原因何在这个问题留给读者。这些均是《牡丹亭》所保留下来的那个时代学人档案。

我们认为造成此种情况的原因是汤显祖处在一个王学分化的时代，王阳明晚年特别讲"致良知"，"致良知于事事物物"强调在事上磨练，他没能很好地吸收王学精神，相比之下，在《牡丹亭》中汤显祖显然没有明白，而将情搁置在理想的氛围之中探讨，这就是他的全剧之所以弥漫感伤的原因。

如果说在《牡丹亭》中，汤显祖是依托于王学左派而没有真正把握王学实质，那么在随即的《南柯梦记》和《邯郸梦记》中他就表现出对王学的背离了。

《南柯梦记》作者题词自署"万历庚子夏至"即万历二十八年，万历二十九年八月又完成了《邯郸梦记》。从完成时间看二梦是一气呵成的，并且二梦均可视为晚年定论之作，因为此后不久，汤显祖便辞世了。

我们认为二梦的主旨也非常明确，即继续全面追问《牡丹亭》中所涉及的问题，比如，杜宝的困惑在南柯记中又是淳于棼的困惑，情之于人生的问题作为人生解脱的重大问题，在淳于棼身上继续体现，汤显祖又继续以他为载体而挖掘。

不过也不难看出的是,这两剧所思考的方式、方法显然与《牡丹亭》不一样,表现在:

(1) 公开放弃了儒家思想,直接接引释道来展开对此问题的思考。

(2) 放弃以女性来喻旨新思想,二剧中的女性虽占据重要剧情,但完全没有了那种青春之魅力,浪漫之激情,情的氛围也因此锐减。

(3) 仍没有处理好三家对话。因此两剧虽有清虚高旷的美,但毕竟只是"两行"境界[①],看似超越,其实有更深的忧患与迷茫隐于其中。对话的继续只能留给《红楼梦》了。

兹以下从细说明:

在《南柯梦记》中,我们首先不难从淳于棼身上找到杜宝的影子,也就是说汤显祖创造淳于棼的思路与创造杜宝思路是一致的,比如剧本首先强调淳于棼的兢兢于作为,勤勤于业绩。

许多评论家都注意到了第二十四出《风谣》中南柯郡百姓对淳于棼善政的讴歌。

(父老) 征徭薄,米谷多,官民易亲风景和,老的醉颜酡,后生们鼓腹歌。

(秀才) 行乡约,制雅歌,家尊五伦人四科,因他俺切磋,他将俺琢磨。

(妇女) 多风化,无暴苛,俺婚姻以时歌《伐柯》,家家老小和,家家男女多。

(商人) 平税课,不起科,商人离家来安乐窝,关津任你过,昼夜总无他。

依剧中情节,淳于棼在南柯循着理想结成二十年善政,然就这样一个淳于棼,回朝廷后拜左相不足半月就被软禁私第,不许干预朝纲,剧情随这一陡转,汤显祖将《牡丹亭》中的困惑再现出来:恪守法则却遭法则奚

[①] "两行"是先秦道家所探讨的人生超越之境和方法。冯友兰先生于20世纪三四十年代在《贞元六书》中刻意将它和儒家圆融境界相对照。

第五辑　聚焦与反思

落,循序理想内心却遭受理想价值失衡。

《南柯梦记》在提出此困惑后虽没再启用像杜丽娘一样的美人去寄思,却将杜丽娘所强调的情带到思考之中。通过剧情,汤显祖异乎感伤地指出此情不仅解脱不了他的困惑,相反使困惑加深,"燃指献情"一节可以说是此困惑达到的极致。

《南柯梦记》最后所写淳于梦在僧人帮助下"挥泪斩断情趾"一节,从叙述语气上看对于此情节,作者是给予充分的肯定的。即是说此情节无论怎样说均是汤显祖对牡丹亭高扬情所做出有意地否定,伴随这个否定,汤显祖也是同时拿出解决此困惑的方案,即他通过剧情指出:

（1）即便如淳于梦这样的官,他所做的努力从依托的基础到创造的所谓业绩,究其实均为空幻。

（2）南柯一梦所展开的恩恩怨怨究其实在于各人是各人的业障,同时各人有各人果报,因此正确的方法以彻悟代替执着,以放下代替困惑。

至于如何理解该剧中的这一思想,笔者认为诚然它能代表汤显祖此时思想的消极,流露着他晚期官场失意的落寞,表现他毕生君臣不能沟通的苦闷。[①]

但它也有自己的价值在于它可以视为在明清浪漫背景下对情探讨的一个重要环节,只是和《红楼梦》相比,该剧关于梦的结论似乎过早些,还没有脱掉传奇影子而创造性展开,剧中过于生硬的否定怨气也影响着对理性的铺陈,事实上给人的感觉是汤越否定情,越说明他把握不住情,而为情所困惑,越暴露着他处理不了情与理冲突这一时代命题。

情在汤显祖的时代究竟是斩断而是还原,这的确让汤感到为难,所谓还原即是把个人之情还原成宇宙的大情,把胸中激情还原成现实中的事,进而把事还原成色彩缤纷、七情六欲,认可它的吉凶悔吝。这才是王阳明的精神,是王阳明能够性情烂漫卓越而又泊然洒脱的原因之所生。

[①] 吴梅先生言《南柯》此记畅演玄风,为临川度世之作,亦为见道之言。其自序云:"世人妄以眷属富贵影象执为我想,不知虚空中一大穴也,倏来而去,有何家之可到哉?"是其勘破世幻,方得有此妙谛,"四梦"中唯此最为高贵。(《中国戏曲概论》卷中,中国人民大学出版社2004年版,第175页)

从"临川四梦"看汤显祖晚年的心灵历程

如果说汤显祖的思想与王阳明有千丝万缕的联系,那么此种思想在他作品中的表现要深为复杂,即一方面汤显祖想深入之而实现,另一方面又因实现不成而坠入虚无。如果说他在《牡丹亭》中表现的是虽找到了情,但由于不能对之进行创造性的转化,因此表现出在与伦常融合时的困惑,那么在《南柯记》中汤显祖以所设定的一种虚幻境界来否定情,就更不能在平常日用中体证出情所含摄的生命活性了。

如果一定要考论汤显祖的价值,笔者以为,汤显祖的价值在破,即在《牡丹亭》中通过杜丽娘的一往执着,我们能观照到了杜宝身上的危机之所在,而其不足即是汤显祖没能真正彻底将所探讨的情转化为洗礼人格的精神食粮。

汤显祖晚年因此悲观绝望起来,此种悲观情绪集中体现在《邯郸梦记》中。从《邯郸梦记》之中我们再也找不到汤显祖在创造卢生形象上所寄寓的官场理想,如果说汤显祖在《南柯梦记》中表现出的是对理想空幻的凭吊,那么《邯郸梦记》中对官场则毫无保留地揭去理想之纱,而尽显其荒诞了。汤显祖用以揭去面纱的方法是他所成熟运用的漫画式的写意方法,以此种方法汤解剖了卢生发迹的全过程,包括发迹内幕、官场争斗、皇帝赏罚等,其意义在于彻底解构了汤显祖在那两个剧中寄寓于官宦身上的内涵。

《邯郸记》同样也对《牡丹亭》所提出情的问题作了反思,其基调也是在否定牡丹亭中推出的"情"结,他在剧终感慨对八仙坦露"弟子一生耽阁了个情字"。(合仙)故事演绎最后也围绕众仙来提醒他的痴情未尽,遂有种种烦恼,最终使其归于高蹈。

我们认为汤显祖在该剧中将情理解得较前两戏均宽泛质朴了许多,这是他对此问题探讨发展的地方。汤氏的弱点也很明显在于过于打断了出世与入世、有情与无情,其实分割越分明,讨论越不能彻底,汤氏所以有如此特点,无疑也是因为他对当时王学思潮不能参得究竟意也。

如果说他就卢生而指涉自己坎坷身世有着清醒冷静真实的一面,那么他所给出的高蹈解脱之路则并不高远。

综上,笔者以为三梦最好联系起来看,在三梦之中,杜宝是真正的主人公,汤若士创造他是为了提出关于士大夫在那个时代的困惑。汤氏就此形象提出问题后立即投入到解脱之路的追寻上。

汤显祖提出的第一套方案,即是推出以觉醒的人情作为重新确立价值的标准,这确实让人耳目一新,但显然汤显祖还处理不了以情为尺度所逐渐暴露出来的"内圣与外王"关系的紧张,具体地说,情与理之矛盾,汤显祖虽极尽寻找,但终究解决不了矛盾。

可以说汤显祖晚年从官场上彻底退出之后,是同时带着杜宝的困惑和他在《牡丹亭》关于情的新困惑来改编二部唐人传奇的,在此之中汤若士将解脱之路一归于道,一归于佛,义愤虽多有之,但将解脱之路在此归于高蹈既不高远,也不新奇,更不能切实可行。这种没有结果的探讨我们只能定位为汤之剧中更深的悲剧。换言之,汤显祖暴露出的悲剧是整个明代中后期的悲剧,从悲剧中我们较早地领略到了遍及华林的悲凉之雾。

《牡丹亭》在艺术成就上最主要表现为如果说内容一气呵成,全剧在形式上的变化流转几乎是他困惑性情的外露,与内容相辅相成。

首先,构思极精致表现在:

(一)以极陌生化以写真情

茅暎曰:"南音北调不啻充栋,而独有取于《牡丹亭》一记何耶……第曰传奇者,事不奇幻不传,辞不奇艳不传,其间情之所在,自有而无,自无而有,不瑰奇愕眙者亦不传。"(《题〈牡丹亭〉记》)茅暎所论无非是指《牡丹亭》构思的瑰奇即以极陌生化写真情。

(二)以极超越处来写执着,极执着处来写超越

张琦曰:"《杜丽娘》一剧上薄风骚下夺屈宋,可与实甫《西厢》交胜,独其官商半拗,得再调协一番,辞调两到,讵非盛事与?"[1] 张琦所论无非是在指责《牡丹亭》的尖新。

但笔者认为这样写的效果是真正把情视为人之本质,看成是生命风光的极艳丽处。它的特点即是期待从超越与执着两得而达于深情。

(三)从极冲突处来写激情

吴梅云:"此记肯綮在生死之际,记中'惊梦'、'寻梦'、'诊祟'、

---

[1] 张琦:《衡曲麈谭》。

'写真'、'闹殇'五折由生而之死,'魂游'、'幽媾'、'欢挠'、'冥誓'、'回生'自死而生,其中搜扶灵根,掀翻情窟……遂能雄踞词坛,历劫不磨也。"(《中国戏曲概论》卷中)

其次,文情兼美,四梦可以说均是以发真性情来调动和充实着文采,以真性情的展示构建着四剧的框架,因此是文采派代表。

胡止祉曰:"盖先生以如海才拈生花笔,兴之所发,任意所之,有浩瀚千里之势,未尝不知有轶于格调之外者,第惜其词而不之顾也。"[1]

---

[1] 胡止祉:《格正还魂记词调序》。

试论《儒林外史》中人物分类及理路*

——兼论吴敬梓对儒学重建的思考

我们知道,自明中叶起,在社会和文艺方面展开的主要是情的主题,深思的主要是情和理的冲突。(《牡丹亭》直接提出"情"作为创作的根本,并有意地把"情"与"理"对立了起来,他说:"第云理之所必无,安知非情之所必有邪?"(李泽厚《美的历程》十章二节《浪漫洪流》)如果说这一主题在《聊斋》(完成于清康熙十九年即1680年)中还有余音的话,那么到《儒林外史》[鲁迅说"其成殆在雍正末……时据明亡未百年",胡适论定成书在1748—1750年之间,李汉秋说"写成于清乾隆十四年(1749)之前"]就淡化沉寂了。另外,如果说清初感伤情调在《儒林外史》中还有回声的话,那么这种感伤亦已超出情理不相协的范畴,一跃而升华为一代士人对究竟于何处安身立命这样一个更凝重命题的思考与惆怅。比如在吴敬梓的眼睛里,文行出处没有了,("此一条之后,便是礼部议定取士之法:三年一科,用五经、四书、八股文。王冕指与秦老看道:'这个法却定的不好!将来读书人既有此一条荣身之路,把那文行出处都看的轻了。'"黄评:作者本旨。——《儒林外史》第一回)功名富贵取代了庄严的使命,士人所坚守的圣典沦为可怜的晋级的阶梯,文士们突然意识到自己陷于祸起萧墙、后院失火的尴尬。

在《儒林外史》时代,古典小说也算是浩如烟海,但鲁迅只称许《儒林外史》与《红楼梦》伟大。("《儒林外史》作者的手段何尝在罗贯中下,然后留学生漫天塞地以来,这部书就好像不永久,也不伟大了。伟大也要

---

* 本文《儒林外史》资料主要来源于李汉秋辑校《儒林外史》会评会校本,上海古籍出版社1984年版。

有人懂。"——《且介亭杂文二集·叶紫作〈丰收〉序》）我们以为这不仅仅在于这两部书有深厚的文化底蕴，更直接的原因是在其底蕴中不约而同担当起了总结魏晋以还的传统文化与人生维艰历程的庄严使命。

简单地说，魏晋以降意识形态领域的发展线索主要是前后两个主题分别在两个层面上的呈示和展开：前半段的主题是人的自觉，士人所构建的是将有限投入无限，以无限为背景来把玩有限的生命情怀，所谓"欲穷千里目，更上一层楼"；后半段是关于情的自觉，所构建的是情与理、性和命高度统一的人生理想。如果说在宋元时期，士人就重新考虑了"风流"命题，建立起风流儒雅的境界，那么明清士人就是借着此话题在感伤的氛围中进行了上探究理下挖掘情的深度操作。

总的说来，从魏晋到宋元明清，中国士人背负着华夏民族的坎坷，怀抱着深沉的忧患意识，前前后后将这两个主题分别演绎了一遍。结论亦有了，过程亦有了，可这就是士人要落实的人生价值吗？清代儒林心绪中普遍有一种回眸千年后的苍凉，吴敬梓、曹雪芹的价值就在于他们深切洞彻到了这种苍凉背后的意蕴……

鲁迅先生所谓"虽云长篇，颇同短制"这一结论颇影响学人对《儒林外史》内在理路的剖析。本文立论认为，该小说中虽有看似无关的几类人物，但他们共同形成的则是明清这一特定文化氛围中儒者在宏大背景上对自我进行深刻反思这一严谨思路，表现的也是王学沉沦之后一代儒者艰难的思维之旅这一共同主题，也因此展示着作者吴敬梓对儒学重建的深刻思考。对此观点怎样做更深入地理解，是本文思考之所在。

吴敬梓，[1701（康熙四十年）—1754（乾隆十九年）]，字敏轩，一字文木，滁州全椒人，中年移居秦淮，自称秦淮寓客。《儒林外史》写于作者三十六岁后，四十九岁完成，开始以抄本流传。死后十余年由同乡金兆燕刊刻，但散佚。[按，金和《儒林外史》跋："是书为全椒棕亭先生官扬州府教授时梓以行世，自后扬州书肆刻本非一。"金棕亭于乾隆戊子至己亥（1768—1779）间任扬州府教授。] 现存最早的刻本是嘉庆八年（1803）卧闲草堂本。（即五十六回本。金和跋载："是书原本仅五十五卷，于述琴棋书画四士既毕，即接《沁园春》一词；何时何人妄增'幽榜'一

第五辑 聚焦与反思

卷,其诏表皆割先生文集中骈语襞积而成,更陋劣可哂")(按,同治十三年即1874年有齐省堂增订本,回目、文字和回评都被改动;光绪十四年即1888年有东可惜红生序本即增补齐省堂本,另外插入四回,不伦猥陋)卧本全书五十六回,最后一回是"幽榜"。但同时代人金和即提出质疑,以为"是书五十五回,不知何人妄增一回"。卧本亦是最早注本,全书大部分章节尾均有闲斋老人评语,计有一万五千余字,着力揭示是书的思想内容。齐省堂评本即同治十三年(1874)的《增订儒林外史》,该版本首有惺园退士序,对卧本原缺回评做了补齐,同时又增加了一些眉批。

除上述评本之外,该书还有萍叟(黄小田)、金和、从好斋主人(徐允临)等评。其中最有名的当数天目山樵(张文虎)的评本。据说他从同治十三年时起不断润饰自己的评语,"旁见侧出,杂以诙谐",着力挖掘该书的艺术表现特征,从而与卧本相呼应。

清程晋芳《文木先生传》(转引自海南出版社人人袖珍文库《儒林外史》)载:

> 先生……世望族,科第仕宦多显者,先生生而颖异。读书才过目,辄能背诵,稍长,补学官弟子员。袭父祖业。有二万余金。素不习治业,性复豪上,遇贫即施,偕文士辈往还,饮酒歌呼穷日夜,不数年而产尽矣。
>
> 安徽巡抚赵公国麟闻其名,招之试,才之,以博学鸿词荐,竟不赴廷试,亦自此不应乡举,而家益以贫。乃移居江城东之大中桥,环堵萧然,拥故书数十册,日夕自娱。窘极,则以书易米。或冬日苦寒,无酒食,邀同好汪京门、樊圣谟辈五六人,乘月出城南门,绕城堞行数十里,歌吟啸呼,相与应和。逮明,入水西门,各大笑散去,夜夜如是,谓之"暖足"……然先生得钱,则饮酒歌呶,(读如挠,喧哗。《诗经·小雅》:"载号载呶")未尝为来日计。
>
> ……生平见才士,汲引为不及。独嫉时文士如仇,其尤工者,则尤嫉之。……与余族祖绵庄为至契。绵庄好治经,先生晚年亦好治经,曰:"此人生立命处也"。

……所著有《文木山房集》、《诗说》若干卷。又仿唐人小说为《儒林外史》五十卷,穷极文士情态,人争传写之。……(《勉行堂文集》卷六)

从上面传记可知,程氏强调吴敬梓是一个性情中人,有着豪放洒脱的性格。而当今学术界则多认为他是封建叛逆者。[按,如李汉秋《儒林外史的文化意蕴》(1997)一章一节"吴敬梓的创作道路"说:"吴敬梓的道路是叛逆者的道路。"]笔者认为这两种看法均失之笼统,且有碍于我们对《儒林外史》所包蕴的深刻思想的理解。为了展开这条思路,在本文里,我们首先至少依据以下三条理由把吴敬梓视为一个秉持儒家,是一个有实性精神的人物:

(1)据上引程氏所著传记,先生晚年是将"治经"视为"人生立命处"的。

(2)《儒林外史》开篇作者借王冕之口讲出自己的政治主张,同时又借王冕重渲了儒家的孝悌、出处之道。

"……吴王道:'孤是一个粗卤汉子,今得见先生儒者气象,不觉功利之见顿消,孤在江南即慕大名,今来拜访,要先生指示浙人久反之后,何以能服其心?'王冕曰:'大王是高明远见的,不消乡民多说,若以仁义服人,何人不服,岂但浙江?……'"(按,《论语·季氏篇第十六》:"夫如是,故远人不服,则修文德以来之。既来之,则安之。")

不难看出,此主张中所包含的是一派儒家修齐治平之正气。

(3)小说高潮部分的内容即是关于儒者先贤的祭典。

由此看来,吴敬梓是一个典型的儒家狷介(有所为有所不为)之士。这诚如他的《尚书私学序》自称,他既不愿"在宋儒下盘旋",又"非汉晋诸贤所能笼络",而要表现自己的"卓识"。(按,《尚书私学序》是吴敬梓直接陈述其学术思想的仅见文献,其中有言云"俗学于经生制举业之外,未尝寓目,独好虚谈性命之言,以自便其固陋。""不在宋儒下盘旋,亦非汉、晋诸贤所能笼络。")这在乾嘉之风逐渐形成的时代无疑是耐人寻味的。(参阅《清代学术概论》)(按,乾嘉学派中"惠派治学方法,吾得

第五辑　聚焦与反思

以八字遮蔽之，曰：'凡古必真，凡汉皆好。'其宗旨'盖谓凡学说出于汉儒者，皆当遵守，其有敢指斥者，则目为信道不笃也。'"——《概论》之十"考证学的'群众化'和惠栋学派"）它至少提醒我们必须联系《儒林外史》对其儒学做更深入的探寻。我们认为一部《儒林外史》即是以深情之笔抒写在真儒隐去后人文价值的凋敝和"一代文人之厄"，描述在王学沉沦之后一代儒家艰难的思维之旅，从而全面展开自己的卓识。如果说吴敬梓生性高傲，那么他的特立处在于能依恃儒家情怀从所谓盛世看到了更多苍凉的东西。即在他看来，虽所谓盛世，但此盛世更多在于违背华夏理想。换言之，此盛世一方面是表面繁荣，另一方面是功名富贵装潢的浅俗。

所谓"儒林"，即是儒者之群体[①]。（按，儒：古代从巫、史、祝、卜中分化出来专为奴隶主贵族相礼——如办理丧事之类的知识分子。孔丘开始也从事这类的职业，后来招收学生讲学……逐渐形成一个学派，是为儒家。也简称儒。《庄子齐物论》："故有儒、墨之是非。"后来也用作读书人的通称。——摘自《辞海》）给儒林列传是从《史记》开始的，至明清之际，黄宗羲、全望祖所著《宋元学案》、《明儒学案》标志着史家之外又有学问家研究儒林的学术一派形成；万斯同紧于黄、全之后所著《儒林宗派》16卷，可以说是这方面最全面的一部，该书纵论孔孟以来、下迄明末各家学术授受源流和分派，其最大特点即是按时代编排，将历史、人格与学说浑融一体。

比照一下，我们说吴敬梓之所谓儒林者，大概也是想在书中高度融汇这一特点来对当时儒学进行反思。而所谓"外"者，笔者以为则是相对他那个时代士人的人格理想与人生追寻目标的崩塌而言的反讽（正话反说）之词，即是说在吴敬梓看来，虽此起彼伏自号清儒，而实质上担当意识却愈加淡化，也即其实已经没有儒林景象了，但上上下下却都还以儒林自居。对所谓此起彼伏自号儒，而实质上担待意识却愈加淡化的状况，我们先看吴敬梓怎么说，《儒林外史》中署名"闲斋老人"的序言（按，作于

[①] 此时儒已泛化、政治化、边缘化、民族化、仕途功利化。虽然朱彝尊有云："特立之为儒，以道得民之为儒，区分古今之为儒，通天地之为儒。"

"乾隆元年春二月"。鲁迅所说成书时间当本此),学界一般认为是吴敬梓本人(在完成全书后)托名而作,欲借以表白写此书的宗旨,其序有云:

"稗官为史之支流,善读稗官者可进于史……夫(本书所以)曰'外史',原不自居正史之列也;曰'儒林',迥异玄虚荒渺之谈也。其书以功名富贵为一篇之骨:有心艳功名富贵而媚人下人者;有倚仗功名富贵而骄人傲人者,有假托无意功名富贵自以为高,被人看破耻笑者;终乃以辞却功名富贵,品地最上一层,为中流砥柱。篇中所载之人,不可枚举,而其人之性情心术,一一活现纸上。读之者无论是何人品,无不可取以自镜。《传》曰'善者感发人之善心;恶者惩创人之逸志'是书有焉。"

从构思角度说,吴敬梓将"功名富贵"四字作为全书的第一着眼处来"穷极文人情态",通过创造系列人物来追问"文行出处"的失落处、立命处、风范与情怀,从而将深刻与辛酸共同寓于其中。从这个意义上说,这里所谓"以功名富贵为一篇之骨",其准确含义应该是感慨在科举制度以八股取士的背景下,仕人往往唯功名富贵是务,而疏于安身立命之思,即忘记了儒家的使命与怀抱,也忘记了他们的人格与性情,名儒而实非。鉴于这些认识,我们以为"外史"者无疑是旨在对此刻意针砭,并努力要将更艰辛的儒学重建之路铺在此一片废墟之上。这一点在作为全书第一回开首的《蝶恋花》中有很清楚的表白,其词云:

"人生南北多歧路,将相神仙,也要凡人做。百代兴亡朝复暮,江风吹倒前朝树。功名富贵无凭据,费尽心情,总把流光误。浊酒三杯沉醉去,水流花谢知何处。"①

吴敬梓的这个感慨及所寄托的厚重使命,在作品的一开始就以高妙的构思和洗练的语言通过创造王冕这一形象,从容透出。

在小说开始,我们不难看出王冕这一形象颇具象征意味,他最初是以纯真之体在天下大乱、价值消沉之际,在乾坤朗朗之下接受着光天化日的朗润,以至于嶔崎磊落。书中描写他忽有一日以神来之思捕捉到了荷花的神韵,这个细节暗喻着他领受到了传统儒家的真谛与使命。我们知道理学

---

① 齐省堂评此曲乃"全书主脑"。

开山学者周敦颐有《爱莲说》蕴含理学精神。小说中隐喻此观点，按照这个思路先来看小说描述，其文如下："王冕看书，心下也着实明白了。"小说这样描写着实在于表明王冕由此捕捉到了荷花的神韵，并强调这与一个儒者读书有关，或曰与看书看至着实明白大有关系。顺此思路回头再看小说，"那日正是黄梅时候，天气烦躁。王冕放牛倦了，在绿草地上坐著。须臾，浓云密布，一阵大雨过了。那黑云边上镶著白云，渐渐散去，透出一派日光来，照耀得满湖通红。湖边上山，青一块，紫一块，绿一块。树枝上都像水洗过一番的，尤其绿得可爱。湖里有十来枝荷花，苞子上清水滴滴，荷叶上水珠滚来滚去。王冕看了一回，心里想道：'古人说"人在图画中"，其实不错！可惜我这里没有一个画工，把这荷花画他几枝，也觉有趣！'又心里想道：'天下那有个学不会的事？我何不自画他几枝？'"毫无疑问这个学画莲细节应当从隐喻意义上来理解。在笔者看来，早在北宋时代理学开山周敦颐的《爱莲说》即提出"莲，花之君子者也"，把莲花作为君子人格的象征。如果说与之相对，东晋陶渊明所爱的"菊，花之隐逸者也"，那么周敦颐则是有意在标举出一种和陶渊明人格不同的精神或应世方式，是一种新的人格形象，故其云"莲之爱，同予者何人？"它的特征正如周对莲花的描写，所谓"出淤泥而不染，濯清涟而不妖"。在笔者看来华夏民族太多人喜欢苏轼即在于苏轼作为元祐文化大家应是这种人格精神的代表。① 冯友兰在《中国哲学史新编》下，五十一章"道学的前驱"四节"周敦颐论'孔颜乐处'"讲周敦颐依托《论语》提出"寻孔颜乐处，所乐何事"的问题，指出对这个问题的讨论构成了道学的一个主要内容，并引程颐《颜子所好何学论》所说的"学以至圣人之道也"，以阐发周敦颐所致力于明确的儒家君子读书的目的。如果说这些道学诸问题均与周敦颐的倡导有关，那么这样一些促成道学目标的越来越明晰无疑又与周敦颐的爱莲行为与言论有千丝万缕的联系。而小说开始以异乎清逸洗练之笔表达王冕画荷，显然是对此的包容。

依照情节，在此之后，即是天下大乱、天人错离。小说描写此时王冕

---

① 此处亦可参考笔者拙著《苏轼和陶诗与北宋文人词》，安徽大学出版社2011年版，第221页。

愿意并展开了和吴王的对话,说明他是有用世之心的。他用"仁义"来劝导吴王既表明他有入世的立场,也透露出他心灵世界的儒学内涵。

接下去,小说描写王冕最后隐去,这应该说是对这一次对话所寄予的希冀落空后的绝望。而所以绝望的直接缘由是天下以八股标准的开科执行。在第一回的后面叙述秦老爹于洪武四年进城,带回了一本邸抄:王冕接过来看,上面载有"礼部议定取士之法,三年一科,用五经、四书、八股文,王冕指与老秦看,说道:'这个法却定的不好,将来读书人既有此一条荣身之路,把那文行出处都看得轻了。'"

这里所谓"文行出处",当是对儒家真精神的概括,其中"文行"者即儒者的学问与人品,境界与践履,显然这里有王学行知说的影子。"出处"者则是历代士人所要共同直接面对的命题,王冕作为一个真正儒者所遵循的是《论语》所谓"用之则行,舍之则藏",(按,《论语·述而》:"子谓颜渊曰:用之则行,舍之则藏,惟我与尔有是夫")"天下有道则出,无道则隐";(按,《论语·泰伯》:"笃信好学,死守善道。危邦不入,乱邦不居,天下有道则见,无道则隐。邦有道,贫且贱焉,耻也;邦无道,富且贵焉,耻也")或《孟子》所谓"达兼""穷独"。(按,《孟子·尽心上》:孟子谓宋勾践曰:"子好游乎?吾语子游:人知之,亦嚣嚣;人不知,亦嚣嚣。"曰:"何如斯可以嚣嚣矣?"曰:"尊德乐义,则可以嚣嚣矣。故士穷不失义,达不离道。穷不失义,故士得己焉;达不离道,故民不失望焉。古之人,得志,泽加于民;不得志,修身见于世。穷则独善其身,达则兼善天下。")推想一下,可能是在王冕看来,这才是儒家的立身之本及走向人格圆满的方法,它的内涵是"为己成人",它的特点是内在、自为。丢掉此中意味,即是儒家精神价值的失落。

从这个意义上,我们说,小说开头的楔子是有丰富内涵的。在楔子一回下,卧评云:"元人杂剧开卷率有楔子。楔子者,借他事以引起所记之事也。然与本事毫不相涉,则是庸手俗笔,随意填凑,何以见笔墨之妙乎?作者以史汉才作为稗官,观楔子一卷,全书之血脉经络无不贯穿玲珑,真是不肯浪费笔墨。"我们以为所谓"楔子一卷"贯穿"全书之血脉经络"者,一方面是以王冕表现作者有待时用世之心,另一方面是感慨士人正因各种原因在此节骨眼上忘掉了"文行出处";小说正是将思维建立在这两者的张力中的。王冕的隐居意味着理性的缺席、价值的失衡。而所谓"一代文人有厄"者(按,语见第一回:须臾,东方月上,照耀地如同万顷玻璃一般。那么眠鸥宿鹭,阒染无声。王冕左手持杯,右手指着天上的星,向秦老道:"你看,贯索犯文昌,一代文人有厄!"话犹未了,忽然起一阵怪风,刮的树木都嗖嗖地响,水面上的禽鸟,格格惊起了许多。)即是指在理性缺席之下人性的苍白、人情的龌龊与慌乱,最终,异化的功名富贵逐渐浮泛到人的生活之中与生命之上。请看一下与王冕相对照,吴敬梓在第一回里亦率先画出的几个人:朝廷大老(元老,称年高、品德高的人。《孟子·离娄上》:"二老者,天下之大老也。"二老,指伯夷、太公。——《辞海》。按,《儒林外史》第三十五回:"庄征君悄悄写了十几封书子,打发人进京去,遍托朝里大老,从部里发出文书来,把卢信侯放了,反把那出首的人问了罪")危素装作德高望重,堂堂"时仁"县令趋炎附势,翟买办狗眼看人[①]。《儒林外史》之意义无疑即是将此"史鉴"聚焦于对这些龌龊、慌乱与浅俗的揭示,并对此表达出历史性的焦虑与思索;其创造性则在于用简笔和漫画手法成功创造出系列人物,以此完成作者的揭示与思考。(即用小说形式承担了思想的使命。)

笔者试着把小说中的人物分成三类:

(1) 第一——三十回是所谓科举文人图谱小说,以漫画法描写了一系列在追逐功名途中人性被完全扭曲的人;

(2) 第三十一——四十六回小说突出表现理想文士追求。在这里小说以浓墨重彩创造了杜、迟、庄、虞四位有意挣脱此种氛围(命运),但人性、人格理想依然迷惘的人;

(3) 第四十七—五十五回写风流散尽后象征着薪尽火传的人。小说主要是以素描传达真儒理想破灭后,作者所识儒家真精神之所在。

从此人物类型的结构看,小说的一个特点就是这三类人物都是顺着作者的构思而依次展示的。换句话说,作者是通过对系列人物的创造、以精

[①] 危素者,素变幻以为伪素;时仁,仁褪色为时仁,时髦。

密（内在的）逻辑展开其深刻思想，而最终使该小说成为明清乃至整个古代小说中最深厚严肃之杰作的。

先来看第一类。这一类人物繁多，《儒林外史》通过对这一类人物的漫画式勾勒，所要展开的是那个时代受举业煎熬的儒林众生相。吴敬梓笔下的此类众生相，分析起来，有以下这些：灵魂被扭曲的人，如马二先生、鲁四小姐；灵魂变得丑恶的人，如大严、二王；灵魂空虚的人，如范进、王蕴、鲁编修；灵魂清冷苍凉的人，如周进、二严、牛布衣、鲍文清；灵魂变得飘荡无着的人，如娄氏兄弟、杨执中、权勿用。这些人物在本文里还可以以科举为尺度粗化为以下几种：

一种是借科举已获取功名而灵魂空虚者，这种人物的代表是鲁编修。小说描写他看起来比较幸运，却因此幸运思维变得萎缩：他把科举看成一切的标准，以至于认为诗词、《离骚》、"子书"等不是正经文字，（按，第十一回中载"编修公看了，都是些诗词上的话，又有两句像《离骚》，又有两句'子书'，不是正经文字。因此心里也闷，说不出来"）认为"名士"即有功名的人。他闲居无事，便和女儿谈说："八股文章若做的好，随你做甚么东西，要诗就诗，要赋就赋，都是'一鞭一条痕，一掴一掌血'。若是八股文章欠讲究，任你做出甚么来，都是野狐禅，邪魔外道。"（见第十一回"鲁小姐制义难新郎 杨司训相府荐贤士"。按，野狐禅，《五灯会元》卷三"六祖大鉴禅师法嗣"，"百丈怀海禅师"中载一个五百生坠野狐身的修行者请禅师作一转语，于其言下大悟而脱野狐身。人民文学出版社1958年版《外史》注："剽窃皮毛未窥正学的意思。原是一句佛家语，佛家指外道禅为'野狐禅'。"）

特别是他回乡择婿也持此僵化的标准，他所以选择蘧公孙是因为在他看来这是前辈间因功名而致门当户对，只可惜他是误将公子之浅俗、虚名、才气理解成科举之才。这表明他的人性已变得迂腐乏味，已失去判断力。（第十、十一回。按，鲁编修"怜才择婿"后却"因女婿不肯做举业，心里着气，商量要娶一个如君，早养出一个儿子来教他读书，接进士的书香。夫人说年纪大了，劝他不必，他就着了重气。昨晚跌了一跤，半身麻木，口眼有些歪斜"。黄评：加倍写鲁编修之俗。）

第五辑 聚焦与反思

值得注意的是，吴敬梓在表现这个人物时其笔锋是相当冷峻、理性，且藏有哀挽之意的。这主要表现在对其女儿鲁小姐的创造上：小说一方面表现他承乃父之志，热衷以功名接代，散发着他父亲身上的迂腐气，据小说描写小姐"听了父亲的教训，晓妆台畔、刺绣窗前，摆满了一部部文章。每日丹黄灿然，蝇头细批"（按，黄评：粉香兼墨香原好，其如墨卷之墨不仅不香而已）；另一方面又表现她在认可了不幸之后表现出超人的冷静和勇于任事的丈夫之举。比如自己承担教授儿子准备科举，欣然招待、依理感激"马二先生"，明于大义到夫家承担名分等。（按，见第十三回。如"或一天遇着那小儿子书背不熟，小姐就要督责他念到天亮"；"蘧太守已是病得重了，看来是个不起之病。……小姐明于大义，和母亲说了，要去侍疾。……鲁小姐上侍孀姑，下理家政，井井有条，亲戚无不称羡"。）这就是说，在鲁小姐的创造上吴敬梓蓄有隐蔽的意蕴，从中所透露出的是他正在极为艰难地整理着儒家传统，针对荒芜、扭曲，努力寻找切入价值追寻的角度。小说后来以简笔手法写鲁编修"开坊升了侍读"未及赴任而归天（按，事见第十二回"名士大宴莺脰湖　侠客虚设人头会"），我们或可以看成是对所有以功名为价值尺度而读书的科举之徒的哀鸣。

另一种是热衷于借科举以获取功名，但灵魂已被扭曲的。这类代表即周进、范进等。二进情节在小说中均比较精彩，但不难看出，作者表现又有所偏重：对于周进，小说所强调的重点在于科举制度没有开启他的良知，而相反他的良知正在无意间救赎着日将崩塌的科举之途；而对于范进，小说着力强调科举已造成他人性的麻木，不但如此，小说还强调他及第后科举意识使他本有的良知、良能还在无情地堕落。

第三种是借不参加科举来欺世盗名的，这一类人物也比较多。小说有两处集中描写他们的行踪：一处是第八到十二回，以蘧公孙为中心所勾画的一批；另一处是十五回到二十回所表现的匡超人所碰到的名士。此类以娄琫、娄瓒、杨执中、权勿用最为典型。二娄出身豪门，杨、权则是穷极之人（第十一回写杨卖炉："那人将银子拿了回去。这一晚到底没有柴米。我和老妻两个，点了一枝蜡烛，把这炉摩弄了一夜，就过了年。"因将炉取在手内，指与邹吉甫看，道："你看这上面包浆好颜色！今日又恰好没有早饭米,所以方才在此摩弄这炉消遣日子……")小说如展画卷似地尽情铺陈他们的真诚还在浅俗中浮泛。不难知道,这些人共同特点即经历科场失意而有意转回头企图以另一种方式来做高人。可实际情况是:他们均有严重内伤、已是病入膏肓。他们的荒诞之处主要在于他们所选择做名士的途径上,即有意做名士,却不知华夏士人的使命。在名士大宴莺脰湖一回,他们的"怪模怪样"(权)与"古貌古心"(杨)特别能让我们感到儒家思想的沉沦。(按,第十二回:"此时正值四月中旬,天气清和,各人都换了单夹衣服,手持纨扇。……当下牛布衣吟诗,张铁臂击剑,陈和甫打哄说笑,伴着两公子的雍容尔雅,蘧公孙的俊俏风流,杨执中古貌古心,权勿用怪模怪样,真乃一时胜会!"黄评:上文写出若干名士风流宝贝,而以此六字作收,笑杀)

最后一种是打着科举成功幌子而故意作秀,有意混淆科举仕第与伦理纲常的。作者刻画这一类人物文笔最犀利、对之亦最深恶痛绝。这一类以张静斋、二王、二严为代表。比如对于张静斋,小说着重在强调他的无理无耻以及仅有功名在空虚的灵魂上浮泛之浅俗。(按,如第四回写张静斋对汤知县先讲"本朝典故"时无耻妄谈"那墨卷是弟读过的,后来入了翰林"。即又在"出个大名"和"升迁指日可待"的功名论指引下献其"愚见"致死人命。)

综上来看,通过上述人物漫画式的扫描,笔者以为吴敬梓大约要表达他如下几条思路:

(1)他所推崇的真儒正身临严苛的人文环境。

(2)科举制已经失去了代圣人立言的初衷(明清二朝所立八股开科的考试标准之一),士人之性灵在此举业之中得不到半点陶冶(比如张静斋、马纯上、王仁、王德、二严等),因为科举将圣贤本来丰富活泼的世界率意简化、曲化,将圣贤从自己的历史背景上抽空,将圣贤本来崇高的襟怀变成可操作的功名利禄之欲求。以至于在吴敬梓看来,许多人虽走过了科考之场、代圣人立过了言,但人性不唯是变形,而且变得愈加丑陋。鉴于此,吴敬梓努力要做出的结论是:不是儒家思想扼杀了他们,而恰恰是因为他们灵魂中丧失了儒家思想真义,才致沉沦自戕。

(3) 大凡读书一与直接的功名举业相联结就失去了之所以读书的意味。两千年来,许多读书人之浅俗与寂寥即在于在此功名之中蹭蹬,这方面作者之感慨尤其沉痛;更有甚者,作者还发现一些人以更虚伪的目的在其中沽名钓誉:前者如牛布衣、马纯上,后者如匡超人、牛浦郎。作者借马二之口历数两千年文化乃是举业文化,这虽是讽喻马纯上的酸腐,但也能倒出吴敬梓所要感慨的实情。

由此看来,简单地反对科举制度远不是小说的创作目的,从举业的角度来反思功名利禄之心对真情的掩埋,并因此感慨儒家思想的凋敝才是其苦心孤诣更深的所在。

通过上述反思,吴敬梓发现:

(1) 功名利禄之心使整个士的阶层丧失了对人文价值的真正驱动力,并因此变得浮躁板滞,即一方面仅机械地相信"书中自有黄金屋,书中自有千钟粟,书中自有颜如玉"(按,第十五回"葬神仙马秀才送丧 思父母匡童生尽孝",马二先生的话:"你如今回去奉事父母,总以文章举业为主。人生世上,除了这事,就没有第二件可以出头。……只是有本事进了学,中了举人、进士……才是大孝,自身也不得受苦。古语道得好:'书中自有黄金屋,书中自有千钟粟,书中自有颜如玉。'〈黄评:好引证〉而今甚么是书?就是我们的文章选本了");另一方面只被动地感慨"读了这几句死书,拿不得轻,负不得重"。(按,第二十五回:那倪老爹叹一口气道:"长兄,告诉不得你!我从二十岁上进学,到而今做了三十七年的秀才。就坏在读了这几句死书,〈齐评:一语伤心〉拿不得轻,负不得重,一日穷似一日,儿女又多,只得借这手艺糊口。原是没奈何的事!")

(2) 功名利禄之心使士人在朱子与圣人、朱子与读书人之间设置了一层荒诞的屏障,广大士人虽刻板朱注、死守朱注,但不知"朱文公解经,自立一说,也是要后人与诸儒参看,而今丢了诸儒,只依朱注,这是自己固陋,与朱子不相干"。(按,见第三十四回"议礼乐名流访友 备弓旌天子招贤"中杜少卿语,齐评:通儒之论。)另外,这里还有一层含义,就是由此来表现着对王学沉沦的深思。

在第三十四回,吴敬梓实际上是借杜少卿之口讲了自己读经之示例。

《邶风·凯风》一诗，朱子认为是"卫之淫风流行，虽有七子之母，尤不能安其室"。吴借杜认为："古人二十而嫁，养到第七子，又长大了，那母亲也该有五十多岁，哪有想嫁之礼！"（按，卧本作"礼"。有俗本作"理"。《论语·为政》："齐之以礼。"朱熹注："礼，谓制度品节也。"）所谓："'不安其室'者，不过因衣服、饮食不称心，在家吵闹，七子所以自认不是。"又如《女曰鸡鸣》，朱子认为："此诗人述贤夫妇相警戒之词……其相与警戒之言如此，则不当于宴昵之私，可知矣。"吴借杜云："但凡士君子，横了一个做官的念头在心里，便先要骄傲妻子，妻子想做夫人，想不到手，便事事不遂心，吵闹起来。你看这夫妇两个，绝无一点心想到功名富贵上去，弹琴饮酒，知命乐天。这便是三代以上修身齐家之君子。"又如《郑风·溱洧》，朱子认为"此诗淫奔者自叙之词"（按，"郑国之俗三月上巳之辰，采兰水上以拔除不祥。故其女问于士曰，盍往观乎。士曰，吾既往矣。女复邀之曰，且往观乎。盖洧水之外其地信宽大而可乐也。于是士女相与戏谑，且以芍药相赠，而结恩情之厚也。此诗淫奔者自叙之词"。朱熹：《诗集传》，中华书局1958年版，第56页），吴借杜云："也只是夫妇同游，并非淫乱。"

从上面看，吴敬梓大概是强调诚然应参考朱注，但正确的态度是通过参考朱注来感受儒家的生命精神，而不是恪守其为结论性言语。

总之，因为科举，一方面唯功名是的，另一方面是与之相应的解经之呆板。正因如此，一代士人的人性与灵魂落入空前的空虚、悖谬及扭曲。这正是吴敬梓在小说开始以大量篇幅叙写第一类人物所要得出的逻辑结论。除此当然还有一方面，即吴敬梓怀抱着哀惋之情来写他们的良心未泯，而此良心的唤醒应是儒家重建的归趣。

在这一类人物之中，笔者认为人物小说最浓墨重彩的是对马二先生与王玉辉两个形象的创造，其意义是要通过马二先生与王玉辉铺陈、总结上述结论的深沉内涵。

具体看一下，马静，字纯上，人称马二先生，浙江处州府生员，八股选家，八股制艺的虔诚信徒。吴敬梓是以公心与冷峻之笔来表现这个人物的。首先叙写的是他的一些诚意之举，如帮助匡超人、不惜倾囊帮助蘧公孙销赃、捐资帮助洪憨仙并因此受骗等（第十四回）。所有这一切都意在揭示他所本具的忠厚、诚笃等君子本质。即是说作者一方面赞同他本有的这些君子之气，另一方面又着力于在复杂背景上把捉他所以有迂腐气的根源及表现。一方面是以沉重之笔托出马二先生由于人性被科场失意所扭曲、另一方面极力揶揄他正用科举名利"解构"两千年儒家士人出处穷达、安身立命之庄严使命的浅俗心理。在第十三回，马二先生曾回顾两千年的学术史，率意以"举业"二字贯穿。在第十五回马纯上又明确将读书的目的拘于举业，又把举业的目的限于显亲扬名。他劝匡超人："你如今回去奉事父母，总以文章举业为主。人生世上，除了这事，就没有第二件可以出头。……只是有本事进了学，中了举人、进士，即刻就荣宗耀祖。这就是《孝经》上所说的'显亲扬名'，才是大孝……"总之，在吴看来，也正是由于对举业的如此认识，使马二先生同色彩斑斓的世界失掉了人跟自然间本应有的那份宽阔、活泼、自在、相互辉映的亲切关系，——所谓"亭下不逢人，夕阳澹秋影"。"双飞燕子几时回，夹岸桃花蘸水开。""行到水穷处，坐看云起时。"……均是这种亲切关系的经典呈现——而今在马二先生这里仅残剩下一种极为枯萎、空虚和无聊的相对，此与中华士人心目中的理想大相径庭。关于这一点，小说在第十三回描写他于鲁小姐家做客，第十四回他的西湖之游中均被表现得淋漓尽致。

其次，吴敬梓还不止一处在写马二以选评、销售八股范文为业，来满足自己于此所谓成功。我们从中不仅能体察到他本人灵魂的空虚，更主要的是能由此真切感受到儒家的真性情正是在此类无聊不堪中不知不觉被毁灭这一可怖的现实。最后，小说在最后写马纯上"临了开始治经"这一细节也有着深沉意蕴。推想一下，笔者以为其意蕴在于作者是要由此指示给世人一条通向人性复苏之路。

马纯上之外，《儒林外史》在第四十八回通过徽州老秀才王玉辉怂恿三女儿绝食殉夫的细节，塑造了一个更为复杂的儒生形象，与马二先生形象交相辉映。王蕴，字玉辉，徽州府学生员，生有一子四女，其事迹见于第四十八回"徽州府烈妇殉夫　泰伯祠遗贤感旧"。小说首先以他自称"迂拙"的自我评价而形成读者的阅读期待张力，这种张力表现于以下三个方面的思考：一、他迂拙何为；二、他迂拙心理的内容；三、他怎样才能超越迂拙，由此思考吴敬梓创造这个人物要达到什么样深刻目的？值得我们注意的是，这一形象就曾引起了广泛争论和后来更尖锐的争议和批评。

卧评云："王玉辉真古之所谓书呆子也。其呆处正是人所不能及处，观此人知其临大节而不可夺，人之能于五伦中慷慨决断，做出一番事业者，必非天下之乖人也。"清末黄小田却云："此评大谬"，"天下事有意做出，便非至情至性。王玉辉有心博节义之名而令女儿去做，此岂于至情至性耶？其女在家想习闻其迂执之论，故商量殉节。而王玉辉谓之'好题目'。若深以为幸者，岂非以人命为儿戏而遂流于忍乎！"（按，后接：夫节烈，美名也，然必迫于事势无可如何，不得已而出此。其女有翁有姑，再三劝阻，忍而为此，是亦谬种而已，此作者之所许也。）这是清儒的争议。

到五四时期从陈独秀、钱玄同到鲁迅均用力于借此揭示礼教的残忍及其中所包含的"良心与礼教"的冲突。

（比如鲁迅《史略》："其述王玉辉之女既殉夫，玉辉大喜，而当入祠建坊之际，'转觉心伤，辞了不肯来'，后又自言'在家日日看见老妻悲恸，心中不忍'（第四十八回），则描写良心与礼教之冲突，殊极刻深；作者生清初，又束身名教之内，而能心有依违，托稗说以寄慨，殆亦深有会于此矣。"

依笔者看法，在宋明理学中，确实有所谓"三纲五常"、"存天理，灭人欲"等，特别是《二程遗书》卷二十二之下有"饿死事极小，失节事极大"云云。《儒林外史》通过王玉辉形象将此类问题极端地摆在了读者面前，但笔者以为作者不是在批评这些理学教义本身，而恰是在批评王玉辉在过低境界上对这些教义的死守。换句话说，是对这些理学教义的真谛缺少理解和领悟境界，因而只是空洞模仿。从小说叙述中我们得知王玉辉立志写三部书：一部礼书，一部字书，一部乡约书。这个信息告诉我们王玉辉只是要教条化地死守着儒家某些规范，实际上并没有从生命境界上内在地领有儒家高远的真精神，不知道儒家的"切己功夫"实乃是乾坤朗朗、人伦清明、气正神清的生命之境。由此吴敬梓想借以指出像王玉辉这样的

第五辑 聚焦与反思

一群"迂拙"之徒所以境界如此低下,走进了理解儒家的死胡同,主要原因是功名富贵思想缠缚了他们的思维、抽空了他们的灵魂,他们的良心为太多太复杂的大伪所遮蔽。

综上分析不难看出,吴敬梓的用意是秉持公心,以极冷峻笔触针砭当时社会时弊的真相之所在。此真相即在于士人为名利所驱使,首先造成的是人性的空无与思维的僵滞,以至于中华文化的真意境界在唯功名是的举子脑袋里几近荒凉。从鲁四小姐婚宴场面的"乱"相,即能足以体味出举业的荒芜,人们生活的原因及现象均经不起一点推敲。许多学者也认同钱玄同之所谓王玉辉形象是为了揭示"良心与礼教的冲突"观点,笔者以为这里固然包含有明中叶以来一直在探讨的情与理的冲突问题,但准确地说,王玉辉形象的意义不在此例,吴敬梓通过这一人物所要表现的问题核心应是思维模式与人生真谛的获得之间的矛盾。依照小说描写,他后来萌发反思其思维模式的天良,即表现出作者试图以良知来浇灌他僵死低调的思维模式的意向,可以说作者也正是从这个角度来对这一类人寄寓希望的。作品告诉我们王玉辉后来逐步悔过自己,抚念泰伯祠的前尘,而马二则倒转过来注经学术,这些细节无疑都是有深意的,说明他们的人性正在作者提示的路径上趋向复苏。(而这种路径与其说是一种对所谓封建文化的叛逆,毋宁说是一种对儒家思想的复归或者重建。)

诚然,通常所概括的讽刺等特色的确能正面指证在《儒林外史》中对这一类人物的成功创造,但这绝不是该小说的根本风格与作者的创作目的。从小说本身的发展,我们不难看出创造这一类人物并不是小说的目的和终结,作者只是想带着对这一类人物思考而得出逻辑结论展开对第二类人物的创造。小说也因之进入第二部分。所谓第二类人物即真儒,主要包括杜少卿、迟衡山、庄绍光、虞育德四人。笔者以为此四人才是全书主人公,就形象创造而论,他们各具某一方面的性格特征,就思想而论,这些特征分别代表着吴敬梓思考的一个方面。其中杜少卿的意义在于从宏观上勾勒重建的轮廓;迟衡山是作者借以表现对颜李学派的思考;庄绍光是对传统以来出处问题的再反思;虞玉德应是诗意表达作者心目中的理想,他的隐去则意味着理想衰蔽的酸辛。换言之,吴敬梓创造这一类人物有着非常明确的目的,即继续沿着第一类人物的创造理路走下去,但期望达到的目的却对第一类人物做出超越性思考。

在这几个人物中,学术界公认杜少卿有作者自况含义,——杜仪,号少卿,南直隶秀才,事迹见第三十一——三十八、四十、四十一、四十四—四十六、四十八、五十六等回。(按,第三十一回"天长县同访豪杰　赐书楼大醉高朋"中,从杜慎卿口中说出,"他名叫做仪,号叫做少卿,只小得我两岁,也是一个秀才。我那伯父是个清官,家里还是祖宗丢下的些田地。伯父去世之后,他不上一万银子家私,他是个呆子,自己就像十几万的。纹银九七他都认不得,又最好做大老官,听见人向他说些苦,他就大捧出来给人家用"。)并且也是小说中创造最成功的形象之一。认为这个人物以其在作品中出现的时数和篇幅来说,至少有以下含义:

(1) 直接反衬着马二等的空虚和王玉辉等的死气。

(2) 让读者率先看到吴敬梓所要标举的"真儒"的最一般特征:遗世独立的精神气质;不囿于世俗的个性;不屑于功名利禄的志趣;不刻板死守礼法的治学态度。

小说通过他平居豪举、钱财散尽、解读毛诗、托病辞官、称誉沈琼枝、携娘子游清凉山、秦淮待客等一系列典型细节描写,展开叙述了他那自由舒展的人性魅力。尤其小说是以充满激情的笔调叙写他既摆脱钱财俗务的羁绊,又冲破八股举业的牢笼,在逍遥自在的氛围中体验自己的真实生命所达于的真境界,这些用他自己的话来说即"逍遥自在,做些自己的事",他因此成为一个真正的"豪杰"、一个雅人。应该说这是吴敬梓通过对关于自然与社会、自我与儒学以及什么是儒学真精神的思考推衍所得的逻辑成果。

(3) 这所谓"自己的事"在小说中很具体:杜少卿以自己特殊的魅力联系着一群真的名士。从小说构思来说,此所谓"自己的事"起到了线索的作用;从内容逻辑上说,以下的小说章节应是所谓"自己的事"内涵的尽情展开。笔者认为吴敬梓的创造性构思在于以杜少卿"自己的事"为线索将迟衡山、庄绍先、虞育德等三人联系起来,而又通过他们三个人分别铺展了关于儒学现状的一些思考,从而全面充实了"做些自己的事"

第五辑 聚焦与反思

的内涵。

具体看一下，杜少卿联系迟衡山之事主要在三十三回：

小说首先强调他们的一见如故、相互倾慕：少卿看他细瘦，通眉，长爪，双眸炯炯，知他不是庸人。迟先生看少卿则认定他是海内英豪、千秋快士，英气逼人。然后在这一回里，吴敬梓创造了一个他们之间心灵对话的机会，且看对话的内容：

迟衡山闲话说起："而今读书的朋友，只不过讲个举业，若会做两句诗赋，就算雅极的了。放着经史上礼、乐、兵、农的事，全然不问！我本朝太祖定了天下，大功不差似汤、武，却全然不曾制作礼乐。少卿兄，你此番征辟了去，替朝廷做些正经事，方不愧我辈所学。"

杜少卿道："这征辟的事，小弟已是辞了。正为走出去做不出甚么事业，徒惹高人一笑，所以宁可不出去的好。"黄评：此是作书本旨。

迟衡山又在房里拿出一个手卷来说道："这一件事，须是与先生商量。"

杜少卿道："甚么事？"迟衡山道："我们这南京，古今第一个贤人是吴泰伯，（黄评：吴泰伯是千古第一个不要功名富贵的，故以大祭为全书之主却并不曾有个专祠。天二评：大文章发端……）小弟意思要约些朋友，各捐几何，盖一所泰伯祠。春秋两仲，用古礼古乐致祭，借此大家习学礼乐，成就出些人才，也可以助一助政教。（天二评：郑重正大，是真儒见识……）"

杜少卿大喜道："这是该的！"

学界有人据这一段对话认为吴敬梓有颜李思想，诚然颜李思想从对话中或可以看出。颜元（1635—1704），字易直，号习斋，直隶人。年轻时喜陆王，后改程朱。34 岁后思想发生了根本性变化，反对程朱，倡导"习行""践履"。他曾从功利出发提出一整套政治军事经济纲领。其云："如天不废予，将以七字富天下：垦荒、均田、兴水利；以六字强天下：人皆兵，官皆将；以九字安天下：举人才、正大经、兴礼乐。"（《颜习斋先生年谱》）他认为"学须一件做成使有用"（《言行录·学须》），认识正确要考"习行"来验证。（按，《年谱》："学问以用而见其得失，口笔之得者不足恃。"）"人之为学，心中思想，口中谈论，尽有千百义理，不如身上行一理之为实也。"（《言行录·习过》）他认为一个人知识、才能随"习行"而不断提高，人

— 302 —

性随"习行"方形成与发展。(《清代学术概论》云:"顾、黄、王、颜,同一'王学'之反动也,而其反动所趋之方向各不同。……若颜氏者,则明目张胆以排程、朱、陆、王,而亦菲薄传注考证之学……""其对于宋学,为绝无闪缩之正面攻击",元弟子李塨所著《颜习斋先生年谱》载其言曰"必破一分程朱,始入一分孔孟"。"质而言之,为做事故求学问,做事即是做学问,舍做事外别无学问,此元之根本主义。")但准确地说,吴敬梓在此是想借迟衡山与杜少卿的对话来展开对颜李思想之思考的,作为颜李思想载体的是所创造的迟衡山这个人物,但很显然,对话中承载着作者思想旨趣的杜少卿并不完全赞同迟关于"做些正经事,方不愧我辈所学"的说法。

我们先来借对话仔细分析一下杜少卿与迟衡山的共同点:

①他们均反对科举及附庸风雅两种猎取功名的手段;

②均推崇吴泰伯不为功名利禄所动的风范;

③均出于真性情。

从对话所见,二者不同也很明显:杜坚持认为"做不出的事宁可不做"。这就表现出与只追求表面功利,止于事功主义有不同立场。至于杜少卿支持重建泰伯寺的建议则暗示他的入世思路是:首先重树根本的价值目标,然后围绕此目标而行动。应该说这一点无论从小说的构思还是从小说所展示的思路来说均是深沉的。

小说在第四十九回点出迟衡山后来对自己所持观点有所改变,即放弃事功,主张"讲学问的只讲学问不必问功名,讲功名的只讲功名不必问学问,若两样都讲到后来一样也做不成"。[按,第四十九回"翰林高谈龙虎榜 中书冒占凤凰池":武正字道:"提起《毛诗》两字,越发可笑了!近来这些做举业的,泥定了朱注,越讲越不明白。四五年前,天长杜少卿先生纂了一部《诗说》,引了些汉儒的说话,朋友们就都当作新闻。可见'学问'两个字,如今是不必讲的了!(潜台词是讲学问应是为了做举业)"迟衡山道:"这都是一偏的话。依小弟看来:讲学问的只讲学问,不必问功名;讲功名的只讲功名,不必问学问。(齐评:此是正论。天二评:学问与功名万古不通。衡山此论圆融斩截,千古不易)若是两样都要讲,弄

第五辑 聚焦与反思

到后来，一样也做不成。"] 这一结论非常有意味，应该说这是吴敬梓思考颜李事功学派的结果，即在理论上划清学问和举业，最终拒绝把事功与学问扯在一起，特别是不能简单地将事功作为学问的量度，我们以为吴敬梓这一结论的深层意蕴在于寄希望从更高远意义上找出学术的意义、事功的成败依据，从而最终把学术与士人的安身立命使命结合在一起。

从第三十四回开始，以杜少卿为连线，《儒林外史》又引出了另一名儒学高士庄绍光。吴敬梓首先对之作了肖像及性格的细致刻画："这人姓庄名尚志，字绍光，（黄评：叙绍光，郑重而出之，不同他人）是南京累代的读书人家。……此时已将及四十岁，名满一时，他却闭门读书，不肯妄交一人。……只见头戴方巾，身穿宝蓝夹纱直裰，三绺髭须，黄白面皮，出来恭恭敬敬同二位作揖坐下。"仅就此叙述中看，庄绍光直是以隐居读书而呈现儒者的风范。其次，作者指出庄与一般的隐士不同，吴敬梓在小说中主要是强调庄绍光的狷介。

我们知道，按照传统一个真正儒者其读书仕进、安身立命所普遍恪守的是《论语》中所谓的"用之则行，舍之则藏"，"天下有道则见，无道则隐"。庄尚志无疑即是如此，他说："我们与山林隐逸不同；既然奉旨召我，君臣之礼是傲不得的。"（见第三十四回中庄绍光"闻命就行"前与娘子的对话）小说中还特别有一处讲述他以此观点评价高青邱的细节也说明他对儒家以此种方式出处的意义是非常清楚并且以此为规范的。（高青丘不知进退。）（按，第三十五回中庄绍光向卢新侯道：像先生如此读书好古，岂不是个极讲求学问的，但国家禁令所在，也不可不知避忌。青邱文字，虽其中并无毁谤朝廷的言语，既然太祖恶其为人，且现在又是禁书，先生就不看他的著作也罢。）

接下去，小说用一个整章的篇幅叙述庄尚志所谓应于征辟之事。我们推测吴敬梓精心安排此情节，除进一步充实庄的形象外，其更深的目的主要有三个：①暗示作者自己有用世之志；②以庄为平台展开讨论当下是否还有实现"功成身退"理想的契机与可能；③以庄的结论追问若不能达兼何以穷独？

从小说中看，为展开对这些问题的探讨，吴敬梓主要用了三个细节暴露三个矛盾：①九卿六部闻皇帝召之而竞相拜望请教，而庄却仅有厌烦情绪与之相冲突。②太保以庄尚志无进士出身为由搪塞了皇帝此次隆重之举，与皇帝兴师动众招纳作秀自相矛盾。（按，太保奏道："庄尚志……不由进士出身，骤跻卿贰，我朝祖宗无此法度，且开天下以幸进之心。伏候圣裁。"天子叹息了一回，随教大学士传旨："庄尚志允令还山，赐内帑银五百两。将南京元武湖赐与庄尚志著书立说，鼓吹休明。"）（太保的行为盖与庄以"世无孔子，不当在弟子之列"为论，拒绝太保的"欲收之门墙，以为桃李"的决断有关；若肯"领教"，则太保在天子面前必是又一种说法，庄或真被皇上大用亦未可知。然庄正以"不敢领教"方为庄矣。）③庄绍光在入京来回途中所遇响马与饿殍之事与天下太平相错迕。所谓来遇响马，返遇饿殍。（黄评：忽写此一段，不过为庄征君出京恐太直率，聊以此事动阅者之目，别无关系。天二评：可谓仁至义尽，借此亦足见庄征君为人。初出门有赵大一节，归时又有此节，固是作者添此曲折以避直率，然皆天下竟有之事，非如他书便有许多荒谬不经之谈。又按，天子曾亲对庄言，天子道："朕在位三十五年，幸托天地祖宗，海宇升平，边疆无事。……"与庄切身所遇对看。）总的来说，上述三方面愈矛盾思路愈清晰。

笔者认为，吴敬梓安排这些细节目的是想通过庄绍光叙述天下并不太平，皇帝征辟乃是为了粉饰太平，从而结论"世无孔子而我道不行"。可以说，它的意义在于以冷峻之笔呼应了对第一类人物的描写。庄绍光借口卜得"天山遁"最终选择归隐，以极复杂的心态配合皇帝演完礼贤之事，献上"恳求恩赐还山"之本，深深地体悟了遁卦所谓"君子以远小人，不恶而严"的结论，其中所透出的不仅是无奈，而更有着耐人寻味的深层意蕴，即一个士人应如何应对人生所面临的尴尬的处境。遁者，艮下乾上，天在山上，下阴有慕阳企天之志。象曰："君子以远小人，不恶而严。"在朱子看来，"天体无穷，山高有限。遁之象也。严者，君子自守之常而以小人自不能近"。（按，朱熹《周易本义》下经"遁"，艮下乾上，《象》曰："天下有山，遁；君子以远小人，不恶而严。"朱注曰："天体无穷，山高有限，遁之象也。严者，君子自守之常，而小人自不能近。"中华书局2009年版，第135页）在苏轼看来，遁卦的意蕴在于指出人生每到一关键处、艰难处，那么第一应贞，第二应行，而其志则在摆脱困境。（《东坡易传》注其《象辞》曰："'遁'以二阴伏于四阳之下，阴犹未足以胜阳，而君子遂至于遁。何以？曰：君子之遁，非直弃去而不复救也，以为有亨之道焉。……"注《象辞》曰："山有企天之意而不可及，阴有慕阳之志而不可追"）而吴敬梓这里所思考的是在遁的情况下，什么是最迫切要思考的问题；在虽尖锐而不能实现情况下，一个士人应采取怎样的措施。小说以不太多的篇幅写庄绍光回南京之后与娘子隐居玄武湖，强调了结庐人间是必由之路。[按，一日，同娘子凭栏看水，笑说道："你看这些湖光山色，都是我们的了！我们日日可以游玩。不象杜少卿要把尊壶带了清凉山去看花。"闲着无事，又斟一樽酒，把杜少卿的《诗说》，叫娘子坐在旁边，念与她听。（黄评：作者不就鸿博科，故设此幻想幻境。顾安得如此神仙之乐耶）念到有趣处，吃一大杯，彼此大笑。庄征君在湖中着实自在。]应该说这不仅是作者经过精心思考得出的结论。从小说构思角度来说，这样写也很精巧，吴敬梓通过对庄绍光人格历程的描述、考察，不仅思考了一个儒家士人人生理想何以受阻的过程，也同时借此追问了何以天下那么多隐士之原因，其结论是："纷言朝廷有道，修大礼以尊贤乃是皮里阳秋；儒者爱身，遇高官而不受乃是事出有因。"（按，见第三十四回末尾）无疑这个结论是非常深刻的，而结构亦是非常严谨的。

虞育德是《儒林外史》中吴敬梓精心刻画的"真儒"形象，其用意为所有评家所重视。黄评："虞博士是书中第一人，故另立传。'麟绂'言此人便可算得《外史》中之圣人矣。"卧评："虞博士是书中第一人。"金和《儒林外史跋》称其为书中"上上人物"。按小说所写，虞生于苏州府常熟县一个叫做麟绂镇的乡村。（见第三十六回"常熟县真儒降生 泰伯祠名贤达主祭麟绂"）麟绂，是仁瑞吉祥的象征。《论语》中有载孔子闻鲁人伤麟以为国之将亡。小说在第三十五—三十八、四十、四十四、四十六—四十九、五十三—五十六回塑造了虞育德形象。从小说中我们分析吴敬梓创造这个人物的理路大致如下：先以白描点出它的出生地与出生的传奇性，生在常熟一个叫麟绂的古镇，其母夜梦《易·蒙·象辞》"君子以果行育德"而生,(按,第四卦蒙,《象》曰:"山下出泉,蒙;君子以果行育德。"朱熹曰:"泉,水之出也,必行而有渐也。"苏轼曰:"'果行'者求发也,'育德'者不发以养正也。"又,其注《象辞》曰:"君子之于'蒙'也,时其可发而发之,不可则置之,所以养其正心待其自胜也,此圣人之功也")此即暗示他与儒家有千丝万缕的联系。然后以大写意笔触刻画出他关于"果行育德"之神韵的几件事,这几件事是:①他从十四岁就开始的坐馆教书糊口(第三十六回:此时虞博士年方十四岁。祁太公道:"虞小相公比人家一切的孩子不同,如今先生去世,我就请他做先生,教儿子的书")。②他和祁家的二辈世情("虞太翁得病去世了,临危把虞博士托与祁太公"……到冬底生了个儿子。因这些事都在祁太公家做的,因取名叫做"感祁")。③他从容的应试之举。④处理表侄卖房索租无理无行时的态度。⑤他处理门生考试作弊事,以为读书全在养其廉耻(事见第三十七回,武书与少卿的闲聊说出:"我问虞老师:'这事老师怎的不肯认?难道他还是不该来谢的?'虞老师道:'读书人全要养其廉耻,他没奈何来谢我。我若再认这话,他就无容身之地了。小弟却认不得这位朋友,彼时问他姓名,虞老师也不肯说。先生,你说这一件事奇事可是难得?'"杜少卿道:"这也是老人家常有的事")。⑥他救了人,但后来又淡忘了此事。⑦受人之托应诺照管关系。⑧淡然帮助杜少卿。(第三十六回:虞博士道:"少卿,有一句话和你商议。前日中山王府里说,他家有个烈女,托我作一篇碑文,折了个杯缎表礼银八十两在此。我转托了你。你把这银子拿去作看花买酒之资。"杜少卿道:"这文难道老叔不会作?为甚转托我?"虞博士笑道:"我那里如你的才情!你拿去做做。"黄评:"说得蕴藉,其实知其贫耳似不反对烈女。")

可以说吴敬梓不厌其烦地素描这几件事用意在于表现虞育德的品质是,能够在大半生岁月之中随缘遇适,与时偕行,功名有就人品学问一应得以提升,功名无成则坦然处之。最终主要是以他的高远冲淡的人格凸显于充斥着功名利禄的世间,或以此种人格自由自在地穿梭于雅俗之间。小说中有一段杜少卿向庄绍光介绍虞说:"这个人大是不同,不但无学博气,尤其无进士气,他襟怀冲淡,上而伯夷柳下惠,下而陶靖节一流人

第五辑 聚焦与反思

物",此应该说就是对他这种人格特征的阐释,对此人格特征吴敬梓还以"浑雅"作进一步概括,并且,我们注意到小说中还借余大先生向杜少卿叹其"难进易退,真乃天怀淡定之君子,我们他日出身当以此公为法"。此应是对"浑雅"的解释。[按,第四十六回"三山门贤人饯别 五河县势利熏心":那日叫了一只小船在水西门起行,只有杜少卿送在船上。杜少卿拜别道:"老叔已去,小侄从今无所依归矣!"(齐评:送君者自崖而反,能不凄然!天二评:黯然销魂。黄评:二语亦令我凄然欲绝。盖道义之交,非寻常之别,而此后余文虽妙,不若此之可歌可泣矣)虞博士也不胜凄然,邀到船里坐下,说道:"少卿,我不瞒你说,我本赤贫之士,在南京来做了六七年博士,每年积几两俸金,只挣了三十担米的一块田。我此番去,或是部郎,或是州县,我多则做三年,少则做两年,再积些俸银,添得二十担米,每年养着我夫妻两个不得饿死,就罢了。子孙们的事,我也不去管他。现今小儿读书之余,我教他学个医,可以糊口。我要做这官怎的?你在南京,我时常寄书子来问候你。"说罢和杜少卿洒泪分手。(天二评:阅者至此亦不禁凄然泪下,或问何故?曰:《儒林外史》将完了。黄评:伤如之何)杜少卿上了岸,看着虞博士的船开了去,望不见了,方才回来。(天二评:送君者自崖而返,而君自此远矣)余大先生在河房里,杜少卿把方才这些话告诉他。余大先生叹道:"难进易退,真乃天怀淡定之君子。(黄评:二语足以尽博士矣)我们他日出身,皆当以此公为法。"]由此可见,吴敬梓的确是刻意而且是怀着景仰之心来塑造这个人物,并通过一系列细节揭示出其品质的,这些品质可作如下概括:

一 天人一体即心静如水,随缘即应,能行则行,需止即止。真可谓"举头天外望,无我这般人"。(陆九渊语)

二 乐天知命。李汉秋先生称之为东方虞育德精神,并将其与西方浮士德精神相对应而加以比较云:浮士德是不断向前、永无止境、无限追求的,所体现出的是悲壮精神;而虞所体现的则是旷达情怀:不以改造世界为目的,而是追求在任何处境中的自我鞭策,在平常日用的自我体证,感悟永恒与自在。笔者以为虞育德的行为所体现出的是内在于自我的超越,所达到的境界是"乐天知命故不忧",即将超越看成是对自我的深沉把玩。

诚如《易·系辞》所谓:"与天地相似,故不违;知周乎万物而道济天下,故不过;旁行而不流,乐知天命,故不忧;安土敦乎仁,故能爱。"(按,朱熹《周易本义》:"既乐天理,而又知天命,故能无忧,而其知益深,随处皆安而无一息之不仁,故能不忘其济物之心而仁益笃,盖仁者爱之理,爱者仁之用,故其相为表里如此。")

三 极高明而道中庸:小说中虞育德的感情无所偏至,事业不避枯淡,将超越之道建筑在平常日用之中,这一点也与浮士德不一样。小说第三十六回有一段他与娘子算账的言语,前人评此:"悟到此理便是学问至深。"有"非貌似旷达,实体验见道理"。〔按:娘子生儿育女,身子又多病,馆钱不能买医药,每日只吃三顿白粥。后来身子也渐渐好起来。虞博士到三十二岁上,这年没有了馆。娘子道:"今年怎样?"虞博士道:"不妨。我自从出来坐馆,每年大约有三十两银子。假使那年正月里说定只得二十几两,我心里焦不足,到了那四五月的时候,少不得又添两个学生,或是来看文章,有几两银子补足了这个数。(天二评:非貌为旷达,实体验见道理)假使那年正月多讲得几两银子,我心里欢喜道:'好了,今年多些。'偏家里遇着事情出来,把这几两银子用完了;可见有个一定,不必管他。"(齐评:悟到此理便是学问已深。天二评:可谓乐天知命矣。黄评:知足安分)〕

如果把小说分成四个部分:一者王冕隐去,价值缺席;二者在无理性情况下,举子心灵的浮躁和扭曲;三者真儒对价值重建的方式方法的铺陈与思考;那么第四部分即是写以虞育德为代表的士人在努力以一个真儒身份而表现出的对价值重建的呵护。小说在第三十七回("祭先圣南京修礼 送孝子西蜀寻亲")异乎隆重地描写以他为主祭的泰伯祠大祭活动即是这种呵护的具体施行。无疑,这是小说的高潮部分,吴敬梓也正是在此通过虞育德全面表达自己关于价值重建的思索,这种思索的结论是尊崇人伦,树立道德价值,淡化功名利禄,建立人文情怀。这是社会和人生的第一吃紧处,也应该说是这才是全书的中心所在。

但前面已经说过,吴敬梓在小说开始所铺陈的是一个完全非礼乐的背景,与此正好产生巨大反差。两相比较的意义正好能从此反差中分别见出

第五辑　聚焦与反思

自自蕴含。虞育德最后从此儒林中隐去以及他吐露要他儿子行医的愿望，这两个细节也是吴敬梓刻意安排的，是创造虞育德形象的有机组成部分。其中所透出的是吴敬梓对真儒努力全面深刻的失望：从思想上说，吴敬梓想要说明的是即使是鸿儒在这样的时代中也只能独善其身；而从小说构思来说，则表明作者是以此呼应第一部分，同样以严谨的构思完成第二环节的展开的。

虞育德归隐之后，无论是小说铺陈的情节还是吴敬梓透过情节所要表现心灵历程来说，均进入了一个新阶段，即进入了一个风流散尽的无理性阶段。

吴敬梓首先以极其感伤的笔触概述了这一阶段的状况：

"花坛酒社都没有那些才俊之人，礼乐文章也不见那些贤人讲究，论出处不过得手就是才能，失意即是遇拙，论豪侠不过有余就会奢华，不足的就见萧索。凭你有李杜的文章，颜、曾的品行，却是也没有一个来问你。"

这种现象有点像西方20世纪现代主义向后现代主义的过渡。（可参见弗雷德里克·杰姆逊《后现代主义与文化理论》，陕西师范大学出版社1987年版；高宣扬《后现代论》，中国人民大学出版社2005年版）我们知道现代主义有两个基本特点：焦虑和孤独。比如艾略特《荒原》，萨特《恶心》，蒙克《叫喊》，贝克特《等待戈多》等都是表现现代主义主题的经典作品。他们期望通过自己的努力去捕捉那个时代，以求有理性建树。但从60年代开始，西方人不再有这种神圣的疯狂，而普遍有另一种感觉叫"耗尽"、"解构"，以此观物最直接的效应是世界没有了崇高的东西，一切商品化，艺术无主题。

如果以这种思路来分析《儒林外史》肯定很有意思。我们说，和现代西方比较起来吴敬梓虽有浓郁的忧患意识，但并不焦虑，因为他怀抱刻骨铭心的儒家精神和天人一体的人文情怀，这就意味着他相信通过对中华民族精神的呼吁能够激起昔日重来，能重现生机与和谐，因此没有必要到艾略特的荒原上去做无谓的凭吊。这就是小说在结尾留给读者的余韵。

吴敬梓这种思想最后是通过描述四个奇人落实的。换句话说，这一构思的独创性在于作者以形象的语言点出中华传统的真精神所在。这四大奇人分别是：一个会写字的叫季遐年，会书法；一个是卖火纸筒的叫王太，会下棋；一个是开茶馆的叫盖宽，会画画；一个做裁缝的叫荆元，会弹琴。

笔者认为小说通过对这四个人做英气素描，首先是要告诉世人中国传统文化的真精神此时已经艺术化，变成中华士人审美的人生态度，广大士人虽生存在此惨淡的生存环境里，但是多数正秉承此种人生态度灰身灭迹于平常日用之中。

其次，这四个角色还告诉世人，他们虽没有鸿儒的恢宏之举却能在平常日用中展示着真精神、体悟这贴己的人生真感受，从而将此真精神与贴己的真感受投入为对未来人生价值重建的资本，从而使自己再次回到自己。具体地说，此真精神即是：反身成仁，充分调度自己的性情。所谓写字不肯学古人的法帖，"只是自己创出来的格调由着笔性写了去"；下棋只是下棋，认为"天下哪里还有个快活似杀矢棋的事"。此切身感受是：第一，感慨当年虞博士那些名士已经隐去，世情看冷暖，人面逐高低，名声破败、价值混乱，天下再没有重修圣贤祠宇以树立理想的义举，世界大解构。第二，发现所谓快活在于"天不收，地不管，清闲自在"，认为若如此城市即山林，结庐人间是一个切实之途。第三，发现"雅人不是做的，而是性情相近"。由此我们说，小说在最后素描四大奇人有着极深刻的文化韵味与蕴含。它至少表现出吴敬梓如下思路：

一　有信心重塑理想价值，因为隐于琴棋书画中的中华传统真精神仍表现有极强的生命力。

二　呼吁建立新价值必须首先收敛其俗气，让人开始就站到极高的水平线上。

当然《儒林外史》也在告诉读者这些目前还只是理想。荆元操琴忽作变徵之音可以看成是作者的上述深悟后更深沉的孤独。

综合上面的分析我们看，小说的这一部分与主体部分间关系逻辑是非常严谨的，而通篇的逻辑意义到此才明确，即作者期望以复杂严密的理路、感伤的情调，最终高度熔炼着一种深邃的精神，略言之，此精神是致力重新探寻推行"风流"。这种探寻显然表现在三个层面上：（1）风流滋生的背景；（2）风流的实质；（3）真儒散尽的原因。而一部《儒林外史》总的意义则是共同表明作者对此探寻的结论是在什么意义上得出的。

特别值得注意的是，在整个探寻展开过程中，吴敬梓始终以"婉而多讽，戚而能谐"之笔（《西游补》之外，每拟集中于一人或一家，则又疑私怀怨毒，乃逞恶言，非于世事有不平，因抽毫而抨击矣。//其近于呵斥全群者，则有《钟馗捉鬼传》十回，疑尚是明人作，取诸色人，比之群鬼，一一抉剔，发其隐情，然词意浅露，已同嫚骂，所谓"婉曲"，实非所知。//迨吴敬梓《儒林外史》出，乃秉持公心，指摘时弊，机锋所向，尤在士林；其文又戚而能谐，婉而多讽：于是说部中乃始有足称讽刺之书。《中国小说史略》二十三篇《清之讽刺小说》）一方面表现"风流云散，贤豪才色总成空"的现实，另一方面从理趣上和情感上表现对"薪尽火传，工匠市廛，都有韵"的更深情的欣慰。如果说吴敬梓所推出的所谓"薪尽火传"主要是寄希望于后来人能够去努力于踏上前代风流的心灵废墟，再现风流；那么所谓"工匠市廛"则透出了这样一个新消息，即吴敬梓是在努力于换一角度来展开对真儒、真价值的寻觅，并认为这里才有真风流之所在。

最后值得一提的是《儒林外史》如上所述严谨思路同时使本书有独特的审美价值。可略之如下：

《法国大百科全书》在"中国小说"条目云：《儒林外史》是一部最优秀的讽刺小说。亨利·W. 韦尔斯在《中国文学与外国文学之比较研究》第11卷云：《儒林外史》是一部极出色的著作。足堪跻身世界文学史杰作之林，可与意大利薄伽丘、西班牙塞万提斯、法国巴尔扎克或英国狄更斯等人的作品相抗衡。在中国古典小说之中鲁迅先生唯对《红楼梦》和《儒林外史》称伟大，章太炎弟子著名思想家曹聚仁说他将《儒林外史》读了一百多遍。

以上列举足见《儒林外史》巨大的审美价值和对世界产生的影响。下面，就鲁迅先生在《中国小说史略》中几段评语谈谈其审美价值及其对思想展衍的意义。①

---

① 鲁迅：《中国小说史略》，人民文学出版社1958年版。本文以鲁迅所说为问题域，但对其所论试以突破。

一 《史略》有云："迨吴敬梓《儒林外史》出……其文又戚而能谐，婉而多讽，于是说部中乃始有足称讽刺之书。""敬梓之所描写者……既多据自所闻见，而笔又足以达之，故能烛幽索隐，物无遁形，凡官师，儒者，名士，山人，间亦有市井细民，皆现身纸上，声态并作，使彼世相，如在目前……"

我们知道明代长篇小说从题材上主要有四大系类，迨至清代，历史演义、神魔小说均走了下坡路，英雄传奇也并没有形成多大气候（神魔小说代表作是许仲琳《封神演义》，英雄传奇代表作《杨家将》，历史演义是蔡元放吸收余邵鱼的《列国志传》、冯梦龙《新列国志》创作的《东周列国》）。唯世情小说继续蓬勃，以至于我们又可以细分之，如表现婚姻家庭的称人情小说，以公案为主的称公案小说。《儒林外史》显然近之又不属此类，我们至少从中可以领略到以下风格特征：

（1）它还包含自宋以来感伤的余韵。
（2）它字里行间浸透着儒家的文气。
（3）它有着明确的理性探索的旨趣。

这几点均使本小说的价值变得沉甸，非一般的世情小说可比。

依照鲁迅先生的看法将这种小说称为讽刺小说，如果说这个定位的最基本涵容是指它上承唐传奇以来的讽刺传统，下开谴责小说的先河，那么小说的创造性更在于用谐婉多讽的笔触，将中华特殊时期士大夫所保留的最后一点心灵理想，以反讽的方式，投射于对于人情物态的反照里，从而不仅通过反讽来反思自己，也以此担负起宋元以来沉重的话题，并且达于语婉旨微的艺术效果。反讽特点比如①公心讽世，②旨微、怀抱善意，③语婉、在深细处使你情急。（反讽一例：马二先生对蘧公孙讲的"举业论"。"'举业'二字，是从古及今人人必要做的。就如孔子生在春秋时候，那时用'言扬行举'做官，故孔子只讲得个'言寡尤，行寡悔，禄在其中'，这便是孔子的举业。讲到战国时，以游说做官，所以孟子历说齐梁，这便是孟子的举业。到汉朝用'贤良方正'开科，所以公孙弘、董仲舒举贤良方正，这便是汉人的举业。到唐朝用诗赋取士，他们若讲孔孟的话，就没有官做了，所以唐人都会做几句诗，这便是唐人的举业。到宋朝又好了，都用的是些理学的人做官,所以程、朱就讲理学,这便是宋人的举业。到本朝用文章取士,这是极好的法则。就是夫子在而今,也要念文章、做举业,断不讲那'言寡尤,行寡悔'的话。何也?就日日讲究'言寡尤、行寡悔',那个给你官做?孔子的道也就不行了。"一席话说得蘧公孙如梦方醒。又留他吃了晚饭,结为性命之交,相别而去。胡适说:"这一段话句句是恭维举业,其实句句是痛骂举业。"——《吴敬梓传》)

二 《史略》云:"迨吴敬梓《儒林外史》出,乃秉持公心,指摘时弊,机锋所向,尤在士林……"所谓"秉持公心"者,从小说学的角度即是指该小说是以客观冷峻之笔触展开对现实的描写,其要害就是打破了中国古典小说说话体的格局。众所周知,古典小说前身是话本,即说话人的底本,明代四大奇书均留有很深的说话人的印记:以"话说"开头,以"且听"结局。这类小说有下述几个明确特点:①传奇性,人物往往有超越现实的奇异色彩;②故事性,往往以叙述故事为主,人物性格塑造次之;③类型化,性格往往缺少变化。要之,它不是以对现实展开的深刻性,而是以故事的完整性为旨趣。

《儒林外史》一举突破了这些特点的束缚,从而达致新的艺术成就,略说如下:

(1) 小说更日常生活化,更注重描绘世故人情,以致有人说其对日常生活的描绘之细腻逼真近于琐屑。

(2) 小说从故事化倾向转到通过细节描写来揭示人物性格特征。比如杜少卿没有整一故事,马二先生游西湖,周进的发迹等,都是通过细节来突出人物的性格。这样的效果虽淡化了小说的故事性,却使小说获得了更高的审美品位。

(3) 小说中的形象从类型化转向了典型化。人物形象在《三国》中是纯粹类型化的,到《水浒传》里则初步显示出从类型向典型的过渡,但基本上还停留在古典式的审美理想蓝本之中,作家对之有着先入为主的理想期待。《儒林外史》中人物的塑造,虽亦有先入为主的成分,但它不是以完美或走向完美的模式来作为创造理路,而是以冷峻之笔去铺展人物各自性格的。换言之,人物性格的形成在《儒林外史》中不再是一个人物趋向完美的粗线条勾勒，而是一个性渐臻于清晰的典型化过程，这样做的效果不仅使小说的人物最终摆脱了脸谱化的弊病，更重要在于小说寄在人物性格上的思想也随之托出。思路亦变得清晰。

（按，李汉秋所概括《儒林外史》"近代现实主义的特征"：从传奇性到现实性，进一步接近现实人生；从故事小说型到性格小说型，小说艺术发展到更高层次；从古典典型形态到近代典型形态，人物更切近人的真实面貌；从说书人的评述模式到隐身人的叙述方式；从相沿加工到作家独创，小说作者的个性空前加强。——《儒林外史的文化意蕴》，大象出版社1997年版）

三　《史略》有云："惟全书无主干，仅驱使各种人物，行列而来，事与其来俱起，亦与其去俱讫，虽云长篇，颇同短制；但如集诸碎锦，合为帖子，虽非巨幅，而时见珍异，因亦娱心，使人刮目矣。"

这里所谓的"碎锦"即是指全书所及二百七十个人物及其连带的情节。笔者认为吴敬梓表现在该书之中的结构形式可称为一种"散点式构图"，作者立于批判科举制度下异化了功名利禄心这一思想高度率意鸟瞰，不着意追求故事情节的完整，信手点画，或浓墨重彩，或轻描淡写，一任性情的自由舒展写意。换句话说，即是唯重神韵，营造一种羚羊挂角的艺术空灵之美。

比如对杜少卿的风采及虞育德的"真儒"形象，小说均刻意于表现其闪光的精神气质，从而达到了中国古典美学所追求的神龙出没，见其首不见其尾的艺术境界。

（按，何满子论《儒林外史》的结构说"借着他所描写的各自独立而又互相联系的诸事件，仿佛是点之间构成线，线之间构成面似的，吴敬梓真正完成了一幅时代的风俗画，一部现实主义的历史"。"吴敬梓使他的《儒林外史》采取了别树一帜的格式，毋宁是他的艺术成就的一个方面。"——《论儒林外史》，古典文学出版社1957年版）

（又，乐蘅军《世纪的漂泊者——论〈儒林外史〉群像》一文，说：假使我们顺着每个角色的故事脉络去追踪寻迹，于是，在一片原是杂沓的声影中，就逐渐呈现了一个旋涡式的结构，旋涡式的结构固然不具有建筑的严密，可是每一个情节都在朝向同一的终点在远动；从故事说，这个终点的象征就是"南京"。）

《红楼梦》主题思路述略

——兼论曹雪芹关于林、薛、史三小姐的创作意图与审美价值

自新红学以来,"自传说"已经是撼不动的观点似乎没有什么问题。但曹雪芹想要传什么?是以什么样方式?诸如此类问题在不自觉中被图解化却并没有引起学人关切。在本文里笔者想梳理一下曹雪芹暗示在书中的思路,试图说明一部《红楼梦》是曹雪芹借贾宝玉所传的人生感悟过程,而所凭借的平台则是平面大观园所呈现的金陵十二钗生活、生命图景。本文想要表达的观点是贾宝玉与其说是对五千年的革命不如说是立足五千年的人格提升。

(一)

作为百科全书,在与传统的各种体裁相对照中会不难发现,《红楼梦》[1] 更像一部寓言。全书以贾宝玉为核心所设置的是一个厚重飘忽的寓言氛围,又以寓言氛围的沉郁、思维的凝重、理的深沉,所表现的是对五千年华夏传统的总结。

若放到中国思想史平台,笔者认为曹雪芹是将贾宝玉作为一个儒者,更准确地说,曹雪芹是将贾宝玉当成一个儒家理想的实践者来考论的,也即一部《红楼梦》是以贾宝玉为视角来写一个儒者的心灵历程的。

为了创造好这个人物,落实、完成对该人物心灵历程的考察,曹雪芹同时又创造了一系列寓言式的人物与情境以作为他的厚重背景。不难看出,[2] 小说自始至终均以两个层面相互呼应构思,以寓言的本体、喻体相

---

[1] 钟礼平、陈龙安编:《〈红楼梦〉鉴赏珍藏本》,宁波出版社 2001 年版。
[2] 以两个层面或以两个世界来切入对红楼进行探讨也是容易引起学人思路聚焦的方式,比如余英时先生就有那篇著名论文《红楼梦的两个世界》(见《红楼梦的两个世界》,上海社会科学院出版社 2002 年版)。

互映衬而拓为框架的，具体言之，小说中的两个层面在不同意义上呈现如下不同的鲜明特色，他们共同成就着关于宝玉的象征指涉。略之如下：

甄士隐（真）

贾雨村（假）

此甄士隐亦可说成是真事隐而真士隐，贾雨村而假语村，此一真一假，它们所象征指涉生命境遇往往展开在两个层面。

空空道人，一颠一跛（残缺）

大观园扩大至荣、宁二府（豪华）

此一颠一跛的残缺与枯寂和大观园的繁华与圆美又象征指涉着生命景象往往结成于两个层面。

护花使者（感）

拢翠庵主（悟）

宝玉内在于生命的护花使者身份与他对拢翠庵主的兴志共同象征指涉着他所担当的生命义务，执着与超越。隐喻宝玉的生命情怀始终在绚丽与洁净两极展开。

就此可以说一部《红楼梦》正是在此真与假、枯寂与豪华、感与悟的交替之中拓展开了一个创造性的寓言思维空间，从而创造了一个关于良知的对话，创造了一个交流、凝练、反思的语境。最终寓言通过贾宝玉的眼睛得出这样的结论："纵有千年铁门槛，终须一个土馒头。"（范成大语）毫无疑问，这是一个残酷的结论，可曹雪芹要通过此告诉你，这是逻辑的必然。[1]（关于曹、高关系，笔者采取高收拾残稿，理顺思路一种说法。）

至于方式，曹雪芹在第五回中表达得非常明确，即"以情悟道"。更展开点来说，即"因空见色，由色生情，传情入色，由色返空"。曹雪芹作为儒家心路的实践者并不回避色者即是佛教概念。从原始佛教中我们知道，色相当于物质。作为"五蕴"之一，称为色蕴，泛指以"十二处"

---

[1] 对此《红楼梦》亦曾换一种方式让人领会，即创造了那篇《好了歌》。鲁迅云："悲凉之雾，遍被华林，然呼吸而领会之者，独宝玉而已……"（《中国小说史略》，人民文学出版社1958年版，第189页）笔者以为鲁迅虽对心灵境界做了经典定位，但鲁迅不一定有兴趣于他的这个定位宝玉领会的含义。

第五辑 聚焦与反思

"十八界"中的眼、耳、鼻、舌、身、意六根,色、香、声、味、触、法六境中的所含涉的一切外物。① 在曹雪芹所刻意标举的十六字过程中,如果说情表明他依然要承应明儒所讨论的主题,空是他要最后得出的关于情与理关系的结论,那么曹雪芹将情与理讨论的主场安在周边世界的态度与动意亦非常明确。另外,曹雪芹的创造性还在于他除了将情与理安在色界,还直接将情与理内在于色,并将感悟直接从色上提取。②

带着这个结论我们来具体地看:

所谓"因空见色":

是指曹雪芹作为一个儒者通过寓言对自己由来、自己人生大事进行概括、设计与假想,他创造贾宝玉这个形象作为自己这一假想的载体。特别是曹雪芹将此思维贯之以诗意氛围,亦即把贾宝玉拟为护花使者,安置于千红一窟之中;拟为一个持赌者,安排到富贵温柔之乡。由此空与色在开始即以极端的形式相互呼应起来。一边是青埂峰下光天化日的纯粹,一边是大观园中万紫千红的繁华。

所谓"由色生情":

依大乘法相宗的说法,在五位百法之中以色法领先,是需吾人重点拯治对象,是世人会很快陷入种种迷惑的根。对之曹雪芹有传神的领会,并能将之传神地内在化于对宝玉的创造之中。不难推测,对应于《红楼梦》的寓言氛围,色之于情应是指贾宝玉虽是空,空有一腔光天化日朗润后的透明灵性,但一旦深入色界之中也只能生起种种情执,即很快就为是非、优劣、出处、情理、圆满与缺憾等所包围。

毫无疑问,曹雪芹这是从正面介入宋元明以来广大士人所讨论最热点问题,即如何理解情与理关系问题的,但他的创造性与过人之处在于暂时抛弃对关系的回答而更进一步去探讨情之根,或者说曹雪芹是从此出发而介入讨论的。举凡宋元明鸿儒,无论是程朱还是陆王,他们的心灵历程无非是这样三个环节:

1. 通过修养,洞彻并巩固自己性本善本质。

---

① 可参阅《俱舍论》卷一,《大乘五蕴论》。
② 即在别人看来是色中含空,在曹雪芹这里是最终真正体悟到色即是空。

2. 执着于性本善的人生而极目悠悠、直面现实，极尽展开现实层面上人生真挚悲壮之史，"性本善"本质一变而为触物行为的背景，情的真挚。

3. 全面反思上述两个环节，进一步修正此人生过程，从而在修正过程中玩味人生、感慨人情、感受诗情，此就一人一生来说是这样；对一时代、一代士人的生命历程来说亦是这样。

对照一下儒者的这三个环节，我们觉得所谓因空见色、由色生情正好对应于第一环节或云是针对第一环节所进行的反思，与其说曹雪芹是借鉴禅宗，不如说是对宋元儒者心路的浓缩①。只不过曹的心态是苍凉的。而传情入色则相当于第二环节，小说的意义则在于借贾宝玉铺陈宋元明儒所普遍具有的这种带着情执而对人生的执着，所不懈体证的心力，尤其是所呈现出对真相叠加困惑的心迹。

许多人分析贾宝玉是所谓叛逆者，笔者理解这是曹雪芹借贾宝玉在展示宋元明儒者的这一情怀，高扬其所谓"举世不为而为之，举世为之而不为，天下无道而独行其志"的特立品性。特别要提出的是，在曹雪芹时代，曹创造贾宝玉这个艺术形象已经不仅仅在于提炼它的理性指涉，而特别是要玩味它所闪烁的精神和美了。从这个意义上如果说宋元明是关于情与理关系的反思，那么到了曹雪芹这里就应当是进一步的深折而为凭吊了。

由色悟空本是佛教禅门的一个普遍的悟道方法。特别是在宋元时期禅宗的烂熟期。

在《红楼梦》中，曹雪芹非常刻意地将它放到一个儒者人生、心灵之旅的最后阶段，当然，这除了它包含有理性思维结果外，更有儒者探讨所溢出的苍茫无奈，就此我们同时也可以认为这是曹越过了儒者所关怀的中华士人层面而表现出对更普遍的人的更深层次关怀。的确，在功名利禄、情理、贞淫、时命等一系列困惑儒者的问题上，曹雪芹正是在这个层面上认识到只有彻底穷心绝路，认取无心之心，才能彻底超越困惑。这个结论何止是针对儒者，而带有的是更普遍的人性关怀。这一结论当然可以看成是释道的作用，但我们认为这更是一个儒者的心灵历程逻辑结果。曹雪芹

———————————————
① 明代受王学影响的大部分作品均陷隔在对此关系的讨论中，比如《牡丹亭》《金瓶梅》概如是也。

是借贾宝玉触摸到这一卓卓生命之风光的。贾宝玉形象的意义正在于此。

另外,《红楼梦》的创造性还在于一旦曹认识到这个逻辑结果,随即将这个逻辑结果作为修养致知的道德高位与人所以是人的道德底线来考察安排每一个人,[①] 亦即是说曹雪芹是将他思维中每个人都摆在道德高位与道德底线的两层框架中来宿命他人生的。如果说一部《红楼梦》是探讨人生历程的,那么曹雪芹的价值即在于有意识将此高位作为每个人的归宿来找寻他的解脱方式、力度;如果说《红楼梦》是评品人生的,那么此底线在于它始终是每个人的境遇,紧盯每个人,让人感到人生尴尬之所在。亦即功名也好,情感也好,时命也好,看起来真实而实质上更多是捉弄人、束缚人,让人无奈、让人仅有自我消磨的苦痛。又,《红楼梦》的这个结果不是最终向读者倾诉,而是随处倾诉又随处启发读者感悟人生的意义。可以说,只有知道这一点才知道金陵十二钗的意义。

诚如许多学者所指出的那样,金陵十二钗所最终展示的是"千红一窟(哭),万艳同杯(悲)"之理,为了表现此理,曹将此理分化成事理、色空、情欲、贞淫、执空等衡量价值的坐标,[②] 并通过十二钗载体将这些坐标时时处处展开在贾宝玉面前,从而创造贾宝玉以情悟道的氛围,逗引着贾宝玉逐步于此处看出人生的破绽。

换言之,从所谓小说形象创造上看,十二钗可以不完整,曹雪芹也并不是想她们以形象鲜明浮于读者眼前,他的创作目标是要通过她们以浮光掠影呈其事理,也即是说在她们身上必须要有鲜明之理的呈现。

事实也正如此,一部《红楼梦》所刻意捕捉的正是贾宝玉透过她们所分别悟入人生之理的种种重要环节。

兹以下想特别以林黛玉、薛宝钗、史湘云叙述之。

(二)

林黛玉是书中公认的女主角。

[①] 高位与底线是指只要承认是人就必然意识到人生如梦,就必须沉沦于功名、利禄、情理、贞淫、时命等烦乱之中。

[②] 金陵十二钗及连带人物形象也可以说即是坐标系,从而使全书对理的探寻展开在此坐标所编织的闪烁在宁荣二府的流光异彩之中。

《红楼梦》主题思路述略

不难看出，小说是按照自然的品质来烘染她的内在品性素质的，比如曹雪芹云其："举止言谈不俗，身体面貌却有一段风流态度。"说明曹对她有极其明确的价值趋向，即把所谓"风流态度"视为她所具"独抱幽芳，秉绝代之姿容，具稀世之俊美"的资源。

小说同样是按照自然之品质渲染她所居潇湘馆的，小说特别强调其别具一格的清幽。特别地是以曲栏、幽径与苍苔来衬出少女的清纯高洁的情韵，以竹林与芭蕉则暗示其人生的格调。从而在潇湘馆中自然与人情在曹雪芹刻意的笔触中交融一体了。

关于这一点早就被评家所注意，比如甲戌本脂评云："先用'凤尾森森，龙吟细细'八字'一缕幽香自纱窗中暗暗透出'，'细细长叹一声'等句方引出'每日家情思睡昏昏''仙音妙音来'。"① 也即是说，如果潇湘馆人物环境均具意象性，那么潇湘馆的这个特点是曹雪芹有意识为之的结果。

又，小说往往以王学精神来充填她性格内涵：敏锐、聪颖、孤高、灵动。如此，我们认为在《红楼梦》之中，林黛玉这一形象特别具有意象性，并且和宝玉形象的寓言性相呼应。所谓宝玉悟道多半是对包括黛玉在内的种种众生相进行考论，其过程是大肯定、大否定，最终又在大否定中走到大肯定。具体看一下，在林黛玉这里，曹雪芹执意要她 a. 象征着自然的真纯，而小说通过她展开着人天隔绝的荒芜局面及天人寻求对话的渴求；b. 象征着渐远去的王学精神之神。如果是这样，笔者以为曹雪芹在此执意于贾宝玉即是通过这些而展开对王学的反思。小说之中黛玉直接用诗词展示她此种性情的地方比较多，但最有名的无疑是《葬花辞》与《感秋声抚琴悲往事》两处两首。

如果说在《葬花辞》之中她初步表现出对天人不能对话局面的有所感悟的话。那么在第八十六、八十七回，高鹗就是从正面极力抒发她内心深处所寄予的对人天对话的渴求和对人天隔绝的深沉绝望。

此所谓正面在第八十七回被淋漓尽致地展露出来："我为我的心"，其含义不仅有我刻意为之，更有我"不得已而为"和"知其不可而为"两层

---

① 《脂砚斋重评石头记》甲戌校本，作家出版社 2000 年版，第 312 页。

含义,①同时表达了此种渴求的深度与力度和醇情度。

同样在第八十七回,妙玉领着宝玉去注意黛玉的琴声,听到歌中唱道:"人生斯世兮如轻尘,天上人间感夙因。感夙因兮不可惙,素心如何天上月。"小说特别描写黛玉歌完这几句话后,琴之君弦崩塌,这恰表示天人相应、天人对话理想的最终崩溃。由此,亦隐喻王学诸神远去留下的无疑尽是更感伤的氛围。从贾宝玉方面可说,这与其说是去欣赏还不如说是去凭吊。黛玉说我是干净的,笔者认为这应是曹雪芹所执意的空谷足音旷世孤独立场。

在当代,学术界多以为黛玉具有叛逆性格,诚然。但笔者以为若理解这个问题最主要要搞清所叛内容及叛逆所指。如果说所叛对象是指清初社会思潮渐浓趋于僵化及无生机的功名利禄之心;叛逆所指则是渐于远去的王学及所带给人的自由新鲜的空气与活力;那么叛逆的目的则是寻找一种与其时代王学对话的途径;因此从《红楼梦》之中我们所强烈感受到的是黛玉几乎毕生均在孜孜寻求着对话的机遇,笔者认为林黛玉的所有这些均应当是王学后期惨淡背景的象征:她所喜是对话的沟通,所悲则是不能沟通的孤独,总之她的一切作为均可以视为为了促成对话的实现。毫无疑问,林黛玉形象有着深深的隐喻。

小说为了表现好这一主题思路,还有三个特点:

①以爱情为对话的形式,这样做无非是在强调对话的主体性、生命性。

②强调黛玉在不能对话时尽可能保持天命的纯洁,这里最主要情节即是葬花,撕烧绢子,可以说这是呵护纯洁和珍惜对话纪录的最极端的方式,而"我身子是干净的"应是她向世界最真切的表白。

③另外,若将晴雯、鸳鸯、尤三姐、金钏放到一起来理解,能够更深刻感受到她们共同组成的王学凭吊图。

"莫怨东风当自嗟"是曹雪芹留给林黛玉的谶语,也应是她暗示给宝玉所去参透的关于人生的命题。在此曹雪芹实际上是要提醒世人林黛玉的意义在于在那个时代人生价值建立必须要充分肯定王学,必须要以此为基

---

① 这也是从先秦经典儒家以来一个儒者的最体现精神的特征。

础并对之进行反思。这是一个时代的命题,它的含义在于指出了情具有人生价值无限性,对人生价值进行开拓必须要顾及这个理路,从而返身成仁,才能实现人格的重建。

曹雪芹将此命题用艺术的语言充分展示在士人面前,展示在贾宝玉时代面前,刻意使贾宝玉把人生的台阶从此垒起。

许多读者阅读《红楼梦》都看出了黛玉的多疑与刻薄。笔者以为诚然,但在将其视为缺陷的同时也应看到的是对这种性格进行夸张式的宣叙也体现出作者创造黛玉的独创性。曹雪芹的目的是突出在悖谬环境里她表达情感的特殊方式,从而让宝玉观照到她近乎变形的刻意性和执着。

在第二十回黛玉云:"我难道为叫你疏她……我为的是我的心。"此应该是其对人生价值实现无望时心灵的反映。如果说黛玉是将整个人生价值的探寻及整个生命寄托在此冲破金玉良缘而达于木石之盟的。当她无法取得成功时,她有着更过激的行为,即"只求速死",曹将之描述得决绝,那么贾宝玉从她身上读到的远远超过了多疑与刻薄。

(三)

薛宝钗是书中另一主人公。

曹雪芹散在行文中用侧笔透出她复杂的出生。首先,因为是所谓四大家族,她身上多有传统遗存;其次,四大家族中独她家主于经商,此又独使她带有明清时代新价值观的烙印;最后,小说特别强调到了她的时代她的家庭率先有的败落的迹象,此又构成了她上述思想因素更复杂的背景,让她更早领略炎凉无常之态。

单从上面我们即可以推测说宝钗的魅力在于她身上实际上多有着复杂思想磨合的印迹,而芳艳自藏、雍容华贵则是她磨合出来的品质。

曹雪芹在小说的开始据此对之进行了肖像描写,并且有意识把她与黛玉做比较。约言之,云其:肌肤丰泽,妩媚风流,品格端方,容貌美丽,行为豁达,随分从时,所有这些均不同于黛玉的孤高自许,目无下尘,以至于人人都说黛玉不及。曹雪芹此种动意是想让我们从中寻觅出她的品质,所谓"芳艳自藏,雍容华贵"。又特别是想从一些情节的展开叙述中,比如从与黛玉回忆曲文及讲解《坛经》等细节使我们知道她对时下流行的王学思潮及禅门精神的异常熟悉。曹雪芹这样做的目的就是要说在明心见性与经济之途间，薛宝钗实际上经过了严肃抉择才选择后者，尤其是对后者她也是经过理性再认识的。比如其云："男人们读书明理辅国治民这便好了，只是如今并不听见有这样的人读了书倒更坏了。"又，在种种思潮间她实际上是经历过漫长的融汇过程才选择珍重芳姿、清洁自厉的方式走淡极呈艳的途径，凝出她独有品质的。据《红楼梦》描述，这种品质不止一次让宝玉动心过（比如第二十八回黛玉讥宝玉见了姐姐忘了妹妹）。

可以说曹雪芹正是以这些将其视为"艳冠群芳"，并以"任是无情也动人"定格了对她的态度，（在第六十三回中）此态度的含义：

（1）曹雪芹实际上是以曲笔写出宝钗的悲剧在于她身处思潮异乎分裂崩溃的时代，越来越自觉以压抑自身为代价来勾勒一个价值的乌托邦。而曹雪芹的目的则是要指出此在红楼诸梦中也仅仅是一梦，是让石头借以考察的一梦。

（2）宝钗以自己的处事态度促成的"金玉良缘"宿命，究其实不过是促成宝玉走和谐之路与走超越之路两种人生态度的正面碰撞，而曹的目的是要指出其结果是两败俱伤。在《红楼梦》第一百一十五——一百一十六回安排了宝玉与宝钗的最后一次正面对话，其结果是双方均陷入了全面悲剧。作为宝钗此时感受到的是自己精心编织理想的苍白，而对于宝玉则是埋葬了最后一点痴情，终于从人情中全面超越出来，所谓"走来名利无双地，打出樊笼第一关"。贾宝玉以无限苍茫告别了以情悟道的人生考论方式。他们的共同悲剧再次表明情与理无法统一以至于和谐，反过来彻底丢掉情感也能走到人性的圆满。

（3）"任是无情也动人"谶语带给读者的是宝钗完美近虚的品性。

我们不难知道，世人喜欢或厌弃她均是因为她性格的完美，喜爱她者以为她长期以来极为自觉从容地以一个女性阴柔之体消融着才，并使之转而为德，转识成智，终于使德、才、貌、行完美地融成一个整体。

不喜欢她者以为她以自己消融的和谐之德尽情地掩饰、包装着自己的行，所谓"珍重芳姿昼掩门"，"冰雪招来露砌魂"，使自己没有凸凹的性格，没有咄咄逼人的个性,实在是太完美了,这与儒家所理解的现实不一样,因为近虚可怖。

然而,诚如许多学者指出的那样,动人是她的外表,无情才是她的内在。宝钗终于被作为时代的殉葬品主要是因为她以无情所呈现出的麻木、无生机的特色,若说其价值则在于提供给贾宝玉一种他最终认定为不可取的解释世界的样本。如果说解脱是贾宝玉越来越明确的使命,那么贾宝玉曾以她为平台观照过人生,小说描写贾宝玉与她结合又脱离而去这个情节意味着贾宝玉曾经反思过她的应物及理解世界方式,贾宝玉经过了一番曲折而又超越之,让我们感觉到他以此种角度反思人生价值的具体与悲剧的深刻。

在四十二回庚辰本回前脂评云:"钗、玉名虽二个,人却一身,此幻笔也。"这个评语相当有见地。[①]

现代学术界也多从人格两面或两种人格相互映照来讨论宝钗、黛玉。可以说是很好地解释了脂评之说。

笔者认为两种人格作为摆到贾宝玉悟道次第的两个环节,首先构成了贾宝玉的风月情惑,十二支曲《枉凝眉》有云:

> 一个是阆苑仙葩,一个是美玉无瑕。若说没奇缘,今生偏又遇着他,若说有缘,如何心事终虚话。一个枉自嗟呀,一个空劳牵挂。一个是水中月,一个是镜中花。想眼中能有多少泪珠儿,怎禁得秋流到冬,春流到夏。

从此不难知道,贾宝玉的困惑在于宝钗、黛玉只能选择其一,即选择其一必须要以丧失另一个为代价,亦即选择本真难耐无情,选择热闹富贵温柔就会失去本真。如果说上面是贾宝玉的困惑,那么宝钗、黛玉以种种行为最正面、最深彻地创造了贾宝玉寻求解脱的环节,让读者切实感到曹雪芹是把当下作为宝玉追求超越的切入点的。亦即是说宝钗、黛玉的种种

[①] 钗黛与其说二人,不如说所提供的是两种应物方式、阐释世界的方式:林乃表面冷实际热;薛乃表面热实质冷。

行为正好应是"传情入色、由色悟空"的最切实注脚。

其次,笔者还发现贾宝玉以为困惑还在于叹人世的美中不足,也是叹自己的用世理想无法圆融,从而命中注定只能演义此悲金悼玉的悲壮,认可所谓"种种烦恼都只为风月情浓,纵使举案齐眉,到底意难平"的苦闷,这又是贾宝玉反思宝钗、黛玉相互映照的氛围所致。

十二支曲《终身误》有云:

> 都道是金玉良缘,俺只念木石前盟。空对着山中高士晶莹雪,终不忘世外仙姝寂寞林。叹人间美中不足今方信:纵然齐眉举案,到底意难平。

再次,曹雪芹处处将钗黛的行为呼应着贾宝玉反思的内容,终于使贾宝玉反思的内容更具血肉,超越更有力度。

总之,正是由于这些,曹雪芹使宝钗、黛玉成了贾宝玉悟道次第的重要平台。小说通过演义他们几个人的感情纠葛对北宋以来士大夫所不断展开的关于情的探讨做了一个绝好的总结。无论是情的品质、情的内涵还是情的意义究竟何在等问题在此平台均受到一次炼狱与精纯化。

具体点说,曹雪芹饶有兴致地追述贾宝玉与她们间的从风月情浓到风月情感再到对风月的解脱,切实实践了对在纷罗杂陈世界里情之于人生究竟有何意义这一比王学更深一层的追问。当然,也正因为这一更深的追问使他们三人的感情成为《红楼梦》中最精彩的部分。

(四)

在大观园的女孩子中间只有一个没有固定处所,是天真烂漫、浑金璞玉一类的人,即史湘云,她来去如一片飘忽的云。

史湘云有一句台词:"是真名士自风流",个中多所包含是玄学意蕴,可以说她的这种对名士潜意识趋从心理往往为学人所称颂不已,而这也是曹雪芹有意安排的。

学人们经常拿她与周围人比较,目的就是突出她的玄言意味独特性。

比如《红楼梦》之中有两个人出场往往带来不绝如缕的笑声。一是凤姐，再一就是史湘云。但凤姐更多是出于她的功利心理与八面玲珑的权势，而湘云则是出于她的天性。

再比如《红楼梦》之中有两个具有男子气质的女孩，一个是探春，一个即是湘云，但探春流露出来的更多是政治气质，而湘云则是名士风度，其特征是逍遥、飘逸、洒脱。

《红楼梦》之中作为才女来表现的最数黛玉与湘云，但不难看出的是黛玉多了刻意与呈才，而湘云则是一如终始的随意，"自是霜娥偏爱冷，非关倩女欲离魂"，乃小姐自道。

许多学者认为，《红楼梦》之中论旷达者除湘云之外还有宝钗，但宝钗的贤淑旷达更多有顾影自怜、工于心计的因素，却不是湘云那种豪秀自在、闲云野鹤式。曹雪芹不仅写她的这种美还尽可能写她展示这种美方式的飘忽，而所抱定的态度则是怜惜，因此最终要达到的效果几乎是这样：愈真愈幻、愈沉痛愈感伤。笔者认为湘云在《红楼梦》之中象征着远逝的诸神，所铺垫着的是贾宝玉人生旅程所要考察的最深层面，但不难看出贾宝玉透过她流露出的豪气，更多所能感到的是一种"寒塘鹤影"式的淡淡感伤。宝玉不时对之进行深情的回望，应当说是有深层意蕴的。如果说林黛玉与薛宝钗是宝玉以情悟道所经历的两个阶段，那么湘云这里也是一个极重要阶段；如果说湘云有玄学的气质，那么有关湘云的细节意味着曹雪芹在此是将宝玉悟道安排到超越隋唐的一个纵深之处的。终于，宝玉极其艰难地考论了三个层面，唱着对理想的挽歌走完了对人生之途探讨的完整过程。

就是说，对贾宝玉来说，史、薛、林无疑是摆在他面前的三个层面，一个象征诸神的远去，一个象征现实的尴尬，一个则是理想的飘忽、孤寂，从这个意义上说，史湘云的行为也是"因空见色"的色的场景。小说以没有结果来写史湘云，毫无疑问是有深沉意味的。

李渔风情剧简评

李渔的传奇遵循快乐原则，他的剧笔者称为风情剧。这些传奇剧有的被学人注意，有的被忽视，学人探讨起来也没有对接历史，还原历史。今天要捡起来，第一关键是要让它回到李渔的时代。李渔时代是转型时代，此时士人的遗民情绪逐渐隐去，新的困惑逐渐云起。李渔的意义在于用戏曲切入了这些新问题，从而再现着风情与理趣。

李渔（1611—1679），字号颇多，浙江兰溪人，作为剧作家，李渔的特色同时兼具理论家和戏剧创作者的双重身份，同时身临逍遥与世俗两个层面。有的学者评他：既清高又庸俗；既孤傲又卑贱；既正直又趋奉；既热爱戏曲，又出卖戏曲。是一个贫无隔宿之粮又能独立养蓄戏子的戏人。诚然，但我们说他对这一切均不是被动的，这可能与他的追求方式与追求的理想涵容有关。从他的这一切能见出一个新时代到来时的公众审美转型的印迹。

众所周知，他的戏曲理论主要见于《闲情偶寄》中的《词曲》和《演习》部。[①]

据史料载，他的剧作有十八种，其中以《风筝误》、《奈何天》、《比目鱼》[②]等十种最为著名，后人将其并称为《笠翁十种曲》。

我们今天来看他的剧本差不多有以下特点：

（1）大都能以今日之轻喜剧命之：情节出动，结构奇巧，排场热闹，用夸张的手法对丑恶、落后的事物进行辛辣的讽刺和无情的嘲弄。特别是

[①] 本文所引李渔戏曲理论均据孟泽校注《笠翁曲话》，岳麓书社1999年版。
[②] 《比目鱼》主公谭楚玉、刘藐姑表演《荆钗记》时将真情隐藏在戏曲之中，跳水殉情。

— 328 —

曲文诙谐通俗，有极强的表演性。能使台下人"笑着和自己的过去告别"。（马克思语）

（2）他的理论差不多均是从写作学的角度来对古今名剧进行创作分析，而他的创作又均是遵循他的这些创作分析，是他创作理论的实践。换言之，他的创作理论与实践能相互协同，相互诠释。

《风筝误》是公认的创作典范，是他的戏曲理论的成功实践。该剧的主人公：詹烈侯、梅氏、爱娟、柳氏、淑娟、戚补臣、韩琦仲、戚友先。我们以下想据他的理论对之进行分析：

a. 立主脑

李渔云：主脑非他，是作者于一戏的"立言之本"。一戏为一人设，一人为一事设，此一人一事即作传奇之主脑也。按照这个思路，我们看《风筝误》中主要写韩琦仲（韩生），为韩生追求郎才女貌而构思，是所谓主脑，韩生追求郎才女貌，追求纯情与理想，而社会之上往往鱼龙混杂，以次充好，此就铺成他追求的背景，同时也构成了该剧的冲突双方。

b. 注重结构

为了表现这种追求幸福与社会时风不澄的矛盾，李渔安排了精巧结构：即因放风筝而误，因误以引出丰富剧情，即是说全剧围绕此以抖包袱、结包袱。具体地说，韩生在戚生风筝上题诗，虽属逞才，但潜意识中也有在混乱之中寻觅知音之意，在意外等到淑娟的回应信息后，他于是从无意转成有意，戏曲冲突结构也因之展开，冲突亦逐渐明晰起来。此冲突即，韩生与淑娟一方面有天作之合，另一方面相求而不能。戚生与爱娟反而一方面以次充好，另一方面不相求而随意成双。总之，两个层面错落交织使全剧精巧、细致。

c. 密针线

李渔云："编戏有如缝衣，凑成之工，全在针线紧密。"按此理论具体到本戏上来，不难发现本戏前半部分是以韩生与二女相遇而接成针线。后半部分又是以第一次相遇而糊涂结成包袱，第二次相遇明白真相而抖开包袱，中间织成种种笑料，使全剧充满喜剧意味。在笔者看来，上述三条是李渔立论的普遍规则，如果说上面几条是作为一个剧作者均要遵循的普遍原则，那么，李渔的创造性还在于他针对当时剧坛提出一些特别的见解。笔者以为这才是李渔作为一个剧作理论家的价值处。李渔首先提出一部好戏宜脱窠臼。

d. 脱窠臼

李渔云："吾谓填词之难，莫难于洗涤窠臼……吾观近日之新剧，非新剧也，皆老僧碎补之纳衣。"笔者以为李渔之所批评当有所指，即在自己时代里许多人客串写戏，竞相取采丽之辞，言男女悲欢离合气氛。而对此李渔欲一改之。首先，他定位自己秉笔做人遵循快乐原则，其云："学仙学吕祖，学佛学弥勒，吕祖喜游仙，弥勒喜欢佛……尝以喜欢幻为游戏笔，著书三十年与世无损益，但愿世间人，齐登吉了园。纵始难久长，亦且娱朝夕……"其次，他定位剧者乃是博人一笑。可以说，这一点又被明确贯彻到《风筝误》的写作之中。其《风筝误》尾声云："传奇原为消愁设，费尽杖头歌一阕。何事将钱买哭声，反令变喜成悲咽。惟我填词不卖愁，一夫不笑是吾忧。举世尽成弥勒佛，度人秃笔始堪设。"又云："笑世上，打官司的没便宜，枉自两下费心机。纵有十分道理，原告的脚膝头，预先落地。便全赢也有一分纸钱陪，倒不如三杯酒化作一团和气，还落得冤家少，狭路省防堤。"纵观他的《风筝误》，他的确将此一理念贯彻得非常好。首先，该剧从致力的目的来说是含泪的微笑，李渔是充满着善意与温和讽喻着社会上人物性格中的弱点与丑陋，将劝勉藏在其中的。李渔在笔下藏着宽容。其次，该剧从表达的方式说是极尽夸张的揶揄，此主要是指该剧极其夸张人物的缺点，放大其弱项，尤其是将此弱点放在妩媚的春光之下曝晒，让人发笑后深思。

此种夸张的手法与西方的17世纪巴洛克戏剧有许多类似之处，巴洛克艺术戏剧为了达到观众的愉悦效果，戏曲往往充分发挥创造者与演员的想象力、使用异乎寻常的语言制造氛围，创造悲剧与喜剧相对照的场面，特别是注重视觉效果，注重冲突的意外性、多样性，从而突出自己所表达的情绪，李渔亦具这个特点。

再次，从表达方式上说全剧人物用漫画式，以率意以直逼精神，场景布置写意汗漫率性。这样一来，其艺术效果即是神情摇曳，散漫时代的青春妩媚。

　　笔者以为此种艺术效果及产生的背景又均与莎士比亚的喜剧有可比之处，莎士比亚写作喜剧时，伊丽莎白中央集权还很稳固，资本主义也进入了全面繁荣时期，所谓君主立宪，此时的莎士比亚虽目睹社会有许多不尽如人意之处，但对社会、对人生均怀有人文主义的美好理想，对未来充满着美好信念。莎士比亚的人生哲学是追求幸福，认为人文快乐是最高的善。他希望借助喜剧帮助人摆脱人文过程中暂时的困境。莎士比亚的这种善意就决定着他的喜剧是一种温和的讽刺，是散文诗式的，充满着浓郁生活情调的诙谐，如《第十二夜》、《皆大欢喜》、《无事生非》均创作于这个时期，均具此种风格。此所筑造者即是所谓"福斯塔夫式"的背景。可以说《温莎的风流娘儿们》、《亨利四世》是以此为背景的人文景态的展开。

　　和莎剧比较起来，李渔也有着相似的背景，我们从他的剧中明显感觉到如清初的那种对立情绪没有了，而一些生活气息却在新的感伤氛围中逐步加浓，如果说一些新的深刻理性内容也正从此种生活气息中溢出，被不同艺术领域的代表人物放到不同艺术平台加以领悟，那么李渔将视线也转及此，他的创造性约为：

　　（1）那种善意的讽刺，激发人对正直健康文明美好生活憧憬的倾向已非常明显。不难看出，剧中虽对柳氏夫人、大小姐爱娟、戚生充满着嘲弄，但出发点却是善意的，并且是以圆满和谐为标的的，应该说这正是李渔剧的深刻含融及所达到的戏剧效果。

　　（2）将理性藏在苦涩多彩的生活中

　　全剧作为喜剧，致力于以喜剧来捕捉、整理暂时的可更正的错误，并将其放到阳光明媚中曝晒。李渔的创造性是将误与巧相互交织一起，并结成包袱达到审美效果。这其中从误的角度说，第一误，因为放飞风筝而使追求由无意转为有意。第二误，因为幽会使追求由有意转为有择。第三误，因为圣上与世伯的督婚，使追求从有择无奈转为惊喜。总之，通过这几误让人觉得现实中一些美好的东西、善良的愿望往往是泥沙俱下、优劣并存、忧喜参半的，虽然与人的善良愿望相一致，但并不仅仅与刻意追求的目标相一致。因此，需要我们用更复杂的心态来对付之。

又，该剧将巧与误相对，其中第一巧，因为梅柳不和。第二巧，因为韩戚反差。第三巧，因为边塞不宁。说明生活中的一些不太完美的事，其中也往往孕育着一些善因，可由着你去随缘应顺，而开示悟人随之而起。总的来说，全剧正是因为误与巧交相编织，那种淡淡的理性才浮出剧情来。

（3）天人合一的理想此时已经内转成普通百姓的大团圆和富贵雍容意识，亦即是说已经真正走入了广大士人的生活，此种生活虽淡化了品味，但又在更复杂的背景下结成自己的新意蕴。此对于《风筝误》来说，全剧虽写大团圆，但却向世人展开的是体悟理想的一种新角度，即是说剧中每人均以自己缺点的充分暴露来向大团圆进行忏悔，这实际上是面对一种新背景而呼唤一种新理智和宽容，此中充满着理性之内涵。

e. 贵显浅

李渔云："诗文之词采贵典雅，而贱粗俗，宜蕴藉而忌分明。词曲不然，话则本之街谈巷议，事则取其直说明言……点出旧事时，妙在信手拈来，无心巧合。"本着这一思路，李渔还十分注意《风筝误》的宾白，李渔追求的是"信口拈来，自成至理，自合声韵"的宾白，他认为这样的宾白可以"令观者听者无不解颐"，是"宾白第一手也"。这就克服了昆曲因过雅而走向案头，趋于死亡之弊。另外，在他看来浅显与本色亦不一样，浅显者可能更强调事浅理不浅，李渔在此更主要是对应于晦涩。它与本色和文采的对立不同。

另外，李渔还提到戒荒唐，戒浮泛之弊，这对于《风筝误》取材于现实生活，努力于嘲讽社会丑陋，嘲弄以次充好来说，李渔落实的也是相当得好，相当明确。我们以为李渔这样做的价值即是将快乐深根于生活，将理想还原于生活，诚然，许多剧依托于荒谬，"无理而妙"有它的审美价值，但生活中往往还是妙而有理，妙出其理，理妙不二的。

综上，我们认为李渔以其毕生精力把戏曲这一传统艺术在新的形势下做得非常有理性，非常有情韵，非常得体。从气魄和排场来说，它当然不能如《长生殿》与《桃花扇》那样使清代戏剧达到高潮，但不必否认的是李渔的这个思路也将戏剧这一传统做得极有特色，李渔之功在此矣。

在本文里，笔者把这种类型的剧称为风情剧，[①] 是想将它和当时诗歌领域里的神韵派、绘画领域里的四王吴恽娄东画派相比，说明汉族士人此时已经超越了清初遗民的感伤氛围，开始去把握生活中更深一层的意蕴。[②] 可惜这种气势终于没有逃脱浅俗，无法与历史上的玄学相比。尤其是李渔最终以情感凄怆所渲之理显得粗俗。比如李渔《比目鱼》一剧最精彩处是男女主人公选演《荆钗记》"投江"一场假戏真做，摆脱刘母所逼被救，中举得官皆大欢喜，虽然李渔在以书生谭楚玉与戏子刘藐姑的媾和构思努力实践着他的这种快乐准则，但全剧所弥漫的苍凉之气最终还是盖过了他所倡导的快乐原则。

最后值得注意的是：李渔虽几十年以戏曲逗笑取乐，内心却十分凄凉，尤其是他的晚年，这种人生苍凉之气在《闲情偶寄》中也有流溢，而所有这些即能从他浅述之理的追求上找到原因。在本文最后还值得一提的是，属于《风筝误》一类风情剧的在当时还有一批作者作品，其中最具代表性的是阮大铖（一说其女阮丽珍）《燕子笺》、李渔本人的《比目鱼》等。

《燕子笺》的主人公：霍都梁、华行云、郦飞云。这是一部精巧的才子佳人戏。主人公风流才子霍都梁以《听莺扑蝶图》捕捉华行云与自己相融的青春景象。千金小姐郦飞云因为《观音图》与之结缘，燕子在明媚春光下传递了这个缘分。后霍都梁剿匪有功娶了郦飞云，又因考中状元娶了华行云。全剧洋溢着青春气息，表现沉湎于理想的喜悦与清新是风情剧的代表之一。今天看来，该剧在构思上虽不能导人尽信，但全剧在整体上所凸显的青春妩媚气息则具极强的感染力。说明"风情剧"已经以它的特色成为那个时代的新态势。

---

① "风情"一语最初是指玄学的风采意趣。《晋书·庾亮传》："元帝为镇东时闻其名，辟西曹掾及引见，风情都雅过于所望，甚器重之。"《晋书·袁宏传》："曾为咏史诗是其情所寄。"

② 在《桃花扇》中孔尚任借福王之口云："你所献《燕子笺》乃中兴一代之乐，点缀太平，第一要事。"此可作为当时士人此种新观念时兴的证据。

词论的聚焦与突破

——关于明清以来以"豪放"、"婉约"论词问题的回顾与反思

不必否认,"豪放"、"婉约"是我们今天用以研究与套裁宋词的一个最广泛概念,但其实它们是明代学人建立起来的,本文想立论以为它们只是一对包蕴丰富内涵的历史名词,当代学人在使用时有二个误区:第一,将其看成是宋词的词人词作本身固有的;第二,将其理解成宋词发展史上相反相对、并行不悖的。另外,经过梳理本文还想要指出在清代的中后期,由于新的历史背景,清儒经常从探密宋词中所包含的性情入手,已经表现出对以豪放、婉约论词的超越。此结论若换一种说法可表述为:

涉猎词学领域的人都知道,自明代张綖(南湖)以来,以"豪放"、"婉约"之审美标准论词几乎是学人阅读、研究宋词绕不开的问题。特别在当代,"豪放"、"婉约"二分法几乎是文学史家叙述宋词何以展开的思维框架,以豪放婉约论词几乎是定性五代两宋词家优劣的主要解释语言。然只要深入词论史我们就知道,其实自清朝以后浙西、常州词家虽先后开宗立派对词何以为"尊体"从不同角度进行过深入讨论,但他们似乎并没有把思路囿于"豪放"、"婉约"所给定的框架上。那么究竟应如何看待这一思路的变化,如何看待明清的这两种解读方式之间的关系呢?在本文里笔者想就此问题对明清以来词学研究做一些回顾与反思。

一

为了做好这个回顾与反思,我们试将以"婉约"、"豪放"两分法论词的研究思路以及关于此的讨论分为三个时期来看,这三个时期依次是:

第一,前张綖时期,许多学者均把苏轼视为以豪放论词的肇始者。并

把他的一篇名为《与鲜于子骏书》作为证据，在文章里他说："近颇作小词，虽无柳七郎之风味，亦自是一家，呵呵！数日前猎于郊外，所获颇多，作得一阕，令东州壮士抵掌顿足而歌之，吹笛击鼓以为节，颇壮观也。"① 这篇文章写作于苏轼词创作的第二个高峰、苏词风格初步形成的密州时期。从这篇文章中我们不难看出，苏轼是有意要和柳永加以区别而标举自己风格的，这个风格就是后代学人推举的豪放。而柳永在当时则被视为与张子野一类，属风格别样的另一种。如晁补之云："张子野与柳耆卿齐名，而时以子野不及耆卿。然子野韵高，是耆卿所乏处。"（《词评》）值得注意的是，苏轼的这种刻意在当时就有被词学界认可的趋势。比如俞文豹《吹剑录》里说："东坡在玉堂有幕士善讴，因问：'我词比柳词如何？'对曰：'柳郎中词只如十七八女孩儿执红牙拍板唱"杨柳岸晓风残月"，学士词须关西大汉执铁板唱"大江东去"，公为之绝倒。"② 《吹剑录》中的这段记载可算是一宗文学史上影响深远的著名公案。从词学发展史上看，从南宋到元代词学研究界第一认可了东坡与柳永词的不同；第二更进一步地用豪放来定位苏轼，从豪放切入来将其与柳永相对，并且其思路越来越明确、具体。如宋曾慥说："东坡先生长短句想象豪放风流之不可及也。"（《东坡词跋拾遗》）陆游《老学庵笔记》里说："公非不能歌，但豪放不喜剪裁以就声律也。"③ 沈义父《乐府指迷》云："近世作词者，不晓音律，乃故为豪放不羁之语，遂借东坡自许。"④ 王若虚云："公雄文大手，乐府乃其游戏……盖其天资不凡，词气迈往，故落笔皆绝尘耳。"（《滹南诗话》卷二）可以说历代正是这些将东坡推为豪放的代表的。只不过我们在理清这些的同时也不难发现：苏轼只是想在柳永之外另立一风格，并不是想以两种风格笼罩词坛。这就是说即便婉约不同于豪放，苏轼亦并不是自觉以豪放对立出之。

第二，张綖时期，张綖是明代中后期的一个著名的词评家。他关于词

---

① 《苏轼文集》第五十三卷，中华书局 1986 年版。
② 转引自张葆全《诗话和词话》，上海古籍出版社 1983 年版，第 110 页。
③ 《历代诗余》卷 115 引。
④ 《乐府指迷笺释》，人民文学出版社 1963 年版，第 75 页。

评的主要观点就是明确地将词以婉约和豪放两种风格进行划分，并且将其对举。这使"二分法"的思维框架大大得到圆融，他文章的名字叫《诗余图谱》，该文现保存在清代徐釚所编《词苑丛谈》卷一中。其云："词体大略有二，一体婉约，一体豪放。婉约者欲其词调蕴藉，豪放者欲其气象恢宏。然也存乎其人，如少游之作多是婉约，苏子瞻之作多是豪放。大约词体以婉约为正，故东坡称少游为今之词手，后山评东坡如教坊雷大使舞，虽极天下之功，要非本色。"① 我们说，张氏之说对后世影响极大在于他至少开了两个思路：第一，明确以两种主要风格视词，并指出它们各自有何特点。在他之后，从对举的角度比较说出并明确以两种不同风格、特点而展开的批评可以说是所在皆是。比如在他之后另一明代学者徐师曾就有云："至论其词，则有婉约者、豪放者。婉约者欲其词情蕴藉，豪放者欲其气象恢宏。盖虽各因其质，而词贵感人，要当以婉约为正，否则，虽极精工，终乖本色。"（徐师曾《文体明辨序论》）不难看出这里徐氏的批评和张綎如出一辙。第二，张綎将上面两种风格更进一步定性为正变，并且个中隐含有褒贬、正统甚至优劣等对词的价值判断。诚然，张綎的这些思路在他以前就已萌发，但应该说到张綎时代才具体起来，其结果是使本已形成的二大派论词对立思维更显著，联系起来关于此历史上有以下几种倾向：第一派是所谓"褒婉抑豪"。代表人物如明代的王世贞，他在《艺苑卮言》里说："李氏、晏氏父子、柳永、子野、美成、少游、易安词至也，词之正宗也；温韦艳而促，黄九精而险，长公丽而壮，幼安辨而奇，词之变体也。"② 再如清代的王士祯《分甘余话》也云："凡为诗文贵有节制，及词曲亦然，正调至少游、李易安为极致……变调至东坡为极致。"③ 近代杨崇焕《升庵长短句正集序》也云："词创始于李唐李太白，渐盛于五代，而集大成于宋六十名家词。其间，柳永之徒婉约蕴藉，为正宗南派，苏轼之徒，气象恢宏，为变体之北派。"④ 第二派是"褒豪抑婉"。其代表人物

---

① 《词苑丛谈》，上海古籍出版社1981年版，第25页。
② 转引自刘庆云《词话十论》，岳麓书社1990年版，第207页。此文亦参考了业师刘庆云的一些思路。
③ 同上书，第208页。
④ 同上书，第209页。

多数是宋元时代的一些学者，尤其是南宋末年以及元代的一些学者，他们将词参之以民族兴亡的情绪，极力地推崇苏轼的豪放词。比如南宋的胡寅《题〈酒边词〉》云："及眉山苏氏一洗绮罗香泽之态，摆脱绸缪婉转之度。"① 王灼《碧鸡漫志》：云"东坡先生非醉心于音律者，偶而作词，指出向上一路，新天下人耳目。"② 另外如宋朝末年的刘辰翁，金代的元好问、王若虚，元代的王博文等都持赞同豪放、贬低婉约的态度。最典型如刘辰翁所说："词至苏东坡，倾荡磊落，如诗如文，如天地奇观。"③ 上述两派或者是因张綖所论而引发，或者是导出张綖所论之源，其观点、态度均极其鲜明果断。但无论是哪一种，对后人来说，张綖的影响均无疑是很显而易见的。我们所应注意的至少是：第一，从对举而论两种风格及其特征的思路更加鲜明；第二，越来越注重反思词在内蕴和格调上的特点，从而使词的研究从义愤上过分亲苏又回到了从词的自身内在特征而切入的理路，应该说这两方面都是非常值得肯定的。那么怎样评价张綖之评的得失，我们以为对张綖婉约豪放的划分及词正变问题的评价应该回到历史中才能准确把握。从历史上来看，张綖所提出的正变问题主要受当时两种思潮的影响：第一是受从中晚唐以来南宗禅封祖列宗之风气的影响。只要留心一下张綖时代社会思潮就不难知道，这种思潮渗透到文艺的各个领域。比如绘画领域董其昌在《画禅室随笔》中就有依照禅宗将画分成南北二派并视南宗为正统之思路。其云："禅宗有南北二宗，唐时始分，画之南北二宗亦唐时分也，其人非南北耳。"④ 第二，此时的诗文也多有标举正统、文统观念的倾向，比如说"前后七子"都标举"文必秦汉、诗必盛唐"⑤，认为此是所谓"诗文之正"，而茅坤、归有光等唐宋派更是推出唐宋八大家为古文的典范。所有这些都势必呼应着张綖的词学研究思路，笔者认为张綖论词的这一思路应是明中叶以所谓"正变"等标举正统的社会思潮在词学领域里的反映。这意味着若从解释学角度说，张綖的观点应是明代士

---

① 转引自刘庆云《词话十论》，岳麓书社1990年版，第210页。
② 同上书，第211页。
③ 同上。
④ 《画禅室随笔》卷二《画源》。
⑤ 转引自敏泽《中国文学理论批评史》下卷，人民文学出版社1981年版。

人自己的心灵之状，可对于宋词理解来说反倒是一层认识的障碍，也就是说张綖的观点并不足以启发我们去认识晚唐五代宋词展开的真实相，它所启发我们感知的是张綖自己的时代。只要仔细想一想就会发现其实张綖的两分法对宋词研究来说有许多漏洞：比如同一作家经常会有两种风格，同一作家前后风格会有很多不同，同一个文化圈子（比如元祐党人）的作家风格经常会不同，特别是同一种风格词内涵会明显不同。所有这些用张綖的二分法、正变理论均无法解释。

要之，张氏理论可以说明显带有自己的时代特征，词学研究界许多人在他之后不仅没有超越的洞见，相反还不自觉地顺着他这种两分法的思路，其结果只能在无意之中继续产生着陋见，完全没有联系宋学背景抓住宋词的应有之意。这就是说，张綖这种思维方式并不十分利于学人对唐五代宋词的研究。从词学发展史上来看，这种情况到清代中叶以后才有变化，此变化特别应归功于清代后期的一批学者如况周颐、陈延焯、刘熙载、周济、王国维等，这些学人的特点是宗法常州，然后在常州派的基础上又分别将思路拓深。尽管他们的思路不同、感悟不一，但有一共同特点即对以两种风格对举论词有着不同角度和不同程度的突破，他们的这一特点可以说构成了词学史上关于豪放婉约之风格讨论的第三个时期。

二

第三个时期关于探讨的内容是哪些，其特征是什么？在没有揭示这些之前我们首先对清中叶后词坛几位大家所持之论作简要的回顾：在清末最先响应常州派词论家张皋文的是周济（1871—1839），周济以其"寄托"论词。他在《宋四家词选序论》中云："夫词非寄托不入，专寄托不出，一物一事引而伸之……赋情独深，逐境必寤，酝酿日久，冥发妄中。"（《介存斋论词杂著》）又见《词话丛编》中华书局，第1643页。他又说："北宋词下者在南宋下，以其不能空，且不知寄托也，高者在南宋上，以其能实且能无寄托也。"[①] 无疑周济这里所谓的"寄托"说是涵盖并超越婉

---

① 尹志腾校点：《清人选评词集三种》，齐鲁书社1988年版，第205页。

约和豪放两种风格的。

与周济相呼应，陈廷焯（1853—1892）以其"沉郁"继之而起，他的《白雨斋词话》云："作词之法，首贵沉郁，沉则不浮，郁则不薄……忠厚之至，亦沉郁之至，词之源也。"又说："所谓沉郁者，意在笔先，神余言外。写怨夫思妇之怀，寓忠臣孤子之交。凡交情之冷淡，身世之飘零，皆可于一草一木发之，而发之又必若隐若见，欲露不露，反复缠绵，终不许一语道破，匪独体格之高，亦见性情之厚。"① 又说："诗的高境在沉郁……非沉郁无以见深厚，唐宋诸名家不可及者都在于此。"② 我们由此不难看出，陈廷焯这里论词并没有局限于婉约、豪放、正变等明儒范畴，而统统用"沉郁"之标准来言之，用"沉郁"对明儒所及的一切宋词现象做了重新解读。

在清末的词评家之中以况周颐（1859—1926）和刘熙载（1813—1881）最为深刻。其中况周颐以其"重、拙、大"立论，他在《蕙风词话》里说："作词有三要，曰重、拙、大。南渡诸贤不可及处在是。"又曰："重者，沉著之谓，在气格，不在字句；沉着者，厚之，发见乎外者也。"③ 又曰："问哀感顽艳，顽字云何诠释，曰拙不可及，融重大于拙之中，郁勃久之，有不得已者，出乎其中，而不自知，乃至不可解其殆庶几乎。"④ 由上可见，况氏论词标举"重、拙、大"，并且认为所谓的"重、拙、大"在气格，即在词的总体感觉上。显然，这里所谓的"气格"也是涵盖婉约和豪放两种风格的。

刘熙载论词最看重词所情感含融的"清"与"厚"，从此角度他标举一首好词应是清空与骚雅的统一。在《艺概·词曲概》中他说："词尚清空妥溜，昔人已言之矣。惟须妥溜中有奇创，清空中有沉厚，才见本领。"⑤ 刘氏又说："词之大要，不外清而厚。厚，包诸所有；清，空诸所

---

① 《白雨斋词话》卷一（《词话丛编》本）
② 《白雨斋词话》卷八（《词话丛编》本）。
③ 况周颐：《蕙风诗话》卷一（《词话丛编》本）。
④ 况周颐：《蕙风诗话》卷五（《词话丛编》本）。
⑤ 刘熙载：《艺概》，上海古籍出版社1978年版，第120页。

有。"① 刘氏这里所谓的清和厚的统一，可以与周济的"非寄托不入，专寄托不出"相互诠释，也可以说刘氏是以超越婉约和豪放的标准来论词的。

在清代词评家中，王国维（1877—1927）最晚出，他的《人间词话》是以其"知见"说和"境界"说论词。他说："大家之作。其言情亦必沁人心脾；其写景也必豁人耳目，其词脱口而出，而无矫揉装束之态。以其所见者真，所知者深也。"② 又说："言气质，言神韵，不如言境界。有境界，本也；而气质神韵末也，有境界，二者遂之也。"③ 无疑，王国维这里也是超越婉约和豪放而研究词的。

以上我们所举的是几位受常州派影响的词评家的主要观点或他们论词的切入点，从中我们不难看出他们虽有各自论词特点，但共同之处也很显著，即从不同的角度，在不同的程度上打破了婉约、豪放论词的窠臼，特别地在此基础上又涌现出了一些新思路，这些思路大约有以下特点：

一 他们均标举从对主体情感的表达上而不是从外在的风格上来评估词价值的思路。换言之，他们均注重引导人去重视词所表达的情感，感受其力度与涵容，认为这是一首好词的首要标准。刘熙载在《艺概·词曲概》中就明确说："词家必先要辨得情字。"④

二 在这个认识的基础上，为了展开对词中之情的研究，清代的词评家的最突出特点是进一步提出了一些用以挖掘词中之情的范畴。比如他们或从"沉郁"的角度，或从"境界"的角度，或从儒者温柔敦厚的角度来重新规范词之所谓正。再比如他们从清与厚统一来解读情性的涵容，从重、拙、大三者统一的角度来考论情感体现在词中的境界等，凡此种种。所有这些均导致了清代词评家逐渐加深对情感内在涵容的探讨。同时，词评家们也正是在逐渐明确情的特征的同时重建了一系列审美标准，而这些观念又都无一例外地超出了以婉约、豪放论词。如果说清初的浙西派以醇

---

① 刘熙载：《艺概》，上海古籍出版社1978年版，第120页。
② 《人间词话》滕咸惠注本，齐鲁书社1983年版，第11页。
③ 同上书，第46页。
④ 刘熙载：《艺概》，上海古籍出版社1978年版，第123页。

雅论词还让我们绕不开婉约与豪放论词之思维窠臼,那么受常州派影响的这些词评家虽然也并不回避婉约、豪放概念,但他们的独到处则在于能逐步从讨论情的角度,进而从讨论创作主体的人生境界角度最终超越了张氏的二分法。

三　还有,也是最重要的一点,即这些词论家还注意到了一首词中情感所滋润的人格以及所展示的境界,以王国维为代表更强调从此评估词的价值,认为这样才能跟踪到词的真实。王国维说:"境非独谓景物也,情感也是人心中的境界,故能写真景物真感情谓之有境界,反之,谓之无境界。"[①] 王国维此处的意义无疑使对词的探讨不仅超出了婉约豪放两分法而且真正做到从人情过渡到主体人格。

四　与上一点相联系,我们还发现清代词评家往往导人从充实着人格美的情感,或者,从包含情感的人格美的角度来评估词的特征,定位词的品质和词人的风格。比如刘熙载导人从"天然地别是风流标格","尚余孤瘦雪霜枝"上来把握、领悟东坡词[②],而《人间词话》[③]中王国维以"画屏金鹧鸪"来言飞卿浓郁艳绝之风格,以"弦上黄莺语"来概括韦庄清丽孤寂之风格,以"和泪试严妆"来概括冯正中盘旋郁结的品味,以"杜鹃声里斜阳暮"来挖掘少游之词等。凡此种种均表现出这种从情及从主体论词之思路与特征。

综上所述,清代上述这些学人,不仅以"重、拙、大","清"与"厚","寄托"等从多重角度为把握词的特质与风格提供了不同于婉约豪放论的多种方式,而且其对情的探寻使我们找到词价值之所在及价值把握方式。可以说,正是由于这些方式及词论家所表现出的浓厚兴趣、所呈示的深沉的理路等最终使词评告别了以"豪放"、"婉约"论词的思路而表现出深沉与活泼。比如周济所云:"人赏东坡的粗豪,我赏东坡的韶秀,韶秀是东坡的佳处。"[④] 就突破了以豪放来论苏东坡词而去直追东坡词情感内

---

① 《人间词话》滕咸惠注本,齐鲁书社 1983 年版,第 39 页。
② 刘熙载:《艺概》,上海古籍出版社 1978 年版,第 108 页。
③ 参见《人间词话》滕咸惠注本,齐鲁书社 1983 年版,第 56 页。
④ 周济:《介存斋论词杂著》(《词话丛编》本),第 1633 页。

质。再如,刘熙载说:"太白的《忆秦娥》声情悲壮,晚唐五代惟趋婉丽,至东坡始能复古,后世论词者或转以东坡为变调,只不知晚唐五代为变调。"① 又是对以豪放、婉约论正宗之说的突破,且其观点非常明确。又比如陈廷焯说:"张绽云,'少游多婉约,子瞻多豪放,当以婉约为主',此也似是而非,不关痛痒之语也,诚能本诸忠厚,而出以沉郁,豪放亦可,婉约亦可。"② 可以说这是对张绽论词的直接发难,在陈氏看来,若不本诸忠厚,则豪放显其粗鲁,婉约则痛其纤弱。换言之,"婉约"或"豪放"在陈氏看来,绝不是关于词之美的终端标准。

三

综上,我们完全可以说清代的这些学者逐步从不同的角度建立起了不同于以豪放、婉约而致力于从主体、情感而论词的思路,其最直接的结果即是促成清儒在不同程度上触及"情到深处是孤独"这一宋词所涵容的人生的最高雅品位。如果说清儒词学超过明儒,笔者以为最主要应从此领取。简单地说,清儒想要得出的结论是:个人词中真正情感可能极其婉约,同时又极其豪宕;极其哀艳,又极其超脱。因此,从某种意义上说也只有从情感上论词才能抓住关于词的真正价值,而这必须做的即是超出以婉约、豪放论词。鉴于此我们似可以结论以为他们正是在这一点上其成就已经远远越过了张绽从豪放婉约论词。③

一般说来,在现代西方哲学领域古典解释学向现代解释学转变的标志表现为从单纯的认识论、方法论向本体论的转变。这一转变开始于海德格

---

① 刘熙载:《艺概》,上海古籍出版社 1978 年版,第 108 页。
② 《白雨斋词话》,人民文学出版社 1983 年版,第 14 页。
③ 论述到这里,还值得一提的是,其实,早在南宋时,张炎在《词源》里面就从"清空"和"骚雅"统一这一点表现出对有宋一代词在理论上的概括,个中充满着对情的强调。清代词评家的这些成就从某种意义上来说,应是对张炎之论的不自觉的发挥传承。但也不无遗憾的是常州派的这些词论家由于与经学捆绑正紧,汉宋之学纷争戒备正严,这就影响着清代人对宋词中宋人情感做平心静气的揣摩、对宋词何以有如此情感之原因做更贴切的追寻。这就意味着:一方面清代词评家的确明确了以情感评价词的思路,建立了以情感评价词的一系列的更明确的标准,并树立了此种标准的传统;另一方面由于他们对情感内涵探讨的缺漏最终还是使情处在悬空状态。这样一来,他们虽表现出对以豪放、婉约论词的标准的突破,但毕竟让人感到飘忽,难以从之。关于此,容另文阐述。

尔，他认为解释学不应是研究如何被动地理解文献、历史和他人，而应把注意力投放到通过理解原典方式去感悟存在者的存在方式是什么，通过感悟存在方式的特征而追问当下为什么主体会这样存在而不是那样存在。换言之，海德格尔认为解释学应该从研究解释者和解释对象的关系转向研究解释者的状态和结构、转向研究此在之存在者的存在状态。每个人的具体存在就是此在，在海德格尔看来所谓"此在"是对存在的理解而表现出来的一种当下状况。从这个意义上说，所谓"对经典的理解"就不只是单纯的认识模式，而更应是存在者的存在模式。作为存在的人，其特征往往是通过经典而对人的本质的一种理解。总之，海德格尔在他的论述中所建立起的解释学实质上是关于人存在的本体论，依照他的观点，解释学的核心是通过对原典的理解去发现解释者心灵安顿在哪里，从而勾勒、评估他的本质及此在的特征。从现代解释学我们至少可以得出这样的启示，如果说唐五代宋词所承载的是代表着我国在中古时代极青春和富有魅力的人文精神的话，那么时至清中叶，学者们蜂拥般从性情的角度来理解它，实是在隐喻着清代学者仰慕唐宋士人而初步有以同样的方式存活的欲望。而这些最明显的一个标志就是全面超出以婉约与豪放论词，换句话说，所谓"重、拙、大"，所谓"清与厚"的统一，与其说是理解宋词的思路，毋宁更是清代学者在整理自身性情、努力为自己提供并营造一种生存方式的理路。我们若对词论家做这样理解就不难发现清中叶以来词评家以这样方式理解宋词正好与清中叶以后广大士人有意突破乾嘉学人，再往后清末学人纷纷倡导今文经学的思潮相一致。比如，林则徐既有"苟利家国生死以，岂因祸福避趋之"[1]的沉厚，也有"常依曲栏贪看水，忽逢佳人说名山"的清空逍遥。而龚自珍既秉承着"不拘一格降人才"[2]的使命，也有"化作春泥更护花"[3]的洒脱。从这些我们既可以从中查询到他们所追寻的性情和人格特征，联系起来又可寻觅到此种宋词研究方式的影子与理由。而关于这些对于我们来说，也只有这样理解才能明白为什么明代学者要树立

---

[1] 林则徐：《赴戍登程口占示家人》。
[2] 《己亥杂诗》其二。
[3] 《己亥杂诗》其一。

豪放、婉约之正变，而清代则突破正变之说独亲性情的深层意蕴之所在。

总之，通过上面的梳理与反思，我们至少要建立这样的一个认识：所谓"婉约"、"豪放"，与其说是宋词本身固有的风格，不如说是明代阅读和理解者试图依托于宋词阐明着关于他们自我的存在，或者说在标明自己存在的一种姿态和立场，而清代人又是在对此突破中展示着一种关于自我与世界的新立场。由此笔者想要得出的结论是，明清士人们研究唐五代宋词所取得的最卓越成果从根本上说就是使自己活泼自在的灵性能在此之中自由地化入与涌出。

参考文献

第一辑

1. 僧肇：《肇论新疏》，（元）文才述，金陵刻经处。
2. 汤用彤：《汉魏两晋南北朝佛教史》，北京大学出版社1997年版。
3. 释慧皎：《高僧传》，汤用彤点校，中华书局1987年版。
4. ［日］忽滑谷快天：《中国禅学思想史》，上海古籍出版社1994年版。
5. 《注维摩诘所说经》，上海古籍出版社1989年版。
6. 苏轼：《苏轼文集》，中华书局1986年版。
7. 苏辙：《苏辙集》，中华书局1990年版。
8. 苏轼：《毘陵东坡易传》，上海古籍出版社1989年版影印本。
9. 王水照、朱刚：《苏轼评传》，南京大学出版社2004年版。
10. 邹同庆、王宗堂：《苏轼词编年笺注》，中华书局2002年版。
11. 张志刚：《宗教文化学导论》，东方出版社1996年版。
12. 王弼：《王弼集校释》，楼宇烈注，中华书局1983年版。
13. 朱熹：《四书章句集注》，中华书局1983年版。
14. 赵鑫珊：《科学·艺术·哲学断想》，生活·读书·新知三联书店1985年版。
15. 王夫之：《张子正蒙注》，中华书局1985年版。
16. 张载：《张载集》，中华书局1978年版。
17. 程颢、程颐：《二程集》，中华书局1981年版。
18. 王夫之：《船山遗书·噩梦》，中华书局2009年版。

19. 王夫之：《古诗评选》，文化艺术出版社 1997 年版。
20. 王夫之：《唐诗评选》，文化艺术出版社 1997 年版。
21. 梁启超：《清代学术概论》，东方出版社 1996 年版。
22. 《清诗话》，上海古籍出版社 1999 年版。
23. 《清诗话续编》，上海古籍出版社 1999 年版。
24. 郭绍虞：《中国文学批评史》，上海古籍出版社 1979 年版。
25. 敏泽：《中国文学理论批评史》，人民文学出版社 1981 年版。
26. ［德］卜松山：《与中国作跨文化对话》，中华书局 2000 年版。
27. 朱东润：《中国文学批评史大纲》，上海古籍出版社 1983 年版。

第二辑

1. 郭绍虞：《沧浪诗话校释》，人民文学出版社 1983 年版。
2. 郭绍虞：《宋诗话考》，中华书局 1979 年版。
3. 杨增文：《唐五代禅宗史》，中国社会科学出版社 1995 年版。
4. 麻天祥：《中国禅宗史略》，中国人民大学出版社 2009 年版。
5. 刘熙载：《艺概》，上海古籍出版社 1978 年版。
6. 何文焕编：《历代诗话》，中华书局 1981 年版。
7. 丁福保编：《历代诗话续编》，中华书局 1981 年版。
8. 宗白华：《艺境》，北京大学出版社 1987 年版。
9. 朱熹：《朱子语类》，中华书局 1988 年版。
10. 孙望：《韦应物诗集系年》，中华书局 2002 年版。
11. 王国安：《柳宗元诗笺注》，上海古籍出版社 1993 年版。
12. 陶敏、王友胜：《韦应物诗校注》，上海古籍出版社 1998 年版。
13. 司空图：《诗品》，罗仲鼎、吴宗海、蔡乃中编，江苏人民出版社 1983 年版。
14. 张少康：《司空图及其诗论研究》，学苑出版社 2005 年版。
15. 马积高：《清代学术思想的变迁与文学》，湖南人民出版社 2002 年版。
16. 胡应麟：《诗薮外编》，上海古籍出版社 1979 年版。
17. ［日］铃木修次：《中国文学与日本文学》，海峡文艺出版社 1989 年版。

第三辑

1. 颐藏编：《古尊宿语录》，中华书局1994年版。
2. 《禅宗、历史与文化》，黑龙江教育出版社1988年版。
3. 《五灯会元》，中华书局1984年版。
4. 〔日〕铃木大拙：《禅与生活》，光明日报出版社1988年版。
5. 《景德传灯录》，1935年转印元泰定本。
6. 〔日〕柳田圣山：《禅与中国》，毛丹青译，生活·读书·新知三联书店1988年版。
7. 王延梯：《王禹偁诗文选》，人民文学出版社1998年版。
8. 欧阳修：《欧阳修全集》，李逸安点校，中华书局2001年版。
9. 李德身编：《欧梅诗传》，吉林人民出版社2000年版。
10. 刘尚荣校点：《黄庭坚诗集注》，中华书局2003年版。
11. 黄庭坚：《山谷题跋》，上海远东出版社1999年版。
12. 黄庭坚：《山谷词》，马兴荣、祝振玉校注，上海古籍出版社2001年版。
13. 杨曾文：《宋元禅宗史》，中国社会科学出版社2006年版。
14. 《指月录》，巴蜀书社2005年版。
15. 黄宝华编：《黄庭坚诗选》，上海古籍出版社1991年版。

第四辑

1. 杨林帅、吴琴峰、殷亚波编：《梅兰竹菊谱》，中华书局2010年版。
2. 〔意〕文杜里：《走向现代艺术的四步》，徐书城译，中国文联出版社1987年版。
3. 范成大：《范石湖集》，上海古籍出版社2006年版。
4. 周汝昌点评：《范成大诗选》，人民文学出版社1984年版。
5. 《四库全书荟萃总目提要》，人民文学出版社2009年版。
6. 隋树森编：《全元散曲》，中华书局2000年版。
7. 朱权：《太和正音谱》，中华书局2010年版。
8. 张兆勇：《沧浪之水清兮——中国自然观念与山水田园艺术的文化诠

释》，作家出版社 2001 年版。

9. 张兆勇：《蜀学与东坡易传研究》，中国文史出版社 2003 年版。

10. 张兆勇：《苏轼和陶诗与北宋文人词》，安徽大学出版社 2011 年版。

11. 僧佑《弘明集》、道宣《广弘明集》，上海古籍出版社 1995 年版。

12. 俞剑华编：《中国古代画论类编》，人民美术出版社 2007 年版。

13. 陈传席：《中国山水画史》，江苏美术出版社 1988 年版。

14. 吕澂：《中国佛学渊流略讲》，中华书局 1979 年版。

15. 汤用彤：《佛学·玄学·理学》，北京大学出版社 1991 年版。

16. 叶维廉：《中国诗学》，人民文学出版社 2006 年版。

17. 伍蠡甫：《中国画论研究》，北京大学出版社 1983 年版。

18. 缪钺：《诗词散论》，上海古籍出版社 1982 年版。

19. 李泽厚、刘纲纪：《中国美学史》（第二卷），中国社会科学出版社 1986 年版。

20. 董其昌：《画禅室随笔》，屠友祥校注，凤凰出版传媒集团 2005 年版。

21. [德]海德格尔：《诗·言·思》，彭富春译，文化艺术出版社 1991 年版。

22. 《赵孟頫画语录图释》，西泠印社 1999 年版。

23. 徐复观：《中国艺术精神》，春风文艺出版社 1987 年版。

第五辑

1. 《全元戏曲》，人民文学出版社 1990 年版。

2. 马欣来辑校：《关汉卿集》，山西人民出版社 1996 年版。

3. 范嘉晨评注：《元杂剧包公戏评注》，齐鲁书社 2005 年版。

4. 赵敦华：《西方哲学简史》，北京大学出版社 2001 年版。

5. 《中国十大悲剧集》，上海文艺出版社 1982 年版。

6. 《中国十大喜剧集》，上海文艺出版社 1982 年版。

7. 《中国历代著名文学家评传》（第四卷），山东教育出版社 1985 年版。

8. 《汤显祖戏曲集》，上海古籍出版社 2010 年版。

9. 嵇文甫：《晚明思想史论》，东方出版社 1996 年版。

10. 王守仁：《王阳明集》，上海古籍出版社 1992 年版。

11. 王守仁：《传习录全译》，包希福译，巴蜀书社1992年版。
12. 于丹：《游园惊梦——昆曲审美艺术之旅》，中华书局2008年版。
13. 吴梅：《中国戏曲概论》，中国人民大学出版社2004年版。
14. 吴敬梓：《儒林外史》，会校会评本，李汉秋辑校，上海古籍出版社1982年版。
15. 鲁迅：《中国小说史略》，人民文学出版社1958年版。
16. 李汉秋：《儒林外史研究》，华东师范大学出版社2001年版。
17. 李汉秋：《儒林外史的文化意蕴》，大象出版社1997年版。
18. 陈美林：《儒林外史人物论》，中华书局1998年版。
19. [美] 弗雷德里克·杰姆逊：《后现代主义与文化理论》，唐小兵译，陕西师范大学出版社1987年版。
20. 曹雪芹、高鹗：《红楼梦鉴赏珍藏本》，钟礼平、陈龙安主编，宁波出版社2001年版。
21. 余英时：《红楼梦的两个世界》，上海社会科学院出版社2002年版。
22. 李渔：《笠翁曲话》，孟泽校注，岳麓书社1999年版。
23. 刘庆云：《词话十论》，岳麓书社1990年版。
24. 徐釚：《词苑丛谈》，人民文学出版社1981年版。
25. 唐圭璋编：《词话丛编》，中华书局2005年版。
26. 陈廷焯：《白雨斋词话》，杜维沫校点，人民文学出版社1983年版。
27. 王国维：《人间词话校注》，滕咸惠校注，齐鲁书社1983年版。

后　记

　　本书中收集的近三十篇文章均是已发表的论文。文章原单篇发表时自然没有此明确整一的目的性，这一次有机会结集，如果说有再创造，就在于试图将它们安排到一个明确的思路中。当然这也不是生搬硬套，而是文章所本自潜在的。但不可否认的是把它们放到一起，在相互映照之中，文章似乎均平添了色泽，可能这是本书出版的益处。

　　作为一介书生，笔者不想否认身上有越来越浓的儒家精神与儒教意识。笔者也是带着这种精神和意识来阅读的，可以说笔者越来越尝到了这种意识的益处，因为笔者发现中华的真精神往往即藏在中华的艺术作品中和对作品的解读中。书中所开列出的五辑就是笔者对此的一些心得，或者说是笔者试着对魏晋以来士人悟道的还原，这应是本书的总内容。具体言之：

　　第一辑所录是关于几位清儒悟道的得与失，这些鸿儒本散布于清代前后，将他们的思想集到一起讨论，显然更说明问题。

　　第二辑几篇主要是探讨宋以后学人对道的体证，本书接受朱子从"道心"意义与高度来指证韦应物诗及从苏轼到船山学人们对韦诗的圣证。

　　第三辑，南泉普愿与法演两篇，主要想还原唐宋两名禅门高僧的历史，想通过他们了解在社会变化急剧时社会更复杂的意识形态。而韦应物、欧阳修、山谷显然是此意识形态问题的拓展，是本书中笔者把目光转而所聚焦的儒家的士人，考察他们心灵上儒释状况。

　　第四辑，零星地描述了一些诗人、画家，目的是想说明，历史上有影响力的诗人其前提均应是思想家，而优秀的思想、精神往往也是散漫在这些人的言行中的。

后 记

第五辑，主要收集了几年来所发表的关于戏曲与小说的论述，笔者的切入角度均是反思，一者反思它们的得失，二者玩味士人通过这些平台所建构的反思深度。

"文学即人学"似乎是一个老掉牙的命题，以至我们不屑于提它，但在笔者看来，也没必要那么清高。假如说，对于一个诗人，我们关怀了创作主体；对于一本戏曲小说，我们还应关切作者所创作的作品主人公，在笔者看来，我们的麻烦不在于我们不关注，而在于我们越来越将他抽象化。这些文章要说有特点，就在于试图努力将这些人还原进入他们的历史，努力找寻他们在历史中的"唯一"，在体道心旅上的唯一。

值此书的最后，笔者无意追问古今学人那些受人尊重的言论、著述是否均伴有明确的创作目的。笔者只是想说，本书所结集的篇什，从稿子自成到结集共融，均伴有思维目的。其目的正如书名所说：对话·思维·体道。起码自以为围绕此其思路很明确，即找寻在自己阅读历程中所相遇的前人都碰到什么困惑？这些士人是怎样将困惑对话他们的先贤的？最终体道又是怎样从中示出？其方式、其内涵、其境界今日意义何在。

换言之，以侦破对话、理顺对话、还原对话、建设对话，让对话本体起来，无疑是笔者要追寻的阅读效果。

笔者也是从这个意义上感受思维、体道与对话阅读关系的：视阅读过程即体道过程；思维境界即阅读方式。彻底认识到假如世界即一大缘起，一大交流，那么从阅读到体道无疑是人最根本的交流特征之一，是人所以成人的存在方式之一。

关于此，笔者越发感到先贤有丰硕的成功体验。而自己能再次显现出来吗？在交稿之时，笔者虽将至"知天命"之年，虽有厚重的执着意，但自信心显然是不够的。从心底说需要世人支持，因此感谢世界一切对我的关怀者。

在本书的最后，请允许我感谢不厌其烦的编辑们，他们的专业与宽容既帮助我能在这不太长时间内即汇入了信息时代，又容忍我本书的许多处有属于我自己的空间。

张北勇于相山之麓
2015 年羊年岁首